孙乐达・著

世界留你，独自彷徨

天津出版传媒集团
天津人民出版社

图书在版编目（CIP）数据

世界留你独自彷徨 / 孙乐达著. -- 天津：天津人民出版社，2017.3

ISBN 978-7-201-11332-6

Ⅰ. ①世… Ⅱ. ①孙… Ⅲ. ①长篇小说－中国－当代 Ⅳ. ①I247.5

中国版本图书馆CIP数据核字(2017)第012698号

世界留你独自彷徨

SHIJIE LIUNI DUZI PANGHUANG

出　　版　天津人民出版社
出 版 人　黄　沛
地　　址　天津市和平区西康路35号康岳大厦
邮政编码　300051
邮购电话　（022）23332469
网　　址　http: //www. tjrmcbs. com
电子邮箱　tjrmcbs@126. com

责任编辑　刘子伯
插　　图　李小涛

印　　刷　北京欣睿虹彩印刷有限公司
经　　销　新华书店
开　　本　710×1000毫米　1/16
印　　张　16
插　　页　2插页
字　　数　260千字
版次印次　2017年3月第1版　2017年3月第1次印刷
定　　价　28.00元

人生路上，总彷徨。
彷徨之时，因冲动做出的选择造就的则是另一个人生世界……

小个子，大世界

面对灵与肉、善与恶、雅与俗的拷问

目录 CONTENTS

成长如诗

诗人已死

寻找我与世界的平衡支点

第一章 鬼话

昼与夜 ☆★☆★☆★☆★☆★☆★☆★☆★☆★☆★☆★☆★☆★

这是一块隐逸的天地。一间阴暗的小屋里地面凹陷，四面没窗。屋外青瓦脊上落着几片枯败的落叶。屋里一群人围着一张桌子吵吵嚷嚷。

屋内弥漫着令人作呕的烟气，气氛沉闷。

他夹在中间，操着一手牌，注意着桌面的形势，运筹帷幄。

牌友敲了桌子对他说："你愣什么呢？快点出牌！四个老K要不要？"

"啊？我要，四个老A！"他回过神来，忘记了自己还置身于牌场之中，他抽出牌，摔在桌子上。他棱角分明的脸、消瘦黑黄、直挺挺的头发像一根根钢丝扎在上面。那是一种追求、不屑和关注生活的气质。

最丢不掉的嗜好，也是唯一的嗜好。

几年了，他一直挣扎在戒与不戒之间。过惯了平淡的日子，躲到这里，和几个人斗斗牌，赌赌博，刺激刺激，也挺惬意。

总是偷偷地享受着像吸毒一样的刺激，以至于一次又一次地豁出去，有时竟陷入难以自拔的境地。再说，而立之年的他一无所有，还有什么怕输的呢？毕竟曾经的他将自己的一生都下了赌。没钱，没房，但他很满足。

突然间，院子里起了狂风，狂风撕拽着树木，形成了一个巨大的漩涡。漩涡席卷着灰尘在地面上狂走。邻居家的小孩吵吵嚷嚷地在风里跳着叫着。路边繁枝茂叶的白杨树在一团尘雾中隐现。

自己的日子过得黯淡也就罢了，竟还想着整个世界也跟着昏天暗地。有这样的想法是不是该遭天谴？他阻止不住从内心深处抽出来的丝丝兴奋。这可能迎合了他的叛逆、他的反常、他不甘于平淡、无聊生活的心理。

他望着院内的情景，支起胳膊撑在桌面上。他手中握着牌，却心不在焉。他黑炯炯的眼睛闪着锐利的光芒望着外面昏暗的天。

他屁股挨在椅子上，却没有坐下。

"我不打了！屋里太暗了！我到外面转一圈！"他终于站了起来说。

牌友说："外面下暴雨了，有什么好转的？拉开灯！拉开灯！继续，继续！"

他们还真把白天当黑夜过了。

在微弱的白炽灯光下调整了状态，他们摞起牌，准备持久战了。“不行，我要出去！”他大脑急速地思辨着。

他是在玩牌，也是在玩人生。他在赌自己的活法，赌别人对他的看法。他之所以赌博，是认为生活也像赌博，其中有很多偶然性，也有很多在自己掌控之外的。他攀爬过高山，也能潜伏到世俗后面。这是他的赌后的心境。无论如何他要出去一趟。

一位牌友的手一把拽住他，让他坐了下来说：“你要是走！就是孬熊！”

他起了身，甩下牌，跨出门，一头扎进了昏暗的天地中，“孬熊就孬熊了！是孬熊也要出去！”

他从牌场上逃出来，满屋子人都在责怪。

“说走就走！真恶心！赌啊，赌到现在连牌品都没有了！”

“太不合群了！太固执！太古怪！简直就是个外星人！”

“这人什么来头？什么背景？”

有人说：“他好像失踪过一段时间。大家都认为他死了！谁知道他又回来了。好像听别人说，他曾是文艺青年，是个什么诗人！”

“诗人？现在这个时代谁还去写诗？还有谁老老实实地搞这些东西！很多人都没那个心境了！真好笑！”那人说着，露出鄙夷的神情。

“奇怪！听他们说，你失踪了？还有人说，他过世了！”那人惊异地看着他，下巴都快要掉下来了。

“这种人是怎么长成的？父母怎么教的？”

朋友的冷落，别人的排斥，对于一个清心寡欲的人，没有任何意义。他像一个外星人生活在这个星球上。

固执也罢，恶心也罢！哪怕他们用最恶毒的语言，最激烈的攻击，他都能泰然处之。“谁也剥夺不了我的生活方式，更不能剥夺我的生命，除非我自愿放弃。”他不屑去辩驳。

他就是这样的人了，不愿做的事，他绝对不会按照别人的意志行事。

寻山 ★☆★☆★☆★☆★☆★☆★☆★☆★☆★☆★☆★☆★☆★☆★

从小屋逃离出来，他脑袋懵懵的，有点晕。他把手抄在口袋里走在水洼点点的路上。

屋外的天空已少许明亮，被吹得一尘不染的路上，又落上了几片秋叶。行走在这昏天暗地间，他觉得自己像是从另外一个空间里钻出来的一样，感到少许的陌生。

北方平原的上空呈现出一座幽深的巨型山脉。

山脉高高悬在天空之中，层层叠叠的山谷，巍峨明快。山谷的顶端，几朵厚厚的云彩悠悠地漂浮。那是一个似远又近的天堂世界。这种画面在他脑子里回转，让他着迷，让他向往。他闭着眼，脚踩在地面上，仰望了好久。

突然间，他像变成了一个陌生人。

他启动坚硬的躯体，带着坚毅的神情，像一只奔跑在荒原上的黑色猎豹向那山脉的方向飞奔而去。

他的速度很快，很快。他的头脑里装着那山。头脑里的山和眼前空中呈现的山，一模一样。这场景曾经在他脑海里出现过无数次，像在什么地方见过。

他跑过繁杂的街道和高楼林立的城市，向城郊的原野上奔去。他那成熟的躯体散发着坚强的力量，被他踩过的道路上留下了一个个显明的印迹印在旁观者的脑海里。

他那专注奔跑的姿态是那么引人注意。那是一个成熟的思想者在奔跑，路边的人向他投来好奇的目光。

他背离亲人、背离大众、背离正统，仅仅是为了只从一世到一世，不停地追逐。他一直拷问自己，思考着人生，验证着哲学。

就像攀爬高山一样去感悟人生，了解世界，然后和世界融为一体，最后消融。

然而，他追逐的那座幽深的大山却荡然无存。北方平原上少有那幽深的大山，那大山只存留在他的内心深处。那是他一直渴望攀爬的人生巅峰。而那呈现在半空中的斑驳陆离的山脉只能显现在他的想象之中。

我和他 ☆★☆★☆★☆★☆★☆★☆★☆★☆★☆★☆★☆★☆★☆★☆★

我突然回忆到了，小时候，和青草在星空下，我们站在山脚下对着高山仰止的样子。

我说："带你一起去爬山！"

她会心地一笑，"好的，我们一起去爬山。"

恍惚间，这么多年过去了，我爬到了一座山顶上，而她却爬上了另一座，我们隔山而望，彼此惋惜，看着爬过的足迹，走过的坎坷，挥洒的青春和岁月，我们表现得异常镇定。我们迎着山顶的太阳，站在山顶看着远处的风景。

这是我和他共同的记忆。而那留下的躯体仍旧活在世上，执着地，埋头操控着眼前的琐事度着他的余生。那些回忆也同时间一起被埋葬。

有人说，这是人格分裂。

但我更相信，这是个小时候的听到的一个传说。一个似真似幻的场景浮现在我的脑海里。

一个老爷爷弯腰对一个懵懂的小孩说："生老病死是人的命，人都是要死的，谁都逃不掉的。"

"死后又怎样呢？"

"死后就到冥界，那是另一个世界，叫作解脱。"

“我不想死！我不愿到冥界，我要活在这个世上，长生不老。”

“傻孩子，人都得死的，哪有不死的人？人死后都要到冥界的，到了冥界就得喝忘魂汤，喝后就会把前世的事都给忘掉了。”

“我死也不喝！”他头摇得像拨浪鼓，对老爷爷发誓道。

“那就要看你的造化了。”老爷脸上的皱纹似乎活了起来，笑着走开了。

灵与肉 ☆★☆★☆★☆★☆★☆★☆★☆★☆★☆★☆★☆★☆★☆★

回到家中，妻子走过来给他倒了热水，水热腾腾地冒着气。

妻子轻轻地告诉他明天一起回老家，今晚有场电影，中午做了好吃的菜。

他依偎在妻子的身边，答应了妻子的一切，还给了她一个吻。妻子是个再普通不过的女人，普通的相貌，普通的情致。但他爱她，他们心心相印就已足够。

他趁着空闲打扫了阳台的灰尘，浇了花，又擦了窗台。妻子临走前，说马桶漏水了。他把《存在与虚无》放下，然后走到卫生间，趴在地上，把漏水的地方堵上。马桶修好了，顺便又换了个新的马桶盖。他按了一下抽水，水，哗啦一声，形成一个漩流，把所有的污秽和不便都冲到了马桶的底部。

他感到他的生活很踏实，很平静。他已经脱掉那个思辨着的，幻想的，那个不安于现状的灵魂，变成一个平凡庸俗的人，坠入生活的老套，平淡生活里一个缥渺的苍生，而他潜伏在这个世上，看世界，然而他又生活在这个世界上成为一分子，拥有了一个普通的平民身份，去改变这个世界。

他就是马斯洛形容的所谓的“成长者”，那不足百分之一的“成长者”。他做到了，像圣贤一样思考，像俗人一样生活。他早已学会了关注，像世间的蝼蚁一样，关注着每一粒灰尘，每一件事物，关注这世间的一草一木。

他找到了平衡于两者之间的支点，可以在虚幻和现实中自由穿梭，不再虚无、缥渺，不再沉迷于虚幻的世界。

这是他爬到山顶后，看到的风景，领悟到的人生。

他领悟到再思辨的人是群居动物，不能把感情寄托在冷冰冰的物象上，还应该去找亲近的人相互取暖。他想着明天晚上还要上班，约朋友去打牌。他决不放过每一次过把瘾颓废的机会。来者必应。他听着母亲的唠叨，点头迎合，甘愿在父母面前做个孝顺的好儿子。

他亲手下厨，做了饭菜叫来了年迈的父亲。

他支撑着沉甸甸身体的两脚踏踏实实地踩在地面上。他能把自己放在一个合适的位置，优雅地活着。

他的特立独行总是引起别人的议论。在牌场上一个知道他前科的老熟人瞥了一眼他额前的一块伤疤，蔑视着他：

“就那个小个子平头，看起来和别人不一样吧！据说他还是个诗人！”

“诗人，什么年代了还有诗人？”随后，人群里传出哈哈的笑声。

“虽然，这不是个诗人的时代，但谁也阻止不了我去诗意地活着！”这是他时常挂在嘴边的一句话，也是这句话让他能够保护住自己受伤的自尊心。那人用异样的眼光上下打量着他，仿佛是在观察一个不存在的活人。这让他感到浑身发毛，很不在自。他抬起头，扶了下眼镜，任其打量。

“他现在做老师了。”人群里有人说。

“你怎么能当老师？你是文臣勇吗？你怎么不结巴了？”那人歪着头看着他，表现出无比惊愕的表情和一连串的惊讶。他抱起双肩，眯缝着眼，“人都是要变的，人踩着时间飞车，不变都不可能。我为什么不能当老师？教书育人，启迪苍生！”

“怕的是你教出一班的流氓！”

“能把一班书呆子教成彻彻底底的流氓那也算本事！”他扭过头看着窗外。

“一副玩世不恭的样子！课堂可不是你要流氓的地方！”

他眼睛迷离，转头向门外的一片天地看去。

要是以前，他会破口大骂，让所有人难看。可现在他已经成长为另外一个人，对别人的冷言冷语也能刀枪不人。他还能在圣人与俗人之间来回变换角色。

世界和孩子 ☆★☆★☆★☆★☆★☆★☆★☆★☆★☆★☆★☆★☆☆★

他拿起教具，走到了课堂上。课堂上，他面对的是一班懵懂的孩子。

上课铃已响，孩子们依然各做各的事情。

他走进来，把教案放在讲桌上，下面喧闹不停。“你们说完了没有？要说赶快说！说完了再上课！”

学生们戛然而止。老师的话让他们措手不及。他们坐在下面，瞪大的眼睛朝他看来。他们眼神里传达着对未来人生的渴望。孩子们像一张张白纸，成长的旅途还没开始。

他清楚地意识到此时自己是个老师，一个精神领域的指引者。

他翻开书本，压低嗓门对同学们说：“这是你们自己停的哟！”

下边一阵哄笑，然后是齐刷刷翻书的声音。

一个学生盯着他的手指，惊奇地问：“老师，你的手指怎么少了一个？”

他下意识地把那只蜷缩的手缩了回去。

又一个学生问：“你脸上的疤痕是怎么回事？”

他拍拍那男孩圆圆的脑袋说：“这些都是成长的痕迹。你们的成长就是攀爬高山的过程，其中充满荆棘和坎坷，自然会伤痕累累。”

“老师，我们这是平原，没有山！”一个学生站起来，认真地问。

“我指的山是成长之山，理想之山，幸福之山……明白吗？人生就是一个攀爬的过程。

每个孩子，自出生之日起，就开始去攀爬各自的山顶，只有站到山顶上，他们才能看到自己的世界。成长就是攀爬的过程。”

他边说边用右手拿一支粉笔，少了根指头的右手痕迹清晰可见。

在黑板上用粉笔勾画了一座简易的山，他问：“同学们，你现在在这个位置。你们都是在山脚下的人。”很多同学点头，他们对老师嘴里说出的每一句话都顶礼膜拜。

“而我是这里的人。”他指了指山顶的最高点，对同学们说。

“所以我是你们的老师。我会带着你们一起去爬山！等你们到了这个位置，你们就能看到意想不到的风景。”

“爬到了顶端，你才能找到理想社会和现实社会的那个支点，然后平衡地从这个世间走过，就能如鱼得水地生活在这个世上，明白地生活在这个世上，找到了，你就能四两拨千斤地做事。”

“马斯洛把这类人称之为是‘成长者’，而在我看来，这类人是‘攀爬者’，你们愿意攀爬人生之山、爱情之山吗？”

同学们齐声回答：“愿意！”

“你们每个人都要去不停地攀爬理想中的山，这样才能看到不同的风景。才能明白生活的真正意义……要活就活出个精彩的人生。多读书，多思辨，多体验，多感悟！”

“这好比古代修炼这一说，妖成人，人成仙，道士们，闭关修炼，思索，以求成道。流氓也好，坯子也好，不论达到什么境界，那都是修来的结果，都是他们的道和，都是一种别样的人生！”

“老师，世界是什么样子的？”

“每个人所经历的，所看到的世界是不同。我眼中的世界打上了我的烙印。

世界的本来面目还需要你们去挖掘。小时候，大人们常说，未来就是好好学习，上大学，挣大钱，光宗耀祖，迎娶白富美，成为人上人。书上说，世界是善良的，公平的，充满阳光的，每个人都是和善的，人与人之间的感情都是美好的。

可现实的世界也有黑夜和阴霾。每个孩子都有在自己的世界，现实的世界、过去的世界、未来的世界，处在同一个现实的世界藏着过去的世界和向往的世界。”

同学们听着这样的奇闻传说，瞪大了的眼睛还时不时地眨呀眨。

下课铃响了，他拍了拍手上的粉笔末，拿起教材，走出教室，穿过喧闹的走廊，回应了问好的学生。教导主任，把他叫到他的办公室说：“今年，你的先进名额没有了，有个同事需要，你就让给他吧！”

他默默地没有吭声，他知道这是领导给他穿的小鞋。小鞋，他也穿过；冷板凳，他也坐过；闭门羹，他也吃过；他的热脸也贴过别人的冷屁股。他会以为他在意吗？他能坦然地面对这一切尴尬的处境。他哪来的那么多的底气？在攀爬成长之山的路程中，或快乐，或艰难，不断地经历。等你攀爬过了你想要攀爬的山顶后，你自然会形成这样坦然的心态。

恍惚间，他有了自我意识。他就是带着我们去爬山的主人公。

外面的阳光灿烂，他甩掉了现实里的一幕幕。

他脑子里突然多出了那么多的记忆。那些事情像电影里的画面，一幕幕在脑子里放映。他突然意识到自己走过了一个不停追逐的一生，他经历了多少境况，经历了多少情感的纠葛，转换了多少空间，才修炼到了这种心境。

黑孩 ★☆★☆★☆★☆★☆★☆★☆★☆★☆★☆★☆★☆★☆★☆★☆★

关于他的攀爬历程，应该从一个黑孩讲起。

20世纪80年代计划生育刚刚起步。北方平原村庄的一个农村家庭里出生了一个婴儿，这小孩无疑就像奔跑在高速公路上的一辆汽车抛下的物件一样是计划外的产物，偶然里带着必然。

他的到来给这个贫困多子的家庭蒙上了一层阴云。

家中已养了四个孩子，多一个孩子意味着多一份负担。

抱着他的母亲居然还因他的到来而偷偷抹泪。

正当家里考虑着是否要把他送给城里一个亲戚家时。

爷爷当机立断，不送人。爷不怕多孙子，留着当个狗喂。爷在这家每一个孩子出生前总会说这样的一句话。在家族中作为老小的他无疑就像是一只狗一样被喂养着，全然不知的他还在襁褓中贪婪吮吸着甘甜的乳头。他的命运就这样定下了，父母赋予他生命的那一刻起，他就开始攀爬之旅了，他首先爬一座名叫“童年”的小山丘。

母亲整天忙里忙外，包揽了所有家务。

自从他出生的一日起，就没有看到她母亲停下来歇过。

父亲是矿上职员，一年大部分时间都在外出差。很少时间在家，更无暇顾及家中的孩子。地里的庄稼，外面的工作远比家中这个顶小的孩子重要。

到了三岁，别人都咿呀学语了，他居然一句话还没说过。他整天拿着馍，坐在门槛上，瞪着眼看别人玩，他一坐就是一整天。

对于这个意外发现，家人似乎并没有引起太大的重视。

大家作为“发现”谈论了一阵后，就各忙各的事情，没有再过问他。留给他的只有忙碌的背影。

他默默地长到几岁，和同村的孩子们一起玩耍。

村里总会有人指着他们说：“看！一批黑孩！”

“小黑孩”是个什么意思？在他看来，又黑又小又瘦，简称黑孩。

而他却是名副其实的黑。

自己黑瘦小罢了，那个村庄与他同年出生的还有几个孩子可没有哪一个长得是黑的，为什么也叫黑孩呢？孩子中的他睁大眼睛，大口咀嚼着手中攥着的大馍，不知其含义。

村里人说，超生的孩儿没地，没户口，就是所谓的黑户。再加上吃的是兄弟姐妹的口粮，在家里更是个不起眼的浊物。他的黑孩身份更让人看不起他了。

到了冬天，同伴们都跟着各自的父亲上城洗澡。父亲不在家，大哥二哥们洗澡后要和同伴遛街，他们都嫌弃他是个累赘，自然不愿带他这个附庸。

母亲忙着手里的活，嘴里唠唠叨叨，她斥责哥的滑头，埋怨爷的不闻不问，然后嘹起了嗓子，大放厥词。孩子生下来，没人管没人问。都三岁了，还进女澡堂，不怕惹人家笑话。

复杂的家庭关系暂且不顾，他也是个要吃喝拉撒的“玩意儿”。一阵争吵后，戴着鸭舌帽，弯着腰的爷带他进城洗澡了。

爷迈着大步，抄小路进城。只见爷背着一只手，过了马路，又过了条沟壕。他默不作声，紧跟其后。

他们一老一少在灌溉渠的岸边上走着。

那宽阔的灌溉渠幽深得像个峡谷。渠里浑浊的水滚滚向北流动，似乎要吞掉一切陷入其中的生物。对岸的土丘和他们遥遥相望。爷指着不远处的土丘说，这些是他们年轻时挖出来的，那时为了阻止日本鬼子进县城，饿着肚子也得一锨一锨地挖。

他听着爷给他讲过去的故事，仿佛看到了那个年代劳作的情景。

然而，谁也没想到的，二十年后当年挖灌溉渠的地方则成了闹市中心步行街。而那灌溉渠则永远被埋在街道下成了地下垃圾沟。

他看着滚滚流动的一沟深水，如听天书一般，有点晕还有点傻。

他抬起头，茫然地问：“这水里有鱼吗？”

爷怔了一下，这孩子不是不会说话吗？怎么开口说话了？而且一开口竟说了这句没着落的话。之前的不说话是不是装的？爷爷把惊异埋在心里，弯着腰继续往前走。他拉长了声音，绷紧了脸回答说：“有！”

他明白小孩子总喜欢下水摸鱼捉虾的。打小就喜欢逮鱼的孙子见了水就念念不忘逮鱼的事情，问这个问题也很正常。

“这这这里的鱼大大大吗？”

“大，还有缸般大的鲤鱼。”

“有有有缸这么大？我我我还没见过这这么大的鱼。爷，我我我们下水去逮。”

“不能逮！不能逮，不能下水啊！”爷突然转过身向他厉声道。

“为为为啥？”

“曾有个年轻人和大人们在一起在这沟里逮鱼，碰到了一条缸大的鲤鱼，大人们都不敢逮了，可就这个年轻人不听别人的劝，非要逮那缸般大的鱼。”

“逮逮逮着了吗？”

“那年轻人使出了吃奶的劲儿在水里和鱼翻腾了老半天才逮住了那缸般大的鱼，可是回家就病倒了。”

“为为为啥？”

“他逮到的那条是成了精的鱼。”

“鱼鱼鱼也能成精？”

“鱼年岁长了，就成精了。成精的鱼逮了要折寿的。年轻人不听众人的劝，非要下水逮，结果招了灾。”

“有些事还是老实点好，不要轻易下水，知道吗？”

他的内心罩上了一层无形的阴云。他偷看了一眼那曾经藏着的成了精的鱼的壕沟，加快脚步跟紧了爷……

穿衣 ★☆★☆★☆★☆★☆★☆★☆★☆★☆★☆★☆★☆★☆★☆★

等他大些的时候，他果然是个杠头。他处处和家里的人较着劲儿。

他顶着板寸的发型，毫不顾忌地耷拉着一身极不合身的衣裳傻傻地站在人群的面前。上身休闲服，下身运动裤，还蹬着双凉鞋。他像个小丑衣冠不整地站在院子之中供人观览，谁见了都会说：“别人穿都很合体。你这样穿，像什么样子？”

哎！确实别扭。他就是跟人家不一样，非得跟别人弄个别样的。谁也拿他没办法。面对别人的鄙夷，他不予理会。“我我我想穿，你管不着！”

可谁知道，衣冠的不整，又怎能怨得了他？他哪里有一件合身的衣服？大的大，小的小，全都像是唱戏的戏袍，那都是老大老二的旧衣服，看了自然不顺眼。

“是的，你们是家中作为重点培养的对象，是娇子！你们过得是天上的生活。吃的喝的，都给你们了。我过得就是地狱般的生活，世上就是这么不公平。”他冥思苦想，还是想不通同样是家中的一员，为什么他们的待遇天上地下。

他脱光了所有的衣服，咬紧了牙关，在严冬的雪地里赤条条一站就是一个下午。他就是这样倔，倔得让人认为他是缺了根弦。

“不穿衣服算什么本事？有本事也别吃！”二哥恶狠狠地看着裸体站在雪地里的他说。

他听着这话把手中的饭碗扔到了一边。眼下的衣和饭让他感到万分厌恶和恶心，他连看都不看那些东西了。碗碎了一地。

他出了院门，赌气找了个墙角蹲下。

炽烈的太阳照得他抬不起头来。空空的肚子，空空的脑袋，他无所事事，一个人不想说话。

偶然间，在他抬头吸鼻涕的时候。他看到了头顶上的天空，朵朵块状的白云飘浮在蔚蓝的天空之上。变幻着的白云构成了一座座辉煌的殿堂，雄伟而又洁净。那是一条条白净而漂

亮的山脉，幽深，变化莫测。

他盯着天空，心中生出了一种说不出的感觉。在一片模糊中，他看到了彩云之上幻化出了一个清晰的场景。山上的林子和各种各样的动物清晰可见，异常诱人。

那颗大树下的三间青瓦屋。那是自己温馨的家。父亲修理拖拉机后，抱着他，把他抛到空中。母亲从厨房走出来，拿着热气腾腾的糕点，轻轻地喂进他的嘴里。他被那温热的糖糕甜得笑弯了眼睛。他的笑声被天上的云彩一一收入囊中。身边的小狗小鸡围绕着他看着他啃吃。他踢开他们，他们又围了上来。他拿了一块糖糕扔给它们，它们争抢着跑开。

在梨树下，姐姐拿着一本《飞鸟集》，读给他听。他听得入迷。

哥哥放学回来，他把他放在肩上，带着他在满溢着芳香的田野里奔跑。

他愣了好久，感觉不到饿，也感觉不到冷。

蓝天上白云突然有了律动。一群大雁排成一字，拍打着翅膀，鸣叫着，掠过村庄的上空。大雁缓缓飞走，天空又是一片蔚蓝。

他心里暗暗下定决心，他相信那梦中的世界是真实的。

他揉揉酸疼的脖子，昏昏沉沉，萎靡不振。

他一个人闷闷地抠着自己的手指，萎靡的精神中有了点实在的东西。他挺起了胸脯，舒了口气，仿佛自己长了双翅膀也跟随着大雁往南飞了。

突然，一个肉乎乎的身子靠在他的身上。温热的舌头舔着他的下巴，柔软的毛发摩挲着他的手臂，鼻间还闻到了淡淡的香油味儿。

他打了个寒战，睁开眼。

这是什么东西？毛色杂乱，浑身的毛黏在一起。尖尖的鼻梁上嵌着两只炯炯有神的黑眼睛。眼神里透露着怜悯。那么瘦，简直可以用皮包骨来形容。它眼睛上面各有两个黄点，乍一看去像长了四只眼睛。这就是传说中的四眼狗。既不名贵也不漂亮。

小狗圆圆的眼睛闪着黑洞洞的光看着他。小狗伸着鼻子向他靠近，嗅着他的脚，他的手。他抚摩着小狗的头，捋顺它的毛发。世间竟有着这样的尤物？他感到了格外的亲切和快乐。小狗如和自己同命相怜的兄弟。

从此他的生活里多了条狗。

他整天陪狗睡。他与那只狗相伴，和狗形影不离。他还煞费苦心地给它取了个名字叫"青牙"。那狗几乎成了他生活的全部。

青牙喜欢吃方便面，他就拿出积攒的零花钱买给青牙吃。省下的饭菜也不吃留给青牙吃。青牙总是伸着舌头，跟在他的后面，老老实实地听着他的话，叫它卧倒，它就卧倒在地，很通人性。

闲暇的时候，他就带着狗在空旷的旷野上、田地里奔跑，逮些野兔子、鱼、蚂蚱给狗吃。在与青牙相处的日子里，他少了几分烦恼，多了几分天真的快乐。孤独的人终有了伴侣，就这样他和狗结下难以莫名的良缘。

在他精心喂养下，毛茸茸的青牙很快长成了一只矫健的黑狗，庞大的体形甚至超过了他的主人——一个几岁的小男孩。一人一狗像马戏团里一对搭档，走到哪里都会吸引别人诧异的目光。

“从哪里弄的流浪狗？脏死了！给我弄走。”二哥说，“这还得了！整天什么活都不干，天天和狗混在一起，像个什么样子？”

他抚摩着青牙的耳朵，默不吭声。

“没出息的家伙！还收留了这只流浪狗。再这样下去，他都快不像人了，倒像个狗了。”二哥的出言不当，收到了父亲的一记耳光。

二哥看他对家人的唠叨置之不理就气势汹汹狠狠地踹了他几脚。“叫你没出息！叫你不争气！”

怀里的青牙因门外来了生人，起身窜出，汪汪狂叫。他随后跟了出去，“青牙！青牙！”

“青牙，还白牙呢！什么东西？”躺在床上的二哥自在地扇着扇子。

他感到这话是对青牙的莫大讽刺。他攥紧了拳头，狠狠瞪了二哥一眼。

二哥万没有料到小五居然瞪人了，还想动起手打人了。

二哥抓起一只鞋子就砸了过来。飞过来的鞋子砸到了他身上，青牙狂叫，上前撕咬二哥，二哥怒发冲冠上前扑打他，青牙咬住了二哥的裤脚。二哥抡起一只铁棍，夯在了青牙的身体上，受了伤的青牙夹着尾巴惨叫着逃窜到了床底下。

“你给我滚！你不是这个家的孩子！”说完，二哥把门关上了。

上学 ★☆★☆★☆★☆★☆★☆★☆★☆★☆★☆★☆★☆★☆★☆★

母亲不是不疼他。

在众人眼中，天天不和人说话，也不做点正经事，这确实让家人担心。可是，既然一个人和周围的人相处得不到快乐，他和动物相处能得到快乐，那又为什么不成全他呢？一切的疑问像投射到宇宙的物质，一去而不复返。

所谓正经事，就是去上学。

为了上学，爷爷翻看报纸，还煞费苦心地给他起了个学名叫文臣勇。

这个稍古怪的名字多少带着传统文化的色彩，寄寓了爷爷希望他能当官发财光宗耀祖的愿望。

他明白家中作为重点培养的大哥一直是家里的骄傲，他品学兼优，德才兼备，考到县里上学，又被保送到了大学，但却意外地失踪了，很长时间都没有他的消息。父母难过了一段时间，就再也没有提到他。

作为孩子的他，大人的事情自然不会让他知道。

二哥也在情理之中地停学了，家里有所指望的苗子们都纷纷停学，叛逆的叛逆，出走的

出走，没有哪个能按着父母的心愿走下去的。用母亲的话说，他们不愿上总不能拉着他们进学校吧！

母亲叹了一口气，想起算命先生的话，便对这个本不指望的他说：“你得好好上学了，而眼下就剩下你一个可以指望的了。”

“你看看，某某村家的孩子又考上大学了。别人家出了大学生，全家人脸上都有光。咱们家总不能一辈子都要靠着种几亩地过活吧？那样，人家会说咱家没出息的。”

“得给咱们家争口气了。上大学后就能成个有头有脸的人，不然只能在家‘打牛腿’。”这是母亲时常挂在嘴边的事。

他听着，想到了母亲对自己的狠。平时不关注自己，现在倒关注了。这唯一的关注还是带着艰巨的使命。其他人都不愿做的事，自己又怎会喜欢做？也不问自己是不是喜欢做？使命就这样强加在了自己的身上。

他木头似的站着，默默地听着。他质疑着大人养小孩的意义是什么，养小孩不仅仅是指望长大了叫自己一声爹妈就够了，养孩子的目的还在于去实现他们未能完成的理想，让他们代替自己去攀爬自己没有攀爬的理想之山？

而自己连选择“不”的权力都没有。

殊不知，他也想去找寻自己的世界。

报名那天，母亲忙完了喂猪喂牛之类的家务，解下围裙，把他从睡梦中叫醒：“快起来！赶紧去上学！”

他只记得自己被母亲强劲有力的大手从被窝里拉出来，然后拖向学校。刚刚失去了青牙的他执拗着不愿去学校。他之所以反抗，是因为他一直认为上学的事多少和那次惩罚有关，也许确有其因素，母亲死拉硬拽把他带到了小学。这已是母亲的决断，再反抗也没用。母亲还给他套上了那个连夜赶制的军布书包，“这是你大哥之前用过的，又给你重新返修了一下！以后得好好上学了啊！”

他低头抠着手，懵懵懂懂地在母亲的拉拽下走进学校。

学校院子里传来朗朗的读书声，笼罩在上空的严肃气氛让人窒息得喘不过气来。那一间一间的教室就像囚笼一样将会囚禁他的自由，这一囚或许就是十几年。他明白学校是每一个长到一定岁数的小孩都必须走进的一片领域。

他开始慢慢审视这个新环境。

小学里出现的老师、同学、校长是他从来都没有见到过的。

老师给他留下了深刻的印象，文质彬彬，温文尔雅，与家中的庄稼汉相比有着不同的气质。

他曾听同伴们说过，和尚是一种特殊的人，和尚是不能结婚的。老师不就是大人们常说的先生吗？在他的眼中是一类特殊的人，和大众不一样的一类人。那这些当先生的会不会也不结婚呢？这就是他当时的真实想法。

母亲给了他一个白眼，示意他不要多嘴，不要乱说话。

他看着老师，闭了嘴，把问题埋在了心底。

一位中年女老师一脸严肃，拉着一张老长的脸，扫了他一眼。他怯生生地躲在母亲身后，感受到了这位老师强大的气场。母亲把他推到老师面前，“老师，这孩子，你们收着吧！”

那中年老师掰开了他的牙，量了他的个子说：“个子太小，年龄不够，暂时不能上。”

“真麻烦！这小孩连块上学的料都不够！”母亲说，“无论如何也不能让他在家混，有没有其他的方法？”

“要上，只能上半年级。”

母亲咕哝着，当机立断，不放过半点机会，忙说：“半年级也上。”

一语定下，他就像上了牛梭（注：牛套的主要部件，卡在牛脖子上方、便于用力拉动农具的木质套件。）的小牛，过着既定的生活，每天都要跟着比他大一两岁的大孩子们上学了。

母亲转过身严肃地交代着他说：“在学校不能像在家一样随便了，得听老师的话了。”

“我我我在家也没随便啊！”他仰着头诧异地说。

母亲给了他一个眼色，示意他让他少说话，转身走了。

站在讲台上的老师严厉地扫了他一眼，然后指着最后排的一个座位说：“坐到后面去！”他回过神来，转头看到了窗外母亲远去的背影，心想，从此，他就要远离母亲，开始攀爬求学之山。

如果自己能跟着母亲一起离开这个本不属于他的地方多好啊！

他想着反抗，冲出教室，抱着母亲的大腿闹着回去。母亲一直都是这么忙碌，圈里的猪和田里的禾苗远比自己重要得多。一切的反抗都是徒劳。反复闹几次，母亲终究还是会把他放在这里。

在众多同学们的目光下，他放下书包，走到了最后一排的位子上。

由于他个子太小，那张相对超大的椅子，他费了好大力气才坐上。他只露出了眼睛以上的部位，仰起头才能看到黑板和讲台。

前面的一位胖乎乎的同学时不时回头看他，咯咯地笑着他的傻样。

“小个子，外星人！外星人！”

他眼瞪着那胖墩，满脸通红，头上冒起了火。

他狠劲儿向前踢了一脚。前排的那个胖墩同学应声倒地，栽了个仰叉，惹得全班人哄笑。在大家的起哄下，胖墩感觉自己很没面子，连忙起身，站起来支起两只胳膊就向他扑去。胖墩虽然很胖，动作还挺利索，他瘦小的身体和那肥胖的身体扭打在一起，不分伯仲。同学叫来了老师。

老师非常生气，把他叫到办公室，拿着棍棒点着他的头说：“你真是个不省心的孩子！没想到你来学校第一天就和同学斗了一架，罚站一天！”他低下了头，喘着粗气，满脸憋得通红。

进了班后，他靠着后墙边上站着，一句也没说，谁也不理。

树林 ★☆★☆★☆★☆★☆★☆★☆★☆★☆★☆★☆★☆★☆★☆★☆★

放了学，他没有立刻回家。他逗留在小学的校园里。

整个校园笼罩在这片茂密的树荫下。

小学院内的梧桐树枝繁叶茂，高入参天，遮盖了整个天空。

傍晚，远远望去，小学里的这片树林宛如一座黑洞洞的大山，突兀在广阔的平地上，幽深而神秘。等到校园静下来的时候，他便站在梧桐山的脚下，静静地仰止，观察着周围的一切。

树林每天都会招来成千上万的麻雀。一阵一阵的小鸟从四面八方成群结队飞来。它们拍打着翅膀，叽叽喳喳争先恐后地扑进小山。那时整个小学就成了鸟的天堂，热闹非凡。

那片梧桐树林是鸟的天堂，也是孩子的天堂。

树林的下面，偶尔有拿着弹弓的孩子游荡在梧桐树下。他们瞄着那树上飞蹿的小鸟射击，跟在后面的孩子攥着盛满石子的袋子，手里还拎着几只耷拉着脑袋的小鸟。群鸟的欢叫声是背景音，那子弹穿梭于树叶的啪啪声清脆悦耳。

玩流弹，玩纸炮的学生把书包堆在了围墙一角，为了规则他们吵吵嚷嚷，不知所云。争吵声回荡在空荡的校园内，和上空叽喳的鸟叫声混在一起，构成一个人间天堂。玩不好了就打场架，打了架事情才上升到不顾远近、不顾赢输的地步。最后一群人一哄而散，消失在这个幽暗的树林中。

他多么希望青牙能跑过来，陪伴在他的身边，他的脑海里一直显现出青牙那四只眼睛的萌容。

突然间，从树林丛里传来了一个女孩的歌声，清脆、嘹亮，若隐若现。仿佛是丛林中的万物齐奏出来的微妙声音，万般亲切，万般美妙！

听着那女孩哼唱的曲调，他似乎陶醉了。

歌声的每一个旋律，每一个调调融进了他的血液，每一根神经，让他身心荡漾，让他沉迷在阴暗的树丛之中。他感觉到整个世界只有这幽深的树林和自己的存在。

他仰起头寻觅着飘荡在空荡荡的梧桐树林之中的声音，与他一起来分享这难得的快乐。只见一片树林之中，闪过一个红衣少女的背影。当他去寻觅的时候，那背影已消失在一片暗绿色之中。

伴着那女孩的声音，他禁不住拾起一根棍棒，蹲下来在泥地上写画，画了他脑子里的东西，一个人、一只鸡、一棵树，还有他记忆中青牙的轮廓。当一个简单的图像呈现在泥土上的时候，他感到了前所未有的快乐。

他就这样迷上了听歌、写字、画画、幻想。

以至每天天完全暗下了，直到那个听不清的女孩声音渐渐消失在迷雾之中，他才踩着浓浓的暮色回家。

青草 ★☆★☆★☆★☆★☆★☆★☆★☆★☆★☆★☆★☆★☆★☆★

一天，班上一个女生得了红眼病，她埋头直哭，左一把，右一把抹着泪。哭得让人心疼。在他的听觉里，这哭声都带有点旋律，像是在哪里听过似的，那么耳熟。这声音和那空中传出来的美妙的声音似乎出自同一种音色，能让人找到自我的感觉。

同学都说："回家吧！回家叫你妈带你看医生吧！"

一提到妈，她哭得更伤心了。她趴在桌子上嗡嗡地哭着。

"别人都有妈，她难道没有妈吗？"一个学生诧异道。

那男生挪开她的胳膊，让她抬起头来，看看怎么样。

女孩止住抽涕，抬起了头，睁开眼睛的那一刻大家都呆了，掺和着泪水的头发，贴满了脸。她抽涕着环顾周围的人，周围一片寂静。

"跟鬼一样！"有人禁不住说了一句，然后扬长而去。

"红眼病传染人！"突然有人说，大家的表情像吃了苦莲一样，然后所有人一哄而散，扔下女孩不管不问了。

那女生趴在桌子上，哭得更厉害了。他看到女孩伤心的样子，心中生出了无限怜悯。他不怕被传染，凑上去轻声细语地劝着她说："回回回去，让让让家家家人用盐盐盐水洗洗眼睛就行了。我我我得红眼病的时候，家家家人就是……"

他不理解，为什么她一提到自己的家人就伤心。似乎一提到家人，那女孩哭得更厉害了。在所有人都放学回家的时候，他背着她回家了。

他问："为为为什么提提提到你你你的家人，你你你就伤心？"

背上的她不再哭泣。

"我是孤儿，我没有家人。"

他问："怎么可能？人人都有父母，没没没有人无缘无故从天而降。"

"不知道！听大人说，我刚出生几天，父母就把我扔到了青草丛里。"

"为为为什么？你你你想他们吗？"

"不想。听别人说，父母嫌女儿多，才把我遗弃，父母想要儿子。"沉默了一段时间，她说，"男孩女孩不都是他们的孩子吗？有区别吗？"

"不知道，这些是大人的事。"

"我我我是儿子，但但但在家里的地地地位一样很低。没人管，没人问，还被人欺。"

她说：“你比我好点，你还有个家。”

“我我我有家也等于是没没没有家。”

“我们都是被天堂遗弃的孩子！”她抹已经干在脸上的泪痕低声地说，“你你你不想知道你的父母是谁吗？”

“我不想知道，或许我的父母在南方的大城市。”

“我帮帮帮你去寻。缺失的爱，给给给你补上！”看来，青草的童年也是不堪回首的经历。

他问她：“你有什么愿望吗？”

“没人疼，我们就不让人疼，我们自己疼自己。我想快快长大！”青草静静地看着遥远的远方说，“长大！长大了，我就可以做自己想做的事。”

青草说她是寄住在老爷家的孤儿，老爷在一片青草地里捡到她，所以给她取名叫青草。她的命就像一棵小草一样卑微，被人嫌弃，到处寄篱于他人。

老爷无力抚养，她就寄养在老爷的几个女儿家。今天到这家，明天到另一家，居无定所。

所以放学了，她才经常一个人在校园里唱歌解闷。他心里明白，她虽然倔强，但是她内心还是要渴望得到父母的爱，他暗下决心要帮她找回她的父母。

毕业 ★☆★☆★☆★☆★☆★☆★☆★☆★☆★☆★☆★☆★☆★☆★

很快，小学毕业了。

假期里的生活，他感到自己活得像个野孩子。光膀子习惯了，穿上了汗衫就觉得烧皮。一个暑假，没有作业，天天睡到蝉鸣吵得厉害才醒来。

那天，太阳当空照。

老师通知他们去拿毕业证。

到了学校，发现同学们在上了锁的班级门口打打闹闹，等待着老师的到来。

老师还没来，大家的阵地不知不觉转移到了校旁边的一条河边。河里的水快要干涸了，只剩下河底一片浅浅的水凹。有同学捡了一块石头扔进了水里。溅到岸上的水里竟带上了许多活蹦乱跳的小鱼。

越来越多的人都跟着玩这样的游戏，很有快感。

突然一块石头砸下去，水中露出了两条青黑色的脊背在水里猛地乱窜。那是两条大鱼，大约有一根筷子长。站在岸边的同学惊叫着：“大鱼！有大鱼！”

大家喊着，却没一个人敢下水。他把书包扔给青草，说：“你你你帮我拿拿拿着。我下去逮！”他忘掉了爷给他讲过年轻人下水逮鱼的故事。

近水楼台先得月的他禁不住诱惑脱掉鞋和袜子就下水了。

他赤着脚在水里趟着。清凉的河水浸润着他的皮肤，河里的鱼腥味灌满了他的鼻腔。他悄悄地靠近大鱼，对着大鱼的脊梁猛地一抓。鱼的力气很大，猛地一窜，逃开了。他手上留下了滑滑的黏液。

青草在岸边大声喊："臣勇，鱼在你身后！"他一个转身，趁鱼不防备，一把抓住了那条鱼。

在青草的帮助下，两条鱼都收入囊中。他捧着两条鱼如获至宝，鞋都不顾得穿就往家跑。毕业证更是抛到了脑后。

回到家，他送给了青草一条。

他把另一条放到了盛满水缸里，打算好好地喂养，还撒了米给鱼吃。

第二天，他还在床上大睡。爷走过来说："勇子，缸里的鱼不见了。"他迷腾腾地说："怎么会不见的呢？就在缸里，难道还飞了不成？"

他翻了个身又睡了。爷转了一圈又走过来说："夜里鱼跳出来缸来，掉到了地上，死了，浑身都是泥。"

"噢！"

"我给你加了鸡蛋煮了，起来时别忘了吃啊！"

"嗯……"

他睡醒了起来，掀开锅，锅里躺着那条鱼，翻着白眼的鱼身上还附着两个黄澄澄的鸡蛋。

与那张薄薄的毕业证相比，还是这锅里的鱼较为鲜美！

赶集 ★☆★☆★☆★☆★☆★☆★☆★☆★☆★☆★☆★☆★☆★☆★

春天的时候，在庄东南方二三十里的地方，有一年一度的逢会。青草早就想去赶集了，她想去看看外面的世界。他明白她的心思。

"我我我带你去！"

"你不怕你父母惩罚你吗？"

"不怕！"

"每个人都有美好的童年，我们却没有！我们爬到了童年的山顶却没有看到美好的风景，我们的童年就那么点残存的记忆。"

"别怕，青草，我们可以去创造记忆，创造美好的记忆。"

集会就在天边那一块黑黑的泛着淡绿色的树林里。四面八方赶集的人都朝那里涌。温暖、和煦的阳光散在刚刚冰雪消融的旷野上。他拉着她的手从后门偷偷地溜走。

他蹬着自行车，青草坐在后座上。自行车在平滑的柏油路上飞驰。

路边白杨树，和远处的村庄从眼角擦过。

广阔的田野，在天边移动。他们超过一群又一群赶集的人。

落在后面的大人们见到这个骑得飞快的男孩和女孩张大嘴巴诧异道："这两个孩子骑这么快！"

他们笑了。

“青青青草，你回头不怕爷爷罚你吗？”

“我才不怕呢！反正又不是罚一回了，跟着你出来，我愿意！”

他蹬车蹬得更下劲儿了。“罚罚罚的活，我我我替你干！”

她紧紧搂着他的腰，“累不累？”

“不累！累啥！”他前倾着身子骑得更带劲儿了，承载着他和她的自行车，鱼贯穿行在车群中，留下了一片爽朗的笑声。

青草大大圆圆的眼睛扑闪扑闪地看着他，“前面有一座山，爬到顶端，能看到意想不到的风景！”

“什么山？”

“嗯！臣勇，那是一座梦想之山！我有梦，我想唱歌。”

“青草，你有梦，你去追！不要埋藏在心里。”他捋着她长长的发丝，他闻到了她身上散发的清新的味道，“以后有机会，我带你去爬！”

“青草，我们去南方打工，那边的山很多！我们一起去打工，我们可以开个修车部，或者开个餐馆，然后，你唱歌，我给你写词。你天生一副好嗓子，我为你写诗！我愿成为你第一个听众。”

“好的，等我大些的时候，我们就一起去南方打工，闯荡！”

“我们隐居在一个有山有水的城市里，过男耕女织的田园生活，一起去幸福之山的山顶上看风景。到时，你是歌唱家，我是作词家，我们双剑合璧，天下无敌！”

“好的，会有这么一天的，那是我们的未来！”青草眼神里透露着坚定。

身世之谜 ★☆★☆★☆★☆★☆★☆★☆★☆★☆★☆★☆★☆★☆★

不知道什么原因，他和青草逃课的事被母亲知道了。母亲大发雷霆，质问他：“你怎么和青草在一起？”

他诧异母亲为什么会发那么大的火，“为为为什么不不不能和她她她在一起？”

“她是个野丫头。没人要的孩子，她父母不要他了。”母亲的眼神异常锋利。

他问道：“父母没人要，她还可以自己生活！这又什么关系。”母亲看着他激烈的反应，很是诧异。“她她她怎么会没有家？她她她父母是谁？”

母亲岔开话题，拉着他的胳膊，“你整天和这个野丫头混什么混！你以后少和她在一起！赶紧给我上学去。走！回家，以后少到处跑。”

“我不是块上学的料，我不想上学！”他死拉硬拽，就是不走。

“她她她的父母是谁？你你知道就告诉我，不然，我是不会回去的。”他想着他应该帮青草找到他的父母。

“我怎么知道她的父母是谁？赶紧给我回去。”他低头，扣着手，两脚死死地踩在地上，不愿挪动一步。上一次，我丢失了青牙，这次，无论如何，我也不能丢掉青草。

母亲拉拽着他的手。

在他和母亲的较量中，母亲没有成功地把他拽走。上面的那排白杨树上的叶子哗啦啦地响着，仿佛几年前出逃的情景再次呈现。只不过，这一次，他的母亲老了很多，而他的身体相对结实了很多。这一次站在旁边是青草，而不是青牙。

周围纳凉的人围了过来，“这小孩太倔了！太不听话了。他是不是她亲生的？是不是她的后妈？”

母亲听着别人的议论，突然放开手，一屁股坐在地上，哭号起来。

“你这个不听话的小孩，现在敢和我做对了？你，我亲生的，不理解我罢了，还不听话气我。我真的没法活了。”母亲像变了个人，一向好强的她从没有这样脆弱过。

“我十八岁，嫁到这家，就做小，还得抚养他前妻留下来的四个孩子，做后妈，我来到文家容易吗？我天天忙里忙外，就怕别人说我当后妈的心狠。我对你的哥姐掏心窝地好，他们对我不尊重，就因为我是你爸后续的媳妇。”

看着挥泪如雨，痛不欲生的母亲，他愣了。本想知道的是青草的身世，他却知道了自己的身世。怪不得自己在家里的地位那么低。原来，大家是看不起他的出身。

他不得不重新审视他的母亲。生性强硬的母亲，坚强的外表下还隐藏着多少的苦衷？之前对她的怨恨都烟消云散。

他想到了小的时候，母亲曾叮嘱过，你得给我争气了，好好上学，自己今后要上大学，将来干这，干那，能光宗耀祖，振兴家业。有出息了，咱们才能让别人看得起。那时的他抬起头，傻傻地看着母亲问：“为为为什么？上了大学才能被别人看得起？”

“你大哥，你知道吗？”

“我没见过。只是听说，从没见过。你大哥是你爷，你爸的骄傲，他的掌上肉，成绩优异，品学兼优，也通情达理，受家人喜爱！”

“所以你得争气了！不然，我们在这个家永远都没有地位！”

“谁有谁的路啊！为什么要和他们争宠？”

“不行！你懂得什么？我过了半辈子苦日子，不想下辈子再被人瞧不起。你必须好好读书，为我们娘俩争口气！”母亲的言语里带着一种不可抗拒的力量。这无疑是给自己下的紧箍咒。

他要固执地坚持着自己吗？这唯一的小儿子再不给她争气，她还真抬不起头来。噢，他心软了，他只能舍弃他的青草。

他拥抱着母亲生平第二次落下了泪。

当爱变成了恨

小时候，一天见不到你，就喊妈，
躺在你的怀里才感到世界的安全。
你就是我的依托，我的天。
而这种爱不能放手，
在母亲的关怀下，也混混沌沌地过了这么多年，长到了这么大。
等我长到了，想追寻自己的爱情，
你却成了障碍。
回到家，第一件事就是喊妈。
自从有了她，你就落了单。
是什么让爱变成了恨，
只因为爱得太深，
当爱变成了恨，
虐也是一种爱，
当你想最用恶毒的手法和言语来虐她的时候，
其实，你已经不知不觉地在依赖她。那是一种爱。
一种变态的爱。
我的恋人
而儿子的爱，需要献给自己的爱人。你就成了单身。

这就是他的童年。这是他写的诗。
他用文字来记录自己的思绪。
也是给青草写的歌词。

小时候，青牙伴随着他的童年。那个不会说话的朋友陪伴了他幸福的童年。这些东西装到了脑子里，成了他的幻想。藏在他的意识里，久久挥之不去。

他的童年就是那么琐碎，而不连贯。必定童年的每个人未必是一个精彩故事的主角。他也就普通同龄孩子的一个而已。

人总是活在当下，回忆着过去，畅想着未来。

他思辨着、控诉着，当肉体被困顿在一个地方失去自由的时候，他只能靠灵魂的游走来满足他解放的渴求。

他在心里埋葬了它，他告别了他的童年。

课堂 ★☆★☆★☆★☆★☆★☆★☆★☆★☆★☆★☆★☆★☆★☆★

坐着时间的快车，他很快到了上中学的年纪。

他背着书包去做一个听话的孩子。要好好学习，以后考个大学，有个出息，给家里争气。那年他十岁。中学生活开启了他新的生涯。

他跟着同龄人“顺大流”，上学放学。坐到教室里，一坐就是一天。从教室走出去，又回来到教室里。

他的臀部疼痛过一阵，后来就没了疼痛的感觉。他练了个铁腚功。马克思在图书馆留下了自己的脚印，他在课桌下面的水磨石地也留下了他的脚印。这是他修炼的印证。

生于忧患，死于安乐……

圆的面积公式是：S=πr^2或S=π（d/2）……

定冠词the和不定冠词a的用法……

化学元素周期表……

课堂上，他难以听进老师的谆谆教诲。繁重的功课，填鸭式的教学让他不得不寄心于过去的生活。每次上课，他依旧托着腮，装作老实的样子。那是在挂羊头卖狗肉地幻想。

那是他最后一次见青草。

眼看着就要升初中。青草突然说，她不上了。

他感到不理解，问青草原因。青草说：“爷爷身体不好，我得在家做家务。”他说：“你你你不上，我我我也不上了！”

“你胡说什么？你家里还指望你读书，上大学呢！”

“那那那是他们强加于我的。不是我自自自愿的。”他看着青草，结结巴巴地说。

青草拉着他的手说：“你去吧！做个听话的孩子。你父母也不容易，你要体谅他们，你不能那么自私。”

“可是，他们让我攀爬的山，不是我要攀爬的山，那样我活得更加不快乐！”

“父母也是为你好！能有父母管着你，这本身就是幸福。你要知足！”

“那你的呢？我还没带你爬你想要爬的山。”他的泪水流到了嘴里，他尝到了咸咸的滋味。

“不要管我，我自己会爬！等我们都爬到山顶上，会再见面。”青草用坚毅的眼神看着他，她的眼睛湿润着。

“不不不行，你你你的身世之谜还还还没解开。我我我要帮你你你找到你的家人！”

“不需要了，你去走你自己的路，我们山顶上见！”

幻想★☆★☆★☆★☆★☆★☆★☆★☆★☆★☆★☆★☆★☆★

突飞过来的粉笔头像子弹一样砸在他的额头上，疼痛让他清醒片刻。下课了，同学们围绕着印在他头上的点点白斑大笑着。

一桌一椅一教室就是他一天活动的空间。

他常坐在位子上瞪着老师，这自然会招至一些出其不意的粉笔头。

同学们的嘲笑仿如隔世的声音。

他感觉不到任何羞愧，他更加不屑于周围的一切，而真正让他可笑的反倒是他们自己了。因为墨、线条这些莫名的事物总让人与非常态的行为搭上关系，就是这些东西，又让他不得不滑行到所谓不正统的轨道。

课堂上的他不知不觉也深入其列。

我最能理解他。

练字、画画是他在失去了青牙之后又寻找到的另一种能给自己带来快感的事物。他投入其中，拿起笔，在纸上画出印象中的物像，写下那飘荡在空中美妙声音的音符。

他常常达到忘我的境地。

在同学眼里，他不聪明，他不调皮，但是个实实在在的老实人。他置周围的一切而不顾，以至讲台上的老师走到他身边的时候，他还没有发觉。

“你在干什么？”老师严厉地说。

“报告老师！这是他写的诗。”旁边的小胖从他手底抽出了画满了图像的纸张。他像是被当场抓获的贼，慌忙把纸张塞进抽洞里。小胖像得到了战利品一样自豪地把纸张展览给大家。

“诗？他还会作诗？我倒看看写的什么诗？”

老师看了一张纸，纸上用铅笔涂成了一团阴森的东西。“嗯，还配了图画。”左看右看，正看倒看，也没看明白他画的到底是什么东西？老师拿腔捏调地读着：“外宇的世界没有恨，没有嫉妒。那是我追求的世界……他自由的灵魂被囚禁，他只能困顿于这么大的空间里。”那是图画旁边一团迷雾般的一行小字。

同学们一阵哄笑。

恍惚间，老师把昏昏沉沉的他叫醒，然后叫到了办公室里。

老师正襟危坐严厉地质问他：“你是来干什么的？”

他低头不语，他还没来得及思考这个一直困惑他的问题。

“我在写诗，写词。”

老师接着说：“还写诗，写词。写诗有什么用？”他低头不语，脸瞥向一边。他是在给青草写诗，写词，有谁会知道？他踉跄着腿，歪着头，看着窗外。

“别人说什么，你不要不以为然。请认清你的身份。你只不过是一个学生而已。”

他看着老师那认真的严肃，感到一阵反胃。

“我没有以为自己是谁。我是我自己。我有我的自由。虽然，这不是诗人的时代，但谁也阻止不了我诗意地活！”他低下头、憋着气、攥着拳头，心里嘀咕着。

“哟！大道理还挺多的！你别忘了！你是学生，前面有一座大山等着你去爬，你还在这里胡来！你要专注于学习。先把成绩提上去再说，知道吗？”

老师用警告的口气说：“从今以后，不准在我的课堂上开小差。不准画些个乱七八糟的东西！不准写一些乱七八糟的诗。”

老师刷刷刷撕毁了画纸，并把纸张散向了天空。

“我就要画，就要画，谁也管不着！”练字，画画是他在失去了青牙，离开青草，在他遭遇了失去和破灭的时候，寻找到的另一种能给自己带来快感的事物。

这样的权力也要被剥夺吗？

放学后，等人走得差不多的时候，他又画了很多张，贴在了墙上。

他踩着楼道，爬到了天台。他把整个教学楼都踩在了脚下，想干什么就干什么，谁也管不着……

暮色渐渐笼罩了这座空荡的校园。

他对着天空，伸开双臂畅怀起来。

突然，他有几分尿意，他把张纸扔到了地上，在那个天台的拐角解决了。

第二章 自我和他人

高考前夕 ★☆★☆★☆★☆★☆★☆★☆★☆★☆★☆★☆★☆★☆★☆★

“那山是你们要我攀爬的，我又不想攀爬！”但他依然要背负父命继续攀爬着。

他坐在教室里，一坐又是三年。

这三年近乎把他磨成了一个傻子。他就这样默默地存活了这么多年，承受所有的煎熬、苦痛、欢乐。在学校读书的时间里，他漂泊不定，毫无航标，静静等待上天的旨意。他把自己封闭在黑暗区域内，谁的话都不相信，什么话也不愿说。

除了书本上的条条框框，以及小学里那一点记忆外，再没有什么可以值得回忆的事情。

在一天到晚的课堂上，在多次重复的模拟考试上，各科试卷，像雪花一样从天而降，降到他的世界，让他的世界如童话般浪漫。试卷的油墨味让人陶醉。他仿佛畅游在知识的海洋，游啊游！拼命地游，为了不让自己在知识的海洋里淹死，他只能拼命地往前游，直到游到可以休憩的彼岸。

他的人生又上了一个高度，这是他一路攀爬后看到的另外一种风景……

体检 ★☆★☆★☆★☆★☆★☆★☆★☆★☆★☆★☆★☆★☆★☆★

考前，他收到了高校的体检通知。

年过五十的父亲和他搭着车去了离县城有两百多里路的省会城市体检。

来到省城，这座繁华的城市让他一阵茫然。他仰着头，注视着这个世界。这个陌生的世界，车水马龙，人山人海，灯红酒绿，纷乱喧闹，所有的一切都在有条不紊地运行着。

他像是迷失在车流中的航帆，神情麻木，一直被别人牵着鼻子往前走，自己永远没有把握航帆的机会。他只能蒙头往前走。顺着潮流往前走，永远不知道下一站在哪儿。

“你过马路怎不看着车，想啥了？”突然他父亲跑过来一把拽住他。他站在马路当中停住了脚，浩瀚的车辆洪水般从他身边流过。

过关 ★☆★☆★☆★☆★☆★☆★☆★☆★☆★☆★☆★☆★☆★☆★

体检处，设在一所高校里，参加考试的人黑压压地挤满了整个院子。很多人在第一关败下阵来，纷纷折回。

父亲背着手，接过了他手中的旅包。既然来了，就试试吧！

他拿了准考证，排上了队，进了考场。面试的老师像牛市里牛行把看牲口一样，掰了掰他的眼，又量了量他的个子。

他个子不高，体型干瘦，肉黑红，却很结实。他的眼神里透露着坚毅和茫然。是十几年岁月的催熟让他从那个又小又瘦的黑孩长成了现在的十几岁少年的样子。

之后，考官让他说一下他的情况。

结结巴巴的普通话有点别扭，他干脆就改用了方言。他三言两语介绍了自己。他带着家人使命，走的是传统之路，除此之外他心中装着一座山，一个未知的世界，一座他要去探寻攀爬的山。那需要的是刑事侦查的能力，也许，学会了侦查，他就能找到青草的身世之谜，找回自我。

考官听完他的理由后，拿出一张花花绿绿的图片，指着让他看。他一一说出了所指的图形。这证明他不是色盲，他是个健全的没有生理缺陷的人。

或许是他坚毅的眼神让考官印象深刻；或许考官发现了这个考生个子虽小，可体内却蕴藏着有待挖掘出来巨大的能量。“是小个子，大世界！”这是他给考官最大的印象，这也许正是他被考官看中的地方，他才有幸进入下一关。

教官念到了他的名字把他带到了操场上，进行下一轮的体能测试。

他看着同路的几个人，默默地站在一旁。一个个大小伙子背着包，心有城府，默默寡言。他理解这种人，但别人不一定理解他的寡言。

寡言是一种境界，一种修养。正如他的寡言一样，不为人理解。

在俯卧撑环节中，他一口气做了一百个。这个成绩让人咂舌，考官也惊叹地说：“这小子不错！”而站在考官的旁边还有一位偷偷打战的考生，他只做了二十个就停止了。教官问：“为什么停了？”他直起身红着脸说：“不就要求做二十个吗？”原来他是不知道要做三十个才算及格，大家哑然一笑。

轮到他做时，他咬牙做着一直没停下来。胳膊酸痛几乎瘫软在地上。

他撑着酸疼的胳膊坚持做了七十个。考官说了，可以停了，已经及格了。

次轮晋级，接下来他们被拉到了跑道上。要进行的是一千五百米的中长跑。枪声一响，他们便开始绕着圆形轨道跑开了。

他们跑了一圈又一圈。

夏日炎炎，蝉鸣阵阵。

身在队伍中的他突然意识到这群拼命奔跑的人也融入了这个盛夏，成了这个夏天的一部分。他此时此刻拼命的意义是什么？不惜折磨自己的精神，考验他们长了十多年的身体。为了人生？为了前程？还是为了争取到进入一张高等学府的绿卡？身在队伍中的他突然怀疑着自己是否属于这行队伍之中了，仿佛自己就是一位看客。那些耐心等待着的人才是真正属于这支队伍中的人。

他心跳加快，血液流遍了全身。

他渐渐喘不过气起来，身处竞争之中的自己，仿佛又是个局外人了。

他厌烦了！够了！他感觉自己的腿快要瘫下去，他的喉咙快要破裂。一直在幻想中游荡的人从没在现实当中施展出这样一番体力了。那跑到了最前面的是那个鹤立鸡群的小伙子。而他跑到了最后一名。

不管怎样？这还是一群为了进入下一局拼命争夺入围名额的人。

到了最后一圈，他突然分裂成了另外一个强健的体魄，他仰起头狂叫了一声，像一头黑豹爆发了浑身的解数，往前奔跑。离终点线的几十米，他奋力迈大了步子，冲了上去。他超越了前面所有的人，越过了终点线。这让围观的考官和家长都记住了一个唯一穿着长裤赛跑的最后爆发的瘦黑而又沉默的小个子。

休息之余，看台另一边围坐着的几个考生看着坐在看台上的挽着裤脚没有放下的喘着粗气的他。他们议论着："这么瘦！这么黑！这么小的个子，想不到居然跑那么快！"

他不顾别人的话语，更不会在意别人对他的蔑视和嘲笑。他们笑就让他们笑吧！

他喘着粗气凝视着远方。他从没有为自己发育不全的形体而感到羞愧过，他也从没有认为自己要别人强多少，或者是低贱多少。

远处，这盛夏傍晚的操场、慢走的行人、缓慢移动的车、树、人都在朦胧中荡漾。蝉鸣有气无气地时隐时现，这暑气如蒸笼一样似乎要把每个人的身体都蒸发掉。操场上的树木、楼房都像是在不停地旋转。他记住了这个他挥洒过汗水的地方，在这里他留下了在现实中实实在在走过的痕迹。

考官念到了他的名字，考官对他说："你叫文臣勇吗？"他抬起头，低声说："是的。"考官正眼看了看他，递给他一张单子，"叫你怎么没听见？明天早上空腹验血！"

他低下头"噢"了一声，这一关也算过了。

第二天早上，最终入选的几十个人在医院的门前排队等候验血。

他没有见到那个忘了是"二十个"还是"三十个"的考生，只见到了那个背着包的强悍的考生在静静地等待。在他的眼中，每个人都有每个人的一个世界，都有自己要攀爬的山。这个沉默寡言的考生就是一位行者，一位孤独的行者。

他有他的成长轨迹，他就是一首关于成长的诗。他的意志那么坚定，他的方向那么明确。而自己呢，还在攀爬的迷途中徘徊着前进。

验完了血，没等结果，他们就搭上公交车，去了车站。

在车站门旁边，一个说着普通话又掺杂着方言的老板死拉硬拽要他们进饭店吃饭。开往家乡方向的车即将出发。他们抢过行李，提着大包小包头也不回进了车站，上了车，找了位子坐了下来。

浓浓的汽油味充斥了整个车厢。车上放着轻松跃动的音乐。车厢内幸福的男女吃着零食，聊着天。窗外繁华的街市在车窗前闪动。

父子就这样在这个只待两天的城市走完一趟，又回到生活了十多年的小城。

前程 ★☆★☆★☆★☆★☆★☆★☆★☆★☆★☆★☆★☆★☆★☆★

不久，那张轻飘飘的通知书随之而来。同学们很吃惊："臣勇要搞武的了，想文武双全呀！"

当公安、做警察、学格斗、学驾驶……村里的人都说他以后有出息。

臣勇有这方面的潜质，说不定还能是个尖端人才。

又有人说，他年龄还小，不到十六岁，就上大学，过早走上社会也不好。再说，现在大学生多得是，不去上，复读再考就是。又有人说，虽说上了，可是勇子，你适合干那行吗？你那么小的个子，怎能当刑警？要不是面试老师赏识你，你是不会被破格录取的。村里人议论着，计划着他的前程。

他每天的幻想很多，可对于前程却从来没有想过，面对选择又该如何是好呢？

理想中的前程模糊不堪，像一座不能逾越的高山，到底摸不清那是一个什么样的境地。小时候母亲给他上的牛套，一个至今还没有解下的牛套让他一直失去自主的方向，仿佛他的使命就是为了完成这个任务。这关系到他前程的问题，前程不就是在这关键时刻，因不同的选择而有所不同吗？

他转过身看着一直延伸到远方的路，又是一片茫然。

过了假期，村里人看到他蹬起了昔日的自行车，钟摆一样骑出了村庄，上了公路。他又坐在教室的一个角落里，开始了复读生活。

他托着腮，仰着头，独守着一片天空。

那次，老师在高考前把他叫到办公室，"你都考上了，为什么还要复读？"

"因为，我不想离开这里。"

"那你上学是为了什么？"

"为父母。"他面无表情地回答。老师是不知道，他的童年被绑架了才要来攀爬这座山的，他心中还有一座心中向往的山等着自己去攀爬。

老师对他的话感到无奈。

"这孩子说的什么话？学习是为自己学的，不是为你家人，也不是为了我。"

"老师，我就是为了家人学的。"老师扶了扶眼镜说："好了，好了，我没你执拗。你既来之，则安之。整天在那儿心不在焉的，能学好吗？"

"老师，我这些题我都会了。"

老师回过头来，扶了扶快要跌落下来眼镜，侧目看着他："你都会了？怎么可能？过来，我给你出几题看看！"

面对老师出的几道难题，他三下五除二破解了。旁边的老师也表示诧异："这个孩子的

大脑是不是和别人不一样。解题那么快，而且错误率很低。照这样的情况，考个名牌大学应该没问题。”

老师睁大眼睛说：“这些题目我还没教过，你就会了？”

“是的，我都会了。当一个被困顿一个地域，别无他路的时候，他只能钻研出超出寻常的东西。对于一个上了牛梭的孩子，这样的高强度学习，自然能压榨出点奇迹。”

这种执拗在别人眼中看来是多么的不寻常，在别人眼里不可理解。这就是专注，超乎寻常的专注，不被生活其他影响的专注让他的成绩异常突出。

在复读的一段时间里，他感到了从未体验过的快乐。那像是另外一个人的经历。

教室里，除了做题，考试，时常有某个人因某玩笑，而产生一阵阵爆笑。还有几个学生找点事，打个架，逗个女孩子，自我调剂着平淡的生活。看着他们笑，听着他们说，日子过得也很快。

整个班里就像一条船，载着兄弟姐妹共济着。船里的每个人都有一颗去坦然面对现实的心，更有一份坚持到底的毅力，谁都没有消沉、没有自卑过。大家都是一起准备攀爬智慧之山的年轻人。

然而，就是这个和别人不一样的孩子，在学校成绩时好时坏，只要他想学，就能考出非凡的成绩来。尽管那时他才十六岁。

十六岁的那年他又参加了次高考。

虽然是名校，但是并不是自己理想的学校，理想的专业。短短两年的时间内他面临了两次重要的选择。

鉴于他第一次的放弃，村里人劝着他，去吧！可以上了，别再熬了！考上了不上，有什么意思？你大哥的事让你父母操心了，你好好听话，多少能让父母得到点安慰。

你看你父母的头发都白了，你还忍心让老人家为你操心吗？上就省事了吗……

是的，母亲又添了白发。

他不应该有什么想法了。他不知道大哥的事情到底是怎么样的。

“你大哥，大学没上完，受到挫折。”

“你要把他的路走完。”

“不能让别人家笑话咱们。”

“你的哥哥姐姐都不学了。家中就指望你一个能上学有出息了。你要好好地学习啊！”母亲又在一旁唠叨。

他只知道，他本质上，他应该是一个生命建立在主动上的人，一旦失去了主动，就像一叶失去了引擎的扁舟随波逐流在激流的江河上。可他又什么时候主动过呢？他一直是在被动着的。来到这里上学就等于上了一辆自己不愿上的车吗？

物是人非 ★☆★☆★☆★☆★☆★☆★☆★☆★☆★☆★☆★☆★☆★

好长时间没见到的她还在爷爷家吗？学校的繁重课程让他与青草相隔似两个世纪。他有点想见她了。

那天，他垂着头，百无聊赖地来到生活了五年的小学。小学上空只留下一片光秃秃的天空。

他闭上眼睛听，却看不到她的身影。他去爷爷家找青草，却得知，那天和青草分离后，青草被罚，被送到另外一家寄养，之后，青草便出门打工了。那次竟是和青草的最后一次见面。

这是个多么糟糕的结局！

他喘着粗气，极度愤怒。

所有带给他童年快乐的事情都已飘远。那让他魂牵梦绕的旋律永远地消失在这片空旷的天空之上。

他幻想的场所在哪儿？他的栖息地在哪儿？那个小巧玲珑的女孩在哪儿？

周围的一切都在变，村里的同龄人有的学技艺到外地；有的混社会；有的出外打工；有的结婚生子。家里，兄弟姐妹也都一个一个长大成人，各奔东西。

而青草也已经出走多年，却一直没有回来过，甚至没有一点她的音讯。

不过，我们还相约过，我们要在山顶上见。

所有人都在不停地攀爬成长之山。

他再次来到小学的院子里。

光秃秃的院子，不见一棵树的影子。

所有自己喜欢的东西都会消失在这个世上，离他而去，就连自己刚刚感兴趣的一片梧桐树乐园也不尽人意地消失。那成了山的梧桐树居然在一夜之间荡然无存。

是一些砍树的人把这片茁壮茂密的树林给卖了，这触及现实利益的事却让这些美好的物像消失，这是何等的可惜！

昨天还待过的教室，明天就会被夷为平地；昨天躺过的草地，今日又会崛起一座大楼；不知什么时候，那一排排的旧瓦房地方，又建起了挺拔的教学楼。

这又怪罪于谁？怪罪于社会，怪罪于事实本身的荒谬，还是怪罪于自己奢侈的渴望？事事都在变，唯独他的记忆还停留在过去。

他略有领悟，自己的欲望就那么简单，和学校的那一片树林独处，在梧桐树里多待些时间，在地上多画些线条。可就是这么点欲望和期望也在不久之后的日子里破灭。

他恨透这个世界了，他的世界崩溃了。

他站在小学的院子外，捡起地上的石子，向小学院里狠狠地砸去。

小学院里传来责骂声，锐利的杀气逼过了院墙，向他逼来。他本想和那人讨个明白，可那蛮横的口气让他失去了兴趣。林子都砍了，争吵有什么用，他转过身闷头走开了。

我不是在为他找些借口。

他只能这样坦然地面对，这已经是没办法的办法。

一个人的生涯毕竟要登上一个新阶梯了。扁舟就扁舟吧！车子总会停的。

不能一直固守着记忆不放。怎么活不是活？他终于按照母亲给的牛套，完成了使命。

人生就像一列火车。

从一个初始的地方，抬脚跨进车厢。站在列车上，跟着列车晃动。飘飘然，永远保持着不远不近的距离，任着车子承载他到一个遥远的远方。

远行的旅客，在哪里停就在哪里落脚，那是由当初的选择决定的。

“你不想去的地方，未必就不是个好地方，你想去的地方未必就是个好地方。为什么不去那山里面去看看呢？”一个邻居似乎看懂他的心思。

“妈，我答应你去把他的路走完。我愿意去攀爬大哥未攀爬到顶峰的那座山。”

以后还会有更远的路等着他。他还要去创造新的记忆。那山的风景如何，他要去看看！

他已经在车上，远方在哪儿？他也不知道。

大学 ★☆★☆★☆★☆★☆★☆★☆★☆★☆★☆★☆★☆★☆★☆★

学校报到的日子到了。

他带着行李，被推上了开往学校方向的客车，他要去攀爬那座众人眼中的山。

车子驶向北方，驶得很快很快。

路边光秃秃的树木从窗前滑过。旷野下一座座矮矮的村落，忙碌在田间裹着头巾北方农民的身影时不时在窗外闪现着。开足马力的发动机的嗡嗡声充斥着整个车厢。

一座小山丘从窗外闪过。

小山丘仿佛还是一片冬日的景象，灰蒙蒙，脏兮兮。裸露的山脊上还依稀可见几间破败的采矿时用的小屋。

他仿佛能看到灰蒙蒙的后山上飘刮着北方的质朴和粗犷的风。

他身体坍塌在位子上，不想再向外看，他厌倦了这生活了十多年一直存于脑间的景象。他心里有一点不适的反胃。

他没有像其他的同学那样幸运地逃离到理想的境地。他没能逃出这个圈子，去看外边的世界。他只能收敛明媚的还未张开的那一半，安心做一个北方人。继续承受着这片原始、粗犷的北方土地的养育。

他闭上眼睛任车子摇晃着。

车子在一座车站停下。

路边老式的店铺挂着又小又旧的招牌，招牌上还泛着点点白斑。

这城市西北角的老城区里，一条条窄窄的街道上是让人难忘的陈旧和破败。大街上到处是凹凸不平的补丁。学校位于城市东北角的山脚下。

校园内，一座又老又破的建筑物矗立在灰色的上空，风雨残烛般的躯体掩藏在秃秃的树丛后面。掉了漆的篮球板在雨里更显斑驳，泛着煤渣的青灰色的操场略显萧条。远处长上了死灰色苔藓的看台像一排一排恐龙巨大的白骨横卧在一片灰色山脊的前面。山脚下的家属楼在一片深黑色的树林的衬托下更显凄凉。

眼前这所学校呈现着和其在全国的名气极不相称的景象。

这就是传说中的大学吗？这就是母亲在自己刚上学的时候给自己定下的可以当作归宿的地方吗？从小抛弃了所有发展的可能。绘画，还有那美妙的声音，孤注一掷，期待了十几年的理想，得到了这些。

他置身于这样的时空中，感到时空错乱。他仿佛乘上了时光隧道，回到了六七十年代的情景之中。他辨不了方向，辨不了上午还是下午，辨不了梦中还是现实中。恍惚间他站稳了脚跟……

他听过姐姐给他讲述过的美好世界，与北方相对应的南方。他也想去南方，清秀，繁华的南方，快节奏的文明生活构成了他的幻想。而这里并不是他想要的。

他摇摇头，努力让自己清醒起来。

失落★☆★☆★☆★☆★☆★☆★☆★☆★☆★☆★☆★☆★☆★☆★

校园里，一群挎着包的女大学生走在树木间说笑着。她们看到了这群刚来的新生继续走着她们的路，好像她们已经是过来人了。

刚进入学校大多会有失落感，这也在所难免。所有新进的一批学生都要经历这样的一次心理落差。有客观原因，再说心高是人的本性，心理缺陷又是这个年龄段所具有的普遍现象，对于一个有想法的人又怎能没有一点点感觉呢？

父亲对他说，既然来就应当安心地待下去吧！好好地学习，别有什么杂念了，怎么样不是一辈子，好歹有个学上！

他看着远方的萧条默不作声。

办完入学了手续，已到傍晚。

父亲坚持要给他买个背包才肯回去。他说，不要了。晚了，就赶不上最后一班回家的车。父亲坚持要买了后再走。

他坚持说不要了。

他感觉他不是他，他是他大哥的替代品。他是文臣英。

父亲把一只旧的掉了颜色的包留下，他说那是之前买给大哥的，没用上，就留给他用了。

他对父亲说，好的，自己会照顾好自己的！

父亲不放心地走了。他站在路上看着瘦如干柴的父亲拖着那只残疾的腿蹒跚地走去，心中生出一股酸楚。不管这种爱是对大哥的爱，还是对自己的爱，他都感受到了一个父亲对子女默默的爱。

他目送着，直到父亲远去的背影消失在人流之中，他才折回。

他手抄在裤袋里，顶着北风，独自走着，车辆与他擦肩而过。

突然，一辆火车挡住了他的去路。那列半闭着眼的火车拖着沉重的身体呼啸着驶过，长长的身体像巨大的蟒蛇扭动着。声音震天动地。火车从遥远的北方驶向遥远的南方。他静观着，时间近乎凝固。他万般神往。

火车带来的阵阵强风席卷着路边的树草，然后消失在铁轨的尽头。

这震天动地的一刹那很短又很长，那看不到尽头的远方，是铁轨延伸的方向。

第一次行走在铁轨上，像舞蹈一样一跳一跳的。他脚踩上铁轨，顺着铁轨的牵引往前走着。他跟在这些在铁道边土生土长的人们顺着轨道走着。他张开双臂平衡了肢体，脚踩着一根一根的枕木，竟然有兴致地跑起来了。

远处又传来了一声长鸣。火车来了，胆小的人下了铁轨，沿着铁轨下面淹没在石头里的小径继续走着。一声火车长鸣，铁轨上最后一批人也下了。干干净净，清清荡荡。他也下了铁轨。

过了一个又一个标牌，天边已泛起了淡淡的暮色。

铁道旁的绿灯、红灯亮得出奇。马路骤然流动起来，铁道上走着的一些人像乐谱上一个个跃动着的音符。列车远去，留下了一片寂静的世界。男男女女的说笑声回荡在铁轨上。

眨眼的工夫，脚踩着异地，脑袋停滞，转了个弯，刚才众多的烦恼已抛到了脑后，他发现自己已恍惚身处在千里之外的异地。直到见到熟悉的地方，熟悉的景，他才清醒。

他转过身，向学校的方向走去。

那一群萧条的建筑则是他唯一暂且可以当作归宿的地方。

烂教室 ☆★☆★☆★☆★☆★☆★☆★☆★☆★☆★☆★☆★☆★☆★

他所在的班级，有将近上百人。

他们是一群同舟共济的兄弟姐妹。他们是共同面对人生，面对未来，共同攀爬象牙塔的一群同龄人。

他们只是一流大学三流专业的学生，还要受到歧视，同学们愤愤不平，面对劣势的地位，他们表现出的并不是懦弱的顺从。

辅导员常对他们说，你们的名誉来自你们自己，别人对你们班级的评价是建立在你们班的行为之上的。

他再三重复，像是他们犯下了滔天大罪，做了让他丢脸面的事。其实，那也只不过是为了维护自己尊严的一件小事而已。

9月20日，班级集体强占了其他优势专业学生的教室。

或许根本就不是这个班级的错。本已安排好给他们的301教室，大家都坐好了座位，正要掏出书本准备上课。突然一个班长模样的人进来站在讲台上说："你们的教室临时调换到609，老师在那儿等着你们。"

同学一阵议论之后纷纷离开已经坐热了板凳，慌慌张张地向609走去。到了609，才知道那简直不像是人待的地方，凛冽的寒风从空洞洞的窗户吹进这间茅庵似的教室。整个教室堆着横七竖八的桌子。桌子落了层厚厚灰尘，已掉了皮，变成了暗黄色。有几张还凑合可以用的却写满了污言秽语。

同学怨声一片。

同时，他们得知，301被另一个班所占。

他们像炸开了的锅，乱哄哄全都下了楼，强占了301。

事情就是这么简单。

不久又闹出了一件抢寝室事件。由于班级里的女生多，男生少，女生安排在校内的一座又破又老的教工宿舍楼里，十几个人挤在一起，冬日里也没有暖气。

男生住在校外的公寓，条件更差。标准的十人房间，没阳台，没暖气，没卫生间，就连接触女生的机会都少之又少。

针对这种情况，女生们勇敢地站起来了："我们要求新寝室，我们要求平等的待遇。"

学校只是表面应付，却迟迟不给解决。

后来，女生们自己动手，未经系里同意，擅自搬进了一座刚刚建成的新式宿舍楼里。给女生搬家那天，班里仅有的三十多个男生全体出动。女生的箱子很沉，他们却干得不亦乐乎，因为那次搬家才让他们有了和女生接触的机会。

可这已惊动了学校的领导。领导很生气，严厉地批评了这个班，数点着他们种种不好的行为。但最终的结果是不得不解决了女生的宿舍问题。

素养 ★☆★☆★☆★☆★☆★☆★☆★☆★☆★☆★☆★☆★☆★☆★

这个班虽受到些不公的歧视，但班里的同学还没到自己看不起自己的地步。

作为这个班里的一员，他也碰过钉子。他到图书馆借书，他对着管理员说："我我要借书！"

"借什么？"

"叔本华《爱与生的苦恼》。"

管理员侧着头，睁大眼睛，眉毛挑得老高，斜视着上下打量他。那鄙视的眼神让他全身难受。是他的个子，他的长相，还是他的人让她如此反感？

她的眼光停留在了他放在柜台上的手上。他的手神经质地不知放在哪儿好了。

“你大几的？”

“大一。”

“个子那么小！是不是中学生混过来了？”管理员冷冷地说，把书摔在柜台上，没再看上他一眼。

“个个个子小，相相相貌不好，还还还要受歧视？”

他拿了书，头也不回，离开了大厅。

他退回到了宿舍。

宿舍里室友对此大发议论：“和这些低级趣味的人计较，都掉了我们的身价。更没有必要放在心上。”

低级错误只有低级动物才会犯，从他们的语气中，他们更鄙视那些没有素养的人。一个人的素养源自哪里？文化？后天的教育？但首先要弄明白素养的含义。

辅导员总在他们面前带点歧视似的提起他们的素质，说他们缺少素养。抢教室和抢宿舍，太没有素养了。素养，什么是素养？

素养是遵守社会秩序，行使道德权力而不是肆意妄为地满足自己的私欲。

下面的同学们面面相觑。

“今后你们就业形势严峻，就凭你们这素质能找到工作吗？”

面对恐吓，同学们又是面面相觑。

“所以你们要在大学的四年里，付出得要比别人多才行！”

同学们依旧面面相觑。

“别把我的话当作耳边风，前程都掌握在你们自己手中。”

“我们才不怕。凡事要靠实力，我们走上岗位并不比谁差！”一女生站起来反对辅导员的说法，大快人心，痛快淋漓。

“管他什么歧视不歧视。难道别人有低级的偏见，我们就不要活了吗？”对非议大家总是不以为然。面对流言蜚语，同学们也有自己的一套应对策略。

“聚餐，聚餐！聚会，喝酒！”有人说。

校内有专为学生开设的餐厅。

每周末，晚上此地方都是聚会的好地方，吵吵嚷嚷，甚是热闹。

1号，2号……十家小餐厅风味各异，满足不同地方的学生口味。东西南北中各种风味菜都有。还有可以随叫随来的戴着头巾，裹着围裙，带有异域风情的服务员。

他们选了一家坐在露天的餐桌上，十几个人围着一个桌子，一桌坐不下，坐两桌、三桌，头顶着通亮的灯泡，点菜，干杯，喝酒。

每桌上都有能撑起场面的女生和男生喝酒、斗酒令，最后也总是有几个喝得烂醉。

结账时，班长对女老板说：“我们是刚来的新生，以后还会来的，要多多优惠……”

老板挤出标志性的笑容说："行的。"

然后他转身对旁边的中年服务员说："这都是些刚来的小屁孩！能给点甜头就给点甜头，以后生意还指望这些小孩的无理智消费呢。"

老教授 ☆★☆★☆★☆★☆★☆★☆★☆★☆★☆★☆★☆★☆★

学校里给本班配的老师，大多是将要退休的老教授。同学们认了，也没有抗议，这未必总是坏事。有位老教授，头发斑白，已是退休之人。

他是看一班嗷嗷待哺的学生没有人教，才决定戎装上任。他说喜欢在这个时候给学生上课，因为这是个特殊的季节，是一个交替的季节，冬天快要过完，春天就要来临。

他的言语让同学们砸舌。

他总说着一些耸人听闻的事。

在课堂上的闲余时间里，他和同学们聊起天来。他说他来到这个学校工作的时候，学校才刚刚建起，那时学校的后山坡修满了大大小小的坟墓。这块地原本则是犯人施行枪决的地方。而那个巨大的，高耸冲天的烟囱则是当时的殡仪馆，现在却用来当作供暖气的锅炉房。

同学们个个张大了嘴巴，面色蜡黄，惊奇万分。透过玻璃窗户，看着满眼绿色的后山，还准备什么时候上山野炊，露宿呢，看来也没有雅兴了。

教授无意间说出了一个大学生跳楼自杀的事，以至那样的故事总流传在每一届学生当中，那事发生在很多年前。

那是一个刚考进这所院校的女学生。大学生活刚刚开始她就表现得很自闭，上课时坐到最后。体育活动时，躲在角落里发愣。不和任何人说话，总是一个人独处。她整天漫步于校园的树丛中，早起的清洁工亲眼看到她经常坐在花园边一坐就是一夜。

到后来她到了不能自拔的地步，割腕两次，寝室的人发现了，把她抢救过来，醒来后的她对她的室友说，她不想活了。有人说，陪伴了她高中三年的男友抛弃了她，她才变成这样。

学校通知父母，父母把她带回家住了一段时间，原以为返校的她会就此好起来。可是，一次，清洁工在宿舍楼下扫地，看见一个裹着被子的人躺在地上，还流了一摊血。后来得知，是那个女孩。昨夜她从六层楼上跳了下来。

听完这个故事，班里鸦雀无声，就连最活跃的几个女生面容也凝固了，失去了聊天的兴趣。

这确实震撼了一些抑郁的同学，像是揭开内心的痛疮。几个男生嬉皮笑脸，指着其中一位趴在桌子上一动不动的男生，"你也学着自杀吧！"

"你你你才自杀呢！"那男生恼怒起来，那个男生就是他。

他神经质地翻着书页，看着印在白纸上的黑字，他把教室里的声音隔离在他的世界以外……大家都在不停地攀爬成长之山，都在不停地力争上游，总是有一些人中途退场。他的经历又何尝不是这样？

这无疑给了他当头一棒。

下课了，他拿着书本，走出了教室。

孤独 ★☆★☆★☆★☆★☆★☆★☆★☆★☆★☆★☆★☆★☆★☆★

在宿舍熄灯后，热闹的座谈会慢慢爬上宿舍黑暗的上空，上到天文，下到地理，国家大事，无所不谈。不知何时开始，何时结束。他们喜欢谈论班里的情况。刚来彼此不熟，只能看到其表面。

末尾宣称：仅限于602寝室，概不传外。说完他们哈哈大笑起来，把头缩进了温暖的被窝，结束了今天的卧谈。

对于他们卧谈的话题他不感兴趣，他总是忍受。他想和他们讨论一些关于理想的东西，可他结结巴巴开了头，他的话就被晾到了一边，大家没一个接着往下说的。

第二天晚上，熄灯过后，谈话的瘾头又慢慢燃了起来的时候，他偷偷拉起了被子盖住了自己的头，他把他们的畅快笑声隔在了外面。

“你们说他们班哪个女生最漂亮？”一个轻轻的声音立即引发了很多的声音。

“那个湖南的。”

“杭州来的。”

“什么眼光？要看身材，三围。”

“看人还得看气质。心美才是关键！”

“文臣勇的老乡不错吗？”

“你是说那个叫青草的吗？”

“是的，文臣勇的诗里写着呢！正和你的要求，只不过是个没人要的孤儿！哈哈哈！”

“是是是谁偷看我我我的诗？”

“你写出来不就是别人看的吗？”

“你们想诋毁就诋毁吧！爱开玩笑就开玩笑吧！”

看着他们卑劣的嘴脸。他心中生出一种遏制不住的反胃。难道一群人聚在一起就只能衍生出这些低俗无聊的东西吗？难道所有的人不能克制自己的欲望，表现得崇高些吗？

大学生啊！真是一群压抑好久而又刚刚解放的学生。你们的脑子里装满了色情、贪欲和诋毁，好像除了这些就什么都没有了。简直是低俗、肤浅！

他拿起一本书砸到了墙壁上，书本哗啦啦落到了地上。他们的笑声就此停止了。

孤僻 ★☆★☆★☆★☆★☆★☆★☆★☆★☆★☆★☆★☆★☆★☆★

学校外，有一条坐落偏僻角落里、不能称之为街的小街。小街上到处是琐碎的垃圾，垃圾里掺杂着废纸破砖。附近的居民在此地摆起了小摊位，以至于这条小街上吃的喝的应有尽有，光顾这类小吃的客户则都是这所学校的学生。

穿着橱衣的臃肿女人一手拿着碗，一手招呼着走在街上的人叫卖道："麻辣烫了！来碗麻辣烫了！"

有个卖饭的热心的老太太头发斑白，满脸皱纹。她笑起来眼睛有很长的鱼尾纹，和蔼，亲切。她腰里系着围裙，动作麻利，带着北方特有的农村妇女气质，很像邻家奶奶。

早上，大家匆匆洗漱完毕就各走各的。

他远离喧嚣的食堂，来到这条街上，到邻家奶奶的摊位上吃饭。

由于常去，老人家认得了他。他总是夹着书绕过一个巷口，就到了老奶奶的摊位。老奶奶见到他就高兴地向他打招呼说："小伙子，吃点什么？"

"来来一个馍，一一一碗稀饭。"

老人问他："小伙哪儿的人？"

他继续吃饭，没有吭声。他向来不主动和别人说话，也从不多说一句多余的话。他习惯做一个陌生人，只要别人不注意他，他才会感到自在，感到舒心。一旦熟了，反而不知怎么相处下去。

老人看他无心和她近乎，便低头继续做着卷馍。

老人在馍里给他多加了个鸡蛋，他不要，老人硬是把鸡蛋夹到了他的碗里。他要给钱，老奶奶推着说不要钱，然后摆着手让他赶快上学去。

从那以后他就不在那个地方吃饭了。每每碰到老太太在路边招揽生意，他就低头走过去不看她。

他在一家吃了一段时间便换另一家饭店。老板额外的热情他总是避而远之。他进饭店或进食堂找一个偏僻的角落，坐下看了菜单，学着其他同学的样子和老板说一声要什么菜，吃后付钱走人，身处世俗中却与世隔绝。

严冬 ★☆★☆★☆★☆★☆★☆★☆★☆★☆★☆★☆★☆★☆★☆★

即使是严寒的季节，必修的户外课还是要正常进行。

他们搓着手，缩着头，口吐着热气，等着体育老师的到来。刚毕业的年轻老师，皮肤黝黑，个子高高，戴着灰色毡帽，很是强悍。他北方的方言里掺杂着的普通话。"其他学生都在教室里学习文化课，我们却被拉到了萧条的操场上练操。"有同学搓着手，哈着气，说着话。

"这节课，我带你们去爬山！"戴着毡帽的体育老师，面对着他们说。

"去爬山！好啊！好啊！"大家兴奋起来，一个个眼睛放着亮光。

"别高兴得太早！我带你们爬的是成长之山！"

刚刚兴奋起来的同学，像松软了的柿子，一个个低下头来。

"爬什么成长之山！后山不就在眼前吗？也不让我们去爬。"

体育老师厉声呵斥道："这节课的宗旨就是教大家如何认识大学，如何转变大家在思想上的各方面的适应。然后成长为一个能够在社会上谋生的人？"

大家沉默没人敢说。

“谁发表自己的看法，看如何爬上大学这座大山？”

被点名站起来的同学低着头不说。

老师说：“你看你们，不是有能耐抢教室，抢寝室吗？以前的胆量呢？”

下面没一个吱声的。

体育老师突然换了腔调说：“都是大学生了！还这么腼腆怎么行呢？大家都是同学，有什么可怕的呢！”有个同学偷偷地说，“我的妈呀！这是思想课还是体育课啊？”

“这是体育课，也是思想课。这节课，我就给你们好好上节政治课。”

体育老师背着手，在学生面前踱来踱去，“突然既来之，则安之！我认为，作为当代的大学生……”

“都是让人听腻的老套俗话。”几个大胆的女生和男生操着极不自然的普通话悄悄地说着。

体育老师瞥了他们一眼，没有理他们。

“‘身在曹营，心在蜀汉。’我就要出招制服心高气傲的你们，让你们安心才是。把你们不安的心跑踏实了。”

“如果，还不甘心，有其他的想法，你就顺着操场跑三十圈，直到你跑不动为止。”其他人站着，左看右看，没有挪动脚步。

“为什么要跑？我们不想跑！”其中的一个女生说。

体育老师转过头，严厉地看着她，仿佛在说：“你敢和我顶嘴？”

旁边的同学个个战栗，他们替那个女生感到害怕，他们不知道顶撞老师会被得到怎样严厉的责罚。

突然，体育老师绷着的脸一下子变得温和起来说：“好样的！要的就是你这样敢说敢讲的勇气。你可以免去跑步！其他人必须跑！”

体育老师迈着矫健的步伐，在同学面前来回踱步。体育老师看到了他们的心思，恨恨地对他们说：“你们是没有胆量吗？”

突然有人，在他的耳边对他说：“三十圈，生命本能的跑步，你应该体验一下。”

“我不想跑！”

“不想跑，也得跑！赶快！”

“你是谁？为什么会在我的耳边和我说话？”

“我是海涛，你的室友。”

“文臣勇！你在说什么？给我加跑十圈！”体育老师指着他命令道。

所有都人在奔跑，气喘吁吁地奔跑。

他们跑了一圈又一圈，身在队伍中的他喘着粗气，目光凝视着远方。

他突然意识到此时此刻拼命奔跑的他再怎么挣扎都逃脱不了这个现实了。

他仿佛置身于盛夏在省城体验的情景，一模一样的境地让他感到时空的错乱，只不过，那时是盛夏，这时是严冬。远处的操场，慢走的行人，缓慢移动的车、树、人都在寒气蒙眬中荡漾。

操场上的树木、楼房都在不停地旋转。

他们这样无命地奔跑。既来之，则安之。

他思考这奔跑的意义，这艰难的呼吸和肌肉的酸痛会让他暂时停止幻想，让他关注现实，让灵魂和肉体结合在一起。而许多人不知道奔跑的意义是什么，甚至不知道奔跑的终点是什么。他们一直在跑，渐渐地拉开了差距……

大家都是这么想的，很多同学也就渐渐地甘心了……

寂寞之山 ★☆★☆★☆★☆★☆★☆★☆★☆★☆★☆★☆★☆★☆★

寒意过去，春季就要来临了。

灰色的小城市涂上了鲜艳的色彩。同学们的脸上散发出闪闪容光，集体的力量松垮下来。每个人的注意力都转到自己的身上。

冬天里的事已经很遥远，仿佛那个冬季只有他一个人经历过。

晚上，寝室里开起了批斗会，说他古板，不随和。说他固执、倔强、刚愎自用、清高、不入俗流。那是因为，他在班里的一次自我展示活动中给大家留下了不好的印象。

同学们一个一个自信地走上讲台即兴演讲，大大方方，滔滔不绝。

轮到他，他却忸怩着不想上讲台。无奈，老师点了他的名说：“每个同学都必须上，哪怕是一句话也行。这样有助于你很快地融入这个群体，也能清楚地认识自己。”

老师的话是有道理的，他试着借此机会寻找些懂他的人。

下面济济一堂坐着一班学生，一双双聚闪着光的眼睛向他看来。在讲台上他颤抖着，紧张地结巴起来：“同同学们，你你你们好！”

这是他第一次在公众面前的亮相，大家的议论像炸开了的锅。

“呆头呆脑，结结巴巴！”

“我我我叫文臣勇。在这这这个地方，我我我想找到些知己……”

声音小得自己都听不清了，稀稀拉拉的掌声中，几个同学在议论：“这小子，还挺有口气的，真是一字千金呢！哈哈！”

“我喜欢写些诗歌，来记录自己的情绪。”

“居然，还有人写诗？想成为诗人吗？太可笑了。”

“文臣勇，这么迂腐陈旧的名字。封建社会的君君臣臣子子，三纲五常，规矩办事。还要找知己呢？我看上鬼界去找吧！”

“是不是在一直处在美丽的童年生活走不出来？”就连老师在课堂上也讽刺了他。

他耳边回荡着一阵阵众人对他的嘲笑声。别人蔑视的眼光，尖利的语言像刀子一样向他投来。他的手无处安放，他真想找个地缝钻进去，而又无处可逃。

早上集体上操，时间很紧，宿舍位于校园外，还隔着一条马路。一次意外，他起得很晚，没有和他们一起走，结果迟到了，扣了宿舍集体的分数。大家对他的意见更大了，还给他起了个外号叫“傻愣”。

那时，他的第一个外号便开始圈内叫开。“傻愣”书砸卧谈会一事让宿舍里的人没有想到这个哑巴似的人物，还会做出这样的疯事。室友们对他的孤注一掷越来越有看法。

他成了卧谈会谈论的对象。

有人说，这人总是三心二意，做事不投入，总爱保留着什么。还有人说他清高了，清高成了他在她们中间最深的印象。想找知己恐怕已不可能，因为大家不是火星人。

室友海涛分析着他的性格。说他脑子不停地想，架空地想，行为和思想分离地想，互不干扰，睡觉时思考，走路时思考，吃饭时思考，哪怕是睡觉做梦时也思考。他说，这是种病。

“什么病？”室友好奇地问。

“人格分裂症！”

或许这就是人格分裂症的一种表现。他的思想和行为很少重合，除非在面对大喜大悲面前。他很清楚这一点。

他的世界里装着他支离破碎的家庭、他的童年、他的青牙、他的青草，还有上学前母亲给他下的牛套。

而小时候在梧桐树林下的写写画画也练就了今天他的诗，他的字。那诗，那字，决非因为了什么目的而写，只是他幻想和畅游的另一种表现而已。那是思想意识的流淌。班里没人能理解他，他也不想说，只留在内心深处。

能理解他的只有青草，青梅竹马的青草能懂他的心。

他想青草了，他给青草的诗和歌词，又寄到何方？

他听着他们议论着自己，却没有把他们的话当回事。这是一种交流障碍吗？他意识到前方有一座障碍之山，等着自己去翻越……

病 ☆★☆★☆★☆★☆★☆★☆★☆★☆★☆★☆★☆★☆★☆★☆★

一天，下了课。宿舍外有个人找他。他走出门外，是一个他不认识的老乡。那人衣着得体，性情纯朴。难得有人愿意和他说话。老乡把他请到宿舍，打起精神搬了椅子让他坐下，给他递水。他努力让自己说了很多，几乎达到过激的程度。可那老乡有点不自在了，总是欲言又止。

不一会儿，两人陷入沉默，无话可说。在尴尬之中，老乡起身，说有事告辞，有空的时候可以去找他。

过几天，他去找了那老乡，不为什么事，只是学着别人的样子试着交往而已。

他进老乡宿舍的时候那老乡正在吃东西，宿舍里有人说："你进来怎么不敲门？"

他愕然，意识到有失礼节。他不得已又走了出去，把门关上，重新再来。

老乡拉开门，一把把他拉进来，让他坐下，然后把东西递给他，他硬着头皮再三推辞，哪怕是人家诚心的。那人把东西放在桌上，随口说了一句："这人还真黏糊！"

他先是愣了一下，随后内心翻江倒海般乱了一通。他受不了别人对他的嫌弃，哪怕是一丁点儿的不乐意。

他装作没听见的样子，努力保持镇静的姿态。

很多人都是这样的苛刻，目光短浅，为自己的利益着想，虚心假意地进行着关怀交换，满足低级趣味。

人与人之间的交往是建立在彼此信任的基础之上的吗？还是建立在这种低级的等价交换之上？而他一无所有，他不敢接受，他真的在怀疑自己是不是有病。

寝室里，大家谈论着班级的聚会。

有个室友说："没有他的请帖！文臣勇，去不去了？"

他坐在桌子上装着看书，默不作声。

"他呀！还是别去了好！人家不是凡人，哪能和我们这些凡夫俗子鬼混？"这话里带有十足的酸味。他们精心打扮着自己，议论着他。

"这种场合确实不适合他！"又有人说，"死要面子活受罪呀！"

一阵喧闹过后，门啪一声关了，所有的人都出了宿舍，只有他一个人独守。他坐在桌前翻着书页，空空的宿舍顿时被寂寞吞没。孤独像魔爪一样侵袭了这个只有几平方米的空间。

窗户外传来若隐若现的欢笑声，忽远忽近，那是同伴们在一起畅怀的玩乐声。他坐在桌边揉搓着头发，手中的书页已残卷得破烂……头发蓬松得像个笆斗似的。

孤独，人难免都会孤独。处于花样的青春的他已饱尝到了漫长孤独的滋味。孤独能缓解孤独，痛苦能慰藉痛苦！孤独是一种清净，一种心境，也是一种享受。爬到了孤独之山的顶端也能看到别人看不到的风景。这也成全了这个清高的人。细细想来，他不是一直都在孤独吗？

他已习惯自己都是这样，独来独往。他开起了收音机，在这个小小的空间里度过了他的周末。

角色 ★☆★☆★☆★☆★☆★☆★☆★☆★☆★☆★☆★☆★☆★☆★

体育课上，练球时，他站在篮筐下，却总抢不到球。

好不容易站了个位置，球正要落入手中，却被别人抢走。

然而，他渐渐地成了大家议论的焦点。他们是出于好心，还是因为他的古怪？

也许是既能写一手好字又会写诗的沉默而又倔强的男生在这个世界里少之又少，以至比世界上罕见的动物还更为罕见。他像只稀有动物般供人展览。

他下了场，队友当着他的面就说："文臣勇总要面子！"

面子，面子是什么东西？

面子是别人给的，还是自己挣的，等着别人可怜巴巴地给你面子，那是一种屈辱，别指望别人去同情你。

他要放下面子，放开身段，放下别人对自己的一切看法。

他开始学着和人交往。为了不让别人因他的特殊而过多注意他，他尽量做得和别人一样。每一件事他都要刻意去做，包括在别人面前拿书的动作，看人的眼神，甚至说话的口气。

为了不企求别人，他可以在训练场上，忍渴一上午。别人在大手大脚地痛快喝水，甚至在浪费资源时，他却张着干裂的嘴唇说："我不渴！"他的这些想法无人理解。

他是他的另一面，一个也让他感到陌生而亲切的人。

可是，他累了……累了。可渐渐，班里结伴而行的人越来越少。

《鱼人》一半是鱼，一半是人。从人蜕变过来的，不习惯岸上的生活。在出生成长的地方，却不能悬在空中，只能紧贴在地面，做着有限的动作。干渴！我需要水！干裂的嘴唇，一张一合，渴望着水，哪怕是一滴水，能滋润皮肤的一滴水，也能托起我的身躯，让我悬在空中，自由自在地游走。

那是他留下的一段文字。

在这个地方他真的不适应，水土不服，这不是他的人生。

他就是一个小个子，一个只能打工、修车，或者做厨师的料，非要他在这里脱掉自己的本质，来到这个本不属于自己的地方。他是在扮演另外一个人的角色，大哥的角色，这样让他变得不三不四。这本应该属于大哥的路，他能走吗？

芸芸众生，没有一个人了解自己，懂得自己。自己怎么就找不到能知心相处的朋友？那些童话故事现实中找不到吗？这让他万分失望，这已不是人的活法了。小萨不是说过"他人，即地狱"吗？

比赛时，他把篮球场当成了发泄场。他倾泻了激情，疯狂地做着动作。他要在现实中大显身手。

他没有经验，身单力薄，球频频砸在他的头上。动作的拙劣引起了围观的人的一片嘲笑。他犯规多次，队里丢了更多的分，在他队友和同学们的啧啧声中被换下。"谁也不会将就谁？现在的社会绝不同情弱者！"队员厌恶地说。

"故作高深！"

"对生活冷淡！"

"爱脚踏两只船的无主见的卑鄙小人！"

他喘着粗气，看着远方操场边上的一片繁茂的树林，不顾别人的对他的蔑视。他就是这样了，别人再怎么说对自己都已无济于事。

他继续在球场上奋力地搏击。休息之余，他抬起头，看着上面的一片飘荡着的云，汗珠顺着他的脸颊滴淌着。

“你们看，他又在发愣！我给你们表演一下雕塑的姿势。”一个男同学正在模仿他的样子。

只见那男生弓起了腰，弯曲着双腿，耷拉着胳膊，抬起了下巴，张开嘴巴，眼睛奋力向上翻着，手还不停地做着抹汗的动作，那是学他发愣的模样。大家围在一起屏住呼吸，瞪着眼望着那个出洋相的男同学。

“不屑一顾的表情，鄙视的眼神。耍酷，卖愣！这简直是雕塑！”那男生撇着嘴，不屑一顾的表情，那是他在模仿他的口气。

大家哄笑得前仰后合。那情景晃动在他的眼睛里，塞满了他的脑袋。他们的嘲笑声借着一面大鼓的弹力涌进人的耳朵。

一股巨大的热量从他的全身顷刻间涌出，又潮流般涌到了他的脸上。那不是羞愧，而是愤恨。

疯子 ★☆★☆★☆★☆★☆★☆★☆★☆★☆★☆★☆★☆★☆★☆★

他感到浑身都难受。他陷入到了似曾相识的处境。

在别人眼里他是个冷血动物，是个没有欲望的人。他还是个看似很酷很酷的人！其实他只不过是个高智商低情商的孩子而已。

“人们聚会的场面越大，就越容易变得枯燥乏味。只有当一个人独处的时候，他才可以完全成为自己。谁要是不热爱独处，那他也就是不热爱自由，因为只有当一个人独处的时候，他才是自由的。拘谨、掣肘不可避免地伴随着社交聚会。”《要么庸俗 要么孤独》书中早有提到。

一个声音在他耳边响起：“不要再从外界找原因，要从你自身找原因。”

是的，他突然发现，自己根本不会和别人相处。困难的人际交往，他一点都不懂？他清楚地明白，他只能通过幻想来寻求些慰藉。

“这就是一种病，是一种传说中的交流障碍？”那个人瞪着眼睛指责着他。他头上的汗不停地往外冒。他当场抱上那个同学打斗起来。在众人的拉扯下，他得以平息下来。

在教室里，老师批评着他的冲动行为。

他扔掉笔杆，直眼看着老师，任凭别人怎样诋毁自己。他把头扭向远处，不再理会。下课，走人，任他们说去！现实中的这些让他不屑一顾，这是他曾经的一贯做法。

他还要退到自己的世界里做逃兵吗？

不行，他不能就这样妥协。妥协不是他的态度，逃避也不是他的做法。

人必定还是个群居动物。

他也有欲望，他也想和大家一样，体验和别人交流的快乐。

他受够了，他要发作了。他试图去攀越这层障碍。

冷淡，隔阂，是怨他们，还是怨自己？越来越多的境遇让他越来越恼火。他到了一个不得不爆发的境地。

同学的非议又怎么了？不就是和同学们融为一体吗？这有什么难的？没什么可怕的！谁也奈何不了谁！何必承担这么多，活得这么累？老虎不发威，当我是病猫！为何让别人说自己老气横秋？

一头钻进水里，又何必担心岸上失火了，还是地震了。身在闷热的天气，与其坐着怕出汗，不如跑出去，大展拳脚，畅快淋漓地流一次汗。

如今，还管它这么多交际的条条框框，自己不去争取，让别人送到你面前又怎么可能？

不要奢求他们的长远眼光，他们宽阔的胸怀，他们申明大义的情怀。他感觉到那帮嘲笑的人是多么的低俗！吃饱了撑的就想找个事消化消化。别人也许不懂，他的世界里只有青牙，青草，还有那所小学的梧桐。除此之外的事物他暂时接受不了。以致，他对外部的世界表现得如此冷淡！这里有谁能理解他？

自己的事，还是要自己来解决。他必须要攀爬上这座交际之山。

他体内开始孕育了爆发的冲动。他发展了自己的狂躁期。他要干预，他要反击，他要用实际行动去影响这个世界，他要用他的思想去改变他人的思想。他的超能力让你们所有人都后悔！

他要让这闷热烦躁的上天下一场大雪，让这个世界颠覆，颠覆，颠覆……白蛇水漫金山，他要用超能力去颠覆整个世界。

他要让所有的正常都变得不正常，让大雪阻碍交通，埋没房屋……让所有讥笑他的人都得到相应的惩罚。

他要青牙复活，他要让青草回到他的身边。他要让青草找到自己的家，让青草实现自己的理想。他要让所有人都感觉到他的存在！他要整个世界按照他的想法运转。

他准备在现实里大显身手。

每到下课，有同学走在前面，不管是谁，熟的，不熟的。他跟在后面，听他们说些什么。即使摸不着头绪，也要插上一句，他不管别人的感受，他要找存在感。他抓住一点稍幽默的元素不放，然后自我陶醉地哈哈大笑起来。

有几个女生和男生走在前面有说有笑，他往前走，寻觅着认识的人，正要赶上去，一个女生不经意间看见了他，像看到了便衣警探一样，戒备着闭上了嘴。

他疯狂地扔开球，在球场上狂喊。篮球场上他见球就抢，抢了就投。踩了别人的脚，碰了别人的胳膊也要拼命地抢。其他球员只得退出球场，远远地观望他，看他一个人在人与球的艰难中征服。

球场上所有的人转向别处，不再看他。他不放过任何一个人，他上前去，和她站到了一起，乱侃着，寻找着刺激。可那女生怯生生地看着他，然后趁他不注意时落荒而逃。

他就像一头瞪着眼睛的小牛，横冲直撞，结果头破血流，伤痕累累。它的血肉像是在图书馆门前展览着的，残破的老书，黄旧，琐碎，触目惊心，暴露在大庭广众之下。

他愤怒到失态的程度！他的世界疯疯癫癫，飘飘荡荡。

他像那悬在天空拍打着疲惫翅膀的一只鸟，想要找个落脚的地方休息，可飞来飞去总也找不到，只能苦苦寻匿着奇迹的发生。

找不到可以落脚的地方，找不到自己的位置只能受戒，赎罪！

它发出撕心裂肺的痛吟声。

他隐隐约约听到别人从口中吐出“恶心”“躁狂症”的字样，他不能确认是不是说他，但他已经习惯。“他疯了！真是发疯了！”

对于“疯子”这个绰号他已不陌生了。

哈哈！他是以疯子自居了。他就站在面前了，让他当面说“疯子”吧！

小学里的同学早早给他戴上了这顶帽子。当他对着伙伴说：“我我无聊，我我失意，活着真没意思！”，同学会说：“好！你想死，你就死吧！没人拦你！”他说：“你把我弄死！”

“好！你说，你愿意怎么死？是分尸？还是服毒？”

他说：“好，我要吃，我要喝，我要撑死！”

“你真狠！勇子！死了还想做个撑死鬼！”同学们莫名其妙，望着他目瞪口呆。他们僵化的面部和那难以言说的表情反而让他心里感到莫名的爽快！

这太可怕了！他的思想竟滑到这种境地。

影子 ★☆★☆★☆★☆★☆★☆★☆★☆★☆★☆★☆★☆★☆★☆★

下了课，他沿着校外的一条小巷迅速逃离。

小巷的一角，几个小孩嬉闹着一个年轻的小伙，那人和他年龄相仿，头发蓬乱，全身黝黑，挂着又脏又破的衣服，和蔼的眉毛下一双炯大的眼睛。他对着他憨笑，他看到了他，他咧开了嘴，露出了雪白的牙齿，嘴里又咕囔着，扒着垃圾池找吃的。那是个真正的疯子。他的脑子一片空白，像触了电一样的酥麻，一种巨大的恐惧从他的身上压了过来。理智告诉他，这是疯癫，这是孤僻，这是怪异。

他也可能会沦落到这一步，仿佛那个人就是他，那个疯子就是他。他绷紧了神经，停留了片刻。而那个疯子是他的前兆，他的危险。他推开了还在对他憨笑的憨子，穿过了居民区，逃出了小巷，上了公路，过了天桥，走进了学校的大门。

在熙熙攘攘的校园里，他神经质地迈着腿，想忘掉这折腾人的一幕。

他感到自己很薄很薄。他想去人多的地方找些人气，人气让他舒坦，让他有种归宿感。他见了人就围上去，见了人群就跟上去，见到哪间教室有课就去听。

他相信自己能过正常的生活。

不管自己的世界多么阴沉，地球照样转着。眼下的日子照样过着，而生活在身边的人，都在地过着正常幸福的生活。校园里，井然有序，树荫下拿着书行走的人，肩并肩行走的情侣，运动场上传来的阵阵打球声，郁郁葱葱树林里的蝉传出一个调的烦躁。他对别人的行为感到新奇，甚至是羡慕。

他们对生活洒脱，对成败的不屑，以及口若悬河的能力，这都是一个多愁善感的人所做不到的。他坐在路边的一个藤椅上，像个外星人一样观看着这运动着的均匀的和谐的世界。

餐馆里的那个学生，上身白衣，下身牛仔，处世泰然。那学生要了一碗面，坐下来耐心等待，和来吃面的熟人搭话。老板把他的面忘了，他不慌不忙提醒了老板。老板很是抱歉，他仍彬彬有礼。那走在路边的青年人三十左右，牵着小女儿，妻子跟在后面，随意攀谈。

他感觉自己快成了连恨都懒得有的人，他似乎失去了判断能力，更别提对其他事物的爱慕或者厌恶，植物人的生活也不过如此。没人知道旁边站的那个人在过着翻江倒海的日子。

对于周围人的那些话，他反而有点感激了，即使是一个古怪、清高、自闭、卑鄙的弱者。他们不愿和自己交往，他就不跟他们交往。他们不愿和他为伍共同分享既得的利益，他不要那些利益可行?

自己就是那样的一个人，到哪里不是活？不就是一个人吗？任由自己消极下去又能怎样？一个成长到了即将面临众多选择的孩子。永远都不会变的使命，永远都逃避不了的经历。这么多的境遇多少让他有点感悟。

他轻飘飘地过了这么多年。一个飘忽不定的灵魂终于有了定型，那是自我，那是踏实的感觉。那让他知道了自己也是一个有特征的人，一个可以归结出一个特定性格的人。

可是，他累了……累了。可渐渐的，班里结伴而行的人越来越少。他任由乘坐的这座列车把他带到他方。

清高 ★☆★☆★☆★☆★☆★☆★☆★☆★☆★☆★☆★☆★☆★☆★

下午，吃过午饭，午休时间，他没有午休。

他悄悄下了床，下了宿舍楼。

午后，毒辣辣的太阳照得整个大地一片花白，路上走着寥寥的几个人。苍穹下坐落着这个阳光照耀下的小城市，高低的灰白色楼房远近错落着，构成一片建筑群贴着地面弥漫在一片雾气里之中。

那几个耸立在城西边的巨型烟筒是这座城市的标志性建筑。它们宛如巨人排成一排，在阳光下泛着银白色的光。身体的上半部沉寂在雾气之中，而下一半则裸露在没有雾气的阳光之下，从工厂里传来的噪声在空气中回荡。

他出了校园，走进外面的世界。

太阳底下，一片绚烂。阳光射在他的皮肤上，他感受到阳光的灼热，他打了两个寒战。一阵热风吹来，暖乎乎的，他努力克制着自己，让自己平静。

他收起所有的肢臂，退回到他自己，伴随他的只能是他的世界，他的诗……

从一个初始的地方，抬脚跨进车厢。站在列车上，跟着列车晃动。飘飘然，永远保持着不远不近的距离。任凭车子承载他到一个陌生的远方。

远行的旅客，在哪里停就在哪里落脚。是由当初的选择决定，人生就像一列火车。

远方南天下的苍穹……他隐约能找到安慰的方向。他走进了那个方向，和那绚烂的阳光融入一起，慢慢消失……

第三章　虚拟世界

随着季节的迁移，在被人遗忘的处在不为人知的角落的这所学校照样按照自己的方式有条不紊地运行着。学校的学生们也如同刚刚从冬眠的状态中醒来，计划着自己的生活。

校园里长满了繁茂的花草，学校的后山渐渐由灰色变成了绿色。

操场后的一片树林冒出了嫩嫩的绿叶，远远望去像披了一层绿纱，到处散发着春天的气息。

校园里、球场上也到处可见学生的身影。学生出外春游、访学、访友、找工作、打工，频繁出入学校大门。在这隔绝在喧嚣世界之外的一片世外桃源里还活动着他的身影。

他在一幅欣欣向荣的景象之中像个异类活动在学校这片区域里。

他整天出入网吧，在虚拟的网络中找到了可以畅游的一席之地。网吧里是一屋子都在逍遥的人。网吧里偶尔响起的旋律像流动的水冲击着网吧里的疲劳气氛。舒适的环境，可以任由支配的电脑，让他将烦恼抛诸九霄云外。眼前的乐趣让这个怪人不至于干渴致死。他沉迷于网络不能自拔。

即使在课堂上，他还是想着坐在电脑旁敲击键盘的乐趣。

他找了个可以独处的位子，坐下来，写诗、聊天、发邮件，在网上浏览各种各样的网页，倾听无休无止的歌曲。

《我是一只游泳的鱼》

我是一只游泳的鱼
一个人游在自己的眼泪里
我是一只游泳的鱼
锋利的鳞片刺痛了海水
我是一只游泳的鱼
看不到表情，摸不到体温
我是一只游泳的鱼
游呀游，只想游离自己

《鱼人》一半是鱼，一半是人。从人蜕变过来的，不习惯岸上的生活。在出生成长的地方，却不能悬在空中，只能紧贴在地面，做着有限的动作。干渴！我需要水！干裂的嘴唇，一张一合，渴望着水，哪怕是一滴水，能滋润皮肤的一滴水，也能托起我的身躯，让我悬在空中，自由自在地游走。

带你一起去爬山，走！带你一起去爬山！

去爬人生之山，智慧之山。那山巍峨、幽深、神秘、博大，若隐若现，扑朔迷离！爬山，就如同探索人生高峰一样。

爬到了顶峰，才会领略到人生之巅的风景。

是的，景仰山，如同景仰人生一样。探索宇宙，探索人生。

爬过了一座山，到达顶端，阔了视野，增了高度，才会对人生有更深的感悟。还有更高更多的类山等着去体验，去攀爬，去享受它的魔幻。

人是永无止境的，还要往前看……

这些是在成长中留下的原创文字。他把它们在网上公之于众，让更多的喜爱它的人，喜爱幻想的人有同样的感受。

不久，他在网上发现了一个名为“鬼”的区域，那名为“鬼”的网站给他发了帖子，发了同等的言语，并和他相约到了后山的一个地方。

后山 ★☆★☆★☆★☆★☆★☆★☆★☆★☆★☆★☆★☆★☆☆★

那天晚上，回到宿舍，宿舍里的卧谈，他躺在被窝里一句话不说，因为他心中装着一个约定。

第二天早上，他刷牙洗脸，瞥了一眼课程表。

他拿了书，下楼，上课。

课堂上，他安分守己地坐在课堂上，看着讲台上的老师。

对于老师在课堂上讲的什么，他也没心思去听。老师点名了，念到了他的名字，他就应一声。一天下来，他虽一节课都不缺，但没学到什么，不用动脑子的课却让他聊以自慰。

下了课，同学们开展着各种各样的活动，举行着热闹的晚会。

而在这一群本该有他的群体中却不见他的踪影。

他摆动着手臂，一个人径直穿过热闹非凡的校园，来到了通向荒山野岭的岔路口边。他要去赴约，去寻找网络上遇到的那一群鬼。

关于后山，教授说过那是刑场。一个人不能上后山，这样的话在他的耳边回响。

然而，那令人毛骨悚然的后山对他来说充满了神秘色彩。

网络上的邀约让他产生了止不住的欲望，他很想走进后山的丛林探个究竟，后山仿佛是他的栖息地一样，让他有一种莫名的归宿感。

他站在校园里靠山的一条松柏路上喘了口气，一头扎进幽静的丛林。

他顺着掩映在树林中的一条小道前行。小路被路边繁茂的树枝掩埋，看不到尽头，四周见不到一个人影。几声奇怪的鸟叫从树丛的深处传来，让人听起来毛骨悚然。

尽管校园里的傍晚最为热闹，可这个与学校只有一林之隔的地方却静得让人可怕。

他惊悸地环顾着四周，小心翼翼地向前走着。

正当他怀疑小道没有尽头的时候，却发现自己已经站到了一个小小的悬崖边上。悬崖边上堆着一堆凌乱的石头，在一棵粗大橙黄的栗树下立着一个用石头筑成的台子，模样奇怪，像是石台，又好像是断头台。几片零落的树叶和几块低垂的破布挂在枝头，在冷风的吹拂下微微颤动。栗树光滑的树皮像巨人裸露的畸形胳膊，枝干奋力向天空伸展，挣扎着挥舞着憾人的力量。

山坡上站立着一棵棵挺立的松柏树，松柏刚健有力地站立着，仿佛表情严峻的一位绿色巨人审视着周围的一切。周围寒气逼人。他全身战栗，心跳加快，皮肤上的汗毛隔着衣服一根根直竖起来。

他咽了口口水，失控似的踩着凌乱的石头向倾倒的后山深处跑去。

突然，树丛微动的山坡上传来一片哗然的笑声。那声音若远若近地回荡在山谷里，是那么的不真实。在这被隔绝的后山上，还会有谁再来，是人是鬼？难道还有和自己一样敢于突破禁忌，上山独处的人？

要是鬼，今天就算他倒霉了。碰鬼就碰鬼了，拼了命就是。

他走上前去，小心翼翼地拨开树林，往里看去。

枝叶间，只看到一群男生和女生的背影，他们坐在一片树丛的石头上在说笑……这景象是那么的熟悉，那么的亲切！像是在哪儿见过，在哪儿遇到过，梦里，幻想里？

他躲在树丛后，注视了好久，不知什么时候，若有所失。只感到眼前的一群人影在他眼前晃动，是一群正在谈话的生物。然而这到底是怎样的一群人？这些就是网上约定的那一群鬼吗？他们怎么会和自己走到同一块幽暗的领域？

突然，有一队民警过来寻山，他们是专门搜寻后山上的学生的。体育老师也反复告诉过他们，那是一片是非之地，那里曾发生过恐怖事件……要是这些人被别人发现了，触犯学校的纪律，肯定是要受到惩罚的，那这群人不就惨了？

他本能地生出一种想救这群让人捉摸不透的“鬼”的想法。他迅速移动身影，引起民警的注意。民警发现了他，追着他。他绕过一片林子，甩开了民警的追赶。

寻鬼 ★☆★☆★☆★☆★☆★☆★☆★☆★☆★☆★☆★☆★☆★☆★

他回到校内，在人头攒挤的校公路上，他混入了人流。

白天的经历让他心有余悸。

天已昏暗的时候，他喘着粗气，顺着小道，再次跑到石头旁，拨开树叶睁开眼看的时候，树丛中只剩下了一块空空的大石头。

晚上，他决定登入学校论坛那个名为“鬼”的区域，寻觅那白天见到的一群鬼的足迹。他把自己的鬼诗发到了这片区域，作为诱饵，企图再次引诱出那一群和他处在同一片区域内出没的鬼。

如果偶然已既定为事实，那么它也已既成必然。虽然偶然和必然是相对的，但在事实面前所有的偶然都是必然，即使在更为便捷的网络时代，他也相信这次相遇是迟早的必然。

当天晚上他终于引来了一个“鬼”。

然而那个“鬼”，对他来说具有三重身份，既是懂得他诗的读者，又是一个教会他欣赏音乐的导师！也是他所寻匿着那一群“鬼”中的一位！那“鬼”却在以后的日子里改变了他的生活，以致让他有了清醒的意识，而那时的他也渐渐地变成了我。

认识她的时候我本没有在意。可好多次，所有的人都消失的时候，那个头像依然还在，一位大眼睛，长头发，托腮沉思的女孩头像让人印象深刻。

我关掉了烦琐的网页和听腻的歌，把鼠标移向了那个还在线上的头像，手指轻轻点了两下……

她的文字迷幻而有意境，她的主页传来悠扬的曲调，让人全身酥麻。

她说她喜欢读泰戈尔的《飞鸟集》。它给了她很多启示，给了她很多美好的东西。那些文字让她能在现实中找到丝丝的慰藉。“生如夏花之灿烂，死如秋叶之静美”，像是自己的生活写照。

她说得很有道理，我说，我也喜欢读《飞鸟集》，我们不谋而合。

她叫丘莉。文字上说她的父母希望她能够像丘石一样踏踏实实，稳稳当当地走完一生，所以才给她起了这个名字。她说读诗是一种习惯，一种享受。

我们讨论了诗的话题，讨论了人生，谈论了世界。我们像读诗一样，去读世界，读青春，读人生。她关注了我的诗。她说她喜欢我的诗，喜欢那诗的意境，还说她最了解诗人。

在聊天中她发现了我的苦闷。

我向她坦白自己的处境，自己的孤独，自己的自闭，自己的艰难处境。她听了，发了个微笑的表情，仿佛早已知道了我的心事。

她说：“你缺少爱，缺少安全感，所以你才在现实世界中失去了平衡。”

“我永远逃脱不了大哥的影子。我我我一直迷失在现实世界里，所所所以才寄托于幻想之中。我不是我！我是被被被天天天堂遗弃的孩子。”

“真实的你被包裹起来，没有被释放出来，你应该从周围的人中得到更多的爱，让爱解救你！”

“对于我来说，爱是多么陌生！从小到大，一直都是这样一个人孤独地走过来的。像一棵荒野中的野草，默默地荒长至今。‘关心’二字又该如何诠释？”我有些迷茫。

“可能你的家人、亲人、朋友对你的爱的方式不一样，你没感受到而已！”

我默默地低下头，不再说了。他们的爱是给我的还是从大哥身上转移过来的？也许就像丘莉说的那样，自己确实是太缺少感性了，太过于自负了，所以忽视了周围的很多东西。

我擅于理性地思考、审视这个世界。我说我喜欢画画，写诗，因为线条和文字能勾勒出我的世界。

“你的世界只有些枯燥乏味的东西吗？为什么不解放自己，试着感性地去活？”

她说生活要适当地感性，就像音乐一样要感性地去体验，那样才会快乐，才能体味真正的生活。否则伴随自己的只有孤独和痛苦。

十六岁的少年为什么要活得这样累？

而她喜欢的是音乐，喜欢弹琴，喜欢理查德·克莱德曼的音乐。音乐能让人轻松！音乐！音乐，音乐是什么？世间怎还会有这样的尤物。音乐能让人通向幸福的天堂。她又是怎样的老道！她像一位人生导师一样指引着我通向光明。

然而正是这位与众不同的，我注定要认识的，改变我的一生的女孩让一个在阴暗的泥潭中挣扎的我体会到了世界明媚的一面。

我仿佛看到了她的眼睛闪着奇异的光芒。

我们聊了一夜。

第二天，早上，便都匆匆下了。

音乐 ★☆★☆★☆★☆★☆★☆★☆★☆★☆★☆★☆★☆★☆★☆★

傍晚的同一时间，我想拿起电话联系她的时候，才想起了忘了把通讯地址留给对方。

我迫不及待找了个位子坐下，打开电脑，登录QQ，期待那个名为“雪”的女孩在线，然而她的头像是暗色的——她没有来。

我打开了网吧的玻璃门，一股凉气扑面而来。

我闻到了机器散发的味道。网吧的整个空间沉浸在流行歌曲的旋律中，一排排闪着光的电脑背景。聊天、打游戏、看电影……应有尽有。

我搜寻着她的踪迹，却失望而归。

我呼吸着阴湿的空气，想找个去处，却发现无处可去。

我的精神生活将近尽绝，只能幽魂似的游荡……

我想走到人多的地方，听着人群的声音，嗅着人群的气味，就这样才好。毕竟我和他们还属于同类。

周末的校院变得异常清净，只留下满院的树木和伫立在树丛中黑洞洞的建筑。我审视着周围的环境，周围三五成群的人在一起快乐地说笑。他们熟视无睹地从我身边走过，然后提着大包小包离开学校。

第六感告诉我，我还会和她见面！

邂逅 ★☆★☆★☆★☆★☆★☆★☆★☆★☆★☆★☆★☆★☆★☆★☆★

天已黑了，一排排的路灯亮在了昏暗的天幕下，交通高峰，车辆繁多，大大小小的鸣笛声，汽车马达声不绝于耳。

我绕过天桥，穿过马路，越过大门，走进校园，钻进林荫路里，把大门外的喧嚣甩到脑后。我继续在沉寂于一片暮色的树行中漫步，脑子里一直萦绕着她的话，人要感性地生活。

当我行走到俱乐部附近时，一丝悠扬活泼的乐曲从灰色的建筑物里传来。

跳动的旋律，悠扬的音调，是生活的旋律吗？刚刚结识的音乐仿佛是一首别样的诗？感性，优雅！

跟着音乐的旋律，我穿过了走廊，进了大厅，跳进似海的旋律中。

隔着人山人海的观众席，远处的舞台上，灯光闪耀。一位穿着白色衣裙的女孩坐在一架钢琴旁编织着动人的曲子。

随着调子的起伏，身体也跟着漂浮了，空气在礼堂的上空流动……大脑里的一根弦和着音乐共振，几乎神魂颠倒。我闭上了眼睛，像是在梦中。从未有过的体验，那是音乐的美妙。

音乐会结束，我摸着脚下的路跟着人流走了出去。在网上我向她留言说："你的话很对！我体会到了音乐，感性地生活。没想到生活还可以有这样的体验！校外宿舍2#605 TEL：3804583同创网吧。"

她回应："你的感悟很好！很想和你聊，只是演出太忙…校内10#708电话211563红叶网吧10月20号。"

于是，第一次见面，我们相约在俱乐部门前的台阶上。然而让我难以忘怀的是那双眼睛。那天真的大眼睛，有世界上少有的纯度，透明如水，毫无杂质，远离无知、误会、假象，接近真实，走进深奥。

我们有似曾相识的感觉。在梦中的，还是记忆深处的？还是另一个星球上？她的人同她名字一样美丽、高雅。她晶莹的眼睛放着光彩，仿佛能够看懂我的一切，要把我一下子全都吸了进去。我没有说话，头已晕眩。

她言语间透露着与众不同的气质，她大方里透露着亲切。那么熟悉！那么亲切！她善解人意、稳重、精明、大方端庄而又不刻薄。她的手放在膝盖上托住下颚。

脑海中的情景总会在现实中重遇。直到这一次，这双活生生的眼睛出现在我的面前，我才想起了那次在梦中……

晚上，图书馆的人很多。我跟着人流，到处寻找位子。

二楼自习室，偌大的空间，人已满满。我依次从一楼找到四楼，转了一圈，还是没找到一个空位。我拎着书袋，进了五楼的自修室，位子都坐得满满的，我沿着墙壁的走道往里走，顺着墙角我转了个弯。坐在位子上的人抬头看着这个怪异的我。我加快了步子，急切地

想找个位子，安顿下来。短短的走廊走起来却又很长。

突然，一个响脆的声音震动了整个自习室。

所有的人都朝我看过来。我意识到这声音和自己有关，我顺着缠在脚上的电线看去，一个白色的复读机赫然摔在地上。

当我紧张地弯腰去捡的时候，那机子很快被一只轻巧的手抓住了，然后揽在了怀里。

我往上看，只见一张白净的脸上嵌着一双大大的眼睛，眼睛里闪闪地发着光。一样的眼神！一样的女孩！那眼睛望着我，里面充满了亲善、谅解、睿智，仿佛要容纳我的全部，没有丝毫的厌恶和责备。

“没事的！”那女孩的头发在肩上滑动，那亲切的三个字一股脑儿钻进了我的耳朵，顿时在我的体内消融。而那双闪闪发光的眼睛却深深印在了我的脑子里，很久很久没有泯灭。

我满脸通红，低下头顺着墙根狼狈前行……

在台阶上，我回过神来，对她说：“我好像以前见过你！”

她笑着说：“我感觉你也挺亲切的！可能世上有些人注定要认识的！”

我就是这样认识了这个传奇似的女孩。我和她同岁，无疑她的思想要比我成熟。她像个大人指引着我前行的路。她用深刻的思想给了我启示。

我们面对面聊了很多个人的东西。我们在谈人生。

好像，我们彼此都懂……

此后，她总能抽出时间，陪伴我，在一起聊天谈心。

右脑 ★☆★☆★☆★☆★☆★☆★☆★☆★☆★☆★☆★☆★☆★☆★

那天，下了课。

丘莉找到了我，拉着我的手说：“走！走！走！我我带你去个地方！”

“去哪儿？神神秘秘的。”

“你去了就知知道了！”

“在哪儿？”

我们穿过了梧桐树行，穿过了广场了，“带你一起去爬山！”

我们一口气跑到了校园后那座最高的山顶上。

清凉的风吹着灼热的脸，吹散了胸膛中的热气。

我们呼吸着异样的空气。

我说：“你看！平常熟悉的校校园是不是都很陌生了？”

广袤的大地弥漫着雾气，在了天和地相接的地方抹了一片绿色。参差不齐的楼房矗立在其中，飘带似的公路贯穿于密集的城市里。大小的车辆急缓地行驶在公路上，然后消失在天际的一片迷雾之中。“没想到学校里还会有这样一个地方，我之前怎没发现呢？脚下的学校只是大地上一个斑点而已。”

我侧着耳朵说：“这这这是很少人来到的地方，是是是另一个境界。这这这才是我们的国度。”我结结巴巴地说，“在这儿，别别别人看不到我，而我能看到别人。在这只有我自己，还有可以亲近的大自然。”

“从没和天这么近地接触过，也从没有这么远离过地面。”丘莉有点陶醉。

“当当当我孤独的时候，我都要跑到没人的地方，和天地独处。我可以倾诉自己的苦衷，说说心里话。在这这这里我能落脚，能让我暂时逃避烦恼继续过下去。”

她默默地点着头：“孤独的人喜欢高处。最接近天空的地方，能让人的心灵得到净化，让人脱离世俗的烦恼，让人崇高，让人明确自己的存在。你注定要一辈子浪漫了！”

“我我我只是抑制不住幻想的毛病。是是是因为我在现实中没有找到依托，所所所以才去漫无边际地幻想。”

她看着我说：“你真是天生作诗人的料。我听我父亲说过，这种人的右脑发达。控制不住情绪的波动。你脑子不停地想，架空地想，行为和思想分离地想，互不干扰，睡觉时思考，走路时思考，吃饭时思考，哪怕是睡觉做梦时也思考，那是你的潜意识在思考。你认为这是你最好的状态。”

“是的，没没没错！很少，思想和行为重合，除非在对大善大悲面前。很多东西，我不想说，只在内心深处。那都是思想意识的流淌。”这是室友海涛对我说过的话。

丘莉说：“你们的艺术细胞没处安放，溢到生活里就是滥情。我很懂你，我很了解你们。艺术家身处现实，思想上总是涉足一个很少有人踏入的领域。于是他们不被世人理解而被冠为疯子、傻子。很多哲学家、科学家、诗人都曾被认为是神经病。”

“他们都说我有病，有精神病，说我得了分裂症。我我我确实有点顽顽顽固了！太自自自负了，自自自闭了，从小到大的不屑。才导致我现在的困境。以致，我我我沉浸在幻想中，控控也制不了，而迷失了自己。”

她转过脸看着我的眼睛对我说：“你还是很拘谨！你压抑了自己很多。自己还没有成为自己。而你一直包裹着自己，没有施展开来。一个人的性情总会一个接一个。主要的、次要的、相互交替，先后暴露，构成了人的全部。不管你的人格分裂成多少个你，你都是你。你应该放开来，从那个拘谨的你，走出来！揭开压抑的你，完全成为你。”

“是的，我我我把自己包包包裹得太严实了，以致沉寂在自自自己的世界里不能自拔！我说我一直怀疑自己的身份，这个星球是不是适合我？我隐约感到自己是不是来自其他的星球。然然然而，我却找不到那个和现实相处的支点，来平衡我与现实世界的关系。”

她说：“每个孩子都有自己的世界，现实的、过去的、未来的。处在同一个现实的世界

藏着过去的世界和未来的世界。”

我说：“我是在抛弃现实的世界，而在为别人的世界而活。我期望找回自己的世界！我有自己的眼睛、自己的大脑、我的诗、我的世界。”她捧起手，托着腮，认真地听着。

“你的世界到底是什么样子？是来自书本还是多年的传统教育？还是大人寄予你身上的理想？”她瞪着眼睛看着我。

我瞪着眼睛看着她，答不上来。

她微笑着看着远方：“你不应该这样理想化。你应该学着去适应这个世界！世上是有些不尽情义的地方！这正如小时候大人们常说，未来就是好好学习、上大学、挣大钱、光宗耀祖，迎娶白富美，成为人上人。书上说，世界是善良的，公平的，充满阳光的，每个人都是和善的，人与人之间的人情都是美好的。可现实的世界也有黑夜和荫翳。”

我转过头，向远方看去。她说得很有道理。她的话让我豁然开朗。我应该重新审视自己的生活了，清醒地认识一下自己了。

“在在在我眼中脚脚脚下的每个风景都是一首诗，地上行走的每个人都是一首成长的诗，他他他们都在履行着成长的轨迹，人生的轨迹。”

“你需要人开导你走出自己的世界。”她坚定地看着我，“或许，我可以帮你。”

我们对视，互相打量着对方颤动的眼睛。彼此质疑，又相互信任。“别人不懂你，我懂你！”她补充了一句，从她的眼睛里，我读到了她的坚定，没有丝毫的异议。

她确实很懂得我。看到她，我仿佛看到了通往另一个世界的希望之门。事实上，是她让我暂时远离了自己营造的那个枯燥乏味的物像世界；是她让我生活拥有了一段美好的时光。

我诧异地问她：“你你你为什么能把我看得那么透？”

丘莉迟疑了一下，“因为我爸也是诗人！我爸和你一样，情商很高，却把自己埋藏了起来！”

“我和你父亲很像？”

“我给你讲个故事吧，你听完就明白了。”丘莉说。

故事 ★☆★☆★☆★☆★☆★☆★☆★☆★☆★☆★☆★☆★☆★☆★

一个下乡知青的诗人与一个农村姑娘知相爱。然后因某种原因他却与另一个姑娘结婚了。这个姑娘是个干部的女儿。很多的女孩都对这个知青有好感的时候，她争强好胜，她处处对这个男人好，给他打饭，办户口。然后从那个姑娘手里夺取了这个男人。

结婚后，她用旺盛的精力经营着她的事业，而那男人却与世隔绝闷在屋里搞创作。后来，女人成了一位成功的商人，男人则成了一位走火入魔的诗人。

他们两个根本就不是一路上的人。女人开始嫌弃懦弱、无能甚至无用的男人，因为在她的眼里他只会闭门造车地舞文弄墨。

她是摸不透自己丈夫脑袋里到底装了些什么。她不了解那个男人有他自己的活法。

而对于母亲对父亲的责备她总是听之任之，她不相信她的母亲对她父亲的评价是真的。

此后，母亲和父亲总是吵，吵架的时候妈的声音总是盖过父亲的声音。父亲说一句，妈要说十句。当吵架都吵不起来的时候就说明连他们之间连最起码的恨都没有了，父亲背对着坐在写字台前，话越来越少。直至他们彼此解脱，天各一方，一个在国内，一个在国外。

在他们唯一女儿眼里，他的父亲不英俊，不高大，但她觉得她父亲是在这个世界上最有魅力的人。他那佝偻的身躯、那挂着大眼镜精瘦的面孔、那绽露出青筋的双手都明证着他是最坚强、最执着、最富有的男人。

她送给我一本厚厚的手抄书。这是一本让人膜拜，虔诚的没有任何署名的未经发表的书。我翻动着一页一页，迷乱了人眼的密麻文字映入眼帘。惊人的文字数量，每一个字，每一句话，都带着浓重的情感。偶尔看到一句有感触的话，就如被吸进了一个神秘的地方。

那是作者营造的世界。那些高山仰止。

她说："这诗是她父亲写的。那里写着她的身世之谜。"

这是诗人的一生，一个孤僻诗人的一生。

每个人都是一首诗，一首动人的诗。

诗里面是自己的故事。而这诗都藏在一些人的心结。或许，丘莉的父亲就是丘莉心中的那个还未打开的心结。那文字构成了他的灵魂，一位诗人一生的灵魂。

我有点抑制不住自己心中的激动。

我看着天边的大地，不再说话。

远处，硕大的落日通红通红，把漫天的云霞也染成紫的红的……

远方，高高矮矮的灰色建筑群延伸到天边。忙碌的人群，来回的车辆奔波在公路上，在天和地交接的地方，是地球的形状，蓝的天，模糊五颜的地，影影幻幻。徐徐的凉风我情不自禁地展开了双臂，迎着风想拥抱眼前的一切了……

第四章 寻山

鬼社 ★☆★☆★☆★☆★☆★☆★☆★☆★☆★☆★☆★☆★☆★☆★

后山上的对话让我跳出了那段困境，日子变得渐渐明朗起来。

在我们共同构建的世界里，我们敞开心怀与这天与地相处着。在这眼前的一片天地里遨游。我们两个的体育课在同一时间。每次周五上午，站在操场上的一角上在远远的女生队伍里，我都能看到她的身影。她背着老师转过身来向我微笑。我也向她微笑。

我转过身听着体育老师的号令，做着僵硬的动作。

在自由活动中，体育老师说，可以上爬到操场后的山坡上，但不准往后爬，那是禁忌。殊不知那里已成了我们的家园。

我们找了一块草地坐着，然后躺下，看着晴空万里的天空。

丘莉说："你看那一片云上，会不会住着一些人家？"我说有的，肯定有的，只要我们能长上翅膀，就会脱离尘世，飞到天上去，在那天空的云里找到那人家一起生活了……"

"真的吗？"

"是真的！我放眼望向眼下的一片天地，阔了阔胸，深深地舒了口气。"

她那迷离的大眼睛，看着天……

"我要跳下去，去找我的梦。"

"你疯了吗？"

"我是疯了！我做了十几年的梦了。"我踩在一块石头上，踮起脚，摸着天上的云。

"别冲动！"她拉住我的手，认真地看着我。

我回过头看，看着她紧张的样子笑了，"其实，我有恐高症，这个只有你知道。"

我们相约谈心，说着彼此的事，交流各自的想法。时间如诗般流过。

正在这时，突然有人在喊："是谁在说话？"

我回头看到了林子深处闪出一个穿黑色制服的中年男子的身影，应该是兢兢业业的保安大叔在巡逻！在此之前我们有过交锋。

我对丘莉说，我曾经成功引开过他们。

丘莉说："怪不得那天他们那么容易顺利逃脱，原来是你！"我说："今今今天我们要重演后后后山逃脱了。"

我牵着丘莉的手跑过一片树林，那保卫绕过树林转身追来。

我们还没跑出树林，只听见后面又传出来那个声音：“你们别走！”我一把拉住丘莉向那山后的断崖处跑去。斥责的声音越来越近。

在可怕的声音的追赶下，我手里紧拉着另一只手，埋头往下跑。我们收回探下来的头，憋着气，俯下身来潜行。眼睛里只有陡峭的山石，脑子里只有旋转的方向。我们跑得很快很快！我们一口气跑到了山下偏僻的树林里，把巡逻人员甩得不见踪影。

我抹了抹脸上的汗，红着脸，气喘吁吁地对她说：“还好，跑得快！没被抓住！”丘莉竟然捂着肚子笑开了。她笑不成声：“没想到，文弱的你跑得还挺快！”

“啊……”

我愕然地看到了她笑后的冷静……

下了山，在树荫下，丘莉跑过来说：“文臣勇，给你介绍几个位‘鬼’。”

我擦了擦头上的汗，点了点头。

“开玩笑的，他们都是社团的成员！顺便让他们教你学球。”

看着丘莉向篮板下练球的几个男生和女生跑去，他们站在一起说着什么，然后一路小跑着过来。

她指着我对这一群人说：“我给你介绍一下。这位是中文系的才子，文臣勇。”

其中一个个子不高的女孩笑嘻嘻地说：“哦，个子不高和我差不多！”

“别看人家小个子，小个子里装着大世界。人家会写诗，会画画。”丘莉说。

“还有一点更重要的是，他是我们的恩人。上次在后山，是他引开巡逻队，我们才顺利地躲过一劫！我们是不是应该感谢他啊！”我谦虚地说：“我我我也是碰巧而已。”

他们连声道谢，对我表示诚恳地接纳。

“这是魏宏洪，数学系的，篮球打得不错，足球也行，以后就尽管向他请教。”丘莉指着旁边的一位高大英俊的男孩说。

“你好！”他点头示意。男孩魁梧、洒脱，谦让里透着豁然。

他正要搂住丘莉的肩膀说明自己身份的时候。

丘莉堵住了他的话：“他是我的普通朋友！”他低下了头，像被泼了一盆冷水，拍打着手里的球，不再说话。但我能看得出，宏洪和丘莉的关系不一般。

据说，丘莉和他们的相识是在一次他们共同逃课的球赛中。

丘莉在运动场上走着。一些男孩子在紧张气氛中踢球，一人犯规，踢了个任意球，那球像长了眼睛似的落到丘莉的头上。

那男生跑过来，背着晕倒在地的丘莉往校医院跑。

丘莉的同学西西提着包焦急地跟在后面，硬缠着人家要负责，男生自然也不是个无赖的人。那男生就是宏洪。

丘莉没事后，丘莉和宏洪也就这样认识了。

宏洪是个富家子弟，丘莉又是名门出身。大家开玩笑说，他们是天造地设的一对。而他们关系的逐渐明朗是在一次公共课上。

公共课堂上，丘莉与一个留着平头，油腔滑调的男生聊着天。那男生色咪咪地看着丘莉，手脚不老实，对坐在宏洪前面的丘莉油腔滑调的。

正当下面嗡嗡的谈话声使得老师的音调像是奢靡之音，宏洪忍耐不住，拍案而起。他站起来打了那男生圆圆的脑袋，“你这人不想活了！是不是？”

教室里顿时鸦雀无声。男生回过头，摸不着方向说：“怎么了？你凭什么打人？”

“凭什么！就凭拳头。”说完他又是一拳，接着一阵混打。

“宏洪你给我住手！”丘莉大声喊住宏洪。

丘莉把宏洪拉到了操场：“你为什么生这么大的气？”

宏洪低着头，满脸的愤怒。

“你为什么打人？我老乡哪点得罪你了？”

“他想占你便宜，就是不行！”

“谁想占我便宜？我和朋友聊聊天怎么不行？”

宏洪不语，看着斜下方的一边，“我怎么知道你们认识。”

“你知道，上课打架会怎么样？”

“管它去呢？”

“上课打架，是要被开除的！”

“开除，开除怎么了？我不怕！”

“你是不怕了！你早就不把上学当回事了！”

“你罚我行不行！”宏洪突然像火山爆发，大叫了起来。

丘莉看着他，瞥了一眼旁边的翻越栏：“有能耐！就在这儿倒挂吧！”

傍晚，余晖散在空旷的操场上，丘莉和同学说笑间经过操场时，不经意看到了栏上吊着的一个人影。丘莉没想到，宏洪还真把她的话当真了，她丢下了同学跑了过去。

“宏洪，你快下来，你干什么？”

宏洪满脸铁青，筋脉鼓起：“我在练倒挂！不知不觉睡着了。”。

丘莉一手抓住了他的腰，一手去掰倒扣着的双脚：“你怎么这么傻！跟你开玩笑的，你还当真了。”

他脚一松，倒翻下来。他坐在地上，两眼充血，他摇了摇晕晕的头，让自己清醒。

丘莉擦着他头上的汗珠说：“我只是随便说说而已。”

“没事！倒着睡也爽！”

风波平息后，他们被叫到了办公室，挨了批。

由于老师仁慈，大事化小，小事化无，才没有过多地追究。

面子 ★☆★☆★☆★☆★☆★☆★☆★☆★☆★☆★☆★☆★☆★☆★

然而宏洪又是个要面子的人，一个身处世俗之中的人，总会在意着这些世俗之物，这又与丘莉的性格格格不入。

学校里禁止喝酒，聚会。

宏洪和几个同学聚会，同学非要见一见宏洪的女朋友。宏洪说没有，大家不信。大家怂恿着宏洪，测一测他的话到底有多大的分量，看他有没有本事让女友出来。宏洪虽要面子，他知道丘莉是不会参加这种活动的，可兄弟们的面子还是要给的。无奈之下，宏洪给丘莉打了电话，便骗了她说只有你我两人。

丘莉到了，看着满桌的人，容忍不了他对她的欺骗。

她先是强忍，坐着不说话。

“给大嫂倒酒！”桌上的同学拿起酒就给丘莉倒了满满的一杯。

“别！还是我代替的好，我来喝！”宏洪怕太为难丘莉，强颜欢笑。

他接过酒就喝。

丘莉起身就走，看也不看一眼。

宏洪放下酒杯去追，一把抓住丘莉，“你这么这样呢？大家的面子也不给吗？”

“我已很给你面子了！”她说完摔掉了宏洪的胳膊就走了。

宏洪追上了丘莉问：“你就一点面子不给我吗？”

“你还要脸？你要面子？你连人家半个都不剩，你的教养哪儿去了……”

“谁不要面子？我也是人啊！我也要脸啊！”他扶着丘莉的胳膊说。

“你在那儿，你觉得没面子，让你难堪了。你怎么不为着别人着想，别人愿意吗？你除了要面子还要什么？”面对丘莉的指责。他听着，歪着头，颠着步子。他插在口袋里的手把裤子撑得很大，头歪挂在脖子上，不再说话。

这是宏洪的故事，还是后来从丘莉的话语中得知。

看到宏洪，我好像在哪儿见过。他就是那个在高考前体检的孤独行者吗？我有点不敢肯定他们的判断，但我莫名地怀疑他和他是一个人，不然就是一类人。

怕光动物 ★☆★☆★☆★☆★☆★☆★☆★☆★☆★☆★☆★☆★☆★

丘莉指着另一个男孩：“这位是李小聪，物理系的。”

李小聪扶了扶架在脸上的眼镜，干脆利落地说：“你好！以后叫我阿聪好了。”看来，大家都是这么叫他的，和他站在一起，总感觉他还是个孩子。

小聪加入这个社团，还是因为宏洪是他的救命恩人。

据说，有一次宏洪晚自习逃课，到操场上一个人踢球。

正踢得汗流浃背，突然，拐角处来了五六个男生围在一起说着什么，时不时还传来几声

惨叫声。他走近一看才知道，是那几个男生在恐吓、威胁一个小男生。打人的砰砰声和那个人捂着头的惨叫声裹着夜色从操场的这头传到操场的另一头。本没在意的宏洪跑了过去，喊住了他们，问是怎么回事？

“你是哪个？不管你的事！少插手！”一个男生说完又打起来。宏洪拦住了他：“凭什么打人？住手！”

“凭什么？你问问这小子就知道了。”他指着满脸青肿的那个男生说。

男生捂着头蜷缩着。

“他勾引我们老大的女朋友，这样的男人，就该挨打！”

“什么勾引不勾引的？爱喜欢谁就喜欢谁！”

“你别跟我耍这一套，我不吃。这样的男人就该打。”领头的男生挑衅道。

“就是不能打。有我在，就不能打，今天我是管定了。”宏洪歪着头，也是一副玩世不恭的样子。

“看你小子还挺能耐！让他给我们下跪，就一了百了。”领头的指着脚下的一片地。

“你真够狠的！你们还是学生吗？”说着他的拳头就下去了，跟帮的人看到领头的挨了一拳，便一哄而上打了起来。宏洪脸上划了个口子，他用手抹掉了血，用起了憨劲儿，那庞大的体格爆发出来，也让人害怕。那群人不敢上前了，一溜烟跑掉了。

过后，那些人想找过那个男生的麻烦，可有宏洪在后面撑腰，他们也就罢了。但正是那次打架，宏洪被留校察看，记了大过。而那个被打的人就是小聪。

丘莉指着另一位身材高大，皮肤黝黑的男孩说：“这位是鼎鼎大名的智多星黄皇。特智慧，也是数学系的。此人有点严肃，又有点古怪。”

我说：“你好！”

黄皇点了点头，“你好！幸会！”

“还有一位特重要的人物。我的好友陈茜茜，她人心眼特好，就是有点调皮，以后要向她多学点说话！”她圆滚的身材异常可爱。

“你好！很高兴加入我的社团！”她伸出了短小的胳膊，娇滴滴地看着我，微笑，我连忙去和她握手。

说实话，这还是我第一次在这么短的时间内认识这么多的人，脑子有了点乱了。丘莉看出了我有点撑不住的紧张，便说：“以后我们大家就是朋友了！我们非常欢迎你加入我们这个鬼社。”

听丘莉说，他们不爱学习、爱逃课、通宵上网、打架。

他们敢作敢为，有所追求，却又懂得生活。

他们看不惯这个世道，就处处打抱不平，但却处处碰壁。还惹了不少的祸，但他们还是不服这僵化的学校制度。

他们狂热着他们爱好的东西。他们喜欢足球，但他们也批判足球，一轮一轮地批判后，他们会组建自己的球队。他们埋头于现实的玩乐之中。

为了看世界杯足球赛，课不上不要紧，吃饭也都顾不上……用阿聪的话说："对足球的热忱，就是暴雨都浇不灭。灼热到能让身上的每一根汗毛着起火来。"

每次在俱乐部看球赛时，学校里处处禁止学生搞什么大的活动，但他们还是冲进了俱乐部，砸起了椅子。再加上他们喜欢的队输了球，他们更加肆无忌惮地破坏起来。

破旧不堪的观众席更不堪重负。看守老头手点着摔在地上的椅子，痛心地说："下次绝不能在这儿放球赛。"那是他们压抑在心中的狂热得不到释放而已，他们对周围的事不再有指望。

他们不是在拿着自己的前程开玩笑。他们有自己心中的前程。

算了！似为传奇的故事，让人感到像小说。可故事就是这么演绎着。这些都是从他们的八卦中得知的。

大家在一块儿聊了会儿。然后他们当中有人说：

"走，咱们大家一起去爬山吧！"

有人说："不是说后山是禁忌的地方吗？现在还在上体育课上，老师会不会罚我们？"

"管他呢！什么禁忌！想爬就爬，大家来吧！"大个子宏洪说。

于是乎，众人向后山坡进军了。

冬季还没完全过去，山上别无景致。只能看到满山的枯草和裸露的巨石。横在小路上石头写着赫然的"一路上有你"的字样。山坡上的石头被踩得四处飞溅，他们爬过了一个山坡，一排排楼房和错落有致的学校全景尽收眼底。

再过了一个山头，横卧在地上的那座灰蒙蒙的城市便呈现在眼前。城市在阳光照射下更显得小了。他们爬到了后山上在那块石头上坐下来，仰头看着天。

他们指指点点，看着远方的景致，众人整天生活的这片区域也就是这么大。

我低下头来，看到了山下我曾到过的那个悬崖。那棵奇怪的松树依然站立在悬崖边上一动未动。那是我抑郁过的地方。

他们避开了大而空的话题，谈论心事，谈论足坛，谈论发生在身边的事。

"你看那边天生地设的一对。"茜茜指着树丛那边的丘莉和宏洪。

"谁敢说不是？我们宏哥可是学校里少有的大帅哥。"阿聪总爱和茜茜拌嘴。

"你这什么意思？难道我们丘莉长得不漂亮吗？一般人丘莉还看不上呢。"茜茜仰着头看阿聪。

"看不上怎么了？还不是看上了我们宏哥！"

"那咋没看上你呢？"

"我看上的是你。"阿聪说。

这倒是揭了茜茜的伤疤："聒噪的驴！去死！"

"你怎么骂人？"阿聪苦着脸说。

黄皇说："算了，少说两句。"

丘莉过来了，"怎么了？大家说什么呢？"她看了看他说："臣勇怎么不说话？"

大家都注意到了我，"我我不会说，听听大家说，挺挺好！"

"人家可会作诗的，大家可不能小看！"

"是诗人，真的与众不同！"阿聪作崇拜状。

"以后多向阿勇学习学习！"宏洪很真诚地说。

"你呀！能想着学就好。"丘莉说。

"我们是只会玩玩球的凡夫俗子，行了吧！"宏洪说。

"以后，文臣勇还得靠你们多多帮忙！以后他的篮球和足球就交给你了。"丘莉宏洪说。

"没问题。你的指示我能不服从吗？"宏洪扭了扭脖子，拍打着球。

对于这帮人的结合也只能是偶然之中的必然。

都要到学生处去接受批评，都要到无人涉足的后山上探险，自然会面熟些。

他们说："大地笼罩在一片墨色之中。蒙眬的夜色像人的皮肤一样，暗色的楼厦、江河和山脉，那才是我们的天堂！"对，那是我们的天堂，我们的天堂！

然而这就是我在后山上曾见到的那一群所谓的"鬼"。和我一样叛逆到后山上的一群怕光动物。看人，看诗。每个人都有自己的内心世界。每个人都要去攀爬人生之山。你可以利用你的学识，你的经验，去读，就是一篇丰富多彩的诗。

他们说，宏洪外向洒脱，过早独立，父母离婚，他跟母亲生活。每个人都有自己的家庭问题。这样的经历才造就了他们非同寻常的叛逆性格。

之所以和我们走到一起，是因为我们都有一个共同的习性——怕光。我们都是怕光的"鬼"！明亮的光会让他们难受，散射出来的阳光就像锋利的刀剑刺痛着他们的躯体，然后枯萎，萎靡，甚至生命枯竭。

阴暗的光线会激活他们。他们生活在不为人知的阴暗处。他们在阴暗处精神焕发，焕发出旺盛的活力，尽现生命的本色。他们按照既定的方式生存，繁衍，生生不息，捕猎取暖，群居在一起。

他们对着天空大叫着："我们是一群怕光的鬼！"

"我们要一起攀登人生之山。"

第五章 风花雪夜

街舞 ★☆★☆★☆★☆★☆★☆★☆★☆★☆★☆★☆★☆★☆★

丘莉说，这是进步。

她说，要想完全地走出来，还得要继续努力。我不晓得，她还有什么其他的方法能让我找回我自己。我只知道，和她一起度过的日子里，我学会了很多，领悟了很多。我在渐渐地找回自我。

周三的晚上，我和丘莉一起去听一节文学课。

我们在离门不远的一张桌子旁坐下。

教室里的门响个不停。有人进进出出，出去的就没了踪影，进来的又喋喋不休地说话。课前的种种迹象表明这是一节不平静的课。在这节课上，出了点反常规的小事。

教现代文学的郭老师阔步上了讲台，教室里像断电了一样突然安静了。

老师打开了课本，不看学生一眼，直接进入正题。

他拉起了长调，讲着文学上的条框。

他吐字不清，口语中总爱带个“哩”！比如“郁达夫哩！鲁迅哩！”念笔记时，同学牢骚满天，听不懂，再念一遍。念一遍，还是一样。“这老师，傻乎乎的？说话时一摇一晃地像个不倒翁似的。”有同学说。

“这个老师比较有个性！别看他呆头呆脑挂着个眼镜，学问还不浅，刚刚博士毕业。”

“大智若愚型的。据说，郭老师人长得平平，可才高八斗，喜欢看变态电影，最不能容忍的是美女对他的冷淡。”

旁边的同学正在八卦他的过去。“也是一个奇葩！”他在上面讲，同学们在下面嗡嗡嗡，像炸开了的锅。

突然，他拿起点名册说：“今天点一下名呵！”

下面顿时一下哗然，来的同学幸灾乐祸，甚至拍手叫好。

还有一些猫着腰冒险在课堂上看小说，玩手机的同学也抬起头来观察教室里到底发生了什么样的状况。

郭老师一个一个念着名字：“李亮！”

“到……到！”一个很微弱的声音，是海涛站起来答的“到”。

“你是不是李亮？”郭老师表情严肃。

“是的。”海涛说了，却底气不足。

“你是不是李亮？”郭老师问第二遍，海涛抬头瞟了一眼就站在他身边的郭老师，撑不下了，低着头不语。

“不是你！你答什么答？你叫什么名字？怎么这么不诚实？”郭老师动了气。

海涛低下头说：“李亮没来，我是海涛。”

“没来就是没来。为什么要欺骗老师？这是不诚实知道不知道？以后不许发生这样的事，这次就算了！”文弱的他发起火来，充其量也就这么点火力。他的语气渐缓下来。气消后，又开始滔滔不绝讲起课来。

课堂上真是状况不断。

他还在对着黑板认真板书，一个女孩竟然视讲台上的老师于不顾飞快地顺着走道往外跑。

随意进出教室的她长长的头发飘散在后面，吸引了同学们敬佩羡慕嫉妒的目光。就在这让人心神荡漾的时刻，那美好飘飞的形象一下跌倒了地上。伴随着一声像被摔在地上的青蛙的“哽叽”声，她趴在地上，来了个狗吃屎。

她握着的手机打了几个滚摔了好远。

郭老师走过来，扶起她，语重心长地说：“你走路怎不小心点呢？想接个电话，我会让你接。要是因为接电话而摔出个伤来，这岂不是一次重大教学事故？”

同学们咧着嘴，然后是一片唏嘘声。

“赶紧去医疗室看看！我可担负不起这个责任。”郭老师的课继续冗长地进行下去。女孩爬起来，她的膝盖受了点皮外伤。她不顾膝盖上的伤，伸手就去抓手机。看来腿上的伤口远不如她的手机重要。

女孩站起来一只手攥着手机，一只手扶着伤腿，一瘸一拐地走出了教室。

丘莉合上书说：“在这简直是受罪！我们走吧！”

“到哪儿去？”我也没了听课的心思。不上课，又到哪里去呢？

“哦，对了！带你去个地方！”她突然想起了一件事。

我们趁老师在黑板上写字的时候，弯着腰，从后门溜出了教室。

郭老师还在认真上课，我们从他的眼皮底下逃了出去，他却浑然不知。

我跟在丘莉后面，不停地回头看主楼那个亮着灯的教室。

“走了，别看了！我带你去体育馆！”丘莉指着一张海报，周六海报上写着“舞会，晚上7：00，体育馆”。

顷刻间我消除了刚才的顾虑，跟着丘莉一起向体育馆奔去。

舞会 ★☆★☆★☆★☆★☆★☆★☆★☆★☆★☆★☆★☆★☆★★☆★

老远的地方就听到了从馆内传出的音乐，远远望去体育馆顶上射出来了几道光束投向广阔的天际之中。

走到里面，体育馆已经很热闹了，花花世界，灯光伴随着激情的音乐闪来闪去，各式各样的气球漫天飞舞。很多的人踩着节奏像吃了摇头丸一样陶醉其中。

宏洪也在！他刚一出场，就惊起了现场女生的尖叫，宏洪黑色的背心和运动裤，很帅气，很阳光。女孩们慷慨地喊着“帅！帅！”。

丘莉自然地舞动胳臂，摆动着腰肢。

“臣勇过来！试试看！”

“我我不会！”看着别人在疯狂中陶醉，站在一旁的我连连说。

丘莉一边跳一边说：“过来，不会就应该学呀！跳舞会让人找到飞的感觉！”

我的两只脚就像定在了地上一样，腾空不起来。

我很为难，“我我不是跳跳舞的料。不行！我不行！”丘莉说：“我教你跳！”有些激动的我呆呆地站立在身轻如燕的舞动的人群中，身上宛如坠了一块沉重的石头，跳不起来。

我实在放不开。

我脸上肌肉变形，下坠，扭成了一个我从没有感受过的表情。

“没人天生就会。你只会用笔作诗，对不对？舞蹈也是诗，是用肢体语言去去抒写的诗！它们都是相通的。”丘莉的话很有道理。

舞蹈、音乐、绘画都是相通的，心里有感觉，舞才能跳得有味道。

一年前，我差点儿成了行侠仗义的警察，或许彼此之间也存在着让人琢磨不透的某种关系。

她把我拉到舞池中。

我跟着音乐试了试，动作还是极不自然，忸怩着身体做了几个简单的动作。

丘莉转了过来，拉着我的手说：“没事，放开来！和我一起跳！”在她的带动下，我做了几个简单的动作，渐渐找到了感觉。

音乐一首接着一首，大家随着音乐的起落跳动着。丘莉说有灵性的人学起来就特别快。我沉浸在节奏里，像浮在天空中一样。在漫天飞舞的季节，校园里到处流行着舞蹈活动。我也加入了行列之中。我甩动胳膊，摇着头，踢了踢腿，也来把玩舞蹈了。我体验了从未有过的快乐，那是活动肢体带来的快感。我跟着她学起了舞蹈，学会了另一种方式的创作，在生活中用肢体写诗。

宏洪教会了我玩球，丘莉教会了我舞蹈。丰硕的硕果让我的身体渐渐饱满，让我感到了踏实，让我体会到了现实生活的滋味。我感觉自己确实变了很多。这些是肢体语言所带来的快感。

突然想起了以往的惯例，借此灵感写点东西，白天发生这么多的事，几乎每一件都可以写，灵感一旦泛滥也就无所谓灵感了。

脑子停滞，不想再写下什么了。

我翻开集了很厚的一个本子，已成荒废了长久的笔记，纸页已尘封了好长时间，我简简单单写下了“舞会”两个字……

鬼诗 ★☆★☆★☆★☆★☆★☆★☆★☆★☆★☆★☆★☆★☆★☆★

在我不知情的情况下，丘莉帮我报名了诗歌比赛。

本能上，我是排斥诗赛的。

在我看来，诗是个什么？

我所谓的诗，并不是严格意义上的真正的诗，而是在于平凡，在于幻想和现实之间的一种状态。诗不仅是我痛苦时的解药，还是我困境中的慰藉。诗是情感，诗是一个梦想，一个一座山，一个寄托而已。诗给人梦幻，给人天堂，只有孤独一身，注定远离世俗的人，那叫诗人。非要把自己的才能公著于众，美名远扬的人也不叫诗人。如果叫，那诗就成了逛妄的登天的梯，成了掩盖肮脏虚伪的面具。那不是诗。

丘莉说：“臣勇，我们参赛不为别的，就是为了让你招找回自己。你别有其他的心理负担。你应该晒晒你的诗，这样能有利于你认清自己。”

是的，我应该走出自己给自己设定的梦境，重新审视自己。

多少年来，自己一直迷失在现实中，为了别人而活，坐在人生的那列火车上，任由火车把自己带到什么地方，从来没有驻足思考过。

我应该有这个勇气，找回自己。

那天，在主楼的走廊里。

丘莉夹着书，看到正要逃课回去的宏洪说：“喂！魏宏洪，还没下课，你怎么出来了？”

宏洪说：“哦！你怎么在这儿！”

“先别问我，问你呢？为什么不上课？”

“懒得听课。回去听听音乐，看看杂志，洗洗脑！”

“孺子不可教！”

“拜托，你能不能换句话？有什么事？快说！”

“臣勇要参加学校里的十大诗人比赛。我们要匠心独运，精心策划，助他一臂之力。一来帮助臣勇认清自己；二是要震一震眼下看不惯我们这帮人的人！”

“你不是说过要做隐性的人？不管不问眼前的一切。怎么！现在想出仕了？”

“想哪儿去了？现在哪儿还有工夫想出仕？不是想帮一帮臣勇吗？最后问一句你干不干？”

“威胁我了是不是？我最怕人威胁我了！”

“我哪敢威胁你！”

“好！好！我服了你不行！再说，我一个俗人，不懂诗，能干吗？

“俗人自有俗人的用处。”

“不是让我打杂吧？”

“还真让你猜对了！”

“我晕！好事都让我摊上了，什么时间？”

“下周末。”

“我还有球赛呢！”

“球赛放一放的，臣勇的诗赛放在第一位！”

宏洪摇头叹气道：“我能像阿勇那样有福气该多好！”

“说什么呢？”丘莉故作严肃。

“没说什么呀？”两个人向着尽头的阳光走出走廊，出了主楼，消失在他的视线里。

接下来的日子，他们都在策划诗歌比赛的事。

丘莉精心策划了诗歌表演的方式，还给我的小诗集取了个名字——《成长如诗》。

丘莉说，把诗配上音乐，要听者在音乐的感觉中领略诗的内涵，给人以感性和理性的双层体验，这样会更有胜算。

策划好了，我们就找教室排练。

选了一间适合的，正要进去，却被一个女生拦住：“你们不能进去！”

“为什么？他们需要一间教室排练。”丘莉说。

“不行。我们已经占了这间教室，学校里不准滥用教室搞活动。”那女生说。

“不会吧！我们又不搞政治谋反。”茜茜说。

“看你们这一帮人就不像些好人！”那女生瞅了他们一眼，低声地说。

“这还让你给说对了。我们就不是好人！是自由自在狂放无羁的一群鬼！”

小聪说完，大家大笑起来。

“就你是好人！歌功颂扬的虚风，形式主义，也尽搞些个什么形式主义，教条主义？哎！完了！完了！学校竟培养这些虚夸阶级？”黄皇说完，大家又是一阵挖苦地笑。

女生单枪匹马，毫不示弱：“凡事得有个先来后到。”

丘莉没有计较下去，“要不然，我们重新找间吧！”

“凭什么？一个人占一间教室自习，还说我们不是好人，有毛病！”茜茜说。

“阿勇上，帅哥上一个顶俩。”宏洪声音很大。

“阿勇放电，电她！”黄皇说。

我被推倒了前线，厚着脸皮说：“你你你好！我我我们准备比赛，等等等着排练。我我我们也充分考虑你们，不不不会影响你们的学习。”

我正眼看着她，可她不敢看我。只听见她小声说：“倒霉！遇见了这样的神经病！”转头拿书走了。

宏洪说：“你说谁神经病呢？”

那女孩拎起包就走。留下了“咣当”一声甩门声。

他们说：“实在不行，就到宏洪宿舍里去排练。”

“先在这练着，排练完了，我们到宏洪的宿舍里去休息。”

我在门外想，自己真的是个神经病吗?

故事 ★☆★☆★☆★☆★☆★☆★☆★☆★☆★☆★☆★☆★☆★☆★

在比赛的前期，有时找不到教室，就到宏洪的宿舍去排练。

排练之余，大家坐在宿舍里，喝水，聊天。

宏洪的宿舍位于学校的东南角。

四层旧式的楼房被周围高大的树木所掩盖，楼东侧的围墙攀满了爬山虎。宏洪说，在这座楼里不知住了多少届的学生，破旧不堪。

宏洪说：“昨天躺在床上，随便抠了抠床上的铁管，竟捣出了一张纸条。想着谁这么无聊？尽搞这些东西！”

丘莉拿出来一看——

那是一张褶皱得像一块破布且失去了硬度的纸。

上面写着一行黑字：“当你看到这张纸条的时候，你一定要感到很诧异。但是，你还是很幸运的，你成了这个故事的发现者。故事的开头藏在这座楼里的第二层的走廊尽头窗子下面的一个缝隙里。”

大家什么话都没说，赶紧夺门而出。咚咚地踩着楼梯，向着二楼走廊的尽头奔去。宏洪打开窗户，伸着头，在框子底下的一个缝隙里找到那个洞，抠出了一个不大不小的纸团。

那是一个夏天，我和所有风华正茂的年轻人一样准备满怀激情地投入学习时。我遇见了一位女孩，她是个与世无争的女孩。她长长的头发揽在脑后，一半扎起来，一半撒在肩上。肩上总是挎着个白色的小包，亮晶晶的眼睛，楚楚动人。见到她的第一眼后我就发现自己离不开她了。

为了她，我曾当着好多同学的面把一束玫瑰送到了她的面前。

而她很欣然地接受了我，接受了我的长相，接受了我的真诚。

以后我们形影不离，我们一起吃饭，一起看书，一起游玩。在我球场运动的时候，总会有一个跨着白色小包的女孩，在人群后默默为我加油。我们共同度过了许多美好的日子。

和她在一起，我忘掉了一切不快。我揽了揽垂在她脸上的头发，莞尔一笑。我体验到了什么是爱情。我说为了她，我什么都可以做。

生与死 ☆★☆★☆★☆★☆★☆★☆★☆★☆★☆★☆★☆★☆★☆★☆★

突然有一天，她对我冷淡了。

她说，把精力放在一个女孩身上的男孩是没有出息的，男儿应该志在四海。而我不应为了她而抛弃一切，甚至自己的理想。

我努力学习，锻炼身体，把自己练得很壮。当我满怀自信地站在她的面前，她更加疏远我了。她的情绪波动让我很诧异。

我死皮赖脸地缠着她。我勾画着美好的未来以消除她的忧虑。

她突然把包扔开了，站起来，对我大喊："没有未来！没有未来！行程就到这儿，我们都下车吧！我根本就不爱你。别在我身上下功夫了。你赶快另找一个女孩子，谈你们的未来吧！"她哭泣着离开了我。

她突然的话让我摸不着头脑。她从没发过脾气，她是个善解人意的女孩。可这次她是真的生气了，原因肯定在我，是我错了，我不该在她的面前提起"未来"。

我打电话到她寝室，室友们说她不在。我告诉她的室友说，是我的错，我会改。我请求见到她。她没有见我。

时间过了很久，我义无反顾跑遍食堂、教室、宿舍地找她，都没有找到。

她仿佛消失在我的世界里。我找了她将近一个学期的时间。终有一天，她来了。她容光散发，更是楚楚动人。她对着我笑说："好久不见了，你瘦了！"

是的，没你的日子我昼夜难安。

她说，她要带我去一个地方。

那是离这儿两百里地的还未开发的山区。很少有人触及的地域，而且那是片禁区。她要看那山上的风景。

我说，好的。

第二天，我带她去了。

在山顶上，她告诉了我所有的原因。她之所以离开他，是因为她不久就会离开尘世，她不愿连累另一个人。

而这么长时间以来，她也没有怨恨过谁。她只想着怎样有意义地度过余下的时间。除了治疗，她和其他人一样努力地学习、参加高考、走进大学的殿堂。然而上天给她的时日是有限的。

她只想能多活几天，再看看这个世界，再感受感受这人间的爱。这个对同龄人来说是多么容易的事，可对她来说，比登天还难。

对于爱情，她说："他对我来说是一种奢侈。我已很知足。我有勇气去尝试，即使要缩短我的寿命。但这种奢侈要牺牲另一个人的感情为代价时，我犹豫了，我不能耽误你！"

"你没有耽误我。我是自愿的，我们是相爱的，永远！"我再也忍不住了，我万分焦急，近乎疯狂。

她喘着气，心脏病复发，对我说："不！你要好好地生活。"

山上的云雾飘来飘去，沾湿她了的头发。她的身体温度很低，脸色苍白，双唇冰冷，毫无血色。我抱着她，摇晃着她的身体叫她，让她醒来。我给她服了随身携带的药。

可她还是走了……那个楚楚动人的女孩，永远都不在人世了。我背着昏迷的她下了山。

我始终不敢相信这个事实。我们只是普普通通的人，为什么要给我们安排如此悲惨而又戏剧性的命运。我永远都会记得她，她永远的清纯，永远的20岁。她还活着，活在我的心里，永不会衰老。

明天我就要离开这里，入伍了，去适应新的环境。按着她说的去做，忘掉一切好好地去活。左边走廊的尽头……故事到这儿。大家一起来到了三楼，找到了最后一个纸条，得到这个结局。记住她的话，这个地方，有一个故事。

大家看完后，抬起头，舒了口气。这是真的吗？真的很神秘！怎么跟小说里的一样呢？大家被纸上神秘的文字深深地吸引。这是一个催人泪下的故事，也是一首诗，一首让我们感动的诗。我们捏着手中实在的纸，已经飘然，摸不清自己是在幻想还是在现实中了。和想象中的一样……浮了起来，飞起来了。

“那已是几年前的事了！”西西说。

“他好像在告诉我们什么？”小聪抓着脑袋。

“人生的哲理呗，好好体会，傻瓜！”宏洪拍了他的脑袋。

丘莉说：“我们真的要珍惜自己的青春。青春，生命是我们唯一的财富。代价，付出，我们要去承担的。”

恍惚之间，这生与死的故事，让我们感受到了生命的存在，高山仰止，我们还在山脚。人的生命有限，我们应该珍惜才是。

可是她没有时间了，她的生命是有限的，在年轻的时候死去。

我们手握着陈旧的纸片，抬起头，看着前方。我目光呆滞，默默不语了。我们是发现者。我们是这故事的看客。故事潜在了我们的内心深处，我们好像成了这个故事的角色。我们是故事外的故事。

对于比赛，我们有了新的主题。

那是我潜意识里的一段文字。

火化青春，羽化爱情

滑轮场没有一道皱纹，磕绊的是我迷离的眼神。

飞驰而过的身影；

飞目流盼的微笑表情；

我还想伸手拉住她同行，

青涩的面孔却把我打回原形。

我用时光的鱼尾纹结网，

只打捞出白日梦一场。

我坐在青春的树桩上守望，

没有你，无枝可依，

我挽着南柯一梦颠沛流离。

火化那段青春羽化那段爱情。

寒诗 ★☆★☆★☆★☆★☆★☆★☆★☆★☆★☆★☆★☆★☆★☆★☆★

比赛的那一天终于到了。

礼堂里坐满了黑压压的人，舞台的灯光很亮。

宏洪和黄皇把道具、钢琴准备好，然后又摆好架势充当啦啦队的角色。

丘莉安排了我在最后的时候读那首名为《带你一起去爬山》的原创小诗。我抑制不住内心的紧张，本来就不会说话的我张口也难了。宏洪鼓励着我："有我们大家在，没事的。"

丘莉说："什么都别想！表达出你的感受就行了。"

丘莉弹奏钢琴曲《秋日的私语》，全场人都沉浸在优美的旋律中。西西读《生如夏花》。

她用那甜甜的声音传达了诗中对自由未来的美好向往。

黄皇朗读《看天》；阿聪朗读了《纯度》。他们的嗓门铿锵有力，带着稚嫩，让人感到说不出的滑稽。

《我是一只游泳的鱼》

一个人游在自己的眼泪里

我是一只游泳的鱼

锋利的鳞片刺痛了海水

我是一只游泳的鱼

看不到表情，摸不到体温

我是一只游泳的鱼

游呀游，只想游离自己

纯度，世上很少有百分之百纯度的事物。即使是透明的水，也含有杂质。

误会，假象，接近真实。那个天真的大眼睛，含有无知。走进深奥。纯度，就在她的眼睛里。那是我为丘莉而写的句子。

他们把观众一次一次成功带进了他们营造的氛围。

对于他们的每个人我都百分之二百信任。而对于我自己，还是有点胆怯。我记住丘莉的话，想着那个故事，表达自己的情感。

随着丘莉轻盈的音乐响起，我进入了状态，我讲了那个故事："……——一个关于成成成长的故事；——一个真实的发生在我我我们身边关于爱爱爱情的故事。"

我们要把这诗送给他们，送给所有忠于爱情的人、送给所有攀爬成长之山的人……

礼堂里响起了热烈的掌声。我们仿佛成了故事中的故事，重温了那一次超凡脱俗的故事。这不是在网上，而是要面对这么多的现场观众，把自己的东西公布于众，这还是我平生的第一次。这要经受众人对我的考验。

那天虽然说思想单纯幼稚，但道出了一部分同学们的心声。我有幸被评选为了校园十大诗人。事实上，这不是我一个人的成绩，而是大家共同努力的结果。

重要的不是结果，而是大家在一起奋斗所带来的快乐。

为了庆祝，宏洪把我们叫到了他的宿舍里，我们在宿舍里开个小小的通宵晚会，宿舍里张灯结彩，快乐充满其间。

“来！来！大家干杯！对臣勇能够成为校园十大诗人之一，干杯！”丘莉说。

大家举起杯：“干！干！”

“现在由我们的诗人讲话！”黄皇说。

“我我非常感谢大家这么多天对对我的支持，没有你你们是不会有今天的！真真的很感谢！”我结结巴巴地说着。

“见外了！见外了！”大家哈哈大笑起来。

“阿勇！这样的官话你也说！”

“阿勇，你那天朗诵的时候没结巴。怎么今天又结巴起来了？”小聪扯着嗓子喊着。

黄皇拍了一下小聪的脑袋，“就你话多！”

“激动的呗！”宏洪说。

大家又是一阵笑。

音乐响起，大家拌着音乐抡起了胳膊，扭动着腰肢，手舞足蹈。

丘莉脸上露出了灿烂的笑容，释放着优美的舞姿。宏洪舞动着魁梧身体，旋转在小小的空间内，茜茜带着高高的纸帽扮演着公主的角色……

那天，不仅我与我的诗相伴，还有那么多人支持着我。这是属于大家的比赛，集体的狂欢。一直疯到了深夜，累得再也跳不起来的时候，他们才停止。他们的欢声笑语消失在黑夜空寂的校园里。

外出 ★☆★☆★☆★☆★☆★☆★☆★☆★☆★☆★☆★☆★☆★☆★☆★

比赛结束了，那个爱情故事一直在我们脑海里徘徊。

青春是什么？爱情是什么？

它像一座幽深，高大的山脉，云雾缭绕，巍峨雄浑，充满了无限的诱惑力，让人神往，让人着迷！

那是潜藏每个人心底的一个谜，我们渴望知道答案。我们要去探寻爱情，要去爬那座爱情之山，弄个明白。

听学姐学兄们说，在几十公里以外确实有一座原始的大山，和学校的后山一脉相承。

一旦站在山顶上，就能看到意想不到的东西……地球、苍穹、宇宙，梦幻的世界让人忘却尘世，超凡脱俗……但要登顶，很难，一般人都会半途而归。

高海拔的体验，就像那文字里所说的那样。

探山，就如同探索人生的高峰一样。山和人生一样灰蒙，若隐若现，扑朔迷离，爬过了一座又一座曾经景仰过的山。阔了视野，增了高度，又会变得平常。人生顶端，更高更多，等着你去渴望、享受、体验、永无止境的人生……

诗中的描绘触到了我们内心埋藏已久但又说不出的东西。那是我们理想的召唤，源自于生命本能的力量驱动着我们去攀爬那座神秘之山。因为身处在现实之中我们却对幻界充满向往。

小聪说："山是神秘的，最起码的谚语'看山跑死马'就能见其一二。山顶上到底是个什么样子，我们去看一看！"

"但那儿已经被划为了禁区，任何人都不能涉足的禁区。"茜茜说。

黄皇有点纳闷："到荒山野岭有什么意思呢？即使是放假，学校也不准私自群体外出。"

丘莉说："学校不是我们的牢笼，而是我们成长的地方。我们该出去放放风了。大自然是让人向往的地方。"

茜茜说："还是去吧！整天在学校里，闷死了！学校里的规矩还能把我们给困死了？"

宏洪说："说去就去。明天就出发。"

爬山的欲望已到不可抑制的地步，现实中的束缚又算得了什么呢？

我们相约在周五的早晨出发。

探山 ★☆★☆★☆★☆★☆★☆★☆★☆★☆★☆★☆★☆★☆★☆★

次日，清晨五点，我们聚到了校门口。

渐渐地，天边泛起了一片白色，微微透明。

寂静的街道，清凉的空气，五六个人背着旅行包步行到车站。西西背着个大包不停地打着哈欠："这么早！我还困着呢！"她睡眼惺忪，像是说着梦话，小聪兴奋起来："我可是第一次起这么早！"

是的，来了这么久，此地的清晨还是第一次醒着度过。在这样的时间里，本来已熟悉的地方又陌生了。亮了一夜的路灯疲倦地发着微光。路上寥寥行驶的汽车跑得很快，留下响彻天际的碾路声。此刻还是夜，人们还在沉睡。

他们的话传得很远，话音在一排排静静的楼厦间回荡。

六点，车站里唯一一班班车驶向东南方位的几百公里以外的那片山区。

山路蜿蜒曲折，杉树拔地而起，遮天蔽日，将万物笼罩在幽暗的阴影之中。汽车跟着太阳一起跑，不知什么时候，汽车已钻入深山中。夕阳撒向了公路两边茂密的森林中，在地上形成斑驳影迹。

在一片衫树林我们下了车。下了柏油路，我们顺着一条弯曲的小道向上前行。

静静的林子，仿佛不会有第二辆汽车驶过。汽车冒着青烟加大油门，消失在密林中柏油路的尽头。在车内颠簸了十一个小时，带着一身疲劳的我们紧挨着，列着队钻进丛林。

从深山老林里偶尔传来动物的叫声，奇怪的鸟叫声让人毛骨悚然。时不时有一只野兔之类的动物现身在树丛间。

这是一次冒险的旅行……

我们谨慎地环视着原始的丛林，小心翼翼地在杂乱的灌木丛中摸索前进。

身处这样极不安全的环境，要时刻谨慎着。埋藏在心里的丝丝恐惧悄悄爬上心头，我和宏洪轮流打头阵，拿着棍子，拨着盘根的灌木。

我变得很兴奋，好像有说不完的话，我几乎幻化成了另一个人。我攥着手里拨着草的棍子，突然找到了似曾相识的感觉，仿佛回到童年里一段无知调皮的时光。

肉体和灵魂合二为一，没什么可幻想的了。

“喂！臣勇，想什么呢？专心点！”宏洪喊我。

“啊，噢！”我我握紧了棍子，加快了步伐。

宏洪踩着积得厚厚的落叶，拨开一丛灌木。

我告诉他们注意有蛇。宏洪说，他不怕蛇，蛇不就是动物园里那种懒洋洋的样子，一点都不可怕。我说，丛林中的蛇不是那样的。我向他们说了家乡的蛇。蛇有两种，一种喜欢在水里，称为水蛇，人们种稻的时候，走完一条水渠就能看到浮游在水草里十几条各种各样的蛇。另一种喜欢生活在陆地，旱蛇。收庄稼的时候，路上，水沟里到处都能看到扁了头或断成两截的蛇，那是人们碰到然后打死过的蛇。

五月里是不兴大蛇的。那个月通常很热，蛇出来得很多。

到了中午，蛇冒着毒辣辣的太阳，拖着长长的身体在瓜地里游动。人们不敢下地摘瓜，只好坐在树荫下忍耐饥渴。胆大的男孩抓去一条蛇，甩开，然后摘一个瓜，啃着走出瓜地。他们时常拿着一条弄断了牙的蛇绕在胳膊上把玩。

他们说，蛇在皮肤上爬行的感觉，就像女人抚摩的感觉。

那时我还小，我啃着从大哥手里递过来的瓜，羡慕着他们的胆量。

茜茜龇牙，耸了耸肩，全身竖起了鸡皮疙瘩。她一阵大惊小怪地尖叫，抓住丘莉的胳膊不放。丘莉拉住她的手，看着脚下，小心翼翼地跟在后面。

我不再说话，默默地跟在后面，听他们谈话。

我还从没有这样专注过，长时间专注于眼前的一切，完全被眼前的现实所吸引。脑子里装的风花雪月早已抛到九霄云外。说着走着，已到了陡峭的山腰处。

顺着将近九十度的小径攀缘，松树的叶子从身边擦过。往下看，跌宕的深谷如海洋般起伏。交错相间着远远近近的树干，上上下下，粗粗细细，呈现的一片暗绿色构成了一个立体的世界。清亮的树叶罩住了自己的视线。

晕了，这让人失去了基本的方位感。

把头埋在树叶下，密密丛丛的树丛下是万丈深渊。

“臣勇，你不是恐高吗？别往下看。”丘莉说。

“不怕，我能克服！”越是恐高我就越想往下看。这是一种很奇怪的矛盾心理。我禁不住抓住一支树杈，轻轻摇晃。眼前大面积的树都动了，还惊飞了几只栖息在树丛中的鸟……

我似乎控制不住自己要腾空的双脚，想要飞着穿过树林，可双脚还是结结实实踏在小道的石头上。

“你们看！那山！”阿聪指着远处。

顺着阿聪指的方向，从层密的树的间隙中。我们看到了，那几乎和天相接攘的山，掩映在一层薄薄的雾气中，露出了白色的山头。

“啊，好美！”西西感叹着，是的，那是幻界里的山，那是我们要攀爬的神秘之山。

我们一定能到达山顶，看山顶上的风景。

我们叹息了片刻，钻进了丛林，继续前进……

情性 ★☆★☆★☆★☆★☆★☆★☆★☆★☆★☆★☆★☆★☆★☆★

透过丛林的枝叶看着漫天斗的星星在头顶闪烁。

在这半山腰的地方，大家议论着是否存在外星球的空间。有人说有，有人说没有。我和丘莉彼此对视，莞尔一笑。那是我们共同的约定。

阿聪从旅行包里掏出了一个块状的黑色东西——一个收音机。宏洪拍了小聪的肩膀，“小子，还真有一套！”

“明天的天气如何？行程是否顺利？”

他拧动按钮搜索节目。天气预报：“大山区，明天高温。午后有雷雨，望在山上作业或旅游的人员注意天气变化，保证人身安全。”

听了预报，大家围着一张地图，计划明天的行程，预定了一个名为黑云峰的地方。那里有个山洞可以避雨……

第二天，太阳高照，果然是很热的一天。

山里的蝉鸣自清晨开始就没间歇过。

我们在丛林中穿行，时不时喝几口降温的水，可还是抵挡不住蒸人的炙热。

炎热和水的缺乏考验着我们的毅力和体力。他们把消耗限度降到最低。他们看着脚下的路，坚持前进，不再说话。我走在最后，本打算照看茜茜和丘莉，可她们的表现却出乎我的意料，很顽强地走在前面。尽管她们疲劳的程度要大于他们。

快到中午的时候，大家做到树荫下休息。宏洪给丘莉递了水，他满脸是汗地说：

“现在就是有一潭水都不多。”

“带来的水还勉强只够饮用。”

黄皇跑过来抓起地图说："地图上不是有个潭吗？"大家围过来一起找。

"在这儿！你们看，这个地方有个下溪，有很多水流到了山腰处较凹的地方。"

"我们的位置，哎，离这儿远不远？"

"在这儿！"他们像发现了新大陆，迅速拾起包朝那个有水的方向跑去。

我和丘莉顺着倾斜的山坡紧步跟在后面。我还没有回过神来，他们已跑得很远了。他们三个把包抛向空中，然后跑上山去。我、丘莉和宏洪跟在他们的后面捡着他们丢下的包。他们真是疯了！

脚下的乱石飞蹦了起来。

跑了很长一段时间，跟着他们惶惶然不知往哪里去。

宏洪指着树林茂密的一边说："这边！"阿聪的收音机还开着，可米小子的流行歌曲"人们都说东方美丽，西方神秘，南方……让全世界都踩在我们的脚下，踩在脚下。"他们快速穿梭在丛林中，什么都不顾，只想着水。

山崖上的瀑布已经干涸。留下青黑色的印迹。树林的尽头果然是一潭汪汪的清水。潭水清澈见底，倒映着天上的阴云。潭的一面是垂直的悬崖，一面则是一倾而下的林海，像是嵌在巨大的山腰上的一颗翡翠。

宏洪慌张地脱掉鞋子，扒下衣服，扑了下去。

"小心有蛇！"丘莉笑着说。

"没事！我们不怕蛇了。"

他们三个在水里扑腾着，尽情玩耍。茜茜和丘莉脱了鞋在水浅的地方洗刷。他们互相泼水，嬉闹，爽朗的欢笑在山谷中回荡。

宏洪让我下水，我说不了。毕竟有两个女孩在面前很不自在。

小聪问我会不会游泳，我说在家里自己是游泳最掺的一个。他们听不懂方言"掺"，我解释道是约等于"很棒"的意思，但也不完全是这个意思。

我洗净了毛巾，把空了的瓶子灌满了水。

阿聪坐在水中的一块石头上说："我累了，不走了！"

茜茜说："惰性！"

黄皇说："惰性，人的本性。人克服了这一特性才会进步，才会永不灭绝地生生不息。"

"像阿聪这样没有意志，任由自己的惰性支配自己，怎能爬到山顶？只会演绎半途而废的悲剧。"茜茜说。

"阿聪不就累了吗？人累了总是要休息的，哪能像你们这样上纲上线？"宏洪说。

阿聪支起躺在石头上的身体说："我不信，你们就没有劳累的时候。"

"那和你的性质不一样。"

"难道你们的休息就很高尚？"

"凡事都有高尚和低贱之分。"

“懒惰的人性，为人所不齿。你这个人怎么会把人类最本质的一面展现出来呢？”茜茜说。

“那是人一种顺应肉体的性情。而我是肉体支撑不住了，所以才需进行必要的休息。”阿聪说。

“那你就不能用你的毅力去克制一下你的肉体，焕发出人性的阳刚美给大家看看啊。”茜茜反驳着。

“呵呵！”丘莉笑了起来。

“人家小聪，不就是累了吗？你们就说些这些个不着边际的话！”宏洪说。

突然，刮起了一阵阴风。

天气骤变，可他们在水中舒服地午睡不想上来。我站在潭边提醒他们赶快上路。

黄皇说：“你们先行一步，我们随后就来。在暴雨前一定能赶到黑云峰，说不定我们先到呢！”

茜茜说：“看着他们贪婪的样儿。”

丘莉说：“就按他说的做吧！我们提前走，也好在峰上做些准备，等着他们来。”

不一会儿，大块大块的乌云遮住了火辣辣的太阳。山上起了风，午后的暴雨就要来了。大家不再空谈了，争取到雷雨前赶到黑云峰。

我们顶着乌云，看着地图，三人先行一步。顺着大致的方向，我们行走得很快。每走到一处我们都用折断的树枝放在路旁做个记号，好让他们知道我们的行踪。

可前方一条岔路口，则让我们面临了艰难的选择。

衫树林的尽头是块巨大的山石，有两条小道。一条向左上延伸，一条伸向右方。地图上无明确标志，不知哪条路通向黑云峰。

考虑了片刻，大家一致这样认为——往上为大方向。

于是我们走了左上的一条路。

走了一段时间，丘莉叫住了我们说：“总觉着这条路不对，像是在走下坡路！”

“这怎么可能呢？明明是向上呀！”她指着上边让我们仔细地听，蝉声几乎尽绝，预示着前面没有树木。

“我们上来的时候，碰到的那块巨石。往右走的那条路之所以向下，可能是为了绕开巨石。”再看看地图，石头的左边果然是松林崖。

现在看来，把一个集体分散开来确实不是明智的举措。我们是误入歧途了。难道现在还要顺着小道原路返回吗？

三个人中没有一个有这样的意向。

这条路虽险，但是条捷径。

错了就错了吧！既然选择了就是再艰难我们也要爬上去。天上响起了轰轰的雷声，暴雨快来了，容不得我们再去犹豫，再去思考。

我们沿着那条小道，顺着遥遥无底的悬崖边，小心翼翼地向上攀登着。

一会儿闪电，一会儿打雷，只有黑云峰有避雨的地方。到了黑云峰，硕大的雨点就落了下来，砸在身上。我们把包顶在头上跑进了嵌在峭壁上的一个山洞里。

暴雨倾盆而下，波荡的山谷像大海翻起的巨浪。山上的松林都沉浸在烟雨蒙眬之中。没有想到，海拔高的地方下起雨也会这么猛烈。

歧途 ★☆★☆★☆★☆★☆★☆★☆★☆★☆★☆★☆★☆★☆★☆★

我看了下表，已是下午四点，还不见他们的踪影，很是担心，登山最怕误入歧途。我正要起身去找，丘莉说："外面雨太大了！非得淋出毛病不可！"

"几个大男人，有什么可担心的呢？"茜茜说。

"就怕他们走些弯路！"我说。

"我们再耐心等着就是，他们应该不会有事。"丘莉说。

茜茜说："阿勇，再给我们讲些你世界中的故事吧！"

我说："好吧！讲一个高兴的吧。"

小时候，家乡小河小沟特多。而且常有水，有水就有鱼。小时候的自己整天和一样大的孩子拎着鞋满沟壕里窜，看见只有沟底子上有一小凹水，我们就赤脚下水摸鱼，大鱼被大人用网逮走了，剩下的只是些小鱼，但对我们来说也极具诱惑力。先和浑了水，鱼便露出头张着嘴喝水，看见有鱼嘴，或者背鳍浮出来就用手抓，特过瘾。每天转了一圈，回家，拎着几条小鱼。脸上身上，都是泥，这叫"锄头有泥……鱼头有火。"

茜茜摇摇头不知什么意思。

丘莉说："那叫过瘾！"

一步到位的解释，茜茜懂了。

他们在洞里哈哈大笑起来。

"臣勇，我还从没听到过你说这么多的话，没想到你肚子里的东西还真不少！你的回忆真美！怪不得你整天待在你的世界里。"茜茜说。

"小小小时候除了这些东西，我还能有其他的快乐吗？"

丘莉从容地看着洞口外的远方。"苦涩里的甜美。正是因为小时候没有多少快乐，才会把这些事情记住不放。他小时候是个与他脑海中的物像独处的人，而现在的回忆多多少少有些幻想的成分。"

我动用僵化了的面部肌肉，看着她说："还是丘莉懂我！"

一个小时后雨停了，山中只弥漫着云雾。

三个人在洞里坐了几个钟头，生起了火，烤着淋湿的衣服。

"他们怎么还没来？"

"应该快了！"

“真真想不通，那一对情侣是怎么上来的？我们爬起来却这么艰难！”茜茜说。

“爱情的魔力，他们那才是真正的爱情……”丘莉说。

他想到了，他们一路上陶醉于那些低级的玩笑之中。说笑过后，他们又说起了那对生死情侣。

小聪和茜茜又在争辩了。

“你知道什么叫爱？”小聪问。

“我怎么不知道！”

“像你这样的书呆子，也知道恋爱？太可笑了，哈哈！”小聪道。

茜茜恼了，他点着阿聪的脑袋说不出话来。

“你的意思是我不会恋爱是吧！”

“我可没有那个意思。要说有，那只能是你多心了！”

“好！那好咱们就等着瞧吧！”

“说正经的，就你们两个整天没完没了……”

“就是，辛辛苦苦搞学术，还不如快快乐乐谈恋爱！”黄皇说。

“是的，恋爱，恋爱！撒开书本，谈恋爱吧！”茜茜说，“我要体验爱情！”

爱情是什么？我们都没有体味过。

是的，爱情也是一门课程。

或许明天爬到了山顶，我们会明白爱情是什么？

云散，日没了，风停，我们也静了。

闭上眼睛想到了那对生死情侣的故事。虽然疲倦，还有谈不完的心。

六点钟的时候。洞口出现三个落汤鸡似的人。

差点认不出的三个陌生的人，中间一个是个又高又壮；左边一个高胖；右边一个瘦小，还时不时用手托着鼻子上的黑边大眼镜。

看到他们，茜茜禁不住偷偷地笑。

“怎么会这么晚？”丘莉说。

“走错路了！”宏洪脱掉蓝条T恤衫。丘莉接过来拧干，用树枝支了起来。

“没有看到我们给你们留下的记号？”

“看是看到了。不过都是从错的小道折回后才注意到那些记号，而且已经被暴雨打得模糊不清了。”

“谁让你们贪玩！”茜茜说。

“说真的，如果再来一次，我们还会这样做！”宏洪用树枝挑亮了火。

“孺子不可教也！”茜茜翻着白眼看着他们。

丘莉把帆布铺在地下。

他们光着膀子找了个能睡的地方躺下睡了。

小聪和他们津津有味地说他小时候的事情：

“游戏厅那时特流行，和几个同学放了学就往游戏厅里钻。格斗呀！黄帽呀！杀杀杀特过瘾！课都不顾得上，学习成绩更别谈，直线下降。有一次‘黄帽’闯到最后一关，就一个小小的失误，最后一滴血用完。人死了，气得我抓住眼前的机器又摧又打。突然一只有力的手抓住了我的耳朵，我很恼，猛地甩到了一边。谁知？那手又抓住了我的耳朵，感觉不对，回头一看，是我妈。我吓得腿差点儿软了。回家，下跪，一直到天亮，保证，再也不进游戏厅，话虽这么说，过了几天，我还是去了，把最后一关过了为止，自那以后就没兴趣了……”

渐渐地，云来了，天已黑透了，夜幕降临在这块不大的山顶上……

他们撑起了帐篷，燃起了篝火。

他们躺着，身体贴着身体，看着天顶上的星星，准备露宿在星幕下。

我走出洞口，站在悬崖边上。轻飘飘的云从脚下飘过，远处层峦叠嶂的山脉，在雨后夕阳的投射下格外清晰。抬起头看着云霞，远处巨大的落日把红色印了满天，渲染了山头，也渲染了我们每个人的身体。

丘莉走过来，站在我的旁边，也望着远处。

“明天就能到达山顶了！”

“是的，就明天！”丘莉的头发被雾气打湿，她的眼睛大而亮。

丘莉说：“或许人生来就注定要时时刻刻地处于这种自我限制的过程。每个人被尘世的烦扰而不得不忙于奔波，而在这样的境地里，只能抛掉世间的一切烦恼，静心和大自然独处。”

我说：“一个人的探索与求知欲是永无止境的，人只想尝试一下未知的感觉。从小就梦想着长大。长大多好，可以没有约束，独立地生活，自由自在。没上大学之前，大学就像这山一样，很遥远，很向往，可是上了后，也不过如此。”

丘莉说：“是的，探索、感悟才能成长。就像我们的理想，如果理想被现实吞噬。他们的理想生活就会缩小，最终埋藏在被凡世充斥的低层。”

丘莉记起了她父亲曾告诉过她那颗遥远的星星，那星星有着很多的故事，只要看着它，就能听到动人的故事。她愿永远做一颗闪闪的星星，漫游在无限的宇宙中去。

第二天，我们离开了那座山峰，在湿湿的空气中艰难地攀缘着山石……

一步一步地手脚并用，我们像在大自然中攀缘的猴，又像飞在悬崖峭壁的鸟。

这是我再熟悉不过的境界了，大家心里都有一个在无意识中的虚幻世界。我们是应该爬过一座山了。

傍晚时分，我们终于抵达到了山顶。

山顶上，平面面积狭小，而脚下就是万丈深渊，看不到底，让人胆寒。

“这是大山吧！该不会错吧！”

“我看你是累昏了头，怎么会错呢？”

放下背包，大家面对脚下的连绵山脉，扯着嗓子大叫：“我们远离了尘嚣，回归了自然。”

小聪说：“我看到了大海，浩瀚的大海！”

“在哪儿？”西西说。

“在云的下面！”

“我怎么没看到？”

“闭上眼睛就看到了。”

“还有草原、长河、沙漠。只要闭上眼睛，就在云的下面！”小聪闭上了眼睛，我们跟着闭上了眼，看到了想看到的一切。

“我们是在幻界吗？”阿聪眼睛睁得大大的，掐了一下自己的胳膊，然后仰天，合上眼。旋转，飞旋，飞了飞了，脚蹬空了，站不住了。是天旋，还是身体在转？

“啊……我来了！”

“我们要飞，我们要到另一个星球去。”

踩着山顶上的石头，我们畅快地向着远处大叫。我们要在绝世的山顶上拥有超人的力量，拥抱着眼前所有的一切，声音放射性地向四周炸开……

山外有山 ★☆★☆★☆★☆★☆★☆★☆★☆★☆★☆★☆★☆★☆★

突然，天变得阴阴沉沉，浓厚的天空压得很低。

大块大块的乌云在我们头上翻滚，天昏暗得有点恐怖。

凉风吹起，掀起了身上的衣服，头发也乱了，有点冷。

“可能有雨！”

“快看那边是什么！”阿聪指着远方惊叫。

一座庞大的山脉耸入浓云，呈现在我们的面前，离得很远，但又依稀可见，明暗的褶皱的山谷，发着金光的波形巨石，葱葱的树林，层层的云雾缭绕其间。透过依稀的云层，依稀可见显现在脚下茫茫层叠在雾气中的森林、群山和沟壑。而更远处则是茫茫的大地，灰蒙蒙一片，什么也看不清。

到处是贴着云的悬崖峭壁，像是在仙境，云中仙境！

我们踩着脚下的山，仰视着那山，愣了。

“本以为脚下的山是最高的……没想到还有更高的山峰。”

山外有山，还有更高的山，隐约在我们的头脑中……我们没有说话，愣愣地站着，看

着，仰视着那远处耸入天穹的大山……

“只有翻过了一座山，才能看到更高的山！”

“这是什么山？上山之前没见到！”

“不知道，那我们给这座山取个名字吧！”丘莉说。

“这山与那对情侣有关，那就叫爱情之山吧！”

第六章 回归现实

回来时，他们像从原始森林走出来的野人，在来往的车辆熙攘的人群中穿行。

校园里依然像以前一般平静。树丛间、花园间有休闲的人，也有忙碌行走的人。他们拖着大大小小的旅行包走在校园的道路上，谁都没有注意到这些叛逆着走进禁区的一群人。

面对周围的环境，那经历的几天野化生活很快成了他们脑中封尘的记忆，虚幻得像印在脑子里一层区域内模模糊糊的童话，没有人再有兴趣提起。

丘莉说，大家攀上了一座山，境界上了一个高度，心境自然会有些变化。人都是要变的。是的，他们发现每个人都像是换了一个人，少了一些幻想，多了一些实在的东西。

往事抛之脑后，我们要向前看，前面还有更多更美的风景。臣勇也应该改变，不应该老沉浸在幻想之中。

丘莉帮他买了几件时尚T恤，换掉了那件掉了颜色的开领袖衫；买了运动裤，换掉了那条陈旧的劳动裤；脱掉了那双又老又丑的布鞋，穿上了轻便美观的运动鞋。

站在镜子面前，他差点认不出来自己。大家议论着这还是原来老气横秋的文臣勇吗？他支支吾吾地说，身体好像不是自己的了，像是把自己的头安到了别人身上。

小聪说其实阿勇人长得很帅，就是不知道整理自己。

他们都笑开了……

诗和利 ☆★☆★☆★☆★☆★☆★☆★☆★☆★☆★☆★☆★☆★☆★

周二，有人通知我说，要为上次选出来的校园十大诗人举办一次小小的活动，让十位诗人披上锻带，站在大街上发传单。

我很犹豫。

披着锻带站在大街上是个什么滋味？

正当我怀疑这种行为的可能性时，其他九位早已做好了准备。

活动办得还挺正规，由某公司赞助，经校领导同意，再想想唾手可得的酬劳，还没有考虑好就被拉入了那一伙。

活动在周三下午举行。

我坐着公交车，跟着一帮人来到了市里。

街上很多人朝我看过来，不是因为我其貌不扬的长相，而是我身上披挂的“校园十大诗人”锻带。我被安排到了一个人来人往的繁华街头。

我越来越不可思议地认为这还是不是自己。

一位诗人竟会落到这一步。一个人崇拜金钱，受金钱驱使，而不得不出卖那点可以维持自尊的东西。

我很不自在，脸上发起烧，连脚都站不住，脑子里浮现了范进在街上买鸡的丑态。刹那间，我竟然不认得那个在大街上挂着条幅，伸着头，眼瞅着过路人，乞求接过一个传单的人是他还是我了？回想着这个人又与自己有着某种久违的相似。现在感觉起来，更像他了。

我想甩掉锻带一走了之。

正当我万分难忍时，抬头看见了不远处，一个披着同样缎带的女生，仪表端庄，亭亭玉立地站在街头，微笑着向走过来的人大大方方地递着传单。

她怎么能没有一点害羞呢？真是个不折不扣的大方的人。她的心理素质真好。

我回想到丘莉对我说过的话，你把自己看得太重了，所以才飞不起来。

你生活在这个世上就应该学会适应这里的规则。我努力调整自己的心态。我抬起头来，镇静了下来。是的，凡事都是一种心态。同样一件事，心态好了，做起来就很轻松。否则，都也沉重。

我挺起胸膛自信地递上传单。有人走过来，我不再只看别人的脚。我应该放开些，这样自己才能有所改变！公司老板说干得不错，他告诉大家下午还要来，半途而废者没有工钱。

下午我也来了，脸皮是厚了。

我自我安慰着，我是在挣钱，锻炼有什么丢脸面的吗？见人只管发传单就是。就这样挺过了一天，实属不易。

功利 ★☆★☆★☆★☆★☆★☆★☆★☆★☆★☆★☆★☆★☆★

他也是班级的一名成员。

更换学生班委会成员的事情搅得班里不得安宁。一开班会，谁谁这干得不好，那干得不好，都是些令人头疼的事。

至于班里发生的什么，他不感兴趣。

他向来讨厌在他认为一贯荒唐可笑的政治。虽然，他知道他还是个普通的学生，班里的一员，一位诗人，一位农家弟子，鬼社的一员。

一个人在现实中总是扮演着各种各样的角色。

班里为了争夺一个会长的职务。形成了两大势力，一个是老会长代表的旧势力，喻为反动派。别一派侧是以新生势力组成的激进派。当然还有一派，身单力行，逍遥自在的逍遥派。他们干他们的，他只管看他手中的书。班会开了很多次，论战也交锋不少，后来的选举，也没有个结果。两派之间闹得沸沸扬扬。

辅导员也不知如何是好。

一次，辅导员找他谈话，说要他临时担任会长一职，降一降温度，缓一缓班里的情绪。

他脑子里根本没有准备。逍遥派的人也很多，又为什么只找他呢？

辅导员说："你看现在班里的形势令人担忧，也只有你是最为合适的人选。你平时表现得又很老实，又有才华，所以大家对你还是比较信任。"

辅导员看到他又说："这不是你一个人的事，这关系到我们一个集体的事。你作为班里的一员，应该有点责任心的！"

是的，我是这个班的一名学生，更是生活在现实中的一个实实在在的人，又有谁只能享受权利而不要承担责任呢？

我拜访了黄皇，"……你你看我我该怎么办？"

黄皇满脸喜悦，"这是好事，你坐下来，我慢慢给你说！"

"当会长的好处，有很多条：第一：为同学做贡献。第二：锻炼自己的处事能力。第三，有助于你改变自己的性格。你应该走出来，多做实事，服务大家。有了新的经历，多一些生活阅历，当然是好事。其实当会长并不耽误你学习，关键在自己，时间是自己争取过来的……"

我在一旁，点头应和。

虽然只是个会长，但这是一种不同的体验。

"中国人不都是这样吗？自古以来，崇尚仕途，遵守礼节…人有了权力，可以操纵一些事情。你不知道，很爽的。你想想，你有没有被比你地位高的人欺诈过，现在你就有机会报复了……"

在别人看来，进入仕途，就会拥有无上的权力，无上的荣耀。可以超凡脱俗，可以作威作福，做一个人上人。那是传统国民心中的一座权力之山。

过去受到的屈辱，伤人自尊，都可翻盘。小时候，曾经下过的决心，今后一定出人头地，高人一等。都踩在脚下，用手中的权力，残忍地致于死地，把所有把看不起他的人……那也是母亲曾经给他的牛套。

今后要做大官，做个人上人。

这是多么可笑的理想！

他脑海里翻腾着这些东西，他维护着清心寡欲的孤高，不屑同伴们的活动，不屑过他们的派对，不屑过一切的施舍和乞求，不屑过功，不屑过利，更不屑过名。可现在面对功利，他还能坚持不食人间烟火下去吗？

"当官"这个放在他面前的陌生字眼，他从没有细细地想过。他从没有认为这和他有什么的关系。

可，谁又甘愿做一个平凡的人？谁的心中都会有一颗不安分的心，平凡与不平凡，出世或入世的选择。

这些让他不敢相信的行为，让他有点害怕。他感到他的恶毒，他的野心，他不晓得他脑海的深处还会藏着这些东西。这是一个曾经什么都不屑的人的作为吗？

他甚至不能接受自己了。

就这样，一个乐在逍遥，百事不过问的，甚至曾被当作怪物的他当上了会长。

扮演了校园里的十大诗人的角色后，他又糊里糊涂地经历了另外一个特殊角色。

隐藏在内心深处的那点功利心开始一点点地暴露，进而，陷入了传统仕途的圈套中。我不敢相信眼前的一切，但这是不折不扣的事实，我现在开始在乎名利了，在乎得失了吗?

我和丘莉说："我我，进入了'仕途'！"

她呆愣着眼睛仰着头看着前方好久没有说话。

"当个班长就是仕途，太逗了吧！当个会长其实就是为大家服务的。"

"臣勇，你行啊！当好了你是个好会长。当不好，就等着千夫指，背黑锅吧！"

"这些我们都不敢碰的了，你考虑清楚了。"茜茜、小聪、黄皇的调侃则是对我的警告。

她回过头对我说："今天我们去餐厅吃饭吧！下午还有课！"丘莉一直保持着回避的态度，不知道丘莉是怎么想的。

想想看来，其实这也不是大不了的事。

有些事情该经历就经历，那样才会知道它的滋味。

如果你崇拜那一座山，而不去攀越，那么将会永远永远是崇拜、景仰，永不会体会到站在山顶的感觉。那是那次他们爬山得出的人生体验。所以你要多多体验一些事情，光凭想是不够的。

他自己给自己些安慰。

仕途之山 ★☆★☆★☆★☆★☆★☆★☆★☆★☆★☆★☆★☆★

一次，通知我下午2：00在主楼103开会。

我放弃了和丘莉一起爬山的机会，早早地来到103室。办公室位于主楼的第一层，老高的门上挂着"系办公室""系主任室"的铜牌。高高的走廊，阴暗的光线，是大学，是牢房，又像是城府。

到了2：00，来了好多人，重要人物却没来，左等右等，足足等了一个小时，他们才姗姗而来。他们解释道："非常高兴，你们能耐心的等待，这次算是对你们的考验！"下面一片哗然。

我看着他们装出若无其事的样子，手拿着纸，不停地在抖。

接下来，就是没完没了的唠叨，也不知到底说了什么。让这么多人听他一个人说话一定很有快感。两个半小时简直是垃圾时间过去了。会后，他还自以为开得很成功，夹着包得意扬扬先我们而去。

接下来，辅导员说，你的字写得也不错。

这事就让你做了。这又和我的字挂起了钩。正因为我写了一手好字，字就成了我仕途的工具。面对纠缠于现实之中的权和利，我还是屈服了。忙完了工作，一个下午的时间也没了。

出了主楼，向食堂方向走去。远处山脚下的宿舍楼，一片热闹，攒动的人影中传来了叫喊声，像发生了什么事，好多人惊慌地从那栋宿舍楼里奔跑了出来，楼里冒出的青烟，像一团巨大的黑云，飘过了青色的山。

急速的救火车扫净了路上闲走的人，发出惊人的警鸣，向那座教学楼飞驰。我顺声看了一眼那个冒着黑烟的楼，又看了路边教室里坐着的学生。有的戴着耳机，有的埋头书本，有的趴在桌子上自习，而我们班的学生是不会有事的。我想着，走过，下了路，来到了食堂里。

食堂里人很多，碟碗声，说话声哄哄于耳。两个男生打来饭坐在了我旁边。

“火灭了！烧了两层，总共三间宿舍。”一男生边吃边说。

“失火不是常事吗？”另一个男生说。

“万幸，没有人受伤，是几个大一的学生背着管理员，用了热得块。出去时，忘了拔掉，寝室很晚都没来人，结果着火了，书全都熏黑了……”

是的，火怎么会这样大快人心呢？仿佛这时的火还不够。对于这些刚到校的大一新生来说，学校里就是太缺少动乱的事情了。眼前的那一幕是那么的富有诗意，那么的不真实，像是在梦境中经历的一样。

同学们的生活平淡乏味，很多人幸灾乐祸地议论着。他们会记住在他们大学四年了经历的这一场难忘的寝室失火事件。

我吃完了饭，拖着一身的疲惫，走向老乡的住处。

老乡说他正在准备考研，他早上天不亮就起床，趁着早晨的夜灯，背着厚厚的书，走出宿舍楼，到某个教室里学习，完全与喧嚣的外界隔绝了。一学就到深夜。然后顶着月亮、顶着雨或踩着雪回去。他企图用混沌的大脑拼命地装下一本本厚厚的书。为此，那些考研的人，很多都患上了臀部疼痛症，还得了脊椎病。

有些人带着坐垫，减少了皮肉之苦，也在一定程度上缓解了精神上的痛楚。

还有些人早就练成了铁臀功。

老乡说，还有一些人走了另一个极端。

他们轻松度日，享受青春、喝酒、打牌、上网、会朋友，只等着毕业证……享乐，苦行，是继续深造，还是安于现状？他们似乎从来都没有犹豫过。在四年里，他们每一个人都有自己的生存哲学，他们像是看透了人生，在玩弄他们的前程。

听着老乡的话，我突然想到了自己，自己又是哪一类？

渐渐地，我确实有切身体验，当上了班干部后，明显感觉自己像是被束缚了四肢，每天都要跑系里多次，自己的身体像个木偶被遥控在老师的手中。

午睡的时候，铃声不断。都是些可有可无的琐事又不好推辞还要亲自跑一趟，去了却是无关紧要的事。

通宵 ★☆★☆★☆★☆★☆★☆★☆★☆★☆★☆★☆★☆★☆★☆★

一个月后，我辞去了班长这一职务，想做一个自在自得的普通人。

可这举措引起了班委和辅导员的非议，这是对班委，对导员不满情绪的体现，应该给予严厉的批评才是。

于是在再次选举班长的时候，我成了批斗对象！

你们爱怎么议论就怎么议论吧！你们想批斗就批斗吧！我不管了，明智的人及时跳出来……前面的路还长着呢！我甘愿背起黑锅了，可过早的零落会让我内心少些阴影。

教室里室走了一部分人，又来了一些人。一阵骚动惊醒了我。我抬头，不经意间，看了表，吓了一跳，十二点了。想回去，校门已经关了，宿舍离这儿又很远。

我起身，出了通宵自习室。夜空上挂在天边的星星，嵌在黑里透绿的夜幕中，像闪着光的宝石，夜下就是一望无边的大地，寂静，清凉……

宏洪宿舍里一片漆黑。我走进他的宿舍。

宏洪问："阿勇！怎么现在来了？"我说明了原因，误闯通宵自习室，借住一宿。他说寝室里一个包夜上网，一个看通宵电影，空了两个床位，随便挑。我把包放在了靠窗户的床上，衣服没脱，躺下就睡了。

他们卧谈会的内容是兴高采烈闹着要给联谊寝室里的美女打骚扰电话。几个人激将，那个小个子拿起了电话，借着打火机的光，拨起了电话。等到那边传来女生梦寐的声音："喂喂！"然后他就立即挂上。这种恶作剧带给他们莫大的欢乐。

我没有告诉他们我当上班长的时候，就已经背叛了那群鬼的理念。他们也不会对阿勇的"仕途之旅"有多大的兴趣，他们始终是反叛正统的一群鬼。

我睁着眼睛睡不着。不知什么时候，他们的卧谈会结束了。

第二天，醒来时天还没亮，我脑海里还停留着他们在床上乐得打滚的情景……

上通宵的同学精神抖擞地搓着手、缩着头开了寝室的门。

我睡的是他的床，我赶紧起来腾出床位。他摸到盖头倒头就睡了。我对着蒙着头的宏洪说："我走了！"

他说："好！丘莉说，晚上去上网，问你去不去？"

我说："丘莉，好些日子没见到她了！"说真的，自从当了班长，自由支配的时间很少，自己是离开那个团体很长时间了。自此那次一段狂欢的日子过后，大家爬过了一座山顶欣赏了这边的风景后，我好像脱离了群体，偏离了他们的方向。

不清楚，这段背离他们的日子里，他们都在干什么，想什么？他们关注的话题又滑到了什么领域。他们又开始在攀登什么样的山峰？

这些我也不得而知。

眼下有了空余时间是该回归回归了。

我回答他说："好！我去。"

我走出了宿舍。

清晨的空气很新鲜。路上零零散散地走着从教室里、网吧里、俱乐部走出来的人，多是些习惯过夜生活的人。

晚上，当余晖再次染红了校园的一草一木的时候，我进了一家丘莉常去的网吧。丘莉上线了，我找到了她，她在网上冲浪。我把零食放在了她的电脑前，她指了指往后的位置。宏洪在和几个老兄联合着打CS游戏，然后又专注于电脑，玩着自己的游戏。

旁边的一个女生对着视频里一个男生说着一些听不懂的南方话。我戴上耳机，点击了几首歌。听完后，左边的男生趴在电脑前睡着了，而那个女生还一直在说。

午夜时分，我起身，走出了闹哄哄的网吧。

外面，天还没亮。

夜下就是一望无边的大地，寂静、清凉……

第七章　平淡的日子

吻☆★☆★☆★☆★☆★☆★☆★☆★☆★☆★☆★☆★☆★☆★☆★

我在物理楼的自习室见到了丘莉。

教室里坐着零散的几个人，我们走进自习室。

我给她擦了桌椅，在后排的位子一起坐下了。

丘莉那呆滞的眼神，从容的姿态，睿智的思想，集合为一个独特的合体，散发出像一朵茉莉的淡淡幽香久久不散。我想跟她聊起自己的青梅竹马，想跟她聊一聊在网上的美女作家。说说我心中那难以名状的感觉。

我正要敞开心扉畅谈。

突然间，眼前一片漆黑。教室里停电了。

百年不遇的停电，如同天下大赦。教室里牢骚不断，校园响起了欢快的流氓哨。上自习的同学收拾了书包纷纷走出教室。

然而我们没有动。从外面折射过来的天空，给教室增添了一丝的浪漫。

“傻坐着干什么？走吧！”丘莉拿起书往包里放。我对她笑了笑，“急什么？看这是什么？”我从包里拿出了一个小袋子。

丘莉说：“这是什么？”我一看，这肯定是海涛的恶作剧。我的脸顿时变得通红。我赶紧忙解释道，这是气球。我拿错了。我不得不拆开来，现场吹了一个很大的气球，这动作很娴熟，因为这是我小时候做过的事情。

“这气球吹得好大啊！”丘莉看着冬瓜似的球不由得惊讶起来。

之后，我又从包里掏出了一只准备好的蜡烛。丘莉惊奇地放下了包，“你哪儿来得蜡烛？”

“晚上，熄灯后，看书用的！”

“喔，还真行！”

蜡烛点燃了，照亮一块空间。烛光洒在了丘莉玉盘似的脸上，晶莹透骨，大大的瞳仁闪闪发亮，传统又现代的动人魅力。我看着她，她看着我，她闭上了眼睛……

我心中涌动着莫名的冲动，心中那个模糊的女人，所有的这些想法都不知不觉向着丘莉靠近。

我接近了她，慢慢地感受到了她的温度，她的清香。仿佛我们的所有都融入这烛光所能照亮的空间内。

突然，一股焦味钻入了我的鼻孔。“吱吱呲呲！”蜡烛点燃了我的头发，她连忙用手拍打了我的头发，我的手碰到她的手。她收回了手，火也灭了。与此同时，那个气球也莫名其妙地爆炸了。

她抓起包，起身走了……

悲催★☆★☆★☆★☆★☆★☆★☆★☆★☆★☆★☆★☆★☆★☆★

过了不久，一位师兄看着我笑，好像是很熟的样子。

我不认识这个陌生人，只是客气地回应而已。

他几次主动和我说话：“你是文臣勇吧！我看过你写的诗。”

我紧张地回应：“嗯！”我点头示意。这师兄留着平头，戴着眼镜，人长得又高又壮。他笑起来脸上嵌着酒窝。“叫我张岳，张飞的张，岳飞的岳！我是三年级的学生。”

“都是名人哪！”海涛惊叹道。

由于住在同一层楼上，他一没事，就到我们寝室里大侃特侃。

他的话总让我们寝室的人大开眼界。什么考试怎么过呀；某某一学期一点都没学，就考前下力气背两天，结果也能轻松过了。他还说，一到考试的时候，平时空荡荡的走廊都站满了人，围着走廊的灯，拼命地看！

原来大学里还有这样的上法。

每次他来，寝室的人个个睁大眼睛，托着腮，望着打着手势的他，对他顶礼膜拜，听他侃侃而谈。我们寝室给他起了个绰号：“张大侃”。

这次，几个室友坐着板凳，问到他恋爱的问题，他又和我们神侃。

提到这个话题，他说得更多了。他拿起杯子。杯子里仅有的一滴水流进了他干枯的喉咙里，他润了润嗓子，然后把杯子倒放在桌子上。

海涛连忙帮他倒了一杯。他笑了，“学兄刚来就教我们谈女朋友，现在又轮到我教你们了，呵呵！”我们瞪着眼睛看着他。

他说：“学兄告诉他：‘四年呢！如果在大学里不谈一次恋爱能算是上了个完整的大学吗？’他们班已有一半的人都是成双成对的了，没几个单身汉了。他们宿舍睡在对面的室友到现在为止，已谈过不止一个女生了。厉害吧！要赶紧找一个。”

他看着我说：“你还没谈过吧！”

我靠在门边拼命地摇头。

他说：“我看你是没谈！谈过和没谈过的不一样的。看眼神就能看出来！不谈就成熟不了！你应该找一个才对。”

一个室友问：“你找了没有？”

“嘿嘿！我还是处男一枚。”张岳歪着头说，“不过我谈过的。”他笑着用手摸了摸微红的脸。眼睛眯成缝，脸颊凹陷出了两个深深的酒窝。

“大一的时候，认识了个女生。那女生说漂亮也不是绝对，反正还能说得过去，呵！”

说完，他拿起杯子呷了口水。

“她社会经验特丰富。我在她面前施什么花招，她都能一眼看出来。害得我前一夜想台词的功夫都白搭！”

“后来呢？”

“分了！她把我以前给她买的东西给了我，我也把她给的东西还了她。

“人家说男儿有泪不轻弹，我也没出息，在她面前哭了两次，当时也很痛苦，晚上被子不知不觉就湿了。现在想想也无所谓了。

“我们辅导员找我谈了几次话。她的室友都说她做得不对。这个好小伙子，怎能让你这么折磨？”

“那她为什么离开你呢？”

“她很现实。她曾跟我过说：‘你以后充其量就是个公职人员？养活不了我的。我不想以后的生活不至于那么狼狈！’她既然这样说了，我还能说些什么呢？”

“分了就分了呗！本来对她印象还好。可是有一次在食堂，我坐在一张桌子旁吃饭，对面坐过来一男一女，说说笑笑，抬头一看居然是她。我靠！你说你这是什么意思？在我面前他们眉来眼去，把我气得把餐盘一摔，对着她就喊：‘你想干什么？’我的同学过来问怎么回事？她一脸不屑地起身就走了。自从那事后，我对她的好感就全没了。”

“但是自从经历了那次，我也成熟了不少。”沉默了一会儿，他又来了劲儿。

本想只会出现在小说里看到这类故事，现实中也确有其事，而且和自己很近，只是有不一样的感觉。很想劝他几句，但又不知怎样说才好。

“不早了，我得回去了。你们早点休息吧！明天还有课。”说完他开了门，走了。

灯已熄了，我站在走廊里送他回去。走廊里还有说话声。

周五，宿舍里只有我一个人。

我翻翻桌上的书，实在没有心情钻进知识的海洋里去。

我待在宿舍里一天又一天。

无聊，没劲，我把书放到了原处，坐在凳子上，盯着墙上的明星画足足看了半个小时。丘莉闪着光的大眼睛在我的脑海里不停地滚动着，想摆脱都摆脱不掉。

自青草后，没有哪个女生能抓住自己的心，让自己如此纠结，如此牵肠挂肚过。这种朝思暮想，彼此的心灵默契就是传说中的爱吗？

可是，自己无形之中充当着一个不光彩的角色。

宏洪对丘莉有好感，这是众人皆知的，而我在插足，算什么呢？

内心的纠结让我头脑晕涨，我仿佛站在了十字路口，不知道如何选择。我甚至要分裂成两个不同的人格，去走两条不同的路。他想去找丘莉把事情弄得明白些，但又羞于见丘莉，见到宏洪……

我看着一行一行流线型的文字，心不在焉总看不进去，思绪还是默默地爬上心头。

我不晓得，我和她到底是什么样的关系。

虽说是朋友，但谁也说不清到底是什么样的确切关系。这种模糊的关系，没人能把它澄清，也没人想去明确过。直到不得不明确的时候，那种关系才从蒙眬之中浮现出来。

那时，我和丘莉一起逛街时，丘莉见到了一位朋友。

那朋友注意到了站在丘莉旁边的我。

她问："他是谁？"

丘莉说："他是我男朋友。"

丘莉轻松的几个字："他是我的男朋友。"听起来在情理之中却又觉得很陌生。就在那一刻，我飘忽的身体像套上了一个牢笼，浮在空中轻飘的我被彻底拉到现实当中。沉重的两脚踏实地踩在地上。

也就是这一刻我清除掉了原来的轻浮和自由……是责任，一个男人的责任。

是男人就应该承担责任，是男人就应该敢作敢当，是男人应该胸怀宽广，是男人就应该善待自己的亲人，是男人就应该关心自己的伙伴。

十几年来，我一直都在以一个轻率的男生自居，从来没想象着自己将来会成为一个男人，而对于身处在如此境地之中的我，又是否能表现出男人本色呢？我如果不担起这个责任，我还是男人吗？我在自己质问着自己。

我是个男人，我应当坦然到承认，我甚至不屑再去辩驳……

我给她买水，给她拎东西，我尽力地执行一个男人的责任。"男人"这个词进入了我的意识。

丘莉来找我，我和她一起学习，一起吃饭，一起闲逛。

我们逛过一条条喧闹的街道，挤过了密密麻麻的人群。车流、马路、广告、商店、行人、鸣笛、音乐、男人、女人、老人、年轻人、红绿灯、信号哨在我眼前晃动，在我脑海里闪动。

她顺着大街上不停地走着，我看到了她散落在背肩上长长的头发。

她说她喜欢这样漫无目的地走，我跟在丘莉的后面消耗着漫长的下午。

前方围了好多人，一位歌星在给他的歌迷签名。

丘莉说她最近正在弹这个歌星的曲子，我便拿着个笔记本挤进了那些争先恐后的人群，让那歌星签名。

我在拥挤之中接近歌星，呈上本子。那明星随便画几下，递给我。之后，我退了出来，我头发蓬乱，脸被碰了一下。

我把本子交给丘莉，低着头不想让她看出我的狼狈。丘莉接过本子，看着我低声说："我没说要啊！"她举手理了理了我的乱发。

可我脑子里翻滚着的是怎样才能让丘莉开心。

我想着最近的感情纠葛，想着自己是不是深陷其中，而且是一个扯不清的三角恋。我期望着有过来人能给予我些指导。

不知不觉，我走到了张岳的宿舍，602室。一推门，张岳在阳台上扫水。他在卫生间洗衣服。

他们寝室的摆设很随意，墙上贴着大张大张的美女照片，衣服扔得哪儿都是，既不过分，也不苛刻，比我们寝室舒服得多。他告诉我中间右边的床位是他的，还没来得及整理，写字台上书衣服放了一堆。

我随便拿了本书翻了翻。

此时，我想到了，上次来的时候，我推门，就从半闭着的门伸出一只大手把我捞了进去。宿舍里暗暗的，静悄悄。事实上是五六个人一声不声地在围着一台电脑，盯着屏幕。他们个个张着嘴，伸着脖子，看着屏幕上闪动着黏在一起的男女。

张岳走过来拍着他的肩膀说："想什么呢？"

我浑身一怔，连忙坐正装出了正经的样子。

我说："你们寝室今天没人！"

他说："就我一个，有的回家了，有的会女友了，到了周五宿舍里特冷清。"

他让我坐下，我说好，环顾四周，看到了放在书桌上的拉力环之类的练身器，我抓起拉力环，正要拉。"哎，别玩那个，那个危险！"他衣服还没挂好，就跑过来，拿过去，指着给我看说，"这儿坏了，千万不能再拉，不然真要命！"

我扔下了拉力环，一心的郁闷。

他穿好了衣服，对我说："怎么？有心事？"

我想对他说："如果你抢了一个朋友的女朋友。你会怎么办？"可话到嗓子眼，又咽了下去。我知道一旦说出口，他就会猜到这是我面临的境遇。

这必定是个不光彩的角色。

他整理好了衣服说："你以后有没有想过毕业了走什么路？"

我摇了摇头，从没有思考过这个问题。

他说："是的，对于我这样眼下就要毕业的人，确实是该考虑了下了。现实中的问题就得去正视，哪能一直生活在自己美好的想象之中！"

"你打算到哪里找？"

"有两种可能吧！一是找个离家远一点的，二是回家找一分安稳的工作！"

"我觉到还是出去闯一闯好些！"

"闯一闯是好。但在外面还是有些困难的，一个人举目无亲，搞不好，寸步难行。再说，家也不能不要，家里的老妈老父亲，有个发热感冒的，也不好照顾，计划赶不上变化，走一步是一步吧！”

我说：“你家有姐弟吗？”

他摇了摇头说：“没有，就我一个，三口之家。”

他说有照片给我看，从抽屉里拿了一些，我接过来，从一张一张的照片上可看到陕西城市的高楼大厦，很是繁华，照片上的父亲妈妈都是五十多岁的样子，中间站了个比双亲还高的儿子。他说：“这是在公园里，我父亲是矿上的一个小领导，妈是幼儿园老师，退休了，儿子也上了大学，也没什么负担，没事就来逛逛，到超市里买点东西回家简单地做着吃，祥和的一家。”

看完了照片，这个小小的普通家庭的幸福感染了我。是的，作为一个儿子的自己不牵挂着自己的父母，还能有什么可以牵挂的呢？

张岳让我坐下来，看一会儿。

我停留了片刻，不想待下去了。

我和他暂时不在一个频道上，这座难以逾越的山，只能我自己摸着石头爬过。

事情并不会像我想象中那么简单。

其实，没过多久，该发生的事都发生了。

该发生的事是逃也逃不掉的，这个局面我们必须去面对，实实在在发生在我们几个人身上了。

我和丘莉正在上自习的路上谈笑。

路上的梧桐树在路灯的照耀下，在地上投下了影影绰绰的斑点，在路的尽头斑驳的树影下站了一个熟悉的身影。

我对丘莉说，是宏洪。

丘莉常常说：“他找我也没什么大不了的事。”此时丘莉看到了后说：“是他又怎么了？”

宏洪上前拦住我们说：“这几天找你，为什么老躲着我？”

丘莉茫然道：“我躲你干吗？这些天忙！”

“很忙，忙还在这闲逛？刚才我打你的手机为什么不接？”

“手机没电了！”丘莉没有解释的耐心，她转过脸，看着别处。

那天，宏洪打了丘莉的手机，明明是和我在花园里或草地上谈话，她却说，在教室里自习。宏洪曾不止一次地邀请丘莉看电影吃饭之类。开始丘莉还给予应酬，可后来，便再三推辞。由于我和丘莉的接触，宏洪和丘莉接触的时间就相对少了。丘莉明摆着躲避着宏洪。

我明白是自己误了他们两个的事。

我知道在这种场合下，大家都很尴尬。

我是多余的，总有预感要有什么不详的事情发生。

我背对着他们，装作什么都不知道。丘莉则表现出若无其事的样子。

宏洪道："你说怎么着吧！我哪一点做得不对？"

"你没有不对的地方！你都对，可我现在就是不想见你。"

宏洪转过去，又转过来，很无奈，"你要什么，我都会全力去满足你，你还要我怎么做？"

"其实，相处这么些天来，我也没向你要过什么！"

"你是没要过什么，可是我有这样的心。"

"心管什么用？你满脑子的面子，满脑子的足球。你心里只想着占有，还能想着什么？"

宏洪瞥了丘莉一眼，红着眼睛，看着斜下方，"你是嫌我俗气了。我不了解你，现在有人了解了你是吧！"

"是的，又怎么样呢？"停留了片刻，丘莉说。

这话的分量足已扫除追问一切疑问的必要。

宏洪点了点头，默然转身，消失在夜色中。

宏洪回到宿舍。

我追他到了宿舍。他谁也没理，一头扎进了被子里。阿聪掀了他的被子，"宏哥今天怎么了？睡觉还早着呢，踢球累得是不是？"

"滚开！"宏洪夺过被子又蒙上了头，大家把手中的事做完就出去自习了。

宿舍里很静，宏洪蒙着头躺了好长的时间……

电话铃一声接一声，宏洪伸出手，抓住电话又把它甩在了电话机上，铃声又响了。宏洪掀起被子，一把抓住对着话机大喊："找谁！"

他拿开，又挂上了。

我走上前说："宏洪，你恐怕误会了！"

宏洪睁开他红肿的眼睛拍着我的肩膀说："臣勇，回去吧！没事的。"

其实我想说，我真的没什么非分之想。我对丘莉的友谊是纯洁的。即使有那么一点超越友谊的成分，那也绝不是掠夺，只是对女性艺术的倾心罢了。

至于那次冒犯，我也一直在自责，在忏悔。

我向他表示歉疚，对于我和他的关系。

宏洪会不会把我当成情敌，其实宏洪胸襟宽阔，对丘莉也总是迁就。他也只是简单地把我当作朋友来处。他不是像其他的男生那样势力，欺弱好胜。但我总还是觉得和他们有着莫名的距离感，总融不到一块去。或许他只是一个不折不扣的局外人。

如果没了丘莉的在场，我常常自寻尴尬，我总是谨慎自己的言行，放不开。我原以为他们总会对我有什么看法，他们会不会把我当成异类。

我对不起宏洪。

我无比羞愧。自己怎么会不自控地做出这样荒唐的事？

而宏洪什么都没说，他把我送到了楼外。

走在回去的路上，路灯下梧桐变成了紫灰色，清冷的空气包围着我的身体，心乱得像一团火。我应该虚心接受批评，我勇敢地承担了所有的罪恶。

他们的指责在我脑海里充斥。“小三，他居然当起了小三！没想到他是这样的人，怪不得开学的时候没人理。”

“这样一个人自称什么诗人。如此的自私，丘莉跟着他也不会得到幸福！”

“要不是丘莉和宏洪，他能撑到现在这个样子吗？他能成为校园十大诗人吗？”

“忘恩负义的家伙！”西西、小聪和宏洪的对话在我耳边回荡。

“是个两面派，两面派！真的认不清这个人的真正面目！”黄皇说。

他们的话像一把把锋利的剑向我刺来，让我的头脑崩裂。

我搁置了这件心事，忍受着良心的谴责。我承受着那一阵阵刺骨的痛，我捂着耳朵，眼里充满血丝。

突然的刹车声撕破了宁静。

我转头一看，自己走在马路的正中央，不远处有一辆正向我行驶过来的客车在离我不到一米的地方刹住了车，马路上留下了两条长长的黑色刹车印迹。马路上所有人的眼神都惊悸地集中在马路中央站立的人。

我意识到了我的处境，所有的人都在看着我，这足以让我万般难堪了。我所有美好的念头都被驱散得无影无踪。稍稍得意的他总得不到应有的结局……

一个充满厌恶和愤怒的声音、一个面目狰狞的面孔向我袭来：“走路没长眼睛！作死啊！”我迈开了脚，加快了脚步，瞪着眼睛装作镇定的样子，行尸走肉般穿过了这条东西马路，进了校园大门，继续往前走。

又是那句诅咒，那是母亲严厉的斥责：“你就作吧！早晚得作出事来！”只要我按照自己的想法去尝试地做一些离经叛道的事情，我就会得到相应的诅咒。我像是个罪犯，每犯过一次罪都会被牢牢地逮住，一次都没有逃脱过。

我就是那么不走运，我从没有体验过犯过“罪过”而逍遥法外的感觉。他回忆着那司机对他的面目狰狞，“作恶，作恶啊！”

我低着头，脑子一片空白，这个得意的作死的人，从快乐的顶峰跌到了低谷。

第八章　离散

烟☆★☆★☆★☆★☆★☆★☆★☆★☆★☆★☆★☆★☆★☆★☆★

之前亲密无间的朋友，顷刻间变成了敌人，最看不起的贱人。

我在乎，在乎所有的人，所有的事。但宏洪是真的不在乎吗？还是假的。

据说宏洪经常一个人让烟雾缭绕整个宿舍。不论什么时候都会有人叼起它，嘴里叼着这个叫作烟的东西，萎靡地吐着烟圈。

也许，这个时候是最容易染上吸烟的毛病。烟这个东西能消磨人心中的烦闷，麻醉心中的隐痛，消磨对人的思念，烟能让人虚度时光。

后来，宏洪不论阴天晴天地在足球场上踢球。小聪和黄皇曾在宿舍里劝过他，让他想开点。

“宏哥别在意！为了一个女人何必呢！我们还要和你混呢？”小聪一脸苦样。

“没想到宏哥也难过美人这一关。”黄皇拍了小聪的头，“宏哥，不然我们再给你找一个吧！”

“唉！崔丽怎么样？人长得可以。”黄皇说。

“不行！太女人了，有点做作，不适合。”小聪说。

“何冥怎么样？就是那个上课还跨着包的那个。”黄皇说。

“不行。那样的女孩太爱学习了，简直是个机器。不行！不行！”小聪说。

“是你找对象还是宏哥找对象？”

“当然是宏哥了！”

宏洪拿掉耳机，“好了，好了，我累了！要休息，明天还要踢球！”

他把两人推出了门外……

面对这个烂摊子，我真的不知道怎么收场。

对于我的背叛，宏洪一点都没有责怪过我，就连一个蔑视的眼神都没有，他依然和气地称我“阿勇”。西西，黄皇对我很是敌视。我不会怪罪他们。尽管他们还在背后指责着我。

他们是真正诚心的朋友。

朋友，朋友又是个什么？志同道合者，朋友之间应该肝胆相照，朋友之间有情有义。这就是所谓的朋友。正是因为所谓的朋友，很多的话才很难摊开来说。

对此，我常常惭愧，我做到了吗？自己不仅是个男人，还是他们的朋友，然而我按照朋友的标准去做了吗？我要做个背信弃义的人，去从宏洪手里夺走丘莉吗？

我对不住他们，让我在他们面前负荆请罪都不为过。

丘莉还依然和往前一样对我，甚至只字不提她和宏洪的事。

这让我始终难从自责的泥潭中挣脱出来。

我问了丘莉，为什么不喜欢宏洪？

丘莉说，宏洪是个低情商的简单动物。他人好、英勇、坚强。可两个简单的人在一起不会幸福，我们的结合还会像父辈一样的惨烈。我景仰着父亲样的深刻。

丘莉照例拉着我去喧闹的街道上逛街。

丘莉一直留心摆在商店橱窗里的商品。

在我等待之余，我看到了一个娇小的身影，在看着我。那是一双闪着泪光的大眼睛，眼光里死死盯着我，眼睛里是让人心疼的可怜兮兮。

仿佛有一个声音，在我的脑海里回响："臣勇！你在干什么？你在移情别恋吗？你是要抛弃我吗？你忘了我们的誓言吗？"青草的身影在我的脑海里浮现。

我的头上冒出一丝丝的冷汗。

我突然意识到，自己在犯罪。在背着青草，背着宏洪做着昧良心的事。这是一种背叛。一种作恶，让我良心备受指责。

"作恶！作恶！作事就有事！"那句魔咒又在我脑海里回荡。

母亲的电话不合时宜地打过来。电话那头，母亲说："怎么这么长时间没有往家打电话了？是不是在学校出了什么事？"

"没什么事，一切都很好！"

"在学校里一定要好好学习。不吊儿郎当地三心二意地干些无聊的事了。"一直都是老生常谈的话。他没有忘记，他为了遵守她的话，他已经放弃了很多，甚至是自由、理想，还要他怎么做呢？

他抱着话筒，点头应和着，听完了便挂断了。

"你在想什么呢？"丘莉打断他。

"啊！我没想什么！"我回过神来。

"你帮我砍价。晚上我们去吃火锅。有家新开的火锅城吃一送一。我们去看看。"

"哪有这么便宜的事？"我忍着说出了这句话。

"真的！我们寝室都吃过了，今天晚上就去！"

我不耐烦地说："你累不累？"

"累什么？反正闲着也是闲着。怎么了？"她突然诧异地看着我，好像发现了我情绪的

变化。

“没什么？”

她又说：“吃喝玩乐，这才叫生活。你要学会生活。”

这就是生活？难道生活的原生态不是充满着奇幻、刺激、冒险和炽烈吗？

难道以后漫长的生活都会像这种白色清单一样细水长流？这样的单调、平淡、琐碎、低俗。如果是这样的话，他十足丧失了信心。

他懒得启动脑筋，掏了钱，拿了商品，走人。

卑劣 ★☆★☆★☆★☆★☆★☆★☆★☆★☆★☆★☆★☆★☆★☆★

和往常一样，晚上的课，丘莉约了他在新阶教室里等她。

他本想过去，但身下的双脚却死死地踏在地上一动不动。

早已来到的他却躲在隔壁的角落里看着焦急等待的她。

走进去的同学们一个一个和她打着招呼进了教室，而她还站在门前等候。

一阵急促的铃声后，喧闹的教室静了。她默默地站着，他看到她熟悉的背影，仿佛看到了她呆滞的眼神里闪着的光，直到铃声结束了，她才转身走进了教室。

他知道这样极不应该。他就这样贸然拒绝了她一次。这种情趣实实在在地发生着，他不能欺骗自己，不能欺骗丘莉。他没有告诉她，他的心里还有着一个青梅竹马。他没有告诉她，他看到了宏洪的痛心疾首。

我不知道这样做，是不是天理难容？

可能是为了避免陌生的他禁不住在她面前发些牢骚，甚至无端地在她面前自残。

诗人已死 ★☆★☆★☆★☆★☆★☆★☆★☆★☆★☆★☆★☆★☆★☆★

可丘莉还是在后山上找到了我。

她对我说：“你是在躲我吗？

“没有，我只是想一个人静静。”

“我觉得我越来越不了解你了。你隐藏得太深了，我看不透你。”丘莉说。

“是的，我确实很难让人了解。一个小小的身体里却装着一个不为人知的大世界。生活在现实脑海中却隐藏着一个虚幻的世界。让人难懂！”

每个人都要在现实中充当不同的角色；每个人心中都有一个相对虚幻的世界与之对应达到平衡，只是，我把自己的世界隐藏得过深罢了。

她看着远处，停了一会儿说："我爸有过一句诗：你之所以飞不起来，是因为你把自己看得太重了！现在，你语言没什么障碍了，以后就少写点诗吧！别老浸泡在不切实际的幻想中了。"

我看着远方说："这似乎很有道理，你之所以能快乐地飞，是因为你把自己看得很轻。"我用着这样的诗句，"可这样的理由没有彻底地说服我。我已经写不出诗来了！诗人已死。"

成长如诗。

诗人已死。

寻找我与世界的平衡的支点……

丘莉转过脸诧异地看着我，"我不喜欢你这样，和以前一样就好。我喜欢现实中的你，活生生的你！"

"我不知道除了这样我还能怎样。我只是一个普通的俗人，作为诗人需要的是第六感，更是要说出别人想说而又说不出的话。"我狂发着议论。

丘莉说："我父亲不是一边写作，一边投身于现实之中吗？你也可以像圣人一样思考，像俗人一样生活。"

"我不会走你父亲的路，你父亲一直在妥协，从没有争取，导致一无所有。自从我被现实绑架，我就再也写不出诗了。世俗化了的人，被现实俘虏，虚幻的世界再也进不去了。"

"那你就世俗地生活，去抒写行为的诗。"

"现实中，我也有束缚，家里给我上的牛套，是我的家庭给我的使命。为了那个使命，我要压抑多年来一直埋藏在心底的梦。听父母话，抵制种种诱惑，清心寡欲，孤高自许，甘于寂寞。"

我要背着这个包袱，埋头往上攀爬。

而事到如今，坚持走这条路换来了什么？一无所有！

丘莉呆滞着看着远方，沉默了片刻说："不是还有我吗？"

"是的，还有你。一个体贴善良的你，我是要感谢你的，是你把我从虚幻的苦海中救赎出来，是你把我从穷途末路的苦海之中解救出来，是你让我体验到正常人的生活，可除了你和这烦琐的现实，我却要迷失在现实中，失去了原来的方向，话语可以解闷，习作可以发泄，一个想法一旦说出来后，就会感到没什么可写的了。放野了的心很难收回来了。"

"你后悔了！后悔上我这条贼船！"

"我是这样想的吗？我没有这个意思。"

我看着丘莉对她说："为什么你天天总有个好心情呢？"

丘莉看着远方，流露着忧郁，"你只看到了我的表面而已。"

"你还有另外的一面吗？"我疑问地看着她。

丘莉转脸说："我们这些俗人，就不能有另一面了，是吧！只有你们这些多愁善感的情

种才允许有。”

“我纳闷了你怎么现在才发现我的低俗呢？”她用平和的语气对我说。

我听出来了，这并不是她有意地尖刻。这是丘莉对宏洪的一贯口气，这是她妈经常对她父亲说话的口吻。

然而我的脸红了。我低下头，无话可说。

我体验到了发泄后的平静。

“你是嫌我太过于世俗了，拖累你了！”

“没有，我只是对这突如其来的蜕变，有点不适应而已。”

“借口！这是你想逃离我的借口。别人不理解的就一定是高尚的吗？虚幻世界也并非是真正的天堂。”丘莉的眼神是那样的锋利，她的语气是那样的肯定。她已经看透了我的内心。

“我还是没读懂你。你总是隐藏自己的世界，不愿和别人说。你还是把自己包裹在自己的世界里。你的心里已经装着另外一个人。”丘莉说。

“你们不理解我。‘平行世界’理论中，同一个年龄阶段有无数个我，不同年阶段有不同的我。生活在不同的空间。同一个时间有不同的空间。同一个空间有无数的时间。”

“那好，我成全你！我不会缠着你不放的。你可以去追求你的理想！你去爬你追求的那座山吧！”

丘莉拿起包起身走了。

分离★☆★☆★☆★☆★☆★☆★☆★☆★☆★☆★☆★☆★☆★☆★

第二天，下过课。我一股脑儿地扔下书包，去寻丘莉。

校园的路上走着来来往往的人，在一张一张陌生的面孔中，我急切寻着丘莉的面容。

在无数惊奇和冷漠的眼睛中，我捕捉到了那双闪着光的眼睛。

她站在离我不远的地方，透过流动的人群看着我。

西西拉着她让她走，她还站在人群中和我对视。

在茜茜拉拽下，她还是走近我，她说：“找我有什么事？”

我低头说：“没有事，只想看你一眼！”

……

西西说：“走，不要理他，他是个忘恩负义的冷血动物！和这样的人没什么好说的。”

丘莉正要走开，突然间，韩峰和他新的女朋友走在路上，巧遇在这条路上。

西西上前拉住韩峰的胳膊，指着那女孩问：“她这是谁？”

韩峰说：“这是我的新女友！”西西简直惊呆了，她托着厚厚眼镜张大嘴巴说：“那我呢？”

“咱们是很好的哥们！”韩峰冷冷地回答。

她大嚷道：“你那时消极的时候，我帮了你。现在你好了，就这么把我扔了。就像当初扔了你的那张证书一样。还大言不惭地说，我是你的哥们。一句哥们就把我打发了。”

丘莉问：“韩峰，你怎么这样对待茜茜？”

旁边的女生说：“韩峰根本不喜欢西西，是西西自作多情罢了！”

韩峰欲言又止。

丘莉说：“她为你付出了多少，你不知道吗？你还是不是人？你的血是冷的吗？”

我挤过人群看到了丘莉迷离疲惫的眼神。

“你也被人甩了吧！在这儿散野，拿我们韩峰出气，是吧！”那女生厉声道。韩峰把女生拉到了一边，对丘莉说：“我所有的话都在我给她的信上，让她回去看看，就明白了。”

韩峰在信中说，西西帮他走过颓废期，让他振作起来，面对生活和学习，他很感谢她。但他需要的不是这种爱。他的爱不是帮助能填补的。他和西西之间也只是一种对爱的误读。只是误读，其实，他们彼此之间谁不懂得什么叫爱。或许谁也没有能力承担住这样的爱。

“为什么会有这么多狼心狗肺的东西？这样的人不值得你这样，没什么好哭的。”丘莉劝着茜茜。

处分 ★☆★☆★☆★☆★☆★☆★☆★☆★☆★☆★☆★☆★☆★☆★

近期学校里贴出的公告又让他烦心。

中文系的文臣勇和数学系，历史系的一些同学，无视学校秩序，随意旷课，打群架，思想不正，道德败坏，扰乱公众风气，给学校造成了很不好的影响，特此通报批评。

保卫科突然有人来过，说他们曾犯过禁忌，爬过后山，又在公开场合随便地发表言论，造成很坏的影响，必须进行停课反思，写检查。否则，劝退，回家。

张岳也找到我：“我有点事情，要问你，你们是不是建立了一个小组织？”

我说：“是的，”

“学校要调查你们呢？弄不好，要开除主犯。”

“鬼社。”这消息如晴天霹雳。这么长时间以来，自己是做得够过分的了。无视学校的制度，破坏学校的风气。做了这么多离谱的事，早已让人察觉。

然而这些都是他们那群鬼的所作所为。

事实上，他们没有错，本质上他们不坏！他们激进、团结、善良、热情。他们对这个世界充满了好奇。

只是他们的家庭因素，让他们有一些叛逆的性格。他们只是顽皮而已。

“有些错误是必须犯的，有些歧途是必须走的。错了不可怕，只要能回归到正确的道路上，一切都是值得的。”这是丘莉的话。他们只有这样，才能活出自我，才能在迷途中去找回自我。

他觉得自己并没有错过，他一直都在探索着，探索着真理的所在。他们是不会承认自己的错误的，更不会去顺服着他们写什么检查。

“学校说，必须调查清楚，无视校规，屡次踩红线，这必定在其他学生中造成了很坏的影响。学校必须彻查。这也关系到学校的安全教育问题。试想大家都去爬山了，出了安全问题，谁来负责？”张岳的语气很严肃。

“如果，你们非要追究的话，就由我一个人来承担吧！”我自告奋勇地说。

“你好好想清楚。如果，你承担所有的责任，你将面临被劝退的可能。对于丘莉、宏洪，他们的行为，我们还是要继续调查的。”张岳说。

丘莉和宏洪他们是死心叛逆到底了。他们无论如何也不会在意这些。

这不得不让自己莫名其妙地发出感慨，是做个正统的人，还是做一个任情任性，逍遥洒脱的人？

眼下的困境不得不让他思考，今后自己的路该怎么走？

不上这个大学又怎么样呢？人的路有无数条，非要选择这样的一条路吗？怎么样不是在这个社会上立足，在这个世上苟活。就像教授和他说过的那样，真正的大学在生活，在社会，与其上那样的大学，还不如自己探索着上自己的大学。

他一时冲动，不听校方的劝诫匆匆收拾了行李，回家了。

回到家中的时候，他跨过了院子，推开了生活了十几年的小房间，坐在写字台前一动不动。他自己也不知道刚才还在学校抱怨着学校，抱怨着风气的自己，现在竟然回到了原来出发的地方。

母亲焦急地询问着，刚刚上了大学的儿子怎会在这个时候回来了。

他没有把学校里劝退回家的事告诉自己的父母，他想着父母是无论如何也不会接受自己这种被劝退的情况。他向母亲撒了谎说，是大学里，经常上课不定，所以有了长假可以回家。父母这才没有再问。

他想到了曾经不上学，开心的日子。

在田地里，父母让他扛着锄下地干活了。

他心不在焉地锄着草，五月炎炎的烈日让他稍稍冷静了片刻。

哎，还是自己的前程。怎么样不是活，非要走上学这条才是唯一的路么？学校开除自己，就开除吧，大不不了不上个这个学还不成么？

我扛着锄头，看着村外的玉米地。

地里的玉米株已长过脚脖子，像地毯一样的玉米地铺在大地的表面上。火辣辣的太阳炙烤着田地，暖热的风夹带着泥土的气息，吹弯地里的禾苗，一阵一阵地在田地里，像蛇一样游走。远处的村庄掩映在一片茂密的树林里，躺卧在天底下，悠长尖刺的蝉鸣从那一片郁郁葱葱的树林里传来，像天上的太阳一样炽烈，响彻了这片天宇。我没想到晒在强烈的阳光下面，自己的头脑会如此发晕，只感觉到眼前的阳光已经亮得发黑。以至空气融化了他的身体，让他的身体，他的思想都漂浮在渺渺的上空之中，失去知觉，云里雾里，浮想联翩。

他直起腰杆，放下锄头，顶着烈日，擦了擦额头的汗，他看到了母亲孜孜锄地的背影，母亲站立在不远处的田地中央。他突然想仔细看看自己的母亲了衰老的皮肤，斑驳的头发，弯了腰的母亲，在烈日下滴着汗，一锄一锄地锄着地。

很长时间以来，自己更是没有认真地听过母亲的话了。

对于母亲在他旁边的唠叨，他完全把那它当作了另一个世界的声音，一边听一边扔。他早已听不进去了。

母亲 ★☆★☆★☆★☆★☆★☆★☆★☆★☆★☆★☆★☆★☆★

母亲仅仅是个低俗的妇女，质朴，还不失蛮横，但不辞劳苦一个人亲手把兄弟姐妹几个带大。一刻都没有停过。

而母亲的简单思维是不会让她意识到自己的儿子对母亲的看法，儿子也曾经不听母亲的话，曾讨厌过母亲的蛮横，甚至把母亲置之度外了。然而儿子就是再是激进，也不能把自己的锋芒指向自己的母亲。

儿子就是再对这个世界感到不公，也不能把满腔的愤恨倾泻到自己母亲的身上。而母亲却依然如故地对待着自己的子女。而作为一个儿子的我却感到了万般愧疚。

我忘不了那年的那一幕，母亲带着他到外地一个城市去找他父亲，在外地的城市里，母亲矜持地拽着他的手，放在腰间，像小时候领着他一样，让他紧跟在她的身后，准备走过车水马龙的马路。

他羞于自己像一个小孩还在被人那样手牵着手领着，挣开了母亲的手，他一个人穿过了车道到了马路的那一边，母亲担心着他的安全，焦急地喊着他的名字，他径直走了过去。他回头看到了还在路中央的母亲，母亲来回看着左右的车，失态地躲闪着开过来的车，狼狈地在汽车中间穿过，引起路边上人的观看。

母亲在马路上的那一幕立刻让他感到了自己的罪恶。母亲，伟大的母亲，却被自己抛开了不顾，一个人浮在了危险的车流之中。

而已经现在已经被退学在家的他，还瞒着在家辛勤的父母。

父母又会希望自己的儿女怎样呢？

想到前程，他又有点恐惧，又是前程，自己是不是真的没有了前程，劝退回家，上不了大学，今后还能干什么去？自己将来还能面临着什么样的选择？他突然有点手无所措。

父母看到了他的异常，顶着白发的母亲对他说今后要好好地听学校的话，要乖乖地完成学业，不能三心二意，不能跟上人家一起鬼混，咱必定和人家不同。你不去实干，就什么都没有！咱跟人家是不一样的。

他听着，没有吭声。他想着自己选择没有错，而父母的话也有些道理。

面对着这样的境遇，应该怎么办？父母有点着急了，为什么他这么长时间了还不走？是不是在学校出了什么事？

他低下头，一而再，再而三地强调，没有什么事，什么事都没有。

父母便不再问了。

但却整天唠叨着，要好好地学习，将来以后，要有出息，要光宗耀祖，才算争气。

他埋头，不想再听。

是的，就想着按着自己的意志来安排着下辈的前程，又有几次能真正地为自己的儿女着想呢？

眼下儿子想的是什么？他们又想过了多少呢？

没有，一点都没有。

他没有返回到学校的打算，但家里又不能再待下去了。

除了这些，他还能逃到哪里？他无处可逃。他想起了丘莉他们。他走的时候，由于冲动也没有告诉丘莉，他知道丘莉也同样会受到同样的处分，然而他们现在的近况如何？

他一无所知。

他割舍不掉的是他们的那一群志同道合的“鬼”。即使他不再在意自己的前程，可是他们还有自己的那些兄弟。

和那些兄弟在学校里经历过的事，即使到了现在的地步，他还是从来没有后悔过。

那些让他成长了不少，让他对人生，对社会增加认识的经历，或许才是真正的大学。但不管怎么样他还是忘不了和丘莉宏洪他们在一起的日子。

他只想着学校里要让自己在家反思一段时间，然后在返回到学校。

六月底，他收拾了东西，返回了学校。

到了学校才知道，宏洪被取消学位证书，只能有留在学校就读的机会。

而丘莉则被记上了大过。

但她们像什么都没有发生一样，依然嘻嘻哈哈地乐观地过着他们的日子。而自己即使自动返校，但也因曾不听学校的劝阻，被记了大过。

他们看到我回来，他们说，你怎么会这样的冲动，说走就走，就连自己的兄弟们都不管了呢？

说完他们就哈哈大笑起来。

之后，丘莉说语重心长地说，自己干吗奢求太多。除了那些路，还能就没有路了吗？

大学不行，学术不行，前程不行。

我们不奢求还不行吗？

烦心的事不要去问。他们的乐观多多少少给我了些启示，确实没有什么大不了的事，自己的人生，也会只吊在这样一棵小小的树上。

以后的日子还要面对。

这些事情似真似幻，不知道是真实发生过的，还是自己脑子里凭空发生的，但是，他真切地知道：所有的人都一夜消失，像鬼一样出现在我的世界里，又消失在我的世界里。

整个校园只剩下我一个人。

大雁飞过，留下一道弧线定格在空中……

仿佛这一切都是一场梦。

一场风华雪夜的梦。在一个浓烈的夏天做似幻似真的梦。这梦成了我的记忆。

除了这些，我还能逃到哪里？我无处可逃。我想起了丘莉他们了。我走的时候，由于冲动也没有告诉丘莉，我知道丘莉也同样会受到同样的处分，然而他们现在的境况如何？

我画下了梦中的那个穿着白雪袄托腮，沉思的长发女孩，还有我们曾在那禁区山顶上看到的那座虚无缥缈的山。

他一无所知。

我掐着自己的胳膊，很痛，而且留下了一个紫红色的印记。一个人独处，还有自己的世界，又回到了原来的样子。

丘莉说母亲考虑着她的前途，要把她带到很远很远的地方读书。那是另一个国度，另一片天地。宏洪呢？

他辍学当了兵。

西西呢？遵照父母的话，完成学业后继续读研。各奔各的前程。

撕裂 ★☆★☆★☆★☆★☆★☆★☆★☆★☆★☆★☆★☆★☆★☆★☆★☆★

之后，丘莉把我带到后山上。

那是我最后一次见到丘莉。

我想把自己的那个梦说个她听，但我明白，那个梦的含义不过是我内心对她的亏欠。

丘莉默默看着远处的红霞，却没有要我解释的意思。

她转过身平静地对我说："臣勇，过了这个夏天，我不能陪你去爬山了。"

我默默地看着远方被染红的天边不语。

其实我的内心已经翻江倒海。

我突然想到了那"世界上最远的距离"。"世界上最远的距离　不是　生与死的距离　而是　我站在你面前　你不知道我爱你。（泰戈尔）"我还要故作清高，表现出无所谓的样子吗？我幻想着自己疯狂挽留丘莉的情景，像变了一个人。

"你忘记我们的初衷了吗？你禁不住现实的诱惑吗？你不想和我一起去攀爬思辨之山了吗？"

她冷静得让人可怕，"我选择了攀爬世俗之山。我只想平平淡淡，过现实的生活，仅此

而已。”

我疯狂地摇曳她的双肩，几乎失态。“你要逃避吗？你要放弃吗？”

她冷漠的表情，像南极的坚冰，任何力量都无以催融，“每个人有每个人的轨迹，我们两个注定没有交集？”

“为什么要分道扬镳？我们就这样轻易地解散吗？”

“我们分道扬镳，如果，有幸的话，在时空的一个未来节点，我们在山顶上见。”

“你说得那么决绝！那么没有余地！这在向我告别吗？”

“这是你的选择，不是我的选择。”

“你在因为我而生气吗？我承认我的错。

如果不是你，我可能会走上一条完全不同的路。我们是最真挚的。你是我梦中的人，是继青草后让我难以忘却的女孩。你也是爱我的，我们谁都没有欺骗谁。为了我你就不能留下吗？原谅我一次好吗？”

“也许你是对的。一直标榜为寡欲的人，内心还隐藏着不可告人的秘密。一个只听从指示的机器。我认清了你。我不会强迫你的，你的青草已在你的心中深深种下。你不应该背叛她。”丘莉的眼神里闪烁着严厉的光芒。

“你了解青草？”

“你的诗里有她的影子。”丘莉说。

“青草，是个被父母抛弃的孩子，她太可怜了。我们有过誓言。”

“我理解，所以我会成全你们。”她冷冷地说。

“你这是在讽刺，挖苦我妈？青草，儿时，我们分崩离析，我到现在还没有找到。我体会到失去的痛苦，如今，你也要离开我。还要让我重新体验痛苦吗？你走了，还有谁教会我生活？还有谁懂得我？谁给我指点迷津？”

我甚至开始放弃尊严地央求着她。

“《小李飞刀》看过吧！李寻欢明明知道自己喜欢林诗音，却把她让给了自己的兄弟……”

丘莉依然平静地说：“你没有李寻欢执着。你比李寻欢懦弱。你没他高尚。你放不下你的前程、你的使命、你的青梅竹马。你什么都不在乎。你隐藏一个另一个世界里。你把自己包裹得太严实了。你只在乎你自己的世界，在乎你父母的教训。你一直都不敢真真正正地投入过。你的心一直游离在幻想和现实之间。”

“不过，我已经变了。变得很在乎了，很在乎你，在乎生活中每一件小事，很在乎你们中的每一位。这一切都是我的错，一个不可挽回的错。你就不能容忍我吗？”

现在，我不会再为了自己的清高而轻易地放弃。仰着头，侧着脸，看着别处的清高，一副满不在乎的样子。说实在的，这样的动作我不知重复多少次了。我厌了，相信我。”

我猛烈地撕扯着自己的头发，歇斯底里地对着山顶的一片天空大声地狂喊了。“你那么大度，那么善解人意。而我对你荒唐的举措，则是我认识自己的一堂课罢了。丘莉，我知道是我的不对，心中装着另一个人，才不会腾出空接受另外一个人。你要理解我。”

“借口！借口！借口！全都是借口！敷衍的，轻浮的借口。你根本就没有把我们放在你的心里。我们也就只是你心外面薄薄的一层罢了。你看不惯一切，看不起一切。你的幻想就像泡沫，飘散着放出去，就再也没有了踪影。”丘莉像变了个人似的，毫不留情面地辱骂着我。

我努力镇定着自己，做了最后一次努力。

我极力地乞求着：“背叛你是我的错，可是我对你的爱是真挚的，没有一点悬念。我不要诗人，不要前程，我只要你。留下来，留下来，让我陪你逛街，陪你购物，和你一起过上平淡的日子，还不行吗？”我的劝慰已不能打动她。我的话语显得那么苍白无力。

她对着眼前的大山没有再说。

她的冷漠让我不寒而栗。我还能说些什么？我要抓住那最后一根救命稻草。我不能再继续沉默下去，我得到一个所渴望的明确的答案。我还有最后的一点希望。

“那我们的感情呢？”我看着她悄悄地试探着问。

丘莉终于有了点反应。

她转过来，认真地看着我说：“臣勇，我原以为我和宏洪之间不可能。于是我选择和你在一起。而到了现在我才认识到我们之间其实也不是真的恋爱。对于你，我确实有过好感，但那只不过是父亲的影子而已。父亲去了他的世界，永远也回不来了！父亲的死让我怀念他的存在。从你身上，我看到的是父亲的影子。”她的双瞳里闪着余晖。

我愣了！

我真的无话可说了。

面对这样的结局对于一个因众叛亲离而负罪的我还有什么话可说？

我们误认为找到了爱情之山，于是努力攀爬，到了山顶，却发现这根本不是爱情之山。

当初是我们的愚昧让我们认识，而面对了很多事情之后。我们之间渐渐有了真情感的时候，另一个人却在亵渎爱。爱是两个人的事，结局就是这样简单。

鬼社里的每个人都有自己的内心纠结，丘莉的家庭关系，她的父亲也是她的心结，她是在怀念父亲的爱，进而从我身上得到些父亲的影子。

从小，我是大哥的影子，在爱情之山中，我又成了她父亲的影子，可以想象自己的命运是多么悲催！

“该死！该死！该死！完蛋！完蛋！我恨过自己，我想让五雷轰顶，毛发不剩，滴血

不留！”

我奔跑着，如同追逐着那如幻如影的山脉一样，全身心地追逐着，撕拽着。我捂着耳朵跑开，我不相信这一切都是真的。

《青春之一》

席慕容

所有的结局都已写好
所有的泪水也都已启程
却忽然忘了是怎么样的一个开始
在那个古老的不再回来的夏日

还是诗。

一夜之间，他的思绪，爬满了他的头发，他的头发，像结出了万般思绪。

一夜之间，所有的风花雪月的故事，都成了一个一个印记，印在了脑海里。而自己则幻化成另一个人，一个既熟悉又陌生的人，空降到这个树林环绕的校园里。

我又爬过了一座山。

获得了爬过一座山后的沧桑感。

在离开丘莉的这些日子里。

我又退回了我的世界，蜷缩在我的世界里只有着我和我的诗。

树叶撇下光秃的树枝在空中飘荡，然后落到地上，腐烂、分解、归根。梧桐伸展着裸露的枝臂环抱着一条狭长的隧道，那条马路延伸到很远的地方。

深灰色的建筑伫立在灰蒙蒙天下，平坦的一片草地上草已枯黄，旁边的树丛也凋零了叶子。

看看存在于周围的一切，到处都会有诗的元素存在，风吹拂掉纷纷飘落的树叶，坐在阶梯上托着腮凝神思考的女孩，在众口舌中传的流言蜚语的某个老师，那边追着一个女生请求其原谅的男生。

考试 ★☆★☆★☆★☆★☆★☆★☆★☆★☆★☆★☆★☆★☆★☆★

长达半个月的马拉松考试消耗了我不少的体力。直到7月6号，上午最后一门结束。考完试，整理好书本和杂物，又坐车到市里租了台电脑，过着眼下的日子。

同学们有的回家，有的出外游玩。

我没有回家。

在学校的同学问：“别人都回家了，你怎么不回家？在那干什么？”

坐在床上，晕头晕脑，看着眼前的桌椅和窗子，傻愣着。仿佛自己在时空中穿梭，昨夜跨过的时空，经历的事情，恍惚之间远去。

早上醒来，身体虚得像没有了似的，梦里更是不知所云。

“没干啥！就是不想回！”

电话里传来声音：“上次你突然回来，又突然走开，我们都觉得怪怪的。你是不是在逃课，和别人厮混，还谈恋爱。快变成一个混混了是不是？”

我变成了混混了。

是的，我变了，彻底变了。

是他们，我不应该怪罪他们，而是应该感谢他们才是。

可我不一直都在听你们的话吗？为了听你们的话，就连自己的最想要的东西，都给丢掉。为了听你们的话，我甚至放弃了做自己的机会，成了里外不是个东西的人。

还要我怎么做？

我从自己的世界里走出来了，我被实实在在拉到了现实之中。

“别在外面瞎混！要好好听话！现在就指望你一个了。你看人家的将来有那么好的前程，你得在学校争气了！”

上学就是有了好的前程了吗？他们有了前程又怎么样呢？前程和我又什么关系？前程，前程，遥远的前程，光明，正大，荣耀，功业，多么的空洞！

为了前程就可以不要追求吗？难道这才是他们唯一的归依，最终的追求吗？朋友们可以各奔东西，而我只能窝在这里，受着束缚的煎熬。自己又何必为着虚幻的东西牵引着鼻子走。

“现在家里都没人，我们不惦记你，还有谁惦记呢？再说现在身边的人很少，需要人陪了。”母亲终于可以停下来，关心一下自己了。周围的人莫名其妙地对自己关心起来了，自己到底是黑孩，还是娇子？

我感觉自己像一台机器拼命地为着别人活着，为别人的前程而奔波。

管他什么前程，我渴望做一个现实中的自我。你们不愿去爬山，我自己去，我自己去。

我不断地应承着，直到那边没有了声音，才挂了电话。

第九章　暑假在家

自己还没有来得及回味那一段经历，时间已经把你带到了另一个时空。

7月10日，全校考试完毕，12日宿舍要封楼。11日晚上，我还在若无其事地埋头对着电脑敲着键盘。突然走廊里的管理员大叫大吼道："明天宿舍封楼，所有的同学全都得搬出去！"

我不想回家，我想在这校园里多待些时间。只不过，我已经越过了一个座山，我的心境和视野都发生了一定的转变。

我要消化消化，那惊心动魄的，似乎不真实的爱情故事。我要那绚烂的幻想融入这实实在在的现实之中。

我没有回家的打算，但学校又不能待下去了。

第二天，我便早早起来，到学校外穿巷过街地找房子。墙上一张完整的招租启事，我打了写在上面的电话。

眼前的租住房又破，又小，又矮，狭窄的空间只放得下一张床和一张桌子，几乎连站的地方都没有。恍惚之间，转了一圈，我又回到了起步地方。

房东是个顽固的半身不遂的老太太。她脖子不停地扭动，眼睛不停地眨，加上点神经问题，对人总是冷漠无情，对房客就更是狠心。要是邻家老太太在就好了！她曾把我拉到了一间宽敞的院子里。

她说，我们家有间放杂物的小屋，你要不嫌简陋就先住着。而当时的我拒绝了，我问："这间房子不是卖饭的老太太的吗？"

那房东斜视着看着我说："那老太太卖给我了。她无儿无女的，回乡下养老去了。"我愕然地仰起头，想到了老太太那和蔼的笑容，那系着围裙，朴实的身影，想到她脸上泛起的鱼尾纹，心里还是暖暖的。

那也是一首慈爱的诗。没有开放，就让它死在襁褓之中。而我就是那个凶狠的刽子手。

"喂！你到底租不租了？"她严厉地呵斥我。

"哦，租！"我回过神来。

当我向她提出要求，要便宜点时，她眼睛异常地眨动，脖子也摇动得像控制不住地机器，"便宜？不行！要住，再拿一百块，一百六十块的租金。"然后她把臃肿且褶皱的手伸到了我的面前。

我本想转头出去，重找一家。可事情迫在眉睫，况且房源紧张，说不定今天还没有着落。算了吧！算了吧！人要是碰到了倒霉事，喝水都能噎着。再说，看她现在的样子，要是犯了病，那麻烦可大了，算我倒霉了！

搬完东西，已到下午，总算安顿了下来。

天气很热，屋里又没有风扇。虽躲在这样的洞穴里，和暴晒在太阳下贝壳里的蜗牛没有区别，还是能感到它散发的炽热。坐在电脑前写字或者捧一本喜爱的书，自己却感觉不到了肉体的存在。

外面恶毒的太阳照射在门槛上，强烈的光芒与我只有几厘米远。我坐在床沿上一动不动，整个身体像个熔炉，让全身的皮肤都张开小嘴口躯赶体内产生的热量，再高的温度也不算什么，大不了蒸发到空气之中。

顺着学校的路继续往前走。

暑假里的学校也是冷冷清清，地上长满了荒草。

落得满地都是树叶，往日人来人往繁忙的路，只有路面和两排的树。

篮球架有个球打得不是太顺的小伙，他捡来了球抛过来，我向球场角落的一个篮球架下走去。

我跳起来接住了扑过来的球向球筐投去，球转了一圈蹦进了筐里……

“大几的？”我问小伙。

“大一！”

“哪个系的？”我问。

“中文系！”

“嗯。”

“为什么不回去？”我问。

“想在这多待几天！”

我把球向上抛，球滑了个弧线穿过篮筐，掉到了地上。

“三步上篮怎么打？”我问起了他。他接过球从老远的地方一溜烟跑到篮下，球上了空，砸到了筐上。

他向我讨教。

“行！我来教你吧！”

我左手握球，右脚跨步，传球到右手，上前三步，右手举球上篮。

在他面前，我突然感觉自己像个长者……

偶尔出去一次，回来时又碰到几位同学，我渐渐放下过去偏激的想法。

自闭的状态让我感到万般的乏味，我是应该学着交际了。

总想见什么就说，说时又期待着另一种声音的搭讪，躺在角落里的电话一旦有点响声，我就心跳加快。心中有着一份期盼，耳边回响着急促的清脆的电话铃声。像自己一样留下来

的还有好多位同学七散八下地住着。踢完球，酣畅淋漓，跟着一起留下来的同学回到他们的住处，几个人七手八脚做饭吃。

晚上，回到小屋后，出去买包烟回来，关上门，点着，叼在嘴上，品味着全身的麻木。他们到我的小屋的时候，抖着被汗浸湿了的衣服，龇牙咧嘴："火炉！火炉！"

"臣勇，你能在这火炉里待这么多天，真服了你！"

"我感觉还可以，没感到热啊！"

"你真神！你还打算在这儿受多少天的罪？"

"你的头发，那么长了！还不去剃剃！"

"我要蓄长发，蓄我所有的记忆，在自己的头发上。"

"过过再说吧！"

"你不走，我们走。改天再来吧！太热太热！"

和同学在饭店吃饭，他突然想到这块区域里曾生活着一群怕光的"鬼"。然而这样的一群"鬼"，也就是这么离散了，只剩下了自己一个人，面对这惨淡的现实。

我要忘掉过去，那些不堪的过去。

忘掉那些不愉快的记忆，可记忆还是莫名地浮现在我的脑海里。

真的很羡慕那些健忘的人。

我要是得个健忘症就好了，可以忘掉过去。

我开始渐渐觉醒了

开始抒写行为的诗……

我要回到我的出生之地，去寻找童年的痕迹，重新找回自我，还有一座自我之山，等着我去翻越。而眼下的这个颓废的长头发，为什么会出现在这个时间、这个空间里，里外都不是，像是在第四空间里吊着，让任何人难懂。

想到这儿他居然莫名地笑了。

"勇子，你怎么了？笑什么？"他们抬起头诧异地看着他。

他说："我笑了吗？"

"你笑了啊！说出来大家分享！"

"没什么啊！"他捣着盘子里的饭，吃了几口。

"莫名其妙……是不是失恋了？神经有点不正常了！"

他把自己埋藏在自己的头发里，不再说话！

转眼到了八月，家里人催我回家，说有同学打电话，找我玩。QQ上也是一个一个地留言让我回去。

我告诉他们，我会尽快回去的，很快……

不能老固守着空旷的校园，回忆过去，毕竟前方还有更多的成长之山等着自己去攀爬。

人就像乘坐时空机，从一个时空穿梭到另一个时空。在不同的时空都会遇到不同的人，每个都串联了不同的时空组合。不同的时空遇到不同的人，不同的空间扮演着不同的角色。

酒精 ★☆★☆★☆★☆★☆★☆★☆★☆★☆★☆★☆★☆★☆★☆★

8月25号，我到了车站，买了回家乡的车票。

在车厢里颠了几个小时后，双脚踩着这条熟悉不能再熟悉的土路，却感觉有点陌生了。

眼前的公路上，我仿佛看到了成群结队的中学生为了赶早课，骑车匆匆驶过。已经关闭了的村口的小学里仿佛传出了孩子们的读书声，琅琅的读书声绕着整个村庄的上空泛着袅袅回音。

我到了家中的庭院，穿过院子，家中的院子里散落着几只闲走的鸡鸭。车子停在了院子里，自己倒像是从地下室刚出来的一样，物是人非。

如今姐已出嫁的出嫁，走的走，眼下哥也成家立业，几个孩子也不小了，大的都上了中学，小的也学会了走路。家里就剩下了他一个。

家里的房子也已经翻盖，一排排的瓦房，换成了一列列的平房，小时候的老房子痕迹一点都没有了。好像一切都在变，让人不能承受地变。

我是一位普通农村的孩子，我是一个农民的儿子，这是我的角色。我还是我。刚才还在学校苦读的自己，竟然回到原来出发的地方。

与此相比在学校的生活像是多么的虚浮！

而丘莉她们给他定义的虚无缥渺的身份，又是那么的遥远而不接地气。

神经质 ☆★☆★☆★☆★☆★☆★☆★☆★☆★☆★☆★☆★☆★☆★

在外地上大学的几个同学回来了，他们打电话给我，要聚聚会，聊一聊。

我蹬着自己行车进城了。

大家见面彼此夸着对方都变了。大家一起畅谈着彼此在学校里逍遥自在的日子。而我感觉自己像是从浮飘的天上一下坠入到硬硬的地上。

同学拍了我的肩膀，对我说，臣勇变化挺大的。不再像以前的那个自闭、保守、不食人间烟火的“外星人了”。”找了女朋友没有，肯定有了，看现在深沉的样子，是谁让臣勇这么牵肠挂肚，恋恋不舍的？快给我们说说，人长得怎样，哪里的人？“

我对他们说：“我能找谁？谁愿跟我？”

“别骗我们，不会是失恋了吧！”

我低头搓着手不想再说。

“你那个念念不忘的青草，到哪里去了？”

“去南方打工了，自从上了中学，我没见过。”

他们说：“不行，就再找呗！

我说着富有哲理的言论搪塞着他们的话：“随着时间的推移人会不停地变换。唯一不变的是自己的内心。”

中午的时候，同学们在路边的一个馆子里坐下。他们拿来一瓶瓶的啤酒，对着瓶吹。谁也不知酒场的规矩，仅为了这幼年的交情，学着大人，你敬我，我敬你，多少有点像了，最后爽事拿起瓶子痛快地喝了。

“人家臣勇可是什么都不企求的，臣勇是最擅长不屑了！要不到的东西，不要就是了，是吧！”那个同学是在讽刺他了。

自己得不到的东西干什么还要强求！不屑世上的任何东西！甚至不屑占据他心目中的那个女人了！“老兄，别把自己看得这么重，好不好！你以为咱们会有什么出息，有什么前程？”

“他是看不起我们这些个人了。他说都是些颓废的人，没有出息的不正经的人，纯粹拿自己的前途开玩笑。将来能干什么，能拥有什么？就差没有称我们为流氓了。”

我忍耐不了这样低俗的看法，更忍耐不住他高高在上的姿态。

所谓的出息就是要出人头地挣些个功利吗？

现在很多的人要削尖了脑袋，扎进去，蝇营狗苟。受社会上刮起的浮夸的虚风影响，行尸走肉般毫无意义地走，压抑着自己，活着有意义吗？

“这样的出息我不要，这样的前程我不要，名？利？前程？你以为我很在意吗？我甘愿堕落，甘愿拿自己的前程开玩笑。”我居然挥舞着酒瓶，大声吆喝道。

“你以为你是谁？你来自火星吗？你可以脱离这个社会独立生存吗？有点头脑吧！注意自己的身体，先认识了你自己再说。”那男生歪着脑袋蔑视地质问我。

“人家可是校园里小有名气的诗人。”一位同学似乎是在认真地说。

“你累不累？可笑！现在还有什么诗人，都什么年代了。还有诗人存活的空间吗？靠诗就能有前程吗？靠诗能开豪车住洋房吗？”那个同学鄙视地冷笑。

我不需要向每一个人去解释一遍我自己对诗的定义。那也没什么意义而言。所谓的诗，所谓的诗人是什么？诗给人梦幻，给人天堂，只有孤独一身，注定远离世俗的人，那叫诗人。非要把自己的才能公之于众，美名远扬的人也不叫诗人。如果是，那诗就成了狂妄的人登天的梯，成了掩盖肮脏虚伪的面具。那不是诗。而我的诗不是真正意义上的诗，而是就是在于平凡，在于幻想和现实之间的一种状态。

我只想让他们简单地知道我的立场。

“我不是谁？我是我自己。虽然，这不是个诗人的时代，但谁也阻止不了我去诗意地活。我脱离不了社会，但我可以按照自己的意志去生活。像你们这样的才算正经人，正正经经，还认为自己是个多么高高在上的人！”

我借着酒劲儿说出了一腔的话，站起来跟他急了。

他们没有想到，曾经说话都说不清楚的臣勇，也能说出这样的长篇大论。

一个同学悄悄地对我说：“臣勇，得罪他了，不好。人家可是有背景，有地位的人，以后前途无量。”同学都怕得罪于他，默默地听着，没有说一句反抗的话。

我大声回答他：“他有钱有地位怎么了？得罪了又怎样呢？

靠着自己的家庭，去走向社会的上层。有什么能耐？家庭是他们的起点，性格决定了他们的方向。依靠家室发展个人的前途，是我最反感的，我讨厌那些依靠家人的寄生虫。要是我，我会摆脱辅助，自由起飞。

他们听着我惊世骇俗的语言，摇着头，推辞到不能再喝了，不能再喝了。他们不清楚他们眼前的臣勇到底都在想什么？他以前不说，大家也不知道，他现在说出来了，大家才渐渐地了解他。

他是在变，变得粗鲁，变得洒脱，变得大脑简单起来，变得什么都能放得下，他让他的另一面暴露出来，让他分裂成了一个久违的，而又被隐藏了很久的他。

“来来来，我再敬你们几杯！”他头脑晕眩举起杯子说，“不要利益，不要面子的人什么都不会怕？”

他们惊愕地瞪着我，说我是疯了？疯了，喝多了，耍酒疯了！

管他是“疯”，还是变化。他们不知道，这是酒精的力量，酒精让他现出了原形。

我本来就是这样的人，一个与大众格格不入的人。一个自称为外星人的人。我不能再用别人的眼光来要求自己。我要脱掉那沉重的包袱，释放自己，解放自己。任其发展，任其疯长。

夜里，我们一起走在路灯下的公路上，晕晕沉沉地顺着街道走了很长的路，从城东走到城西的护城河的大桥上。对着河面，我们痛快地漫骂着社会的不公，人生的不顺，世事的无常，命运的捉弄。

我对着漫天星空大喊道：“我要攀爬自我之山，我要重新认识自我，重新活一回。一座一座诱惑着我们的人生之山，我们还等着我们要去攀爬，去解读，去掠取那山顶的风景。

那是我第一次畅快地放开过。我似乎是失态了。作为一个成长中的人，我们感慨着成长是痛，成长是乐，成长是累，成长是诱！

一个同学搀扶着我，他也在醉醺醺地对我说：“臣勇，你不要再发神经！你这是疯病！知道吗？”

“我就要发神经！野兽困在笼子里，困久了，自然要发狂，发发狂，他就会平静很多！”

“你这就是传说中的分裂症，得去精神病医院去看看！”

我朝他的头部给了他一巴掌，“你你你胡说些什么？我这是在生长，在自我意识的觉醒，你懂什么？以前，我身上有一层保护壳，你们看不透我。我一直是蜷缩在那个老实人的

躯壳里。其实我有多个我，不同的我，都在我的体内，没有被挖掘出来。以后，我把他们全部都释放出来！来、来、来、喝！有什么顾虑的，干起杯来，一起喝！哈哈……”

“勇子，失恋了很正常！不要总拿自己是个诗人作为借口来掩盖自己的神经质！”我耳边回响着同学的话，我从小就表现得怪异，与众不同。

我努力掩饰自己，按照大人的标准给自己装了壳，然后安分守己地生活，装模作样地生活，一直迷失自我。

我们颤巍巍地走在马路的人行道上，不再说话。

东南风吹散了身上的酒气，吹乱了一串串真诚可爱的笑声，一闪而散，同学的背影都消失在夏天暮色下的滚滚人流之中。

晚上，我拿着席子上了同学家的平房顶上，赤着身子，躺在席子上面。天上的星星，密密麻麻，亮亮点点。

哎呀！累了才头枕着手，闭上眼睛。我所经历的日子，都像梦似的，从我的生活中消失，飞灭，留下残存的点点记忆。

在学校，在山上和丘莉一起在山顶的情景突然浮现在我的脑海中……

丘莉的良苦用心，丘莉傻呆的眼睛，丘莉的凡俗处世哲学在我脑子里徘徊。

起初，我应该是幼稚的，可笑的，甚至是神经的。现在我要突破，去掉那层壳，让自己稚嫩的身体，裸漏在空气之中。我明白，我必须经过这个过程，这个一种蜕变，艰难的蜕变，像攀爬一座自我之山一样。

等爬到山顶，我就是我了。

我想到了丘莉的父亲。她的父亲对丘莉说过，这辈子他在现实生活中是虚无的。他没有过真正的爱情。父亲说她妈当初根本就不爱他，是妈的好强心亵渎了爱。而他花费了毕生的精力都在营造一个理想的世界也是虚无缥缈的，他的人生只有幻影……

丘莉说，有一次，一个从农村过来的妇女来城里看她父亲。她要她父亲帮她的家属住院，仅此而已，而丘莉不知好歹用话伤了那妇女。”

“你怎么和你妈一个样！”父亲呵斥了她。他扔下她，下楼去追那个含泪出走的女人，她是没认清自己的父亲，错怪父亲为一个不忠的人，惹得父亲第一次对她这样地大骂。父亲毕竟是让人难懂的。

但无论如何，她父亲对她说，她是他的生命中最重要的人。他把希望都寄托了她。小的时候，父亲带她到美丽的乡村去游玩，领着她进入了另一个美好的天地，他告诉她人生活的世界是多么的宏大。他告诉她一个可以寄居自己理想的地方。他在坚信着自己的一套不为人知的信仰，过多地把自己投入到幻想中，他才不屑尘世中的一切了，而这也让别人无法走进他，了解他。

生活就是无数的碎片，成熟的人生是一串珠子而不是一地珠子。

我终究没有处理好和她的关系，我没读懂她，更没读懂爱情……

同学闭着眼应和着，没有在听我含糊其辞地说，只听见他嘴里说着：“你又在说胡话了。赶紧睡吧！”

“天空没有翅膀的痕迹，而我已飞过。”我吟咏着泰戈尔的诗。

我翻了身，面对着满天星空，闭上了眼。

晚辈 ★☆★☆★☆★☆★☆★☆★☆★☆★☆★☆★☆★☆★☆★☆★

第二天早上，我骑上自行车，穿过喧闹的街道，赶往回家的路上。

妈说：“勇子，回来了！”

我低着头：“嗯”了一声。

“上次，你匆匆回来，走匆匆回去，放假了也不回来。总感觉怪怪的！”妈用怀疑的眼光看着我。

我说：“妈，没什么！现在我长大了！我自己的事我自己处理，你不要再像以前那样过多过问了。”

妈停顿了一下，她似乎意识到了眼前的这个小儿子是长大了。

她说：“以前家里困难，现在经济好转了。我也算是快熬到头了。孩子也都大了，是该分家的时候了。东西不在多少，关键是要公道，但无论如何不能伤了和气。”

这是妈的嘱咐。她仿佛又要在我给下个牛套。我是十几年的学习生活都在她的牛套下度过。她现在又要给我下一个新的牛套。

真的让我无语。我的头皮发麻着。

能结婚生子是他们给他指定的要攀爬的世俗之山。

殊不知那样的生活离自己真的很遥远。父母是不理解自己的儿子是个情种。

他们不知道，儿子已经翻越过了一座又一座的山。

他们不知道儿子已经在了什么样的高度。他只知道，他们的儿子永远都是在他们山脚下站立的儿子。

现在他的心里装着部诗集，装着一个世界，装着一座渴望去攀爬的山，而且还有一颗能看透世界，看透人性，追求理想生活的心。他们不知道自己的儿子已经不再是之前的那个傻愣如呆子的儿子；他们不知道他们儿子脑子里装着风花雪月的故事；他们不知道他的儿子渐渐地蜕变成另外一个让他们感到越来越陌生的人；他们不知道自己的儿子已经攀爬了一座一座的山。

父亲说：“勇子还是小孩子，还得上学，路还长着了。你想这么多干吗？”

妈说：“能多早？勇子也不小了。快十八了，和他一般大的，当父亲的都有了。说来也快，要不了几年，就能结婚生子了。”

妈看着他说："你二哥这么多年来给家里做的贡献不小，他们十五岁就出去打工，现在又是一家老小的也不容易，那块风水地多少还可以让他的日子好过些。"

"我随便！"我夹着菜，一个劲儿地往嘴里送，嚼在嘴咯咯发响，我不想再听。

妈说："随便也好，不随便也好，也不能叫你吃了亏。你哥现在能挣钱了，想管也管不着了。你大哥的路没走完就走了，你的把你大哥的路走完了才是！"

"说这么多干吗？给就给就是了，我又没说什么！"我不耐烦起来，快速地夹菜端起碗扒饭，大口大口嚼在嘴里。

父亲又开始唠叨起来："好好上学，能像你大哥那样就好了，以后安安坦坦地过一辈子，也就好了。你得听话。"

我不是一直再听着你们的话吗？听了你们的话，我甚至变成了傻子，甚至放弃了自己的想要的东西才沦落到了这个地步。

听着已不止上百遍的话，我忍不住呛了一句："我又不是小孩子！还这样拿小孩子一样待，好不好？你们也不要让我和大哥比，他有他的路，我有我的路子，我不是他的影子。非要上学才能有出路吗？人家不上学的都没饭吃了？"

"你还小，还不能出来挣钱，我们不疼你，谁疼你？现在的世道，就得上学才有出路，到哪儿没个文凭能行？"

我甚至有点烦了。

妈说："再大，在家也是个小孩！"

"不要你们再为我操心了。我的路我自己会走。你们给我指的路，不是我想走的。真的很后悔当初那么听你们的话！"

我蹲在椅子上，停了筷子，感到了反胃，不想再吃。

父辈 ★☆★☆★☆★☆★☆★☆★☆★☆★☆★☆★☆★☆★☆★☆★

"你现在翅膀硬了！敢跟老子抬起杠了！"

"我不是在和你们抬杠，我是想让你们知道我的内心想法！"他本能地反驳着，"你们理解我吗？你们了解我自己想走的路吗？"

"你想走什么路？写诗吗？写诗有什么用？诗能管你吃，管你住？不能再做一些不正经的事了。"父亲瞪大眼睛，夹着菜，不看我一眼。

"虽然，这不是个诗人的时代，但谁也阻止不了我去诗意地活。"我重复着这句能够聊以自慰的话。

"你想干什么？想学你三姐吗？"

"我三姐怎么了？不是你们逼她，她能走到那一步吗？"

"你三姐是她自己作的！"父亲低着头，表现出很颓废的样子。

"对，是她作的。在你们的眼里，我们做的事情就是不正经的事情。你们就是让我按照你们的轨迹行事，才是正经事，才是对的，我们选择的都是在自作自受。”

我和三姐的性情是多么相似！

我懂得三姐，我了解你，懂得你的心，三姐曾经和我写字、画画，而我很快就记下了三姐教给我的每一个字，每一个句话。

我和三姐有一样的思想。

三姐是个与世俗格格不入的人。三姐自闭起来，讨厌周边的人和事，她说世上没有值得她待的地方。她不屑于把自己停留在现实当中。

三姐看不惯父亲在她生母去世后，没多久又娶了我的母亲，她束缚在想象之中，不能跳出来。她的倔强性格发展成了叛逆性格。没人懂得三姐。

除了，那个总是瞪着眼睛看着她的小黑孩——我。

当父母逼着她嫁人，把她锁在偏房里，是我偷偷把锁打开，解放了她的自由。如今你杳无音讯，至今未归，我不知道我做的是对是错。为此我被罚了三天三夜的跪。但我一直都没有后悔自己的行为。

可是，三姐在我很小的时候就走了，留下了我孤独了这么年。

我如今也走到了这个节骨眼上。我该怎么选择?

如今，面对这个选择的坎儿，自己心理一点底都没有。自己会走到一个什么样的地步?飘到哪儿?三姐能懂得我的心。

“我自己想走的路，别人想管也管不到的。我要辍学了，我要去打工。”我放下碗筷，头撇向另一边。我记住了三姐嘴里常说的那一句话：“走自己的路让别人去说！”这也成了我的座右铭。

“你疯了！好不容易考上的大学，怎么不想上？眼看着，咱家好转，你毕业了，找个工作，成个家，养个孩子，过安稳日子多好！你的事情办完了，我们也就安心了。”母亲瞪大眼睛看着我，她诧异我为什么会有这种想法。

“那是你们的理想！我要去看世界，我要去追求自己的生活。”或许我不明白其深刻含义，但我清楚地知道什么是自己想做的。我要勇敢地跨出这一步。叔本华也说：“一个人能做他想做的，但不能要他想要的。”

“你脑子有毛病。这孩子从小就不正常，算命先生说得没错！他成不了才！”父亲咬牙切齿地指责着他。

母亲追着他说：“他还小，还不懂事，你就少说两句！”

“他哪一点像他大哥，他连他大哥的一个手指头都比不上。你太不听话了。”父亲伸出一个指头，咬牙切齿地说。

“大哥，大哥，就知道大哥，就知道拿我和他比较，他到底比我强多少？”

大哥，众人眼中完美的儿子，完美的学生，完美的男人。

他那笑容，和颜悦色地看着人，在家勤劳，在学校勤学，让多少人怜爱。可为什么那么早地离开？

可能完美的人是不存在的。

完美的人都要过早地死去，为什么死去？为什么不多留在这个世界上？大哥的凋落也是父亲心中的抹不去的一种痛。他借着酒精麻醉自己的痛，来掩饰自己失去最骄傲的儿子的一种难言的痛。父亲端着一杯酒一饮而尽，嘴发出了刺耳的吸吮声。

“大哥，比你强不知多少倍！那时不让你多领，你还非再要一个，多领一个是容易的。现在就是个不争气的。不然，我们两个都要享福了。”

他皱着眉头呈现出一脸的苦相。

戴着鸭舌帽的父亲一想到烦心事就会喝得晕乎。

他一喝多，就会在五个兄弟姐妹面前，支起瘦弱的身体，摆起架势，掂着小酒，居高临下地教导人一番：“我在像你这么大的时候，受苦都受多大。我你爷小孩十来个，哪顾得这么多。像你们这么大的时候早就自立了。吃饭都成问题。想想那时的日子才叫苦！这个你大哥最像我。

“我小学都没上完，就跟着大人上矿挣工分了。大人干多少，我就干多少，肩膀都压肿了。哪能像你们现在过得这么幸福的生活。要吃有吃，要喝有喝，还埋怨这个不好，那个不好的。”

听着这样老生常谈的训话，哥姐们总是能推托掉那束缚人思想的牢笼，借口离开。

他们议论着，时代不同了，那时有那时的好处，现在有现在的不好！怎能和那时相比？再说你们的人生经验，只符合你们这辈人的情况。不符合我们的时代。我们有我们的时代，我们的活法，我们的路子。

那时，只剩下我一个最小的孩子作为最后一个听客承受着他没完没了的说教。如今，即将成人的我也懒得再听父亲的这些唠叨。

在他们的眼中，我就是大哥的影子，永远活在他的阴影之下。我的存在可以让他们聊以自慰。他们只是按照他们的世界去要求着我。

但是，我已经做了十几年的影子，我不想再做了，我想做我自己。他们不知道他们的儿子心里装着的世界。

我也不想去辩解，我把不服憋在了心里。

我们近在咫尺，却相隔着两个世界。

我埋头扒完了碗里的饭，扔下筷子，回到房间，一头扎进被子里，关了门。

门外，妈在小声地责怪父亲：“你看看！你天天就知道喝酒，什么都不问。今天又喝得这么多，你儿都烦了！舌头都硬了，还喝吗？”

“怎么了？我喝点酒又咋了？”父亲撩着嗓子，“现在都大了，膀子都硬了，都敢和我顶了。我老了，不中用了。”

“随便他，他想干什么干什么？”父亲说着，然后愤然离开，他瘸着腿走出去了。

我抠着喉咙，躺在床上，一动不动，那从内心深处油然而生止不住那种感觉——是烦，烦意慢慢爬上了我的心头。涌入我的胸口，充满了肠胃。

以前，我需要关爱，需要人进行人生指导的时候，你们不关注，不指导，现在我长大了，有了自己的辨别是非的能力时，你们又来说教了。

殊不知这种关注让我很厌烦。我明白，哥姐都飞走了，父母的心里没着落了，才想到了我，可是我已不需要这些。

父亲是个好人，一个大好人。好人到处克制着自己的欲望，从不敢越雷池一步，为人处世畏畏缩缩，唯唯诺诺，循规蹈矩，一辈子的懦弱，圈在这个小地方，走不出去，无能一辈子。

“过去是能干，也不能总拿着荣耀过一辈子。哎，守着块小地，心安理得。要什么面子，做什么好人，做什么正经事？”他背对着父亲小声嘀咕着。

晚辈 ★☆★☆★☆★☆★☆★☆★☆★☆★☆★☆★☆★☆★☆★☆★

家中的侄儿，又在为了争节目而吵吵嚷嚷的了。看我这个“神经质”怎么出新招来整治他们。

“干什么呢？闹什么呢？”本以为回到家中会清净地过上段时间，可整天除了下地干活就是看书、上网、看电视。

侄子听到我的喊话跑过来，靠在我身上，撒着娇。

“叔叔！我要看奥特曼！”侄儿噘着嘴，把玩着手中的玩具。

叔叔，这个字眼，听起来，是那么亲切，又那么陌生！在我的心里，自己还是个孩子，却被称为了叔叔，角色的转变让我有点不能接受。面对这些孩子，我感到了自己还是个长辈。

恍惚间，这两个孩子像是从天上掉下来的，既亲切又陌生。而那时候只顾着在学校啃书考试。家里添丁的大事，我没怎么目睹过。转眼间十几年过去，二哥早有了家室，还生了这两个小孩。而现在的他为了养家，整天早出晚归。仿佛这段时间家中发生的事情都被我遗忘。

在他们眼中我是他们来到这个世上就认定的亲叔叔。

侄子钻进我的怀里，想让我给他当家做主。

我说：“好的！”我正要把电视调到这个频道。

侄女坐在沙发上噘着嘴，“我想看舞蹈节目！”

“怎么一点都不让自己的弟弟呢？”

“那是我的家庭作业！我要学舞蹈功课！”

“嗯，学习重要！就看跳舞的吧！弟弟先让着姐姐看。姐姐要在节目上学习功课的。”

我转身对侄子说。

侄子耍赖似的扭动着身子，表示抗议。

我拿着遥控器，怒吼着："就看这个！这是命令！"

侄儿竟然忸怩着哭了。看到侄子的眼泪，我抹去了挂在他红扑扑的脸蛋上的几滴憋屈的眼泪。

我又整理了一下套在他身上的一件女式兜兜，那是他奶奶娇惯他的痕迹。这些是注定要在蜜罐中成长起来的一代人。

吵嚷是他们的天性，娇气又是他们的权力。他们必定不会遇到自己小时候的那种境遇，所有的事情都是在家长的武断中决策，他们也不会想到自己的叔叔是在一个沉默不语的环境中度过了一个灰色的童年。

我读不懂他们这一代人。

我有点后悔对他的严厉，作为长辈，即使他们有很多让人看不惯的地方，我也应当给予一定的宽容。他们毕竟是孩子。

我转变语气，变得和蔼起来，我对他说："男孩子有泪不轻弹，作为男孩应学会谦让。"

小侄子昂起头，"为什么男孩子就要谦让？"我无从回答，"这是社会规则，你长大了就会明白的！"就像小时候，我跟着爷爷在街上走，看到一个乞丐。

我很怜吝这乞丐，大人却视而不见，我说大人冷漠，应该给点钱。爷爷对我说："你还小，许多事不懂，到了这个年龄就明白了！"自己慢慢地攀爬，慢慢地摸索。到了一定的年龄，积累了一定的阅历，他们自然就会明白。

众多的疑问，都是被大人敷衍。这就像从小就听到这么个故事一样。他听着这样的教诲，似懂非懂，不再哭闹了。

"等会儿，叔叔给你买吃的！"我补充了一句。

他拿着玩具，乖乖地走出门去。

这个村子已成了他们的乐园。他们正在抒写着他们的童年。小黄摇着尾巴尾随着他，寸步不离。像当年青牙跟在我的身后寸步不离一样。

而我们的童年已一去不复返。东辉、青草、青牙的时代已经过去了。青草、青牙、丘莉，所有的这一切都已经不复存在。这些伴随着我的童年的人和物都已经消逝。

童年之山已经翻越……

我们的童年已经被时光埋葬。

我把遥控器扔给他们，关了房间的门，掀起被子把蒙头蒙上。《人与自然》《荒野求生》这些节目在凌晨，到那时，该没人和我争了吧！

不一会儿，小侄儿偷偷地跑过来说："叔叔！你不是要给我买吃的吗？给我一块钱，我去买！"我睁开了半只眼，"学校小店里买的东西不卫生，不能吃。"

“你答应过我的。你说话不算话。”

“问你奶要去！”

“我不，我就问你要。”侄儿跳着嚷着，看来是不得到不罢休了。

“我还没发火，他倒先发火了！”我自言自语着。我捂住了头，昏昏沉沉的大脑只有一小块的区域可以活动，“我想起来了，在小学南边的一排房子里，从东边数第三个窗户的一个洞里，有我藏的一块钱硬币，你去拿吧！”

我猛地挺起了身子，面无表情，语气沉稳厚重说，说着往后一仰倒在床上，继续睡了。

被吓得瞪直了眼的侄儿立刻反映了过来，“骗人！你把钱放那儿干吗？”

我有气无力地说：“信不信由你们了！就是那天，同学来时，放的，你们不去，等回来，我自己去拿！”又来了一个比他大点孩子，倒是挺精明的。“要是没有，我们还来找你！”他们两个小声商量后，赶紧跑去了，消失在门外。

屋子终于清净了，抓紧时间睡！头还没放稳他们又跑来了。

“哼！你骗人！我们去了，没有，你骗人！”我瞅着还在气喘吁吁他们两个说，“我没骗你们！是真有的，那要不就叫别人给拿走了，你们去晚了！”

“怎么可能？”

“你分明在骗人，我们不信！”大的那个看着我说。

小侄子说：“我不管那里有没有，你得给我钱，快点！”我偷偷睁开了眼，说：“要不这样吧！在屋后的茅厕里，我昨天放了两块钱在那儿，是我解手的时候塞到那里的，你们去拿吧！”

“你又在骗我们！我们不去，肯定没有！”

“是我昨天买牙刷找回来的钱放在那里的。你们不拿就算了，我不强求，反正现在我没有钱！”我闭了眼。在我的眼帘中，两个小孩子商量了半天，又慌里慌张出去了。

小孩子就是好玩，小时候，谁没被耍过，这种耍小孩子的快感让我精神一振，嘿！精神来了，不睡觉了，想点子等着应付这些小家伙。

“你别烦叔叔了！我给你们。”大侄女掏出了一块钱给他们，这场闹剧才算结束。他们终于消停了些。小侄子屁颠颠地跑过来，依贴在我的身边。我叫来了侄女儿。

我拿了一本北岛的《给孩子的诗》给他们看。“叔叔给你画张像好不好？给你读诗好不好？看完后，叔叔给你们买吃的……”

“好！”侄儿欢呼雀跃起来了。

“叔叔，给我们读首诗好不好？”看完了电视节目的侄女说。我起了身，拿出了一本书，翻看一页说：“好的！”

我吟咏起来：“走！带你一起去爬山，去爬成长之山、人生之山、智慧之山。那山巍峨、幽深、神秘、博大。若隐若现，扑朔迷离！探山，就如同探索人生的高峰一样。爬到了顶峰，才会领略到人生之巅的风景！”

“叔叔，你又在骗我们！我们这是平原，我们这里没有山！”大侄女睁大眼睛看着我说。

“有的，这是成长之山，在每个人的潜意识里。”我低声解释着。

景仰山，如同景仰人生一样。探索宇宙，就像探索人生。

爬过了一座山，达到顶端，阔了视野，增了高度，才会对人生有更深的感悟。还有更高更多的山等着去体验、攀爬，去享受它的魔幻。

人生是永无止境的，还要往前看……

大侄女若有所思地看着我，似乎思考着什么。

因为记忆深处，我曾带她去爬过一次山。

那年，她六岁，我顶着大人们的训斥，“别把孩子带坏了！”而对她说：“走！叔叔带你去爬山！”她眼睛眨呀眨，萌萌地看着我，在平原长大的她从来没见过山，我口中的山让她充满了好奇。

我对她说，趟过这水就能见到一座高耸入云的大山，爬到山顶上就能看到眼下的整个城市。

“真的吗？”她好奇地问我。“是的，不骗你，只要过了这水就行。”

她不假思索地跳跃起来，“噢，噢，噢，爬山了，跟叔叔爬山了！”我不顾母亲的叮嘱私自带着她去爬村后的那个小土丘。走了很远，没有见到山的影子。侄女的腿走路走得痛了，在一处河道边，她一不小心一下子跌到了水里。

她在水中惊慌失措地挣扎着，呼救着，喊着叔叔。她的头发黏在她的脸上，她的花袄浸泡到了冰冷的水里。

她浑身淋着水，惊恐地大哭着。我的心都在滴泪。她张大嘴巴，大声地哭泣，我心里异常难受！我死死拽着她的衣角，把她拉上岸。

我是如此不负责任地让自己心爱的侄女受到如此大的惊吓，我没有照顾好她。我恨死我自已了！

我背起满身是水的她穿过大街向家跑去。

“我清楚地记得，我小时候，掉进了水里，俺叔把我从水捞出来，从大街上拉回家。”侄女还回忆着小时候的一段经历。听到她的回忆，我的脸猛地发烧，这让我万分羞愧。可她不知我正为此内疚，而她还在用感激的口吻诉说着那段经历。

侄女如今已经长成了一个亭亭立立的女孩子。她出生那年，我才七岁。是我看着她长大的。我的世界里也有她的一席空间，她的童年我都在见证。她让曾经阴郁的我也曾有过一个说话的对象，哪怕那时她只是个可爱的只会叫着叔叔的孩子。

午后★☆★☆★☆★☆★☆★☆★☆★☆★☆★☆★☆★☆★☆★☆★

不知什么时候，外面下起了雨，淅淅沥沥的，没完没了。

蝉一直在叫。

未干的水洼里泛着点点的亮光照着人的眼睛。

雨点刚停，地上就凸凹着已干了的斑点。屋檐下水滴在啪嗒啪嗒不停地滴着。蝉鸣从屋后此起彼伏地传过来，聒噪得让人想把头皮揭掉，而西南方还有着太阳。

大地上冒着的湿湿热气裹着人的身体，让人感到闷热。

只要跨过这个无聊烦闷的心境，才能达到另一种境地，品尝到另一种成长的滋味。既然到了这个地步，就得忍受着挺过去。

我要挺住，忍耐着它的重压，把它踩在脚下。

起来，洗洗刷刷后，肚子空得受不了，喝几口凉水，像灌了一肚凉气。

温热的空气、赤辣的太阳、葱郁的绿色、火热的空气、明晃晃的阳光让人感觉全身都浮在了蒸汽中，融入空气中，让人浮，让人飘飘然！

雨天哪儿都不能去，无所事事只能在院子里溜达。

我来到院子里，转了一圈，摸了一把嘴，坐等肚子里的食物慢慢消化。院子里梨树挡在了我的面前。

院子里的梨树是自己出生那年栽的，这么多年了，也没好好地结上一年果子。有人说是品种不好，还有人说是水土不服，在我看来是旁逸斜枝太多。长得那么乱的枝杈又怎能结出甘甜的果子？

我看了梨树极不顺眼。

我走进仓库，拿出了把坚硬的斧头。我手攥着斧头，对着已荒长的老梨树砍去。一砍就砍上瘾了，停不下来，一枝也不留。还有几个高的够不着的地方，爬上去，也都砍掉。树枝落了一地。

最后一枝也像枪毙的人一样倒落在了地上。

那根又细又长的枝条平躺在地上，宛如钢丝。砍得还没过瘾的我拿起了那枝条，攥到了手里，细长的枝条在我手里一闪一闪的。

我削齐了它，挥着它在空中滑着弯弯的弧线，把它弯成弓，弯成圆。

我倒要看看它到底能弯到什么程度？再弯！再弯！

横在我两手间这根棍子断了，快感也就是那么一刹那。一条细长的柔条变成了两根又短又粗的硬棍子。丑陋、坚硬，毫无美感，有点可惜了。

真的毁掉了它，却有点悔意了。作恶，作恶，又是一次完美的作恶！

它柔性出奇。越不忍，心理就越痒，留着它，又能怎么样了？世间不会有十全十美的善人。即使有，那一定不是个真人，不是一个活生生的人，而是一张纸、一个道德符号、一尊道貌岸然的雕像而已。

破坏了，才是完美。

一连几天的雨让人的心情更糟糕。不能下地锄草，只能在家待着。

爷爷穿着胶鞋，弯着腰，挪着步来了。他把拐棍树在旁边，像雕塑一样，坐在花池子上。屋前零零散散地站着几个沉默的人。

爷爷绷着脸，带着气，听不清他在说些什么，好像在说我妈的什么不对。虽然他的话不多，但每说一句却很伤人的心。

“你说，一个做后妈的容易吗？多少年来，我嫁到你们家就做小。你儿子比我大十三岁，腿脚还不利索，整天做甩手掌柜，什么事都不问。我就像牛一样一刻也没闲着。一个人撑着这个家。自己亲生的不养也得养着上面四个孩子。怕的是被人说闲话。你倒好！一把年纪了，自己的孙子不去养，还去养一个野丫头。”妈从里屋冲了出来，满脸泪痕……妈的声音像炸开了的锅……

“我想养谁就养谁？”爷爷的鸭舌帽遮住了他坚毅的脸。

“这日子刚过好点，你还来闹事！真是不但不领情，反而受你们的气。受你儿子的气不够，还受你这个老不死的气……”妈指着爷大叫着。

我不明白，他们所说的孙子是不是自己，他们口中的野丫头是不是青草。貌似和我们有着一定的关联。

我走上前搀扶老爷问：“爷，青草的父母是谁？”

爷雕塑一般地坐在石礅上，貌似没有听我的问话。他默默地看着前方，装作没听见的样子。

我知趣地没有再问下去。

只见一场沉闷的战争过后，妈跑到了里屋，里屋传来闷闷的哭声。我和姐站着不动，不知该说什么，该做什么。

院子里又来了几个村庄里的人，他们前前后后，试探着家里发生了什么事：“勇子，叫你妈过来！”

“叫你妈过来！下地干活！别再在家待着生闷气了。”

我起了身，拉着妈的胳膊，“妈，你去干活吧！别吵架了！”妈抽噎着，擦着眼角的泪，跟在那几个妇女后面出了大门。

我扶起坐着不动像木头一样的爷说：“爷，你回去吧！别生气！生气对身体不好。”

爷拄着拐棍踉跄地走了。小孩子们溅起了水花，先着拄着拐杖的爷跑到了前头夺门而出。院子又恢复了原来的平静。

屋檐下不断的水滴声像敲着木鱼一样，敲打着已经疲倦、麻木的脑袋。蝉鸣充斥了上空，荡满院子，响亮得穿透了人的脑袋。

院子的地面被水滴溅得湿漉，湿湿的公鸡母鸡散满了一地，弄脏了整个院子。

没有情趣，无聊，无所事事，无聊，烦腻像天罗地网的乌云笼罩过来，让人无处可逃，让人喘不过气来。不知不觉自己又滑到了这个充满危机的境地。

“人从来就是痛苦的，由于他的本质就是落在痛苦的手心里的。”大叔说。

那是幼时的场景。

傍晚，夜幕降临。厨房里，暗黄的灯下，锅里冒着蒸汽，几个人挤在厨房里，你一句我一句唠唠叨叨，说这说那，都是些鸡毛蒜皮的恩恩怨怨。

他处于她们营造的那种腻烦的气氛中，夹在当中，心里泛起一阵一阵说不出的难受。他从屋门口站起，推开那个肥胖的，抄着手的人，一头扎进了院子里。

家狗旺旺的叫声传来，裹在浓黑的暮色里忽远忽近，看不见的空气中吹来一阵阵的凉风，吹散了黏在他身上的蒸汽。院子外伸手不见五指。路上没有一个人影，只能看到家家的厨房里亮着微弱的光亮。他跳了起来，架起了拳头，跃跃欲试想对着路边站立的树木打上几套拳，和几个强壮的男人摔上几跤，再搂上个女人。

我知道，空前绝后的危机再次来袭。

面对复杂的家庭关系，我无能为力。在家是个儿子，在学校是学生，在女人面前是个男人，在社会上是孩子。每个人身上都有既定的身份，承担这一定的责任。你想逃脱，但又逃脱不了这种错综复杂的关系，除非你是从石头中蹦出来的。

自己只能无可奈何地忍受这种尴尬处境带给自己的烦意。

早上灿烂的阳光强烈地照射在浸泡了几天的湿地上，蒸腾着热气。又是炎热的一天。烦！烦！烦！一种烦腻像一座大山向我再次袭来。

我需要解药！我打开诗集：“生如夏花之绚烂，死如秋夜之静美。”

生与死的解脱和重生。

我无心揣度，我拿着诗集，上了房顶。

眺过院墙，我把目光定到西南的方向。

透过院外河边大柳树的柳枝的间隙，我看到东南角雪山尖上雪白的雪。大块大块的厚厚的白白的云朵在山腰间漂荡。雪白的山头耸在半空。天空上的云块在山的脊梁投下了阴影，形成了点点斑块。

仿佛那座高耸入云的大山是在一夜之间崛起的。

那是我和丘莉在山顶上看到的一样一样的山，更亮更远的山。一样是笼罩在天空中的山！虚幻的山！在家里也能见到一样类似的山！

孩子们从那高高的山顶上滑下来了，飞快飞快地滑下来！笑声像清脆的铃声也从山顶滑到山脚，声音那么近，那么热闹非凡！怪不得家里这么寂静，出生在平原中的孩子们第一次见到那山是多么快乐啊！大人小孩子都在那山上玩耍了。

我闭着眼睛冥想着。这种景象让我着迷。

一声鸡鸣让我浑身打着寒战，眼前真实的情景实实在在呈现在我的面前。刚才的情景一

下子消散得无影无踪。

站在天台上，向前方望去，光秃秃的小学就躺在前方，仿佛能听到昔日学校里传出的哄闹声。

侄儿和侄女在草丛里放羊。平坦坦的地上站着几棵稀小的树苗，高耸的树林消失得无影无踪。他们一定是躲到哪个阴凉处凑在一起打牌了。没见到他们的身影，只见到散满院子的白羊点缀在绿色的地毯上。

那东南方是学校里盖起来一座高有十层的宿舍楼，那楼遮掉了小半个天空。

突然，电话铃响了，是不是丘莉和宏洪的电话？不然，千里之外还有谁惦记这个普通闭塞的家庭？我跑到屋里抓起电话，电话那头已经挂断，那头只能听见嘀嘀的响声，电话那头是谁？好像是个谜。也许是谁播错了电话，然后挂断。但这个电话依然撩拨到了我对外面世界的向往。

和丘莉在一起的日子恍如隔世。

母亲喂养的小鸡小鸭都躲在了草丛中阴凉处。我下了楼，院子里还是空荡荡的，阳光还是如此耀眼。

分不清是上午还是下午，是梦中，还是现实？午后，偌大的一个院子，就我和这些瘟鸡瘟鸭。公鸡的鸣叫声传遍整个村子，好像在哪经历过了一样的情景，做过类似的梦一样。

母亲 ★☆★☆★☆★☆★☆★☆★☆★☆★☆★☆★☆★☆★☆★☆★

我扛着锄头，来到村外的玉米地。

旱田地里，母亲站立在不远处的田地中央，还在不停地忙碌着。

锄头在我的手上，田地里的绿色玉米苗被晒得卷了叶般在微风中颤抖着。

我一锄一锄铲掉那些荒草，好像在铲掉我的思绪。

旷野里的风游龙般在田间狂走。火辣辣的太阳炙烤着田地，暖热的风夹带着泥土的气息，地里的玉米株已长过脚脖，远远看去像绿色的地毯铺在地表上。

禾苗叶子翻腾着，像穿着长绸的纸人在舞蹈着。

母亲孜孜不倦地锄着地。

弯着腰的她，在烈日下滴着汗，一锄一锄地锄着地。这种情景好像之前发生过，那么熟悉，像时光倒流了一样。

我的身体健壮而黝黑，而人高马大的母亲则日益消瘦而衰老。

我几乎忘了，最后一次亲密接触母亲是在什么时候了。想着那时衔着奶头，玩弄着母亲的下巴，安静地躺在母亲的怀里，闻着母亲那香甜的汗味，是多么温暖，多么幸福！

这个印象中的中年妇女，高大如男人般健壮，现在却变成了白发苍苍的背有点驼的老年妇女。她的皮肤衰老，头发斑驳。她无论如何也不会轻而易举把我像拎一袋米一样把我拎出树林子了。

我想到了泰戈尔《金色花》中母亲的形象，然而我的母亲也只是平凡得不能再平凡的母亲。想想她的过去，她也是一首迷人的诗。她出生农村。旧时姥姥家家境不好，贫农出身。好不容易活到十七岁。十七岁，嫁到文家做小，文家家境相对好些。来到这儿自然受些气，多少年翻不了身。她自己生的孩子不能疼，还要去疼丈夫的几个孩子。怕的是人家说她当后妈的狠心。

她的一生也是充满血泪的一生。

“你的哥哥姐姐都下学了。家中就指望你一个能上学有出息了。你要好好地学习啊！”母亲又在一旁唠叨。

她还在不厌其烦地唠叨。母亲的唠叨，我早已听不进去了，自从记事起，就没有间断地听到她的唠叨，一直到这么多年。一直以来，我一直把那它当作另一个世界的声音，一边听一边扔。

我疯狂地说了好多：“以前我需要关注的时候不关注我，现在我不需要关注，你们又偏偏给我这些。我想做什么，能做什么？你们知道吗？生我就是为了给这个家庭光宗耀祖吗？什么事情都没你手中的活重要……”

这些话，虽然她听不懂，但她明白应该是责怪自己的话。

对于头发斑白的母亲，似乎不懂去外地读了一年大学的儿子怎么会说出这么多难懂的话。母亲简单的思维是不会意识到儿子对母亲的看法的。她稍有愧色，继续埋头做着手中的活。

理会儿子远没有完成手中的活紧要。

母亲仅仅是位质朴的妇女，还不失蛮横，不辞劳苦一个人亲手把兄弟姐妹几个带大。即使儿子把满腔的愤恨倾泻到母亲身上，母亲却依然如故地对待着自己的子女。

作为一个儿子的我突然感到了万般愧疚。虽然母亲很少关心自己，然而儿子再激进，也不能把锋芒指向母亲。儿子曾讨厌过母亲的蛮横，不听母亲的话，甚至把母亲置之度外了。而作为亲生儿子的我，现在才理解到母亲的苦。

我有些懊悔，一系列的懊悔刺痛自己的身体。我对不起母亲。

这一次的报复，受到谴责的居然是我自己。

烦腻之山 ★☆★☆★☆★☆★☆★☆★☆★☆★☆★☆★☆★☆★☆★

第二天，父亲看他吊儿郎当，无所事事，魂不守舍地在院子里游荡，便给他分了个任务。

“你妈要让你走一趟亲戚，去你姑姑家。好长时间没去了，也该去看看了，别叫人家说咱们小孩不懂事！”

“我不去！要去，你找别人！”正摊上烦腻的他哪有心情去走亲戚。

“叫你走一趟亲戚又怎么了？你不去，你姑姑会怪你。”

“去什么去？没有什么大事，我不去！去了又没有什么投机的话，都是一些老生常谈，

浪费精力，又浪费时间。”

“你到底去不去？”父亲厉声呵斥道。

“不去！”他拿起了画纸，操起了画笔随手写了“不去”两个字。

图纸上那两个字可称“狂草”，毫无美感。

“不去！不去！不去就得在家干活。一天都不能闲着。”父亲甩下了话转身就走。

干活就干活，他操起画笔狠狠地在完成了将半的图画上添上了不协调的两笔。

三心二意 ★☆★☆★☆★☆★☆★☆★☆★☆★☆★☆★☆★☆★☆★

父亲指派他把屋后堆着凌乱的木头拉走。

他抓起木头的一头猛地向架车上扔，架车像跷跷板似得一头倒地。他情愿到家干活都不愿去三姑家走亲戚。因为青草曾在姑姑家寄养过。有青草在的时候，他每天都想去。自从青草走后，他对走亲戚就不感兴趣了。

而且，三姑典型的重男轻女。男孩当宝，女孩不是送人，就是在家干活，都啥时代了，还这样。他最讨厌这样的封建思想。

“你在想什么？你干活老是三心二意的！”父亲瞪着他。而现在父亲的训斥也让他从梦幻中清醒。

他抓起根木头放稳在车上。

他低下头，拾起攀绳，拉起了装满了的车子，就往田地的方向艰难地前行。

“你要是有你大哥的一大半好就好了，你大哥从来不像你这样做事三心二意的！”

三心二意，母亲说过，老师说过，朋友说过。那是从小染上的毛病，课堂上是这样，干活时也是这样，改也改不掉的毛病。面对现在的情景自己怎能不三心二意。他们的说教让我从三心二意的状态中醒来。

我仿佛感到，上课时，我托着腮，瞪着眼看老师，突如其来的粉笔头如子弹般砸着我的头脑时的疼痛。

长发 ★☆★☆★☆★☆★☆★☆★☆★☆★☆★☆★☆★☆★☆★☆☆★

父亲蹒跚地走过来，“你看你像个什么样子？男不男，女不女！你大哥从没有像你这样怪里怪气的。”

我装作没有听见，我的头发已到了肩上，胡子扎满了嘴边，腮上毛茸茸的一片乌黑。头发像我的思绪一样，一夜之间长出几寸，那是溢满了我身体疯长的情思。

他把自己埋在了额前的长发里，他把自己隔绝在这个世上。

他扶着车把，把木头重新抬上车子，拉起来就走。

我吟咏着这样的诗句：“待我发齐腰长，前尘渺渺路茫茫，花月青云随风去，此别残生梦断肠。”

“无论如何我不会把它们减掉。父亲厌烦就厌烦吧！”父亲瞪着眼睛看着我，却没有说话。他是不会理解我留长发的意义的。自从邱莉走后就开始留的头发，短短的一段时间内，头发就已经遮盖了脑盖，垂到额前。而那发梢流离出来的沧桑和洒脱，是男人飘逸含蓄的一面。

“作吧！你就作吧！说什么你也不听了！”父亲气急败坏地说着。我站在车前看着远处，坦然地应对着父亲的呵斥。

“等一下！没看着还有一些砖头没装完吗？”我捋了捋额前的头发，扶着车把停了下来，等着父亲把剩下的砖块装完。

长发又散落了下来，遮了脸。它的轻盈和力量体现着我的气质。

我要潇洒地活出自己。

前方，三个小男孩围着一个大男孩称兄道弟，他们管他叫老大。那被叫成老大的男孩手拿方便面，慷慨地分给了围在他周围的“手下”。显然这是一个小小的帮派。

他们发现了站在他们不远处一个长发的男人，指着他喊：“你们看，那个长毛，头发留得真长！”我从额前的束束长发中瞥见了路边的景致。

他们向着这边看过来，“那个长头发的男的才是真的黑社会上的老大。我在电视看见过混事的老大是这样的……”

我伸出右手，向他们摆了个“过来”的手势。

他们睁大眼睛乖乖地走过来，带着好奇仰视着我。“干吗？”我指着指后面的车子。他们立刻明白了，我是要他们帮我推车。他们立刻跑到后面就帮我推。在他们的推力下，车子轻快了不少。

变化 ★☆★☆★☆★☆★☆★☆★☆★☆★☆★☆★☆★☆★☆★☆★

我回头看着其中一个又壮又高的小孩在卖力地推着车。

我问：“你叫什么名字？”

“我叫强强！”他憋红了脸硬撑着说着。看着他那桶似的腰，木桩似的腿，真想不到，他就是小时候那个瘦得像猴的强强。

我惊奇道：“这是强强？什么事都有可能？那时的强强，是那么的瘦小，如今却长得那么胖？”

“强强不早就发胖了，都几年了！暑假里到他父爹妈那里，过了两个月，回来就变了样！”大婶对我解释道，其余的人都对我的惊奇不屑了。

一个个都是陌生的面孔，真是折磨人！怎么会变得这么厉害？这小毛蛋孩子，长得还挺快！

家里人说那小孩子的妈就是我的一个同龄人，结了婚住在了娘家，一转眼人家娃都这么大了。变化归变化，他们都已经走入婚姻，哺育下一代了。而我还停留在小时候的印记里。

晕了，脑子转了一百八十度大弯，晕了！变瘦的变瘦，长高的长高，变俊的变俊。似乎时空在我不经意间偷偷地流走了那么多。

路上闲聊的大人小孩都睁眼看着我。他们在惊异我的大惊小怪。那是谁？这么长的头发！是本村的人吗？他们惊奇我的变化，我在惊奇他们的变化。

路边，那茂盛的白杨树已被砍掉，变得一片狼藉。路边新的小树在风的吹拂下，像风铃一样哗哗啦啦作响。

昔日的景象又回到了我的眼前。那是十多年前，时光的列车把我带到一个名叫十五岁的时空里。那茂密的白杨树见证着他的一次出走。他好像还停留在童年的记忆里。

“还愣傻？还不赶快走！”

听到父亲一声吆喝，我收回了注意力。

我把攀绳重新搭在肩上，低下了头，前倾了身子拉着车子，像一头健壮的牛脚踏着地，猛烈地往前迈着步，装满砖头和木头车子的轮子吱呀吱呀地在地上转动。“哎，小朋友，让开点啊！小心车子碰着你了。”

我仰起头顺了顺额前的头发，目光掠过那群男孩，那男孩身后的房屋，以及延伸到远方的路。

昔日同学 ★☆★☆★☆★☆★☆★☆★☆★☆★☆★☆★☆★☆★☆★

傍晚，趁着天还没黑回到家中。

我身心俱疲，洗完了手，我拖着疲惫的身体摊在椅子上。

电视上画面在闪烁，此时的电视似乎处于静音状态。

母亲还没把饭做好。

突然有人在外面喊我，说大爷找我。

大爷说，大叔的三闺女被丈夫带到外地，给弄丢了。

他们要去他那儿讨个说法，大爷叫上了姓文的所有劳力，又带上了几个年轻人，气势汹汹地往杨庄走去，看看事情怎么办。

记忆中的大爷的三闺女有点痴呆，大家都叫他痴姑。

痴姑，之前她是个很机灵乖巧的孩子，在三岁时就失去了妈。有一次发烧，烧了两天，无人问津，才烧坏了脑子。从此就痴痴地逢人就傻笑。

有人说她是装痴。可是她散乱的头发罩着眼，总给人一种恐怖的感觉。到了上学的年龄，她也跟着同龄人一起上学。她从不像其他孩子一样惧怕老师。老师批评她，她就撇着嘴，忸怩着身子，她极不情愿的表情也异常夸张，总给人喜感。痴姑总是用两只大大的眼睛妩媚地看着别人，一笑就笑个没完。

她小学没上完就回家干活了。

痴姑中学毕业后，就结婚了。

她的对象是中学里的一个同学，那个同学叫刀把。一个精明似猴，一个呆傻如痴，谁也没想到他们两个居然能在一起了。因为刀把是当年学校里吊儿郎当的小混混。

他们现在是一个孩子的父母。

而他们的孩子早在他们结婚之前就已种下。

当年，初级中学就建在那条柏油公路边上。

学校里的学生都是公路邻近几个村庄的学生。刀疤的村庄就是离我们不远的杨庄，谁都会轻易记住他，因为他脸上的那块刀疤，而且他是年级里有名的混混。这就成了他的外号。

在学校，他就开始和别人拉帮结派，学着大人的样，叼着烟，抄着手，伸着头，在几个班门口转来转去。放了假，他和几个同伴挨着庄子没事溜达，或拉着架车，扛着装得满满的一筐草。

放假割草时，他们就在公路边浪荡。公路上的车不是很多，偶尔过一辆，两边长着很旺盛的草木。

班里成绩最好的一个女生二兰也在公路边割草。刀把和几个男孩子挑逗着二兰。大家放下筐坐在一块儿，在树荫下一聊就是一个下午。说到动情处，二兰咬着嘴唇，跳起来，手拿镰刀，说要砍人。刀疤扬手捂着脑袋，连连求饶："不敢了！不敢了！"二兰笑了，脸上的那颗美人痣看起来更妩媚了。

天也快黑了，到散的时候了，草没割着。二兰说："还没割一筐呢，回家又要挨骂了！"

"谁说没一筐？你转过去，等会儿再看！"

他们都把筐里的草往二兰的筐里装。二兰转过身，一看，自己的筐像变魔术似的装了满满一筐。她突然说："我不要你们的，你们回家怎么办呢？"

"我们挨打不要紧，不就挨俩耳光吗？两秒钟就过去了。"小公鸡似的嗓音，说着说着，他起身要走。

"要不要我们给你送回去？"

"不要！我自己能挎着回去，谢你们了！"

"二兰，你这不就是见外了。"二兰笑了，二兰轻盈地挎起着一筐沉甸甸的草，沿着弯曲的公路边，消失在余晖下。

他们几个踢着空空的筐，往回走。

"回家挨打喽！"

"要让俺爹知道，我们只顾挑逗女孩子，连草都忘了割，非剥了我的皮不可呢！"

"挨就挨。又不是没挨过！"破罐子破摔了，他们一边走，一边挥着镰刀乱砍，说笑声盈盈不断扩散在茂密的树林中，路边纷纷掉落了一地的残枝残叶，落在他们走过的路上。

几年时间，还没意识到去珍惜，转眼就过去了，但我的记忆依然犹新。

现如今，柏油公路早改建成了宽大的水泥高速，那所中学已变得破旧。那时的同龄人转眼间成了出外的打工仔或者成了孩子的爹娘。

只有我，生活在现实中的我还埋头在记忆的时光里，从中寻找丝丝安慰。

外地故事 ★☆★☆★☆★☆★☆★☆★☆★☆★☆★☆★☆★☆★☆★

到了杨庄，他们见到了刀把。

大爷大叔们大声训斥着，要把他揪出来。

刀把耷拉着两只胳膊，驼着背，头发蓬松，皮肤黝黑，俨然一个农民工。刀把放下怀中的小孩，卑躬屈膝地一个一个地递烟，又给这些长辈倒茶。

岁月真是把杀猪刀，当年的翩翩少年变成了这副衰老的模样。

大爷大叔，一个接一个训斥："你给我老老实实地说，她是怎么丢的？你们一起在外地打工，怎么就把她弄丢了呢？你打她了吗？"

"我没打她，是她那天她跟我去市里找工作，老板不要她干。她非要回工地，我不让，她就自己走了。第二天，我去工地找她，工头说，她走了。我也不知道她去哪了，我到处找也没找到。我根本没有打她。不信，找到她就可以问问她。"

二叔说："你说你这个丈夫是怎么当的？自己也老大不小的了，家里的人都照顾不好。况且她脑子有问题，被人骗了怎么办？你得给我们一个交代！"

"跟他说怎么多废话干吗！看他那欠揍的样子！打他一顿再讲！"堂哥看不惯刀把那一副玩世不恭的样子了。说着说着，大家火上来了，就要动手打。

大爷也火了，上去就给了刀把一耳光，"你给我胡扯！她走了，你怎么没去找她？你就不管她的死活？"说完，几个堂哥一起扑了上去，又踢又打的，他已被埋在拳脚里。他捂了头蹲在人堆里任别人捶打。

"要打就打吧！打死就算！是她自己要走了，我没打她。我也找了，她自己死心眼子，不听我的话，非要走的。不信，等她回来，问问就知道了。"刀把的鼻子被打出了血，他边用手抹着鼻子上的血边说。

"还不认错了？就给我打，都给我打，打死这个不争气的小子！"大爷气恨恨地说。

"我没错！我没打，就是没打！"

我站在一旁，眼睁睁看着这混乱一片。

站在外圈赤膊指挥的大爷突然对着我瞠目大喊道："勇子，你站着愣啥？为啥不出手？"

"啊！"我站着，突然手足无措起来，他们都注视着我的无动于衷。

三哥抓了抓我的衣角，示意让我别惹大爷生气，要我参与这场殴打。

二哥对大爷说："他们是同学！"

"同学怎么了？痴姑还是他堂姐呢！他都不愿去为她出口气？"

迫于无奈，我捋了袖子，抬脚往刀疤身上踩了一脚。

他的身子硬得像铁树一般。

大爷瞥了我一眼，吐了句："有啥用？"

同村一个出来拉开了架。

那人好声好气地说："人就别打了！谁说刀把不该打！刀把该打，就是把他打死了，也是没用。现在要紧的还是找人，找着人了，就什么都好说了，是吧！"

大爷转过身，指着刀把骂："你看着办吧！我不管怎么样。这个月底，再见不着痴姑，非抄你的家不可！"

"茫茫人海，哪里去找？"二哥说。

"痴姑手臂上有个月牙似的伤疤，是小时候玩耍时不小心让玻璃划的。"二叔说。大家记住了这个标志。

晚上回来的时候，我跟在大爷、堂哥后面。

大爷回头看见了我一眼说："勇子，真没用！咋不上去打？你怕啥？不就一个小毛蛋孩子吗？连个打架的料都不够！"

"勇子，还小着呢，还上学了？"三堂哥搂了我的肩膀，笑着对大爷说。

"上学不能上个书呆子啊！上成窝囊废，会被人看不得起的。以后怎能在人群中站得住脚？怎能操持这个家？什么事都不能扛，什么事都办不成，那怎么能行？咱们文家不能出像刀把那样不正经干的小子，更不能出一些个无用的窝囊废。你也看看你大哥办事多利索，说打就打。哪像你这么窝囊！"大爷劈头盖脸地训斥了他。

我低着头，默默地没有吭声，眼前一片模糊，透过空气中麻麻点点的黑色，摆动的双腿和脚在泛着白色的路上一前一后地替换着。

又是我大哥，所有的人都在拿我和大哥作比较。真的不知道，那个传说中的大哥到底是个什么样的人？然而，我只知道我要活出我自己。我绝不按照别人的影子去活。

"将来成个家，立个业，也是条堂堂的汉子。文家的大梁还得指望你们这一辈人去顶！"

这是大爷对我的训诫，一直在我脑海里回响。

我们这代人会成为窝囊废吗？

我们注定要像上几辈人一样靠着体力和武力立足于这个社会吗？他们是过来人，他们攀爬的山，并不是我们想要攀爬的山。这就是所谓的代沟。

他们是不明白，在我眼中的同龄人都是带有诗意的，我们代表着一代人生活的常态。

我们的经历自然和他们不同。

我想到了青草，我们这代人的"代言人"，他们应该知道她的身世。我要借这个机会问一下。我张口问："大叔，青草的父母是谁？"大叔不语。

"大叔，你知道就说啊！"

"不知道！你不要问了。"大叔不再理我，他加快了脚步往前走。

村头的那条路上，红红的烟头，星星点点，一闪一闪。他们还在商量着痴姑和刀把的事

情，似乎对青草的事情一点都不感兴趣，或者是个禁忌的话题，谁都不愿意说。

最后的结果是要让刀把自己到他们打工的那座城市去找痴姑。

打工仔 ☆★☆★☆★☆★☆★☆★☆★☆★☆★☆★☆★☆★☆★☆★

很巧，这个时候，出门打工多年的东辉回来了！

这让我惊而又喜。

这次回来，东辉还带了女朋友，女朋友是从网上谈的。邻居的老头老太太把这当新闻传来传去。

“电脑里能找到什么好媳妇？现在的年轻人，哎，就知道胡搞胡闹！”这些老爷老奶奶还是用着老套的观念看待他们。

那天中午，我去了他家找他，“东辉呢？”他的父母都在院子里干活，用手指了指那间关得很紧的屋子。示意他在和他女友睡午觉呢！

门开了。“嘻嘻！勇子，进来玩！”

我一头钻进了那间又小又暗的屋子。

哇！还有一个大美女呢！

黄头发，低胸吊带，超短裙，高跟凉鞋，时髦得很。他女友一说三笑，娃娃脸上写满了天真，没有一点拘束之感。

东辉给我们介绍，我们彼此示意，然后成了很熟的朋友。她时不时操着标准的南方话和东辉开着玩笑找乐。

“打工这么多年就是不一样！你们的头发也染成了黄色。”

“家里的人看不惯当下的流行！说那像鬼！嘿。”家人的观念自然和我们不一样，“勇子，现在是大学生了啊！”

“是的。上大学也没啥稀罕的！”

“上了大学就是不一样啊，说话也不结巴了！哈哈！”

事实上，我从来没有把自己当成一个大学生，我只是大哥的影子，我在完成他的使命，那不是我，那小时候没上学的我才是真实的我。和你们在一起度过童年的我才是真正的我。看着我在思辨，东辉点了根烟。

他女友叠着东辉的一件衣服说：“上了大学，肯定和我们这些打工者不一样了。”

“没什么不一样，都是生活！只是方式不一样而已。”

我整理着衣服，停留了片刻。

我抬起头问他：“你们是不是在广州啊？”

“是啊！在一个鞋厂里，做鞋子。还凑合，怎么了？”

“在广州有没有见到青草？听说她也去了广州。”

东辉说：“半年前见过青草一次，青草在一家服装厂上班。后来听说工厂倒闭了，就不知道她去哪里了，服装厂里那点工资是养不了人的！”

“是的，在外面哪有那么容易？何况是一个正值青春年华的少女。”而在外漂泊多年的她是不是已经变得坚强起来？

东辉突然问我说：“你想她吗？”

我把脸转向一边，不再说话。我期待着从广播里传过来青草的声音。

东辉见我还站在门前忙说：“我劝过青草回来，但青草没有回复我！”我仰天叹了口气。

东辉女友叠好了衣服把它轻轻放在床头说：“等会儿，我们一起去逛街吧！”

“上街干吗？又没钱！”

“我也没钱，没钱就不能上街了？空手逛大街就是！”

“大白天谁有功夫逛街？要去你自己去，我不去。”东辉扶了扶松散的皮带，刻在健壮的胸膛上的一个偌大的青龙赫然露出。

她指着东辉的额头说：“死鬼！没钱，你买这么贵的衣服哪来的钱？”

“那衣服还算贵的？什么眼神啊！”东辉拿起布擦起了皮鞋。

东辉对她说话这么冲，她一点都不生气。“等有钱了，再给你买衣服？”东辉换了一只脚又擦拭起来。

她拉长了声音，双臂张开，倒在了床上，“我卡里没多少钱了，要好好挣钱了。”

“现在才知道呀，早该没钱了！”东辉又穿起了上衣，对我笑了笑，表示不好意思，“钱钱钱的！你看我们庄的这个大学生，都听愣了！再说脸面都没有了。”

“没钱就是没钱，那有什么。清清白白，呵呵，是不是？大学生！大学生最是明白的！”她微笑着看着我。

我眼睁得大大的，“嗯嗯！”

“走！我们上街去！”东辉掏起了皮夹，拿了张百元票子给她，“我不要，我要你的钱干吗？我自己还有钱。”她整理着头发。

“今天来了，当然得给，当小费了。”

哇！居然这样说，一点都不避讳啊！看样子，女朋友也对这话有反应了。

“滚你的去吧！你不想活了，是不是？”她用手，狠劲儿捶了东辉的背。

东辉嘿嘿地偷乐，“走啊！走了，别闹了，太阳下山了！”

“我洗把脸！”她小兔般跳着出了门。

出了门，她突然她指着村庄东南方的那棵高耸入云的白杨树大叫起来。

我们跟上去问：“怎么回事？”

她说：“那棵树，那么大！那么高！树上的叶子那么茂密繁多！”

那是一棵参天入云的大树，枝头耸入云端，哗哗啦啦的铜铃般响着，传到老远的地方都能听见。

“这是我们很小的时候就栽下的一颗白杨树。他见证了我们的成长！它像伫立在村庄东南

方向的巨人头顶着天。我们长大了，周围的很多东西都在变，它已经成了我们回忆的故地。”

想当初的东辉年龄大不，胆子却比人大得多。他脑子好使，初中快毕业时，却主动调到后进班。他总是拿了搜集的外地的照片给我们看。照片上有高楼、大河、长桥、群山……那是外面的世界。

后来才知道他早做好了毕业后出去打工的准备。外面的世界真的很精彩？是他给我讲解了外面的世界的样子。

锄草 ★☆★☆★☆★☆★☆★☆★☆★☆★☆★☆★☆★☆★☆★☆★☆★

没过几天东辉就走了。

偌大的庄子似乎只有我一个人存在。

村庄里又过起了炎热单调的日子，锄草的日子一天接着一天。拉完了木头，又要忙地里的活了。

锄草、浇水、打药，没完没了。

我不停地思考着我的过去，我的现在，我的未来，让我内疚的过去，让我焦虑的现在，让我迷惘的未来。

我好像乘坐时空隧道，重走了一遍童年。我在童年的记忆里努力搜寻着快乐的回忆，我咀嚼尘封多年的棉花糖，努力吮吸其中的甜味。

《重走童年》

有一个小孩说，我没有童年。

大人说，有的，每个人都有。

可是，我的童年都是在大人的计划中走完的。

古诗、算术、试卷、分数、教室……是大人在勾画着你的童年，你的未来。

因为学业和事业，孩子和你们说了再见去了远方，剩你执手相望泪眼共度余生。

所以，我上帝帮助我，重走童年，寻找迷失的自我。

我的童年本应该是这样的……

青牙、青草、小学树林、老师、东辉、大树、单杆……

老师、篮球架、逃学、洗澡等等的字眼在他的脑子里毫无规律地翻腾着。我突然怀疑这些童年的记忆是不是我睹物思怀的臆想，可能确有其事，不然我不会编造得那么真实。

我不知道自己的生活方向，自己的思绪会滑向哪里，是迷失在这现实的世界里了吗？

我曾经问过丘莉：“造成这种情况的根源是什么？”

她说：“天生的气质，还有你的童年经历。”丘莉说过，你要想蜕变，首先破除掉伪装自己的那层厚厚的壳，然后再去寻找自己。最好是从你的童年记忆里寻找。”

在田地里，父母又让我扛着锄头下地干活了。

我直起腰杆，放下锄头，头顶着烈日，擦了擦额头的汗。

我的皮肤曝晒在烈日下，风吹开了我的衣襟，我不禁打了个寒战。我狠劲儿地砍着地。我扛着锄头锄着地，敷衍了几句，没有多说。

远处的村庄掩映在一片茂密的树林里，我躺卧在天底下。悠长尖刺的蝉鸣从那一片郁郁葱葱的树林里传来。那声音如天上的太阳一样炽烈，响彻了整片天宇。

我不知道是不是因为曝晒在强烈阳光下面的缘故，我的头脑如此发晕。我只感觉到眼前的阳光突然发黑，以至融化了我的身体、我的思想、我眼前的世界。我仿佛在渺渺的天空之中漂浮，失去知觉，云里雾里，浮想联翩。

似曾相识的场景再一次重现。他和我，过去，现在，未来消磨了个体存在的意识。让我滑到那无边无际的幻想之中。

我控制不了自己的大脑。

炙热寂静的田地里，烈日当空照，村庄被树林掩盖，顶着朵朵白云横卧在蓝天下。

那卧着的一片瓦房屋就是小学。院子的墙壁上写着“勤奋、好学、实干”等大字，字样斑斑点点。

我想起来了，自从我上了学以后我就真真正正离开了母亲的怀抱，从那时起自己也和哥哥那些个大孩子一样是学生了。

小学校院里的梧桐把整个小学笼罩在树荫下，远远望去宛如一座黑洞洞的大山，突兀在广阔的平原地上。

小鸟拍打着翅膀，叽叽喳喳争先恐后地扑向这座小山，热闹非凡，那是它们的天堂。树林的下面，清淡寂寥，是孩子们的天堂。

他背着书包出入学校，体验着琅琅读书的气氛，闻着喷鼻而入的书香。

我渐渐地变成了一个不太听话的孩子。对于母亲的训斥我越来越不在乎了。打骂算得了啥，学校沟里的小鱼才是最要紧的事，等水干了就和同伴们去逮。我还立下决心下劲儿把昨天输的玻璃球全都给赢回来。我知道先下手为强的道理。

脑子里是尽是玩，还要硬着头皮装下学过的新词语。

明天还要应酬老师的检查。

突然，有人说：“老师来了！”

他们抓起书包，落荒而逃。

老师 ★☆★☆★☆★☆★☆★☆★☆★☆★☆★☆★☆★☆★☆★☆★

顿时校院子里空空地不见了一个人影，只留下满树的鸟儿在欢快地鸣叫。是的，老师真

的来了！

那个时常出现在校园里的老师是个刚从师范毕业的年轻人。他家住在离这儿不远的名叫码头的镇子。他严厉而又幽默，威风潇洒，是班里部分学生心中的偶像。

可班里的几个调皮的男生并不服他。他们还总是调皮捣蛋地弄坏学校的公物。他们坐在后排玩笔的玩笔，掏耳朵的掏耳朵，全副玩世不恭的样子趴在桌上。

“想捣乱也不看看是在谁的眼皮下混？论调皮捣蛋，我怕过谁？谁不信，去我老家问问，有几个不知道我的。就是我的小学老师都记我记得最清楚，现在见我还是客客气气的！”他总是用着流氓一样的口气威胁着那些调皮捣蛋的孩子。

“谁个要想混？告我一声，咱们提前打个招呼，会一会。关起门来，我怕谁！开开门来，谁怕我！”他在教室里转悠着，“要想能，咱们就试试，就不信治不了你们。”

这样的话语总是惹得前排女生笑起来。

后排的那几个同学们并没有被他的威胁吓唬住，他们头挤在一起，小声地议论着：“他连老婆都管不住，还管我们！”这话的源起是那一天，放了学，他们的新发现。

当校园里的人都走得差不多了。梧桐树下只剩下空荡荡的院子。

他和同组的人值日，在教室里轰轰烈烈地打扫后，咳嗽着跑出乌烟瘴气的教室喘口气。无意间他看到了梧桐树行里站着两个熟悉的身影，细细地看来，是韩强，还有一个大辫子女生在和他一起谈笑。那个长辫子的女生是已经毕业了的一个学生。

上面小鸟归来，翻了天。

校园梧桐树行里，韩老师和那个大辫子女生还在谈笑。

班里的东辉说：“小道消息说，韩老师夫妻不合。原来韩老师在搞师生恋。”

“噢噢噢！”大家起着哄……

“韩老师要想惩治我们，我们就把这事给捅出去。”其中一个学生说。

这话惊动了韩老师，他突然向这边追赶过来。那几个学生一溜烟跑开了。我穿过树行，走到韩老师面前，说：“老师，我什么都没看见，我是不会说的。”

韩老师瞪着眼睛，很气愤的样子。

“你们几个谁要把这事说出去！我非要你们好看！”

面对老师的威胁，我若无其事地问：“老师，咱教室门的钥匙在哪儿？”

韩老师给了我钥匙。

我倒了垃圾，锁了门，走出了校门……

洗澡 ★☆★☆★☆★☆★☆★☆★☆★☆★☆★☆★☆★☆★☆★

炎热的夏天，村口的那个盛满了汪汪清水的池塘，多了几条翻腾的“大鱼”。

趁着妈在地里干活，他顶着母亲严厉的警告，禁不住下水洗澡的诱惑，和几个伙伴偷偷溜到水塘边下了水。

他一头扎进了身下的水中，全身浸到了水里。

眼前一片浑浊，岸上的一片吵闹跑到了脑后，汩汩的水流在耳侧敲击着耳膜，脑际边一片寂静。

“谁敢在水里翻个跟头？”东辉说。

“我敢，我敢。不必担心，不会呛水的。”他们还在水里兴奋地叫嚷着。

突然，岸上树荫下有人喊：“勇子！看谁来了？”他从水里翻了过来。

他不禁打了个寒战。他看到了戴着围裙的母亲拿着鞋底气势汹汹地向池塘走来。母亲的鞋底打在屁股上，那种刺痛的感觉，他曾经领教过。

他赶紧从水里钻出来，光着屁股，顺着塘岸边的小路，头也不回地跑了。

跑了很远，回头看，母亲并没有追过来。

村口走过来一个衣着正派的中年男人，他提着闪亮的皮包，风尘仆仆地走过来。

他隐约知道自己应该和那个男人有着什么样的特殊关系，可能他就是别人常挂在嘴边的父亲，一位陌生的父亲，从未抱过自己一次的父亲。这个男人总是隔三岔五地从外地回来。他回来时，母亲总是掉头向村口走去，上前迎接。

他没有多想，他只庆幸这个男人的到来常常让他免受一些皮肉之苦。

皮带★☆★☆★☆★☆★☆★☆★☆★☆★☆★☆★☆★☆★☆★☆★

转眼时间就到了，要开学了。

母亲开始唠叨着，嘱咐他在学校要听老师的话，要好好学习，将来才能有出息。要和同学处好关系，不要一味地耍脾气了。毕业了，拿个文凭好回来找份安稳的工作。你大哥的路，没走完，你要帮他走完。

他应承着，粗略地收拾了行李，任由母亲叮咛。

第二天，还没睡醒，他就被母亲叫醒。他迷迷糊糊上了厕所，刷了牙，洗了脸，喝了一碗滚烫的稀饭。换西裤时，皮带不见了。

翻箱倒柜怎么也找不到，怪了，难道它还长腿了不成？谁拿了？父亲也在东找西找。妈说：“叫你昨天全都收拾好，你就是不听。谁能拿你的皮带，肯定忘在哪里了。”他拎着裤子，不顾母亲的斥责，东找西找。满头是汗，满心里都是恼火。

“我不去了！”他坐在椅子上居然耍起了小孩子脾气。

“不去怎么行？找不到就买一个，也不能不去。时间还多，快快！”他父亲说。

“我不就昨天帮你收拾收拾吗？收拾的时候也没看到个皮带呀！”母亲说。

“以后我的东西，谁也别碰！”他恼怒着。他想着小的时候不关注自己，自己长大了，他们却关心起来了。他独立惯了，父母给予他迟到的关爱，让他感到无比的厌烦。

父母说，你爬上去，也能看风景。那山我不想爬，则成了压在我头上的大山。他们不知道这是一种情感绑架。他能不去吗？父母给他指定的山，不是他想攀爬的山。但他只能继续

遵照父命，继续去做大哥的影子。

即使，那座他不想攀爬会变成压在他头顶上的一座大山。

母亲不再说话，埋头找皮带了。

他立刻意识到，话说得过头了，伤了妈的心。

自己长大成人了照顾不好自己，还找别人出气？何必拿老两口撒气？怨自己，只能朝自己脸上打。他套上了没有皮带的裤子，上了扣子。趁着还早，他骑着自行车，往城里跑去。

买了皮带，带着行李，进了车站。

上车前，父亲拖着瘸腿走来走去，打听司机走哪条路，要他们保证车的安全。是父母真的老了吗？他明白了这是他送大哥上学时常做的事情，如今又轮到我的头上。

他说："你回去吧！这不一车人吗？怕什么？又不是第一次去。我能照顾自己！"

父亲转了一圈默默地走了。

车子启动了，坐车的人很多。一路上，走的都是坑坑洼洼的烂路。他扶着把手，打了站票。

车厢里，响着广播，"多彩的星期天"。真的离家走了，扎了根的家，不知何时能见？在我没有创造记忆的时候，我只能靠回忆来填补我空白的大脑。父亲骑着自行车该到家了，扛着锄头的妈又该下地了。

他全身的皮肤突然紧到了一处，鼻子一阵酸痛，一股泪从眼眶里涌了出来，模糊了眼前的景物。

他扭过头，揉了揉眼睛，看着窗外。

窗外闪过北方特有的破旧瓦房，在灿烂的阳光下那瓦房更显陈旧。

他努力地克制了自己的泪，转过脸来，企图摆脱掉快要溢出来的情感。

忘掉过去，往前看！

他旁边站着一个和他年龄差不多大的年轻人。他问他："你到哪儿的？"

"去上学。"

"咱们都是一样！"我们都是要拿青春去攀爬学历之山的人。对于那山的攀爬意义是什么，我们不清楚。我们只是在遵循父命。自己的儿子像是个有出息的人吗？他的暑假也就这样浑浑噩噩地过去了。他开启的漫长的思想之旅到此结束。

"是的，上学期的考试成绩知道吗？"那校友同他谈起了成绩。

"不太清楚，现在还谈什么成绩，上不上学都不知道呢？"身子在车厢的摇晃下摇摆，他只想一步能到学校，少受这份洋罪。

第十章 出走前

到了学校才知道，学校里，学科的分数下来了。

公共课学得不好，考得分数还好，但最后的总成绩还是出奇的低，本不想再在意什么考试，眼下除了这，还能想些什么呢？还有什么能让自己的大脑不再想入非非呢？一直都没把学习放在心上，挂了科也在情理之中。

那是逃课所遭到的报应。

所挂那门课的郭老师。他曾说过，你们谁都不能得罪我，否则，有你们的好看，他的学生有过遭殃的先例，化学系的一个学生习惯在晚上学习，白天什么课都不上，对谁的课都是这样，他居然也把人家的那门课算作了不及格，他就这么狠。

他曾经逃过郭老师的课，和丘莉去体育馆跳舞。郭老师自然不会放过他。

学校按照学校规定，我已经够开除的处分了。可是，老教授替我说了情，说我是可塑之才。我明白是老教授在帮我实现我的诗人梦。考虑到我的特殊问题，他还给我调换了一个新的环境，一个新的班级。

恍惚之中，我意识到自己还是个学生，而且已经是高年级的学生了。

老教授说："之前，你没好好学习知识，剩下的时间你要学点知识了。如果成绩合格，可以拿到文学学位。"

无形之中，这给我加了一个使命，还要带着父命，带着教授给予我的期望去攀爬知识之山。

想到这儿，我灭了手中的烟头，不由得笑了一声。

高年级 ☆★☆★☆★☆★☆★☆★☆★☆★☆★☆★☆★☆★☆★☆★

很快，学校就转入了正规的日程。

上午，七点钟起来。

"我靠！还有20分钟，刷牙，洗脸，没时间吃饭了。"

"吃什么吃？快出来，我憋不住了。你不拉屎还硬占着个厕所。"

"谁说我不拉！"

"要拉就快拉。"

"上什么课？"

"古文史。"

世界留你独自彷徨

"我的书呢？"

"谁见呢？"

"我的鞋呢？"

"没见！"

"哎，等等我们！"

我出了门，后面两个大仙还在忙乎，"我在教室里等你们。"

我一头扎进了楼道，楼道里匆匆走过的人很多。

我倾着身子微微喘着气向上爬，却发现通向山坡的路有点艰难了。进入到高年级的我，有点老了，比不上这些新生的气盛。

路上走动的同学，手牵着手，肩搭着肩，边走边说。他们欣欣向荣，热情奔放，在迎接着新学期的到来。往日一堆砖砖瓦瓦，一丛丛杂乱的草木都换成了新的面貌异样地呈现在眼前。

这座校园是他们的乐园，即将书写他们的青春诗歌。

而这座校园则成了我回忆的故地。

丘莉、宏洪、西西、黄皇、阿聪，一群出没无影的"鬼"，在我的世界里出现，又从我的世界里莫名地消失。你们都走了，按照自己的轨迹，遵循着自己的意愿自由地生长。只留下了我一个还在固守着这座校园。

短短的两个月，校园里的一草一木有些生疏了。自己居然还处在了这个本不属于自己的地方。我选择了自己的这条路，这条思辨的路。

我不去世俗地享受这世间的美好，非要去痛苦地思辨。

有思想就有痛苦。你们不愿意去，我就一个人去，我要找到自我，找我的世界，去攀爬我的理想之山。我清楚地明白我选择的是一条寂寞的路。

我应该忘掉那一切，忘掉所有的不快！所有的臆想，重新开始……

他夹在人流中，在路边买了杯豆浆，站在路边大口大口嚼着鸡蛋饼。吃完后，我捡起地上的书包，跟着人流，穿过马路，来到教室里。

讲台上的老师打着手势，讲解着东西。

一堂堂的课，一次次的铃声，旁边同学肆无忌惮地吵闹，眼前堆着各种各样的课本。一切都和往日一样。可他一句也听不进去。他托着腮昏昏沉沉，迷迷糊糊，坐着晕车。

一转眼两节课就过去了。他只看到了外面蔚蓝的天和飘着的云，继续听着耳边吹着老师的调调。

短暂的下课时间，旁边的两个家伙较起了劲儿。

正浩说："强哥，能不能给兄弟找个对象？你看兄弟多可怜呀！孤孤单单的一个人！"

"算了吧！身边都是女人，还嫌不够！"

"兄弟长成这样，哪有女的跟我？"

“没有人跟你，有人跟我？你这人真菜！”李强鄙视着正浩，正浩也知话外有话，瞪眼着看他，两个人放在同一桌面上的手，较起了劲儿，胳膊上的肌肉隆起。他们的面部顿时扭曲，通红通红，暴露了青筋。李强吼了一声，手腕随之一挺，正浩软面条似的手臂摊在了桌子上。

他趴在桌上残喘，脸上的红还没褪去，却露出了一副无耻求饶的表情。“哎呀！哎呀！不行！强哥就是强，饶了兄弟吧！”

小小风波就这样平静下来，我胡乱翻开了书，头枕着臂，脸瞥在另一面，脑子里又是空空的。“怎么还不下课呢？”没想到高年级的课程这样无聊、没劲。

一阵急促的铃声随即而来。

同学们顷刻间像流水一样消失在教室一角的那个洞里，等我缓过来神，偌大的三间教室中只剩下自己。

几个男生女生说说笑笑从我身边擦过，他们有的上图书馆，有的去逛街。我想象着他们几个人逛大街的情景，拎着书包，出了主楼，踏上了回宿舍的路。

无聊之中，我走回了宿舍区。清净寂寥的宿舍区里，几个管理人员在空旷的广场上走来走去打扫着卫生。金色的阳光贴在潮湿的大地上，像是刚刚开始的早上。

我上了楼梯，开了宿舍的门，躺在了床上。

不知不觉又进入了梦乡。

操场上一片汪洋。哪来得那么多水？学校都快淹没了，路旁的树，泡在水中，只露出一排排树梢，零星的建筑露在水面上。只能大致识清学校的轮廓。

我拎着几本沉甸甸书本的袋子，站在一块没水的地方，焦急地探望着这片汪洋，担心着下面的课，怎么办？迟到了怎么办呢？

一辆快艇从水面上划着弧线嗡嗡地驶来，驾驶着快艇的海涛向我驶来，“上课去吗？”

“太好了！救星来了！是上课！带我一程！”

“上来！”我快速跳上快艇。快艇踩着浪头，一溜烟，驶向了矗立在山头上的外语楼。教室在楼上的二楼隐约传出来同学们的说笑声，而一楼已经灌满了水。

海涛和几个同学攀着一根绳子，扶着墙角，小心翼翼跨过一楼的水，顺利地过去了。轮到我了。脚下都是水，再走就可能掉进水里。还有个袋子，衔在嘴里，还是不行。真的很着急，很紧张，很无助，怎么也过不去。

正当这时，我拍了一下脑门，想到自己真傻！脑子是真的昏了！掉进水里又会怎么样呢？又不是滚烫的水或火海。还到真把水当作开汤，火海了。我拍了拍自己石头般的大脑，正要大脚攀缘过去，只见同学们踩着架在水面上的木板说说笑笑，迎门而出。有位同学们喜笑颜开地对我说：“你才来啊！已经下课了！”

我摸着头脑，不知发生了什么，只觉得有种如释重负的感觉……

晚课 ★☆★☆★☆★☆★☆★☆★☆★☆★☆★☆★☆★☆★☆★☆★

系主任的课是没人敢逃的。就是借给哪个同学一个胆子，让他不来上课，也不太可能。晚上，教室里，坐得齐刷刷的人等待着系主任的到来。每天的课总是这样没黑没白地上。这是那个梦境带给他的教训。

前面两个女同学抱着英语词典默默地啃读。

大个子女生拿出了一张写满了英文字母的纸，对小个子女生说：

“你看这说明书上说得什么？我看不懂，你帮我看看。”

“哎！这些不都是我们学过的单词吗？”

“是的，可是就是看不懂，一看就不像英语。”

“就是，这哪像英语呀？倒和什么藏文，德文差不多，根本不像英语试卷上的英语。”

“就是，英语本来就是在试卷上的呀！你看，你看，说明书上还有大写的呢！”

“怎么会没有中文说明呢？”大个子女生翻来覆去地寻找着非流线型的方块文字。

“谁能看懂呢？”小个子女生看了半天说，“我也识不得，要是放在试卷上，差不多认识，可惜不是在试卷上。”

小个子女生说：“反正考试又不考这个，着什么急？”

“我晕，不考是不考，都高年级了，还不认识这些字，学的什么？”

“那你就去问问医生吧！”

“跑到市里，不病死，也累死了。”

“谁要死了？你看你们学了十几年的英语都学了什么？换地方就不认识了，简直就是个书呆子，拿来我看看。”我接过那张写满了盲文似的英语，发现确实很像德文。

“你还说我们呢，你自己不也是？”

“急什么？这不正研究着吗？”

几个人头碰着头，围着那张小小说明书，一个单词一个单词地啃，啃读了半天。终于看懂了用法：口服，一日三次，一次两片。

正当这时，铃声响了，班长上了讲台说：“主任开会，今天的课不上了！”早已坐不住的几个人，竟然一片欢呼地跳了起来，接着一片哗哗啦啦的声音，背包的背包，收书的收书，你牵着我，我拉着你，涌出了门。

这种情景似乎和那个梦境有了切实的吻合

他们那些人都去哪了？逛街，天太黑。约会，时间已经不够。上网，位子也难找了。

想不通，那帮人，晚上还有什么活动？出了教室的门他们会上哪儿去找乐？

也许在该上课的时候，意外地不上课，这本身就是最大的快乐。

教室里只剩下零散的几个人。

突然，一张寸把长的纸条像圣旨一样递到了他的手中。

“三点半，新阶204，名叫王大干，答个‘到’就行。”自己的课都懒得去，何况别人的呢？他难以推辞，反正也没事，换个环境，换个氛围，调整调整，也好。谁能没有个帮忙的时候，别人托他的同学找人代上课，他的同学又找了他，还得讲个面子，面子上的事。

他只好应了。

他拎着袋子进了204。

204坐满了人，吵吵闹闹，一片沸腾，前面的全是女生，后边半壁江山全是男生。他们都是低年级的陌生面孔，没一个认识。

上课的居然是郭老师。他是在给低年级的学生讲文学课。他的课依然是一个调调，加上他的口碑不好，全班没人听他的课。一阵冷风吹来，吹得在座的学生都冷飕飕地抱着肩。现在流行感冒，吹风不好！

“谁开的窗户？”周围的男生愤懑地说，靠窗户的一个黑衣男生，嘿嘿地诡笑。

“找死！”

“贱！”

劈头盖脸的咒骂，像雨点般砸向黑衣男生。

那男生对辱骂全然不顾，咧着嘴，得意地笑。他说，吹点新鲜空气，驱赶病毒。然后埋头握着手机，不停地发短信。

一节课都笼罩在这个黑衣男生的恶作剧中。

同学们看郭老师没有点名的迹象，开始交头接耳地说话了。

紧张的空气松弛了下来，整个教室像是开了锅一样沸腾。郭老师时不时地对着下面的学生敲桌子砸板凳地发脾气：“安静！安静！”

他坐了最后一个位子，摊开书。支起耳朵，趴在桌子上玩弄着手中的笔。

偶尔他对着前后的同学聊几句解闷的话。左面的刘雷在看着课外书。

“哎，刘雷，你不住寝室了？”

“我在外面租房子了。”

“在外面住，更自由点，是吧！”

“是的。”

“我因上学期逃课受了处分，再加上挂了课，可能要留级。”刘雷看起来很郁闷，痛苦欲死。

“不就是没有考好吗？别郁闷！那有什么。成绩能代表什么？什么都代表不了，不值得把自己弄成这样。”

刘雷站起来了，拿起书，挪到了另一个位子上。

郭老师突然停止了讲课。他严厉地看着下面各自做着自己事情的同学，他提高了嗓门说：“你们还不老老实实，不好好学习，小心受惩罚，受处分！”

下面有同学嘀咕着：“受处分怎么了？就不要人活了！”

郭老师看着下面的一片骚动，感觉到窗户的异常。他瞪着对他说：“文臣勇，窗户是不是你开的？”

“文臣勇！文臣勇！文臣勇是谁？”他放下了托着腮的手，低下头，随便翻了几页书，“老师不是在讲课吗？怎么停了？”

他在想，那个叫文臣勇同学没有来吗，反正和我无关。教室里出现了嗡嗡声，从四面八方传来同学们的笑声。有位同桌捅了他一下，“老师叫你呢？”

“叫我？哦，不是我开的。”他如梦清醒，并感到万分的诧异。

“那你有没有听课？你来重复一下我刚才说的内容！”

他站了起来，脑子里一片空白，答不上来。

“别再站着耽误大家的时间了。坐下吧，以后不听课的不要过来了，以免影响我的情绪。”老师讽刺了他一番。

“这年头谁想听课，不想听就不听，那样是影响你的上课情绪，你是谁？难道课堂就是为你而设的表演？我坐不住了，我受不了！”他小声嘀咕着。

顶撞 ★☆★☆★☆★☆★☆★☆★☆★☆★☆★☆★☆★☆★☆★☆★☆★

郭老师依然在给他们上着课：“有的同学已经落伍了！再稀里糊涂地瞎混，毕业后都拿不到学位证书！”

“你以为我们都在乎那个什么证书吗？”他在下面小声地说。

“这位同学的一生可能就完了。这些个关卡过不了，就别谈以后了。社会上的败类，我看你们以后还有什么出息？”

“文臣勇，你在嘀咕什么？有什么话，你直接站起来说！”郭老师瞪大了眼，看着他。

看着刘雷猥琐的背影，他站起来了，“郭老师，你是在鄙视学生！”

郭老师瞪着了眼，扯着嗓子说：“我鄙视他了吗？”

下面的同学纷纷说：“是的，郭老师是太看不起人了！你教书育人的职责尽到了吗？”

郭老师面目狰狞似乎要把他吞下去，“你什么意思？你的意思我教得不好！就你们这帮学生，教育专家也教不好你！”

“作为老师，应该引导着我们去攀爬人生之山！而不是知识之山。”

“作为一个学生，为什么连一门课程都学不好还要重修？背那些个概念定义有什么难的？就是这点都做不到？还去攀爬人生之山，真是可笑！”

“这不是他的错，考试并不能代表了什么。更不能预示着我们的以后。”

“那你们不学习，你们能干些什么？”

“对于学习，现在是该谈知识了。我我们闭门造车，神经质似的学习，心惊胆战似的考试，趋之若鹜地争分数，拿文凭，那是无用功，浪费青春的事，傻子才干！”他结结巴巴说了一大堆。

“你说叫你们学习，是浪费青春？让你们考取学历，你们又不屑了，那你们能干吗？你们还能做什么？”郭老师站在讲台上，他满脸通红地看着他，额前的刘海散落下来。

“我们能干我们自己想要做的事情。做个好学生，有什么用？我们是要学，但我们学的并不是一些空洞的定义，无聊的考试。我们需要的是了解他们的内在要义，学到货真价实的知识。这些知识是体验和感受得来的，不是简单的灌输。”

他说完，愣愣地站在那儿。他头脑有些恍惚。

下面是一片激烈的掌声。这掌声是给自己的吗？刚才那段激烈的陈词是自己说的吗？自己三岁才会说话，没想到最后成了一个最能说的，居然能说出这样的长篇大论。

郭老师瞪着眼睛指责着我：“你是谁？你以为你是谁？你看了多少书？”

“我就是我！一个被绑架了理想的凡夫俗子。

“我们自己不先去思考某个对象就来阅读有关它的文字，是危险的……当我们阅读的时候，别人在替我们思考；我们只是在重复别人的心理历程。如果一个人几乎整天都在读书……他就会渐渐丧失思考的能力。因此，第一个忠告是‘生活先于书籍’，第二个忠告是‘正文先于注解’，即经验先于思考和认识。”

他说完，坐了下来。下面又来了一阵激烈的掌声。

郭老师两眼直瞪，那玻璃瓶般厚的眼镜，一圈一圈绕了又一圈。他梳得发亮的头发变得凌乱，像一车凌乱的稻草肆意地堆放在头上。他厉声呵斥道：“谁说的？”

“前一段是我说的，后一段是叔本华说的。”大家一阵哄笑。

郭老师气急败坏，他挪动着双脚，像个站不稳的不倒翁。他那堆放在头上的头发，更加凌乱。他的脸色也从原来的红色变成了现在的青白色。

郭老师无话了，他直指着他，也变得结结巴巴地说：“你叫什么名字？你是这个班的吗？”

其中有个同学说：“他是高年级的文臣勇，是替王大干来上课的。”

“好啊！你就是那个学写点小诗，上学期差点被开除的文臣勇！你看看你像什么样子？还是个学生吗？头发像疯子似的。”

“我留长发是我的权利，那是我思绪的流淌！”

“你能有什么思绪？还居然替别人上课！好大的胆子！还说自己是个好学生。现在的学生，越来越不像话了。你这是欺骗知道吗？”下面又是一阵哄笑。

“是的，不像个学生样子，是因为我没有受那些教条的侵害。如果要做学生连人都做不成了，那我情愿不做学生。”他小声说着。

同桌碰着他，示意老师生气了。

郭老师抱着胳膊喘着粗气，“你等着受处分吧！我会把这事反映到系里。”

受处分怎么了？我本就该受处分了，身上的毒瘤长到一定程度就得清除一下。不然就会溃脓腐烂，恶化全身。

枪打露头鸟 ☆★☆★☆★☆★☆★☆★☆★☆★☆★☆★☆★☆★☆★

课下，同学们围着他，“臣勇，你真神！敢和老师对抗！”

“我就是不同意郭老师的见解。我是想让老师明白一点道理，但绝对不是针对郭老师。”

“你的胆还真大，你不怕完蛋？这门课你又要挂了。”

“唉，挂就挂吧！”

“弄不好，毕业了学位证书都没有。”

他拍了刘雷的肩，“没有，我就不要！难道只有一纸文凭才能在这个社会上立足吗？丘莉，宏洪他们不就是这样的学生吗？”

他们轻视考试，他们不顾分数、文凭。他们被认为是不学无术的学生，不正经的混子，是学校里班里的渣子。

可是又有谁看到了他们真正内心世界呢？他们逃避了眼前的现实开拓着自己隐秘的世界，是不为正统所毒害的一群。

但他们有自己的想法，有自己的价值标准形式。他们知道什么是自己做的，什么事自己不做，他们才是学会了领悟世道的人。

家中的伙伴们中学毕业学了技艺了吗？修车，服装，厨师，他们活得很好，照样会感受到中午太阳暖暖的温度，照样能享受着一顿饭的热度和美味。

非得拿文凭才是自己的出路吗？

亲自体验才能找回自我，才能让自己感到血液在体内流动。

铃声一响，他伴着下课铃走出了教室。

在食堂里，我混入人流，挤在了争先恐后打饭的人群中。打完了饭，奋力地挤了出来。

回头看看一群黑压压的人仍在为了食物不堪挤破头皮，拼命地争抢饭菜时，我看着躺在盘子里的一小团小米，感到了它的来之不易。

我狠狠地往嘴里塞了一团米，大口大口咀嚼起来。今天的事不管后果怎么样。我不后悔，我只是说了我想说的话，也算是帮同学们出口气。再说，自己也是其中的一分子，默默地残活在这个人来人往的学校里，不发出一点声音，又有什么意义？

事实上，我不是叛逆，不是思想败坏，我是在寻找真理。

现实的状况不得不让我点燃了自己的激奋。我不能这样了，长时间的猥琐，让自己渐渐地活得不想个人了，自己的空间在一点一点地缩小。

对于母亲的嘱咐，我实在惭愧，我感觉自己越来越做不到好好学习了，有一种力量让我从正统的队伍里分离出来，自己成了一个站在队伍后的局外人。只能看着整个队伍从眼前走过。

刘雷回过头，对他说："文哥，对不起你，是我拖累了你。"

"没事。这不关你的事，我想去关注每一个人。每个人活得都富有诗意。我是在欣赏咀嚼的每一首独特的诗。我也需要一个机会去表达，去宣泄。"

吃完了饭，挺着肚子，我喘了口气。

顶着昏昏的头脑晃晃悠悠地爬到了六楼。

打开寝室的门，我甩掉了鞋子，扒掉了衣服，把疲惫的身体平躺在软软的薄被上。屋内渗着冷气，光线昏暗，四周寂静阴森，墙壁立着，地板上陈列着整齐的桌椅，一动不动。

失眠 ★☆★☆★☆★☆★☆★☆★☆★☆★☆★☆★☆★☆★☆★

周日，上午回到宿舍。宿舍里就我一个人。

我抓起泡在水里几天的衣服，操着盘盘罐罐，在水龙头下洗着衣服，凉冰冰的水把手泡得通红通红的。

火车的鸣笛声响彻云霄，我丢下衣服，跑到了走廊上。

火车驶过，只留下一道弯曲的铁轨。

楼下广场上，几个学生围着一个足球踢来踢去，足球碰到地上的咚咚声在几座宿舍楼围起的巨大峡谷里回荡。他们上身裹得严严实实，下身裸着小腿，在地上拉了长长的影子……

多少天来的发作，情绪的跌宕让我有了些平静。日子还是一天一天过去。

引以为戒 ★☆★☆★☆★☆★☆★☆★☆★☆★☆★☆★☆★☆★☆★

志伟捅了捅上铺的被子，"在干什么？"

我躲在被窝里，没有吭声。

共选课下课，八点半的时候，此时学习的同学都回来了。志伟风尘仆仆地进来，见了我，对我说："臣勇，学校这批处理的学生中有你！"

我低下头，心想：逃课、顶撞老师、触犯学校的纪律，上级领导是不会放过我的。

"鉴于几次记过的记录，这次一年一度的思想政治工作，给我的处罚，重则开除，轻则留校察看吧。"我躺在床上懒懒地说。

"你只得了个记过处分。"志伟说。

"你真是走运！犯了那么大的错！学校竟然没开除你！"海涛惊诧地说。

“要不是老教授罩着他，你早该滚蛋了。”志伟说。

“怎么回事？”海涛好奇地问。

“老教授跑到了系里。找了郭老师，向郭老师说明了情况，并委婉地向他道了歉。他又跑到了校长办公室，说臣勇是可塑之才，要求给予宽大处理，才有了这个结果。”

我明白了是老教授苦口婆心地到处替我辩护，替我说情，袒护这个不争气的学生。

我仿佛看到了老教授留下了一个默默的身影，看到了他的眼神里流露出无奈的关慰。我想对老教授说：“何必呢？您的学生也就是这样了。严惩与否，以及所引起的得与失，对自己来说没有任何的意义。任着他们怎么处置了。您这么大的年纪的人何必为了不争气的我而卑躬屈膝地到处求情？用您的尊严和人格换来他们对我的宽恕，这样值得吗？”

正在这时，宿舍里还没人醒，就有人敲门。有急事，找海涛的，是他的老乡，数学系，个子挺高，清瘦。他衣冠不整，进门仰头对着被子里的海涛说：“我受不了了，受不了了，又失眠了！”愤恨里透着无奈。

海涛说他总是怀疑自己得了精神病，课不听，觉不睡，就爱胡思乱想，看他痛苦得要死的样子，是不假。

志伟说：“你有什么想法吗？理想啦，目标啦！”

他迟疑地摇头说：“没有，不想学习，不想上网，没有食欲，不想交女朋友。”

“你看看，这样的人比植物人活得还痛苦。那你有爱好吗？根据自己的爱好，做自己想做的事。我们寝室五个人，都不喜欢学习。志伟虽然胖得像猪，但人家喜欢兵器知识，常搜集一些图片；王扬不会打球、踢球，可是人家狂热地崇拜呀！”

志伟说：“别把我扯进来！”

他转脸对那个老乡说：“什么事情能吸引到你的注意力呢？”

“什么都没用了！我现在连痛都感觉不到了。”

海涛说：“你别说这么可怕的话好不好。”老乡抬起头，一脸的痛苦。

“怎么帮他？难呢！空虚，空虚综合征。上午带他去爬山，他走到那个陡坡还摔了一跤。摔得惨得很，打了几个滚，胳膊还擦破了。”是因为日子太平淡了，才让人变得空虚起来。

所有的人都在积攒着力气去攀爬成长之山，爱情之山，知识之山……他却放弃了攀爬，甘愿等待风和雨吹打着他，不愿前行。这绝对不是个好的现象。

我刚刚从那种状态中走出来，不想再去回首。

我说：“你别把失眠、痛苦当回事，不就得了，越想越严重。我就是想得太多，而不能自拔了。”老乡低着头，萎靡地坐在凳子上。

海涛说：“他是钻了死牛尖了。你看看，人家臣勇怎么活的？人家都被学校警告好多回了，人家就是个不在乎。可没像你整天胡思乱想的。有了情绪就发泄。”

不知海涛是夸我还是讽刺我，想必没有恶意。

“你让他哭呀！发泄发泄会好些的。”志伟说。

“是的，他们说得没错。你浸泡在自己的世界里，时间太长了。别想得太多，没用！多做活动，多一点交际，可能会好！”

“他是我的一个老乡，保研名额没有了，才郁闷的。”志伟说。

我深深体谅着老乡的痛苦，自己与他有着同样的经历。

老乡的综合征应该引以为荐，就像当初看到了和自己一样的那个失常青年一样，要克制住自己不要滑入到那个不可脱身的境地。

我又要逃离这种让我烦的境地，我突然分裂成了另一个人。

我关了门，下了楼。走过走廊，踩着楼梯。

一阶一阶的楼梯，咚咚作响！我靠！差点扭了脚，还好，没出丑。

幸好，楼下的管理员在打毛衣，没看到我差点跌倒的那一刹那。

“哎，文臣勇，你怎么没去上课？老师点名了！”我和几个同学碰了头。

“点名就点名就是了！”我像是说给自己听的，声音从嗓子里发出来，没抬头看一眼就埋头逃了。

网吧的招牌和我脑子里的影像一样，我潜身一头钻进了其中。

我找了个舒心的座，开了台机子。

网吧窗户外阳光亮得刺人的眼，照得电脑的键盘上泛着金光。

马路上隐约传来的车辆声像隔了一层膜，传过来。寂静的世界，已分不清是上午还是下午。蝉鸣跌宕起伏着，电脑嗡嗡的声响，屏幕有节奏地闪现。鼠标在他手里摔得啪啪响，开始行动了！音乐在我耳边响着，全身的皮肤骤然紧缩，不停地打着寒战。

旁边老兄的CS还不错，QQ上没人，找个人聊聊吧！没趣，不聊也罢。听歌打游戏了。CS，CS，他又摔了摔手中的鼠标，快乐似神仙喽！快！快！要开战了。

在这白日夜间，我像夜间出飞的蝙蝠，精神倍增。

在QQ上，我碰到打工仔东辉，东辉在QQ上说他在外又换了几份工作，居无定所，在外流浪的生活没想象的轻松，也很艰辛。

我和东辉开玩笑地说，在哪儿不是一样地活，在家待长了也会烦的，在外面好好闯一闯，混出个人样再回家。

不久，东辉下机了，我在网上继续漫游着。我打开了歌曲，播放了流行的《丁香花》。

紫色森林 ★☆★☆★☆★☆★☆★☆★☆★☆★☆★☆★☆★☆★☆★

大约下午四点，我回到了宿舍。海涛睡在床上复苏了，污蓬垢面，神志不清。他们都在

宿舍里白天睡觉，我也钻进了被窝。

梦中，我遇见了丘莉宏洪他们。

当时，很多人都顺着大队伍，要过关到一个不知名的地方。

大人小孩煞有介事的样子，肯定是很让人好奇的地方。我没脑子似的跟着他们也要去一去那个地方。

长长的队伍过了一个螺旋的楼梯间，一转弯，到了天洞。只一根水泥柱，一端架空了的横柱子的交接处构成了一支独木桥，可以踩着过去，而下面就是万丈深渊。队伍中都是老婆婆、妇女和吵吵嚷嚷的小孩，环顾四周，没有年轻人，年轻孩都到哪儿了呢？一个都没看到。

前面的妇女、小孩子一个个小心翼翼并顺利地爬了过去。

轮到我时，却怎么也过不了，自己正纳闷着这么危险，他们怎么那么容易过去？我有点着急了。

突然有人说，后面有小路，可以从那儿去的。我印象里有的。我知道了，我看过的了，楼梯拐角处有一个洞。那个洞可以直通到另一片区域。那是一条捷径，很多人都没有注意到的捷径。我挤着往后退，我的举动引起了那些婆婆们的公愤，他们责骂着："挤什么挤？"顾不了这么多了，我奋力从人群中挤过。我只能退回去，从那里过。我来到了楼梯间里，楼梯里空空的没有一个人。我一溜烟钻进了那个洞。没想到那个看似较大的洞，钻起来是那么狭窄，钻了一半就卡在那里。我甚至怀疑自己会不会被卡死在那里。越用力越卡，进不去，也退不出来。我浑身冒汗，汗水直往下落。我只得停下来平静一下。稍微平静后，我的体积居然缩小了。我终于把自己的身子拽了出来。

等我把蜷缩了的身体舒展开的时候，发现自己已经处在另一个世界了。奇特的树林，奇特的世界。是的，看这景色，是不是迷人的梦幻的世界？

满眼看不到尽头的紫色树林，远近的树干交织着。紫色的树叶交织成了一层密密的网，笼罩着树林的高高的上空。到处是晶莹般的紫色，就连空气也是一样昏暗的紫。脚下的草踩起来软绵绵的，软草铺成的高低起伏的地面铺展到很远很远的地方。树行里，还零星站着远近的人。林子里突然浮现出青草的身影，那穿着红色大衣的背影。青草，念念不忘的青草，你离我那么远，又那么近！

我会接近你的，我也要做一次华丽的转身。我来了！

"哎！臣勇，你也来了！"丘莉在前面喊我，我回过神来。

青草的身影已经消失，我连忙问："哇，都是我们的伙伴！你们怎么进来的？"

"从那个洞里。"他们指着那个角落的黑洞说。

"我还以为跟那一些人一起走呢！"

"你们看，那些人！"

老老少少组成的长长的队伍从洞口一直延伸到洞底，他们还在顺着那个可以通向天堂的路径，艰难地往上爬。队伍像一条蛇爬过洞底，螺旋着下来，绕过一堵墙延伸到这里。

“他们干吗费那么大工夫？就不知道从小路走吗？”

“人家走的是正统之路。而我们走了小路才这么容易过来的！”

酝酿 ★☆★☆★☆★☆★☆★☆★☆★☆★☆★☆★☆★☆★☆★☆★

第二天，窗外下起了淅沥的小雨。

我摇了摇昏昏的头，躺着还是不想出去。我闭上了眼睛，脑子里还装着昨天的梦。一个游荡在江湖山河之间的流浪生涯在脑子里蔓延开来……脑海中浮现着斑驳陆离的高山、幽深的世界、神往的江湖。

紫色代表什么？却没人分享谜底，或许今后的时间和未来的潜意识行为会给予我最终的答案。这个没有结尾，不知寓意的梦留下的只有那瑰丽的紫色森林让我万分惊叹。我翻看着弗洛伊德的《梦的解析》来试图揭开这个梦的谜底。

毫无头绪，我发誓自己不要再卷曲着生活在这个世上了。

我掀开被子，拿着球，一个人顶着凉凉的雨，来到湿湿的操场上。远处的宿舍楼淋在雨中，附近偶尔有打着雨伞的人走过，雨里还有几个学生在小场地里踢着球。

他们收了场走后，我对着看台踢。反复做着同一个动作，球一直在脚和看台之间飞转。飞过去的球缓缓穿梭在雨中，撞到了看台，发出了“咚咚”的闷响，然后落下来，沾上了地上的泥。

雨还在下着，脑后的头发也吸了水，有了重量，可以一甩一甩的了。我摸了脸上的水，分不清是雨还是汗。沾在身上的雨，有点凉了，积了一个夏季的热量，还没有完全消退……

星期天，天阴，云压得很低。

十一点钟醒来，到商店里，填了肚子，回到宿舍的时候。想一想现在的状态还是比较稳定。睡觉，上课，再没有其他的事可干。

晚上，宿舍里又是我一个人，为了找份工作，海涛他们都去自习室准备论文了。

我裹了件厚衣服，坐在写字台前，端详着通亮的灯管，企图找到点异样的黑点，刺人的亮光依然洁白无瑕。

我拿了张纸，傻愣着。

突然，一阵风吹过来，我清醒了片刻，一个英语单词映入了我的眼帘——“to inform you”这个单词我认识，并一口气把每一个单词都顺畅地读完。不就是一次两片，一天两次，以及一些“注意事项”吗！自己迂腐，只能用这个词来形容！

我抠起了手指，手背上的汗毛，搓也搓不掉，用圆珠笔尖挑起了一块死皮，笔迹留在肉色的皮肤上。看着写满字的手指，我舞动着手指，考试、学、远、伴、朋友、飞、死……我感到劳累，一巴掌拍到桌子上，头掂在了上面。门锁转的声音，海涛背着个书包，一头扎进

了屋里，一个甩臂，包摔在了桌上。

“怎么来这么早？”我搓着手上的笔迹。

“坐不住了！”说完，他仰天大吼了一声，窗户上的玻璃都被震得乱颤，他野猪似的长发翻到了额前，“找资料累死了！”

躺在床上的志伟睁开了半死不活的眼，又靡靡地闭上了。“我还以为就我一个人，还有埋伏？”

“班里同学，哪个不都想着自己的前程。人家都在拼命地攀爬前程之山，你还窝在宿舍里？”这是海涛的话。

我放下手中那厚厚的书，若有其事地看着前方。

我仿佛又陷入了一个诡异的境地。

我闷着头，拎着个书袋，从宿舍走出来，想找个清静的地方静下来，理一理糟乱的头绪。校园里，逗留着些打算用这一晚娱乐的人，寥寥地三五成群，空中飘着零零落落的笑声。突然，后边有人叫喊了我，回头一看，是几个老乡。“真巧，今天都赶到一块儿了。”我备感亲切。

“就是，这么巧！”

能碰到一块儿，确实不容易，大家在一起聊个不停，谁有女朋友了，谁挺个性的……他们聊得很起劲儿，我躲在人群的角落听着他们聊，什么都不说。

他们突然把注意力都转向了我，我成了焦点，他们七手八脚地拍着我的肩膀。

“哎，臣勇，现在怎么样呀？老是不说话啊？”

“嗯，还可以！”

突然有人说：“咱们都到臣勇宿舍里玩玩吧！看看这小子是怎么过得呀？”

“好！好！走！走！”众人们齐声应了。

“好的，那我们走吧！”

我带领着他们走出了学校，穿过了马路，到了宿舍区，上了楼，“宿舍很乱！别见怪！”

“一样一样，我们也好不哪儿去！天下的乌鸦一般黑吗！”

在宿舍里，他们大谈特谈，七嘴八舌，话语像吐出的瓜子壳一样到处纷飞，散落了一地。他们闲聊着，相互开着玩笑，老同学游离其间，仔细打量着我的一书一铺。

他们不会记起那同样的意境，白炽灯下的这群人，吃着瓜子闲聊的老乡，好熟悉的意境，好像已经发生过了一样，而我记得请清楚楚，马上散伙的情形一清二楚。

突然有老乡问我：“臣勇，你整天都想些什么呀？又都干些什么呀？给人的感觉老是怪怪的呀！”

“也没想什么。整天无聊！”尽管我把嗓音压得很低，想局限在我们两人之内，可大家还是静了下来。

“哎！臣勇，你不是写诗吗？拿出来给我欣赏欣赏呀！”

“诗啊！现在，戒了！”我捏着一个瓜子塞到了嘴里。

“怎么戒了？”

“是的，诗那玩意儿，有点玄！云里雾里，不如现实来得实在。”有个老乡说。

“是的，是的。”我退回到自己的世界里，随声附和着。

“臣勇，我记得你不是有女朋友的吗？我们都看到过好几回的，特漂亮的那个，高高的个，长长的头发！”

“只是一般朋友，人家出国了。”我轻佻地说着，装作毫不在乎的样子，眉宇间却掩盖不住心中的那份沉重。

“现在就是一个孤单的男人？”

是的，孤单，孤单，一辈子的孤单。“诗人都是情种！艺术细胞多，要是没用到适当的位置，就会滥情！”这是丘莉的话。我现在要想法抑制住它们的泛滥。

“兄弟，别恼！以后，有好的，给你介绍。”老乡拍着我的肩膀说。

“不需要。”我点着头。我给他们拿了水，他们喝后，领头的老乡拍了我的肩膀。

“十点半了！臣勇，我们该回去了！”

我忙说道：“再坐一会儿就是了！”

“不了！不了！马上寝室要熄灯了。”说完，他们都出了门。我送他们走过过道，直到看他们下了楼。

回来时，上自习的人纷纷回来，整个楼里又热闹了。窗外是下了自习后的一阵喧闹，我拿着扫帚打扫着一地的瓜子壳。

像梦境一样，分不清是梦还是现实。

又是前程 ★☆★☆★☆★☆★☆★☆★☆★☆★☆★☆★☆★☆★☆★

深夜一点，在网上我遇见了张岳。

张岳说，他在上海，在一家报社找到一份工作。他说，虽说是工作，也是给人打工，每天工作量很大，而且工资微薄。

工作这么忙，还来上网？

习惯了，每天都要忙到这个时候才休息的。

又是前程。张岳的事成了宿舍的话题。

志伟说：“你们今后毕业了都有什么打算？”

“大学毕业了，就是要找工作。虽说，咱们离毕业还有几年，但是我们的路似乎已经明晰，这些师哥师姐们的路就是我们以后的路。”海涛说。

“毕业后，拿到学历，回老家，找个中学教个书。再找个老婆，平平安安地过日子。老老实实做个良民。多好！”志伟躺在床上，手举着一本小说，似睡非睡地说。

“你也就这么大出息了！”海涛嗤之以鼻。

“这样神仙般的日子，还不够吗？你还想干什么？”志伟疑问。

海涛说：“我不像你们。你家里把房子和成家的钱都准备好了。你再考研，考研毕业后，找个工作就可以结婚了。我出身农村，我的路还很长。我喜欢哲学，有机会接触到哲学，是我最大的幸运。我要读研，我喜欢哲学。我要爬上象牙塔的顶端，到哲学的天堂去畅游。”

“是的，你要去攀爬哲学之山。今后，我们寝室的人，会成为哲学家、公务员、商人。这是今后发展的方向。你们的家庭决定了他们的起点，你们的性格决定了你们行走的方向。什么都阻止不了你们成长的进程。”我想起了那句话。

海涛说：“臣勇，教授还给你争取了一个保研的名额。既然这个从新改过的机会得来不易，你就珍惜吧！”

“珍惜？你以为我会在乎吗？”我嗤之以鼻。为什么不珍惜？

“我会把那个名额让给你的老乡！”我甩了甩长长的前刘海，镇定地说。

“你疯了！眼下还有几年快毕业了！班里谁不思考着自己的前程？”

“我，不知道。反正那不是我想要的前程。那都是我大哥的路。想想自己都是以别人的身份而活，简直就是个悲剧！我要去找我自己的方向。”

我抄手在腰袋里，看着矗立在夜色里乱哄哄的宿舍楼。

“你别在理想主义了。你现实点吧！你去读圣贤圣哲，不去实践，总结一条条教条，构成一个虚拟的乌托邦社会。空虚透顶，你所期望的世界，根本不存在。”海涛说。

“不，我现在看的书和以前不一样了，我之前看的‘风花雪月’的诗《飞鸟集》《新月集》，而现在看的多是质疑世界的书：《等待戈多》《荒原》。”

“去读圣贤圣哲，就像一座水库，不停地往里面蓄水，而不为所用，不去泄水。蓄多了，就会崩坝。还不如不蓄，任其自流。”

“你是真疯了！学业你不要了？”

“是的，我把名额让给他。我自愿放弃！我要去实践！我要去寻找另一个我！去流浪，去体验！”

“你疯了，这座山，你就快爬到山顶又要放弃了！毕业了，你还可找份稳定的工作，安稳地生活一辈子。你都要放弃，你要去出走？”

“别听他胡扯，他天天说他要死，也没见他死。他天天说，他要出走，也没见他出走。”志伟说。

“就是的，整天尽说些不着边际的话……”

“这次是真的。‘欲望是人的痛苦根源，因为欲望永不能被满足。我们离理想越远，自然就会离欲望越近。在现实生活中，我们常常迷失在理想与欲望之中，将欲望的东西当作理想，这是因为它们有时实在太近，近到只有一线之隔。或者说欲望是感性的，而理想是理性的。’这是叔本华的话，我引用在这里是最恰当不过了。

“我思考了很久。前程，别人不给你所要的东西，为什么还要苛求？强求了得罪于人，又让自己难过。还有另外的一座山等着我去攀爬！那座山阻碍着，让我无法攀爬其他的山。”我说。

“醒醒吧！萨特的《存在与虚无》里说，那些都存在于自己的大脑里。难道你还要身体力行去寻找吗？”

“人只有按照自然所启录的经验来生活。”

“值得你去冒险吗？你就这样轻易地放弃，你会后悔的！”海涛问我。

“我不会后悔！如果总是沉寂于幻想，或者空虚透顶的教条构成的虚拟的乌托邦社会。不如去生活实践，不读圣贤圣哲，这比你只读圣贤圣哲而不去实践强得多。因为那样会让你成为毁灭自己的恶魔！常未饮酒而醉，不以读书为通。

现在的我不是我。在我没成魔之前，我要找到那个迷失的自我。我要首先释放自我，然后寻找自我！”我坚定地说。

“真的不明白你脑子里装的是什么？真是个疯子！”

“这么长时间以来，我一直思索着自己。

刚来到这所学校的时候，上身黑夹袄，下身棕色裤子，垂在眉间的头发，沉默而又倔强。同学们说出了在他们心目中的第一印象，老气横秋的小个子。过去脑袋老装着这些东西像个活死人般生活，这让我感到麻木。

我不能再被别人牵着鼻子走。我不想再走那安安稳稳，平平静静的正统之路。我也不愿意像他们那样能够把理想埋在心底，而去做世俗的奴隶。

然而现在，经历了这么多的我确实变了很多。我在进步，我在慢慢蜕变！我要打破原有的思维，活出自我。我要活出本源的自己。我那给自己营造的盔甲在一点一点剥落。”

我看到了窗外漆黑的夜色，一片一片的星星点点，在天上地上连成了一片，那是一片广阔无垠的空间。

出走 ★☆★☆★☆★☆★☆★☆★☆★☆★☆★☆★☆★☆★☆★☆★

十日，在同学上课的时候，又是我一个人待在宿舍里。

宿舍楼外面传来远处火车的鸣笛声。

窗外，铁道上一辆火车托着长长的身躯，拐了一个弯，鸣着笛从远方驶过来，声音渐进。我环顾着四周，眼前的课本平卧在桌上，那书页上曾经感动、崇拜过的文字。我抹去了沾在书页上的灰，翻开一页一页。趁还没对它们产生反感的时候，赶紧保存下来，让那残留在心底的一点点书香甘甜贮存起来。

我放下了手中的书，走到了走廊里，看着呼啸而过的火车从我的正下方驶过……回想一下，白天去看望老教授的情景，老教授又迟钝了些。

每当我想把自己的想法跟他说的时候，他只是和颜悦色地问候我学习好不好，生活好不好。说心里话，是教授的热情的招待让我没有能和他老人家真正地聊上几句，我只好欲言又止。我把话憋在心里，在教授家吃过饭，便回来了。

十四日，我到了银行，取出了这学期的生活费。

一人一包带着所有的记忆和自己的世界走出了校门，顺着公路延伸的远方走去。

城市里的小市民进进出出于各个门面房，他们忙碌着自己的事。那是各行各业的社会人群，构成了一个现实的世界。

沉甸甸的包里几本书《飞鸟集》还有自己的原创《成长如诗》压在我的背上，这些书构筑了我理想天堂的支柱。离开这里，我要去我想要去的去处。

层层叠加的高楼顶着蓝蓝的天。

“你既然有梦，就去追，不要埋葬在心里。”这是我对青草说过的话。

“是的，不要再埋藏在心里。时间长了，就像放在烤箱里的苹果，也会蔫掉！所以，我要遵循自己的潜意识生活，去寻找被掩藏了的自我。”

我要释放自我，从那可蜷屈的躯壳中解救出来，那是一个老实人的身份，一个沉默寡言的诗人，那不是我。

我要放开牢笼，施展分身术，开始分裂，分裂成一个一个又一个个我，一个向善的我，一个作恶的我，一个束缚的我，一个向往自由的我，一个洒脱的我，一个世俗的我，一个脱俗的我。

我只知道我的前程离我很近了。那是我童年未攀爬的山，我的路，我要去攀爬。

我的思想乾坤已扭转到了这个地步，这个不可回转的地步。我已经没有心境在这儿待下去了。我要走自己的生活。我要去找回自我。找回那个丢失了多少年的自己。然后，去攀爬一座名为“真实的自我”的大山。

至于去哪儿?

在高中时期，地图像是在暗示着我什么。

那上面画的是南方，南方的城市、南方的街道、南方的空气、南方的河流、南方的大江、南方的群山。那个谋生、自由、人类、流浪、神秘的、美妙的不同于北方的空间。还有那个斑驳陆离幽深的山脉，所有装在我脑海里的意象。

三姐说过，南方的山脉很多！南方是她向往的地方。

她想去南方生活。

我也要走出去！我也要去流浪，去寻山。

头顶上的天突然暗了下来，厚厚的云层遮住了太阳，忽明忽暗，一会儿灼热，一会儿阴凉，像潮水一波一波，抚摸着裸露的皮肤。

社会！江湖！仿佛演奏着一首进行曲，一个城市的进行曲，社会的进行曲。

也许只有出走，逃离这个空间，其他什么都不重要。我就要逃离，逃离这个世界，去追寻另一个世界。

而自己只是进行曲上的一个小小的音符……

一阵阵暖风吹过，皮肤紧凑。一阵犯罪感袭来，全身不寒而栗。我按捺住紧缩的皮肤，机械般地迈着步子继续顺着路的方向走去……

第十一章 在火车上

一片灿烂的阳光照着大地。

我走在这阳光里，感受到了阳光的温暖。

我走在了去寻求自己的路上，大脑近乎麻木。我不知道现在的自己到底是谁?

当初，为了完成家庭的使命，他做了一次背离，背离了青草；当初所有的同学都向往并趋之若鹜地争取考上名牌大学，他做了一次背离，选择复读；当所有上了大学的人都珍惜来之不易的大学，为了追求着他心中的生活，他做了一次背离，选择了辍学。

他背离了同伴，背离父母，背离了学校。他已经隔膜了越来越多的人。他感觉自己越来越离经叛道了。背离让他稍感到孤独。

夏日的气流流窜在这座城市的洞穴，形成了一阵阵的旋风。灿烂的艳阳天，清新的空气，柔性的风，适中的温度，蔚蓝天空中抹着的一丝白云，像是梦中一样。

在一处公交车停靠站里，多辆公交车拥挤在一起。

大大小小的公交车走走停停，时快时慢像水中的游鱼列队前行。

各个车厢出入着上上下下急着赶路的乘客。

我握紧背包，跳上了一辆空空荡荡的公交车厢里。

车厢里有人时不时看我一眼。他们在诧异在这个上学的时间怎么会有个学生夹在人群中间。那是他们不了解他罢了。他的内心世界经历了惊心动魄的挣扎，又有谁知道?他又开始攀爬思辨之山。

对于这个从小就被大家看成异类，自称为来自外星球的异类，出走似乎是常理之中的事情，这种想法多少减轻了他的伤痛。

同时，背离也是在自我觉醒。

其实，他不是他。父母给他的那个牛套，是一种残忍的理想绑架。读书上学，那是按照别人的意志去活，以致让他失去了自我，所以这次是儿子自己的选择。

他要主动地去选择，去按照自己的意志去活。而不是按照别人的意志去活。

他要去找回那个失去了本能的我。

他找了位子，坐了下来，不顾他们异样的眼光。

窗外学校的院墙、马路上的树丛、凌空盘旋的立交桥，熟悉的景象摇晃在车厢外，渐渐地远离，顷刻间所有的影像都已是隔世的事了……

他的视线停留在了车窗玻璃上。

公交到站了，掩映在楼厦间的车站渐渐显现。

他低下头，走向火车站。

车站★☆★☆★☆★☆★☆★☆★☆★☆★☆★☆★☆★☆★☆★☆★

伫立在这座安静城市里的车站像一座城堡，坐落在城市中心位置。那像一只巨大UFO的梯形造型悬浮在这天地之中蓄势待发。巨型招牌立车站顶上，在强烈的阳光照耀下闪着光亮，发射出一道道天外之光。

他背着包径直走进车站。空旷的候车室，像是陌生的天地囊括所有时空。

太阳光从巨大的玻璃天幕上射下来，照得整个大厅一片花白。地板上闲散的旅客发出的喧闹声在空中回荡。等待列车的老老少少带着一堆堆行李，凑在一起闲聊。刚刚会走路的小孩奔跑在大人中间游戏；抱在怀里的小孩在母亲的颠簸下哭泣不止。焦急、吵闹、寂静，一个嗡嗡响的候车室……

人抬脚跨进车站，那一刻，就不再属于那个地方了，不属于这里，而属于远方。他们像走进时空隧道进出口，顷刻间消失，散落到东西南北的各个地点。

车内的双脚和地球之间保持着永恒的距离。列车摇晃人也跟着摇晃。异地，哪里？会飘到哪里去？由列车做主。

这是他之前感悟过留下的文字《时空乘》。

他向丘莉承诺过，他已写不出诗来，但身处这里的自己还是诗兴大发。

南北各地的地名回荡在车站的上空：广州、南昌、海南……

这次是动起真格的了，动起真格的了！时空、车站、梦想、南方、孤独、无依、未知、意识等字眼立即进入了他的大脑。

一切一切轻浮的想法及意向都像飘忽的云雾被眼前的现实驱逐得一干二净。

抛弃父母的不孝之举，出走学校的不负责任。

巨大的犯罪感降临在了他的身上。

当他冒险按照自己的意愿硬着头皮做事，而且犯了不可弥补的错误时，妈会对他说，想做坏事，就做不出好来。母亲的话总是那么灵验。每一次的不听话都会让他吃到恶果，作恶的恶果。这让他这次逃离并不轻松。

他仿佛听到了他们在指着他骂，不务正业、弃学潜逃，骂他不懂事，骂他这人神经病，骂他愚蠢，想死！你就去死吧！没人会拦你，他们皱起眉，怒斥着，死了才好呢……

混乱、地府、十八层地狱……

记得小时候，我劝一家小孩子别取一个他们已经取好的名字。因为，邻居家的狗已取了同样的名。大清早的，两家争吵起来。妈把我从睡梦中叫醒，严厉地对我说，以后，不要乱说话，千万不要没脑子地乱说，做些荒唐的事。多嘴只能惹事，儿子记住了那次教训，儿子为此闭嘴了好多年……

眼前的队伍在渐渐地缩短。满满一厅堂的人顷刻之间就消失了。我站在外围，想象着可能发生的一切。电子屏幕上滚动着红色的字幕，是印在票上的同一列车。

我紧捏着手上的那张车票，像牵了线的木偶，跟到了队伍的尾巴。悠闲的候车室骤然紧张起来，人们争先恐后地排着长长的队伍等待检票。

我检了票，穿了过道，上了站台。

父母说，你爬上去，也能看风景。可是我不想爬的那山，就会成了压在我头上的大山。儿子不想活在大哥的阴影中，一辈子做别人的影子。

一个人也只有做了自己想做的事，他的生活才会变得属于自己，才不至于让自己人格分裂，才不会生活在幻想和现实的夹缝之中，一辈子做幻想的奴隶。

如果儿子不走的话，儿子一直笼罩在这个想法之下，做事心神不定，三心二意，像另一个世界里的人，那样的日子一样不好过。像个活死人一样活下去。儿子在一些时候还是违背着一些禁令。

中午一点，徐北车站，我上了火车。

等我在车上找了位子坐了下来的时候。车站的景物，被隔在了车窗的玻璃之外，剩下空空的站台，无声的静物。偶尔有寥寥几个赶晚车急忙跑过的身影闪过。

火车鸣起了长笛，拖着长长的身体，缓缓启动。

火车忽快忽慢地提速，车内的人一仰一俯。

坐稳了的老老少少，男男女女，脸上都露着安然的神情，舒坦地谈着一些无聊的话题。偶尔有人站起来整理行李，手中揉着的塑料袋发出琐碎声。

他头靠在了后垫上，看着外面井然有序的人和物，安静下来了。

他确信他已在车上了，坐在了这列长长的火车上，却被隔绝到了另一个地方。

世上的人都在正常地生活、学习、工作，而他的确确坐在这列他本不该坐上的火车上了。

做惯了老实人的他忍耐退缩，安分守己处在自己营造的幻想之中。

愧疚★☆★☆★☆★☆★☆★☆★☆★☆★☆★☆★☆★☆★☆★☆★

窗外闪过的房房瓦瓦，山山水水。

一个农家小院，狗头门楼下面，有一个人和一只活蹦乱跳的小狗。

家中的母亲这个时候该打开了厨屋的门，锅前锅后地忙乎了。父亲也忙完了地里的活，扛着锄头，赶着几只调皮的羊蹒跚地走在回家的路上，和别人聊着天。

可是，他们要是知道自己的儿子已从学校悄无声息地出走，他们会有怎样的悲伤？他们还在为自己上大学的儿子沾沾自喜。

他可以逃脱一个个境地，忍受种种孤独，但他永远也逃脱不了情感对人的控制。那情景让他想起了自己的家。想到父母，他浑身还是一阵一阵地灼热，像着了火。

几年前，他们亲眼看到了大哥的陨落，三姐的出走。

父母没日没夜的苦恼，痛惜。衰老的身体承受这巨大的失子之痛。他们一辈子的希望和寄托，只剩下了这一个。他们第五个孩子也悄然出走，他们那衰老的身子还能禁得住再次的伤害吗？

而现在已经出逃的他，还瞒着在家辛勤的父母。哪怕他们不太在乎的小儿子的失踪，对于人到老年的他们又会是如何的打击。

家中的境况已使苍老的他们更显沧桑。他们能奢望什么？父母又希望自己的儿女怎样呢？母亲也许已不再对任何一个孩子的前程有太高的期望了。他们只能背着浸满了汗的身影继续干着活。

他满脸发烧，狠劲儿挠了挠自己的头。他再是叛逆的人，也有情感。他抑制不住自己的情感。

全身的热量一下子涌到了他的眼眶，他的鼻子一酸，几滴透明的水珠掉到了他的脚上，他努力抑制住，不要抽噎。泪珠滑到地上摔得粉碎。

他抱着头感到窒息，挺直了腰杆，舒了口气。

对面的妇女睁大了眼睛看到了他的异常，她在诧异这个小伙子为什么无缘无故哭泣。他动了下喉结，转过脸去。

选择 ★☆★☆★☆★☆★☆★☆★☆★☆★☆★☆★☆★☆★☆☆★

不管情况多遭，我都要迈出这一步，即使付出代价。我甘愿忍受任何的指责，我甘愿受辱骂。

该怎样就怎样吧！走一步是一步，怕有什么用？

鸟大了都要出飞的，离开父母去寻找自己的生活。汪国真不是说过吗？“我不去想是否能够成功，既然选择了远方，便只顾风雨兼程。”

既然上了车，就任由它把自己带到哪儿吧！在哪里停就在哪里落脚。车子总会停的……

从小这么大以来，儿子一直都没有完完全全自己做过一件事。即使处处反抗着父母，最终还是屈服。这让儿子感到成长的躯体很虚空。

这是儿子下决心要做的一件事，一件儿子想了好久的事，一件可以拯救儿子的事。儿子不怕承担什么后果了。儿子要挑起担子了，挑起的是自己的担子。儿子要挣脱那个套子获得解放。儿子要活出自己。

儿子这是长大了!

儿子要去攀爬自己想去攀爬的理想之山、成长之山……儿子要去看看山上的风景。父母应该高兴才是。

我抬起了头抹了下模糊的眼睛，“同志给我一根烟，谢谢了!”我靠着玻璃，吸了口烟，烟头的红焰闪亮着。烟雾缭绕在我的周围。

旁边的人抗议了，火车上不准抽烟。

有人提醒我，我躲进了厕所里。

我站稳了脚，稍稍有点平静。此时已是太阳微微西落的午后。

在车厢里的白色灯光照耀下的乘客拖着疲惫的身子摇头晃脑，他们稍稍有些怠倦了。好多人都垂着头打盹了。整个列车已转入长途旅行的状态了。

车厢里安静了，窗外的景色则奔向北方。

我扔下了已经冰冷的烟头，开了厕所的门，门外已有两三人在等候。

我回到座位上，静静的车厢充斥着火车的咔咔嚓嚓声，车身外响着嗡嗡的风声。

这列车继续往南奔驰，驶向南方，南方，一个不知名的地方。

我呼吸着车厢里的空气，转过脸，靠在了后座上，挪了挪座位，闭上了眼。

潜山（潜意识里的山） ★☆★☆★☆★☆★☆★☆★☆★☆★☆★☆★

等我睁开眼的时候，车窗外的太阳已下山了。

黯淡的车厢飘荡着忧伤的黄昏曲。

车子载着我，提着速，呼啸着，掠过村庄、树林，还有远处闪亮在密密麻麻城市里的霓虹灯，像时间的流逝一样，一个劲儿地在夜幕下，轰轰隆隆地埋头往南方奔去，一直向前，永不回去。

跟着火车移动的红红的太阳染红了西边的一片天。

火车在一个劲儿地往南奔跑！火车不知道停了多少站，穿过了多少城市。

映着流动的线条，车轮咣当的声音汇成了一系列的节奏。玻璃外吹着飕飕的哨子。窗外矮矮的村庄和树林纷纷闪过。这种节奏形成的巨大力量把我稍冒出回去的念头击得粉碎，粉碎!

我是个理智的人，我明白自己心中装着的那个坚定的理想。没有什么比我所追求的世界更有吸引力。那座吸引我的理想之山，让我魂牵梦萦。

另外不必担心我的生活问题。就凭一个活活生生的人，到哪儿不能混一顿饭吃。又不是他一个人，不是有很多自由的人都活得很自在吗!

所以这次我就要彻彻底底做一次了。

而至于对父母的孝道，儿子暂时不能尽了。作为他们的儿子，我暂且无能为力……

车厢的走廊里不知什么时候站了很多人。

一个小男孩偎依地拽着母亲的衣角站在旁边。“小朋友！过来，坐到这边来！”

“去，叔叔给你让座呢！坐一会儿吧！也该站累了！”那年轻的母亲说。

小男孩怯怯地看着我走过来，坐在我的旁边：“小朋友，到哪里去呀？”

“妈妈要到外地办事，也带上了我！”挺可爱的小朋友乖乖地说。

“看样是第一次出门吧！”

“嗯。”

梦中记得父亲第一次带自己出门，也该是这么大的。

出差前，我是个标准的野孩子，整天和同龄的伙伴们在庄前庄后野地里，沟壕里乱转悠。

魁树的花可以炒菜，黄鹂鸟窝总像个吊袋，马蜂瓜是苦的不能吃，水浑的地方才可能有鱼，这些是世上莫大的稀奇事了。天也就这么大。

我胡乱淘气了好长一段时日。

父亲去大城市，给大哥送生活费，顺带着我，让我在车里看车子。

那是一座有山的城市。

父亲带着衣被和生活用品去大哥所在的学校，我留在驾车室里看车子。

那时候，我只是三岁的孩子。外面的声音被隔绝到玻璃外面听不到。

父亲说：“买玩具的钱缴罚款了，买不成了。”

我坐在宽大的车座上，望着车窗前的行人、车辆说：“我不要！留着给大哥当生活费吧！”

“那你要什么？”

“我啥都不要！”我利索地回答着父亲，趴在窗户上看着窗外。

山下是一排排的楼房，在蓝天白云下，河的对岸摊开了一座黑色山脉，幽深，高耸。庞大的山，连绵起伏一直延伸到天边看不见的地方，像放大了千万倍的牛的脊梁。

回来时，汽车继续行驶在一条沿河公路上，公路似飘带。

发动机的轰鸣声在作怪，耳根隐隐地作痛。

我坐在车上，感到山在动，云在动，漂在河里大大小小的船坞也在动。与车子一块行走而慢于车子的那山在飘着几朵白云的纯净的蓝天下更显得黑了。

我叫喊着，指着玻璃外的大山，像八百年没见过山一样。

那山印在了脑海深处，深深地刻在了我的记忆中。好几回类似情景的梦，以致使我至今也记不清那情节中得山是真是假？父亲不知道这孩子是不是疯了，在大喊大叫什么。

那次，父亲的车出了一次小车祸，货车撞到了对面驶来的客车上，导致父亲的左腿残疾，而他却安然无恙。

回来后，我感觉到了家里悲凉的气愤，我为此沉默了一段时间。从此父亲再也没有开过车。

我的脑子里还在回想那次外出所见到的那一幕。噢！那山！令人神往的物象。

我一直都想再次见到那山。可身处在现实中的我只能压抑这种欲望，把那山深深地印在了脑子里。等长大了，等毕业了，等有机会了！再去找那山吧！他已厌倦了这种想法，那想法也欺骗了我不知多少回，让我失去创造灵感的可能。

我要飞了，飞到外面的世界，寻求我的向往，实现我的野心，攀爬我要攀爬的山。

第十二章 在广州

广州 ★☆★☆★☆★☆★☆★☆★☆★☆★☆★☆★☆★☆★☆★☆★

火车到了终点站，已是中午一点了。

我顺着人流，穿过大厅，穿过迂回的长廊，擦过身边无数的广告牌，走出车站。

恍惚间，昨日我还踩着北方的土地，一夜间我就站在了南国的天底下。

我摇了摇头，眨了眨眼睛，仿佛已经到了另一个世界。是在梦中还是在现实中？还是这山、这水、这风和心中一样的境地。

广州密密麻麻拥挤的人群，行走在林立的楼厦之中。广州的天空，这里的白云飘得这么低。这里是接近天堂的地方？

街上繁多的广告牌上，印有“广州”的字样。大街宽阔简洁，城墙是白色的高大的夏洛克风格。

这是个自由的世界，永远不会有父母唠叨，不会有老师的教条灌输，套在我身上的牛套终于卸下。干净的天空、繁乱的人流、高矮林立的建筑、南国的气息，简直是一个童话般的王国、一个天堂。

我自由了……我像脱笼之鸿自由地飞翔在天空之上。从此，我不再幻想，因为我已经在梦里了。

在这一片自由的区域里，我要去掉我爱幻想的毛病，投入到生活中，创造一些记忆。我要拖着这虚弱的身体，投入到这温热天地的怀抱中。

我站到了珠江江边，珠江里的水从天际滔滔而来，盈盈满满涨上两岸，浩浩汤汤地摇晃着整个水面。我要去读这座城市……

去读这漂泊的生活……

我感觉到，从没有体验过的温暖的空气围绕在我的身边。我吹到了温热的风，感受到了汹涌波涛的江水拍打岸的冲力。

我梦见了几个熟悉的面容。

青草、丘莉、三妞、宏洪仿佛在天空微笑着向我招手。

“你也来了！我们等你好久了……我们一起去爬江湖之山吧！”

南国的天气异常暖和，太阳异常火辣。

火辣辣的太阳照在我头上。我感到了灼热，我脱下在秋冬北方穿的外套，露出了汗衫，

顺着往东去的路走去。

在城外的一座立交桥下，我潜入了一个桥洞。

立交桥横七竖八横跨在空中，遮盖了一片天空，上面穿梭着各种各样的汽车，下面却很安静。幼儿玩具的音乐隐约飘扬着，偶尔几声高扬的喧哗声传来敲打着人的耳膜，让人头脑麻木。我背着包，脚不离地，在大理石地板上行走。

宽阔的广场上走动着三三两两的人，他们绕过环行的草地花园散乱地走着。

桥墩下摆着几处卡拉OK地摊，摊子上围着一些人。有人拿话筒唱歌。悠然的曲调顺着弯曲的桥身缓缓绕过那座立交桥漂进桥身围着的那一片蓝天。他们讲着轻快的粤语，我听得云里雾里。

曲调吸引来灰头灰脑的农民工围在旁边。

他们伸着头，吃着瓜子，盯着闪动着的电视画面。他们都是身处异乡无事来这儿消磨时间的老老小小……

一家停了，他们就位移到另一家，一家完了又位移到另一边，来回在一段距离转着像一群钟摆一样。我站在外围，停留了片刻。

过了会儿，我离开了那一群人，顺着下面交叉的路，继续往前走了。

病魔头☆★☆★☆★☆★☆★☆★☆★☆★☆★☆★☆★☆★☆★☆★

下午的这段时间，是上学工作的时候，我走到了一条沿河公路上。公路上只有长途跋涉的汽车匆匆从青山绿水间驶过，空旷的路上很少有人。我边走边仰望着河对岸的山。

路边宽阔的河床底流着碧清的水，河的那一边延伸着青山，连绵不断，山顶上还顶着几朵悠闲自在的白云。车辆从我身边呼啸而过，溅起一阵阵灰尘。

我徒步走了一天。

我发现自己饿了，瘪瘪的肚子，站都站不稳。

小餐馆与河对岸的青山遥遥相对。

餐馆简洁雅观，依山建在公路边。专为长途跋涉的旅客提供方便。我下了路走进那个小餐馆。

老板娘涂脂抹粉，媚而不俗，老而不土，用流利的广东话热情地招待着每一位进门的客人。

我吞进了一份米线，一盘咸菜，喝了一杯茶，填饱了肚子，付了钱，告别了老板娘，就出了饭店。我继续漫无目的地沿着公路前行。

路上的车、人也骤然多了起来，街道上舞动着来往行人的身影，具有南方风味高矮楼房伫立在路边。宽阔的马路延伸到了市区。傍晚迎来了它的交通高峰期，车铃声，鸣笛声哗然一片！

不久，城市里星星点点的灯亮起来了。

累了，累了！我东张西望，体力不支。

一阵夜风吹过来，有一种说不出来的不舒服，肚子隐隐作痛。外面这么高的温度还感到很冷。我恨这不争气的身体，为什么不能坚强一点？就连这夏夜的风都让我有如此的反应。这不争气的身体，太没出息了。

我强忍着向前走，想找个歇脚的地方，可哪里是我歇脚的地方呢？到现在我才意识到自己是在居无定所地流浪。

在巷口深处，我找了一家廉价的旅馆，登了记，领了一间房间钥匙。我就着走廊里的微光，上了二楼，开了房门。

空荡荡的房间里就我一个人。我把包放下来，稍稍洗了一下。肚子像刀绞一样翻江倒海地疼痛，如同煎熬在深水热火之中。我掀起被子，关了灯，关了电视，早早地裹进被子里。睡吧！睡吧！睡着了就不痛了。

裹在被子里的我，肚子还是疼痛难耐！

死就死吧！死在这个寂寥的旅馆，死在这个无人管，无人问的外乡，死在这个水多、高温的南方。街道上的汽车声隔着窗户传来，车灯透过窗户射进房间，一束光影扫在了墙壁上又随即消失，整个夜只有汽车碾路的声音……

我倒要看看这点小病能兴多大的浪了！我喝了杯热水，吃了两片随身携带的药片。又把所有能盖的东西都压在了身上。挺住，挺住！第二天就会和正常人一样。我相信自己……

我拿出那本《飞鸟集》，把它放在肚子上，我期待这本书能带给我温度。

果然，我的身体慢慢恢复了正常的温度。

阳光 ★☆★☆★☆★☆★☆★☆★☆★☆★☆★☆★☆★☆★☆★☆★

第二天早上，初升的太阳隔着窗户照到了床头，窗户外一片忙碌的车流声响把我惊醒。大街上挤满了上班的人流。车流声、车铃声、鸣笛声一片哗然。

我睁开了眼，揉了迷迷糊糊的眼睛，异常灿烂的阳光闯进我的世界。我从床上站了下来，双脚稳稳地站在地板上。经过一天的病痛折磨，我体味到了痛苦撩拨过后的安然和舒适。我拿了毛巾，进了卫生间。

无意中我看到了贴在旅馆墙上的一面镜子。镜子中显现了一个陌生的人，棱骨分明的脸、消瘦黑黄、直挺挺的头发像一根根钢丝扎在上面。

嘴角乌黑的胡子扎满了嘴边，黑炯炯的眼睛闪着锐利的光芒陌生地注视着自己，头发长长的，苍白得像蒙上了一层霜冻。这镜子里的人是谁？

这么颓废、可怕！面容异常憔悴。我摸摸了自己的脸，一点都不含糊，粗糙的脸和自己一样的脸。

我想到了哲人（叔本华）的话：一个人照镜子时，永远不会以陌生人的眼光来审视自己，他的自我意识只会不停地低声提醒自己：“我看到的不是另一个自我，而是我的自我。”

是的，短短的两天两夜，脱胎换骨，就蜕变成他。他仿佛爬到了一个向往已久的山顶，获得了久违的踏实感和成就感。但是，他那懵懂充满激情的自己也蜕变成了一个沧桑、消瘦的肉体；一个陌生、苍老的人，一个和我有些什么关系又毫无关系的人。

这又是一次幻想和现实之间的转变，混沌的麻点溢满了整个大脑。眼前的景物昏暗消散，泛起点点白亮，然后又恢复了本色，在那一刹那，我大脑晕了。

我知道父母的做法是对自己好，放不下父母的使命让我始终找不到真正的自我。那会让我迷惑，让我矛盾，让我不能彻彻底底地活个像人。我要走出来，我是在经历脱胎换骨的痛！

我扶着镜子，捂着肚子，企图掩盖翻腾在肠胃里的剧痛。

老板催着交房了。

我咽了几口热水，穿上了衣服，背起了包，把钥匙交给了老板，便离开了旅馆。

晕☆★☆★☆★☆★☆★☆★☆★☆★☆★☆★☆★☆★☆★☆★☆★

我迎着风，踏着石板路，继续漫无目的地飘荡了。

身体疲惫，神经疲惫，大脑停滞，不知是第几个日头了。

曝晒我皮肤的太阳已让我失去知觉，仿佛自己还在梦里。

我的脑子霎时一片花白。只记得我站在一个熙熙攘攘的菜市场中，肩上挂着那个落满了灰尘的背包，手里紧握着那件从北方带来的外套，天空中太阳强烈的光线像利剑一样刺进了我的眼睛里。我企图抬头看看太阳，辨别出自己的方位，却发现周围所有的东西都在转了，人在转，房子在转，脚下的街道也在转。

突然，一辆飞奔过来的三轮车响着铃，以迅雷不及掩耳之势地向我冲过来，然后消亡在一片花白的阳光里。他耳边隐约响着三轮车上惊恐的叫喊声。

那旋转着的天空是他看的最后一眼景象。

昏昏沉沉有点站不住了，花白的天地随后黯淡下来。

等我醒来的时候，我发现自己已躺在了一间充满药味的医疗室里。眼前，一位中年医生穿着白大褂坐在工作桌边在忙着给病人看病。身边围着几个年轻人，他们脸上露出了松懈的表情。

站在旁边的大个子拖着那靠我最近的小伙子说："这不能都怪你！他本来就要晕倒的。只是你碰巧从他身边经过。"

"就是，他站得太不是地方了！"一个偏瘦的年轻人说。

"反正你没把他伤成什么样。况且责任也不在于你！可以走了。"

"哦，我知道了。不过，这人挺怪的！包里什么都没带，就带了几本书。"

"你管他呢？这来历不明的人，我们最好少问！别回头，他来讹诈你！"

"这样不太好吧！"

一阵悄悄话之后，他们一起消失在门外的一片光亮处。

我看着天花板，身子还是酥软，脑子里一片空白，四肢紧贴着下面的木板，能在这儿多躺一会儿也好。

过了一会儿，从门外阳光里又跑回来了一个人。那个小伙摆出了笑脸，在我的身下塞一把钱说："拿着好好养身体！"

"我没事了！我不要！"

"拿着！拿着！"小伙笑了起来，两只小小的眼睛眯成了一条线，眼睛里闪着黑亮的光。"早上买菜的时候，和同事们打赌输了，要蹬一天的三轮车。骑得不稳，才撞了你。"小伙低声说。

我说："噢，那不怪你！是我走路不长眼睛！"

"没事就好！"

他探着头，看着我问："我好像在哪儿见过你。你是做什么的？看你一个人无依无靠的。"

恍惚间，我还真不知道自己是干什么的。

我推开了钱，颤颤巍巍地站了起来，和小伙一起走出了门诊室。小伙兴奋起来，"你是不是和我坐过一列火车。我印象中好像认识你这个人！"

"你是在火车上的那个小伙子吗？看起来那么熟悉！不可能吧！他在中途下车了啊！"我捂着自己的头，开始晕眩起来。恍惚之间，我真的分不清哪个是真的哪个是假的。不知道那火车上的经历是真的，还是现在遇到的这个小伙子是真的。或许他们就是同一类人，这个社会上会有着那么多的同类人。

小伙眼睛眯起来对着我笑，"你也是打工的吧！不过，你看起来倒像个学生！有点书呆子气！"

我沉默了一会儿说："是的，是的，你说得对！刚辍学。还没有找到活干。"

"我们饭店还缺人手，老板还招伙计呢，干不干？"

"干，可以去试试！"现在能有个落脚的地方就好。青草不是要开餐馆吗？

小伙拍了胸脯说："走！跟着我走！"

"好！"

"我叫赫灰！他们都叫我灰子，你也叫我灰子吧！"

"好的，我叫文臣勇！"之后，我认识了这个小个子，留着平头，总把工作服挽到了胳膊，是个长得机灵的十四五岁的小伙子。

工作 ★☆★☆★☆★☆★☆★☆★☆★☆★☆★☆★☆★☆★☆★☆★

我跟着他到了位于市北的一条不算豪华的街上。饭店上挂着"天福饭店"的招牌。饭店里客人不少，很多的员工忙碌着。

灰子把我介绍给了老板。

那穿金戴银的女老板上下打量了我一下，看了我的个子，又看了我的头发，说："北方人吧！"

"是的。"

"年龄是不大，就是个子太小，人有点老了，还有点书卷气！不过还算老实！"

她颐指气使地问："什么文凭？"

我略有迟疑地回答："高中。"一个人，一个面对种种选择，最后还是背离了很多，从学校里出逃的人。上了大学，辍学，再来南方打工，无论如何也不被常人所理解。我也没有那个能力三言两语向每个人解释清楚。为了让别人不去怀疑我，我只能按照常人的思维去伪装自己。

"高中文凭在我们这儿干服务员够了！"老板娘嘴里吐着烟圈，漫不经心地说。

"你是北方农村出身的吧！在家中排行老几？"

"是的，他家孩子多！"灰子快人快语。

"又没有问你！还说那么多废话！"老板娘反着白眼。

"排行，老五！"我恍惚间，不确定自己的身份了。那个从小在家被忽略的，在执拗中长大的勇子；那个为了完成家庭使命而拼命攀爬学历之山的文臣勇；那个在学校作诗跳舞而又顶撞老师的文臣勇。那些都是我吗？

而此时此刻站在一个小餐馆里，让一个涂粉抹脂的老板娘挑三拣四地盘问的打工仔，是我吗？我有点怀疑，自己奇葩一生的真实性。

"你家里那么多孩子！"老板娘嫌弃地看了他一眼，似乎又是在怜悯他的特殊的家境。

"为什么来这边打工？"老板娘吐着烟圈漫不经心地问。

我突然有些语塞，为什么来到这里？

灰子说："他想要做他想做的事。他那里都是平原，没有山！"灰子又多嘴起来。

"开玩笑吧！"老板娘张大嘴巴，张大眼睛，她感到这样的理由很好笑。"小地方来的，没见过世面也正常！"看着她的默认，我也没有过多的解释。

灰子看似玩笑的话，对我来说，却有很大的启示。我对灰子说过："欺骗，可我总感觉这是在犯罪，在做错事！"

他说："犯错误怎么了？其实没什么真正意义上的对错！"

我开始怀疑自己来到这里的目的，我是为了找到自我，攀爬理想之中的江湖之山。

老板娘突然站起来，打断了我的思绪。她看了我一眼说："你的头发太长了！干我们这行极不卫生！"

"没事，这是他的习惯，他可以扎起来！"灰子看着我低着头，没有回应，连忙说。

"好了，不问了，也就这样了。还算正常！灰子，你带着他，让他熟悉熟悉该干的活！然后带他到宿舍安顿安顿。"她说完走了。

"还算正常！"这四个字是她对我的评价。还好，我伪装得够好，没有让她看出我的不正常，看出我的逃离。可事实就是这么发生的，乾坤已经扭转到了这一步，无法改变。

我算是安顿下来了。我在几天几夜摇身一变，从一个大学生，变成了一个只有高中学历的“打工仔”了。

我的打工生涯开始了。

那是我等待攀爬的向往已久的理想之山……

小屋 ★☆★☆★☆★☆★☆★☆★☆★☆★☆★☆★☆★☆★☆★☆★☆☆★

人就像乘坐时空机，从一个时空穿梭到另一个时空。在不同的时空都会遇到不同的人，不同的空间扮演着不同的角色。每个时空的经历串联成了一组成长的痕迹。

住处是一个离饭店很远，位于偏僻角落里的一个小屋。

小屋由仓库的拐角改装而成。

屋里昏暗，没有阳光，小屋顶上有一扇碗口大的天窗。

从天窗上透射过来的束束光线照射在洒了水的地上，隐约可见泛着斑点的痕迹。一扇狭窄的门打通在一面墙壁上。两排双层的单人床靠着墙排着，中间一条狭长的夹道一直通向唯一的出口。门朝北，门的后面横着一条冷清的街道。

屋里住着的都是来打工的人。

有老、有小、有男、有女、有南方的、有北方的。每天都有人哭有人笑，呼噜声、女人的尖叫声、拍打声，样样俱全。

似乎这间几十平方米的小屋里没有伦理，没有等级，只有最原始的七情六欲。男人对女人的游戏，女人对男人死去活来的依赖。

我擦了擦头上的汗，攥着一手的牌，心静不下来。更奇怪的是面对着这一幕幕的满屋子上上下下的人却熟视无睹，他们都在各干各的事。

灰子放下手中的牌说：“文哥，没事的，这算啥！就是他们真的干起来了，也没什么的，看着听着就是。”

我不知道他嘴中的“干”是什么意思？总之，是一些他们之间的行内语，慢慢自己会懂的。

熄灯后下铺的一个男的威吓他说：“你说个啥？再说一遍！”

“怎么了？我就说了，怎么了？你能咬我？”

“你以为我不敢是不是？过来，过来！”说着他就爬了上去，强行去解那人的腰带。

“老大！老大！我服你了，行不？”

一场角斗因为上铺的妥协而熄灭。

灰子告我说，下铺的那个叫千里，上铺的那个是小道。

我流浪了很久，这个饭店的宿舍成了我第一个落脚的地方。

“物以类聚，人以群分”，他们也像是我在学校后山遇到一群鬼（丘莉、宏洪、西西、阿聪）。生活在这个角落里，无人可知的一群人仿佛又是一群怕光的鬼。而这间小屋则是一个永远阴暗的洞穴。

小道幼年失去双亲，不想依赖哥嫂而出逃。千里逃婚出来。父母恨其不争气，也不再过问他的事。千里同小道都是从北边过来打工的，结果大家都碰到一块儿了。

每个人不同的家庭影响着他们的童年，每个人不同的性格又注定他走上一条什么样的路。其实，每个人身上都有自己的成长故事，有辛酸，有苦涩，也有过甜蜜。

他们都有各自要攀爬的一座成长之山。

曾认为自己遭遇不顺的他，没有想到还有比他更曲折的人生。

和他们相比，自己还算有个完整家的人。

在广州像这样从跑江湖的多得是，很多很多的小青年从家从学校里逃出来聚在大城市里开始他们的闯荡生活。

然而，我们都是出逃的人。面对着这群与自己有着某些相同之处的人，心中总是有些莫名的熟悉和亲切。

那天晚上，小屋里吵闹了很久才安静下来。

灰子铺了张床，让我睡到了上铺，而我一夜都没有睡着。

兄弟，带你一起去爬山 ★☆★☆★☆★☆★☆★☆★☆★☆★☆★☆★

第二天，起来的时候，已是九点，小屋里空空的，就剩下我一个。

我赶紧跳下床，赶到了饭店。

到了饭店，发现饭店已经紧张地运作起来了。

老板训斥了我，问我怎会晚了这么长时间？我扛起菜筐就往后堂里送，没有解释。

老板纠缠在后，非让我说个理由不可。

灰子对老板说，小屋里钟坏了，没人修理，他才迟到的。老板娘看了灰子，又瞥了我一眼，才熄了火。

“不管什么原因，迟到了就得惩罚，罚你们两个就在这仓库里后面的小屋里刷盘子吧！”老板娘说完就走了。

之后，灰子戴厨师帽，忙着手里的活笑着对我说：“文哥，昨天睡得可好？”

“嗯。”

“灰子，我给你画张像吧！”我颇有兴趣地拿出一张满是油渍的碟子，然后用手指在上面画出了灰子大致的轮廓，圆圆的头，小小的眼睛。

“文哥，你会画画？”

“是的，我是会画，也会写诗！”

"原来你是诗人！怪不得，你什么都不带就带了几本书，那时我就感觉你肯定不是纯粹来打工的！"灰子挠着头，他精于自己的判断。

"现在不写了。诗不仅是我痛苦时的解药，还是我困境中的慰藉。"

"诗是什么？在别人看来，诗不过是勾勒我的理想社会的工具罢了，在我看来，诗是情感，诗是一个梦想，一个理想，一个寄托而已。至于那些文字，它们浓缩了很多，浓缩了我的想法，给我安慰，营造了一个让我得以逃离的空间。我属于那一个空间。"我重复着那句话。

"我们可以活得像诗一样。我要全身心投入生活，抒写出一首行为的诗。一首属于自己的，独一无二的长诗。"

灰子似懂非懂。然而他却对我所谓高深的话语有着浓厚的好奇心。

我把画好的相拿给他看。

灰子拿起了画好的素描肖像，笑眯眯地说："文哥，这是我吗？"这个机灵而又有点玩世不恭的小伙。黑亮亮的眼睛，短而蓬乱的头发，小又结实的人。

他不敢相信这个人就是他。他挠了挠头，看了好久。

"是你！你本身就是一首诗。在我的眼里，你是一首稚嫩的，顽劣的，而又遒劲的小诗。事实上，每个人都是一首诗。"

"这是我首次面对自己！"灰子说，自己的父母都是商人，各自经营自己的厂子。父母的钱挣得再多，他也不在乎。他讨厌那个家，那个缺失爱的家。他讨厌父亲，他不喜欢老管着他的妈。他要在外面，自己挣钱，自己活，自由自在。

"你走了，父母会不会寂寞？"

"不会，我还有一个小弟，刚刚小学。我来这边，就是把自己该干的事干完，和弟兄们一起玩玩。其他的没多想，也没工夫想其他的！"

"你往后想想，以后有什么打算？"

"没什么打算！"

"你小子活得潇还挺潇洒！"

"文哥，我有自己的处事原则！"

"咱们都要去攀爬高山，愿不愿和我一起去爬山？"

"爬什么山？"

"爬成长之山、人生之山、智慧之山。很多人都是在山脚下、山腰上生活一辈子，他们一辈子也没有站到山顶上去，领略山顶的风景。而我们要爬到山顶，明明白白地活着。"

"我不想像大多数人那样，糊里糊涂地生活一辈子！"

"好，我带着你，咱们一起去攀爬人生之山，去看那山顶上的风景，去领悟人生的真谛，争取做个有个追求、有想法的人！"

灰子顶礼膜拜地看着我，“不懂！听不懂！”

“你慢慢会懂的！”我继续对他说，“你要学点哲学，这样你才能真正把握自己的人生，才能活得有价值，有意义，才能成为一个真正的‘成长者’，只占人群的中的百分之一比例的成长者。”

忙了好一阵，灰子拿出了一个小小黑色收音机。

我接过来，是个半旧了的小型收音机。推上按钮，黑头黑脑的收音机传出来婉转的曲调，杂乱的广告，嗡嗡间隐隐约约能听到里面的故事。

那是他用来解闷的家伙。

灰子已在外混了多年，经于世道。在他面前，自己反而略显单薄。

“听《突然的自我》，我喜欢听的歌。”

“哈哈，你也喜欢听这首歌吧！”

“是的。”

“听见你说，朝阳起又落晴雨难测，道路是脚步多，我已习惯你突然间的自我……”

“人有好几个不同的自我。不同的年龄阶段不同的自我。不同的环境中又会分裂成另外的不同的自我。”我对灰子说。

“真的吗？那么奇妙！怎么找？”灰子问我。

“有人说，读书可以帮助人找到自我。”我对他说，“其实，光读书是不够的，那都是些理论性的东西。自己还得去体验，去磨炼！这叫作修炼。

灰子瞪大了眼睛，看着我，似乎有所顿悟。

“如果你不是人群的焦点，你有足够的心理素质冷静地观察别人吗？你看看这芸芸众生，哪个人不包裹着自己世界？哪一个能安然自若地生活在群体之中？你要先认清自己。我要帮你认清自己。”

灰子面对我的长篇大论，愣了他似乎不明白我在说些什么。

“文哥，你读那么多的书，懂得那么多的道理。你就当我的人生导师吧！”

我看到了他的眼神里闪着耀眼的光彩，那是他对人生哲理的好奇。其中包括对我的崇拜。

或许，从小到大没有人关慰过他的思想世界，包括生养他的父母也从来没有和他说过这些。事实上，我从内心深处想去修饰这首诗，想让这首诗更加流光溢彩。

过了片刻，我说：“可以，不过，你要替我保守个秘密！”

“什么秘密？”他反应挺快。

“隐藏我的过去，隐藏我的诗人身份。我来这里就是为了不仅为了攀爬人生之山，还要攀爬自我之山，找寻自我。我想重新开始。”

“我知道了。我会保密的！”灰子低头，拍打着裤子上的灰尘。

“老板来了！抓紧干活！”我们又开始操起瓶瓶罐罐，抓紧干活了。

端盘子、刷盘子、买菜、洗菜。满眼、满手、满脑都是油腻的盘盘碟碟，都是油烟的味道。面对着不会说的盘子和碟子，在一人一碟之间，碟子是主，而人是仆。我所做的就是把它们全部清洗干净，装上食物，端到客户面前。

每天，出入饭店的有大腹便便，满脸横肉的专业吃家；有文质彬彬的，举止优雅的上层人士；有学生，有上班族，一波接着一波。

所有的人都是为着吃而来。

吃，喝！

馍加酱豆也罢，肉和海味也罢，嚼的味不一样罢了。填饱肚皮还不够吗？他们还要为了吃而趋之若鹜呢？难道除了吃，他们就没有什么追求了？

对于一个典型精神大餐的追求者，我曾经绞尽脑汁地思考过这个问题。

或许他们会理所当然认为吃是上帝赐给人应该享受的事，是人生的必需，是人的本性。或许那不顾一切的吃，才能抵消他们在精神上因繁杂而带来的痛苦。畜养新的精力去考虑其他的事，去面对新的生活。那是对精神苦难的逃避。

只有享受，才能摆脱掉烦恼！

“看着那些人尽情地大吃大喝的吃相，真钦羡他们的胃口！”我不由得冷笑了两声，对着灰子说。

灰子说：“吃啊！让他们吃。吃多了，我们才有丰厚的工资。”

我透过橱窗的玻璃，看着大街上的灿烂阳光闪亮着一片花白。远近的汽车鸣笛声从街巷深处传来，单调而又模糊。这只是或许，或许，或许还会有很多的或许，暂时的我境界还没达到，但或许自己也会有同样体会的一天。

小厨师 ☆★☆★☆★☆★☆★☆★☆★☆★☆★☆★☆★☆★☆★☆★

不久，饭店里走了个大厨。

老板又雇用了一位年轻的大厨。二十岁上下，他的年龄和他的大厨身份有点不相称。他白皙俊气的脸上透着冷漠和傲气。

我和灰子殷勤地和他打招呼，他看都不看我们一眼。我们主动和他说话，帮他干活，给他料理一些应酬，他还是无视我们的存在。

都是一样出来打工，年龄又那么小，何必和他计较。

烟气弥漫了整个后堂，锅里的火从他的脸部撩过，烧到了他的眉毛，他才回过神来，忙关掉了火。他在后堂总是心不在焉，以至屡次把菜炒煳。

一天之内他炒煳了两道菜。

一天下午，饭店里人都出去忙了。后堂又传来一股焦煳的味道。我们赶去，只见后堂正北的灶燃着，大锅里翻滚着白沫，溢得满灶的白沫颤颠颠地顶着锅盖，那是老板叮嘱了他煮的一锅高汤。

灰子见状跑过去，关了灶火。

我掀开了锅盖，白糊才算消了下去。白沫溢到了灰子的手上，烫掉了他的一块皮。正当我给灰子找烫药膏时，他才从后侧门走出。他慢步走过来，拿起锅盖，加了些水，擦了上面的白沫。然后面无表情，坐在灶旁的椅子上，愣着看墙角的天花板，继续煮着那锅高汤。

灰子恼了，"这人还真不识抬举！像个死人似的！"

我对灰子说："哎！算了吧！都是出来混饭吃的！多体谅体谅，没必要告诉老板了。"

纸包不住火，嗅觉灵敏的老板娘嗅到了焦煳味从大殿走过来，挥着手，用着广东话，放机枪似得吵吵嚷嚷。

有人喊："喂！关火了！菜要糊了！老板娘来了！"他回过了神，端起了放在灶上的锅，转过身，加了点油，又开了火，操着铲子，好像什么都没发生一样。

老板娘开口就骂这个傻乎乎的伙计，说他脑子有病，精神不正常。

要是都像这样，饭店非倒闭不可！老板娘尖刻的话像她手上闪着光刺眼的钻戒一样刺耳。

面对老板娘的训斥，他萎靡的眼睛，抬头看着前方，像在听，又好像没听。他还在一手拿着铲子，一手扶着灶上的锅，愣着看着里面的一面墙。

仿佛眼前的一切都不在他的眼里。

过了几天，那个心不在焉的小厨师却无缘无故地消失了。

后来，得知他是被老板娘赶走了。老板娘含沙射影地对我们说，这个社会是有能耐人的天下，没有能力的人统统滚蛋！

说被赶走，就被赶走，想被加班就被加班。这就是一个打工仔的命。

小厨师还会继续生存在这片天地间。他的身影好像印在了后堂的墙面上，他也抒写着一首属于自己的诗，活出了自己的轨迹。

我们老老实实地干活，整天不见天日地在饭店里穿梭。我们谁也逃不了这个结局。

老板像是使用机器一样消耗着员工们的体力和精力。她加紧了对员工的监督。我们任其宰割着。日子一天一天就这样过去了。

灰子说："在社会上，不兴好人，好人就是傻瓜。你不坏，也没有人把你当作好人。"我们明白灰子眼中的"坏"是"人性的解放"，是要抛弃固守道德，约束人性的伦理条框，进而活成自己。

这是他从生活中总结出来，极富哲理的话。他仿佛也是一位哲人，生活中的哲人。反而，在他面前，我显得那么单薄。

可坏人，我做得了坏人吗？那一次我冒了险做了所谓的坏事，可报应总会接踵而来。

小时候，我和伙伴去村庄后面的一片空地里偷瓜，他们抢到前面狠命地摘。我只在后面摘了一个小小的瓜。回来的时候，瓜地的主人在村口劫住了我们。那凶神恶煞的中年人，站在前方一下子把我拉了起来，夺走了我的瓜。他把愤恨都发泄到了我一个人身上，还给了我两记狠狠的耳光。

“马善让人骑，人善让人欺！文哥，你太善良了！事实上，那不怪你，只能怪那个看瓜地的人欺软怕硬。要强硬起来，就没人欺负你了！不然，连站的地盘都没有！”

“只是做老实人做惯了，让我强硬也强硬不起来了！”

灰子咧起了嘴，挠起了头皮，“文哥，人都会变的！总是怕错，畏首畏脚，自己也活得不自在。”

是的，人都会变的。判若两人的我和他。我一直小心翼翼地做个善人，做个好人，而压抑了自己的个性，掩藏那个真实的我。

城外高耸巍峨的群山层叠在天边，从天空照射下的阳光格外灿烂，到处闪着白光，地下的每个角落都亮得刺眼。花草翠绿，还能让蝶儿在这秋季翩翩飞舞。小巧精明的人，勤快，不停运动不会停留，各色各样的人在为着生活奔波着……

我要去攀爬道德之山……

窥视 ★☆★☆★☆★☆★☆★☆★☆★☆★☆★☆★☆★☆★☆★☆★

一天晚上，收了工，人走得差不多，轮我打扫后堂。

我跨过走廊，拎着装满垃圾的袋子下楼，无意间瞥见了一男一女在走廊的尽头搂抱在一起。他们背后盆景里的花树被碰得颤抖着，花树擦着墙壁沙沙作响。在老板娘苛刻的监督下，还有谁如此大胆在明面上公开浪漫？

那女人的手搭在那男人的肩上。我看到了那戴在中指上的闪着光的钻戒。

我明白了那个男人是阿千，可那个女人是谁？

我误以为是改燕回来了，可那个带了一颗大大钻戒的手是一个富贵的女人才有的手。而在富贵女人中最有可能的就是众矢之的的老板娘会出现在这里。

我意识到自己似乎是发现了什么？或者是看到了什么不该看的事情。

我赶紧下了楼，关了门，出了饭店。

改燕 ★☆★☆★☆★☆★☆★☆★☆★☆★☆★☆★☆★☆★☆★☆★

关于改燕，她是个有点男孩子气、性格倔强的女孩。

让人印象最深的是垂在她身后的那条又粗又长的大辫子。

她在家排行老三，上面都是姐，父母想要个儿子，所有名字里带了个“改”字，目的是下一胎改换成个男孩。

灰子说，改燕和千里在一起，是在广场上经老乡介绍认识的。

为了追求爱情，她倔强得可以抛弃一切，甚至是自己的尊严。

她喜欢阿千，她明明知道千里外边不知有多少个女人，可她还是对千里好。阿千怎么欺负她，怎么厌烦她，她都忍着。

她甚至宁愿放着服装厂的工作不干也愿跟着阿千，迁就着阿千。

阿千是什么样的人？在一个为了他可以做任何事情，为了他减掉自己的头发，为了他忍痛做了整容手术的爱着他的女子面前，他却无情赶走了那个女子而移情别恋。

在大家的眼里，他是一个让敬畏，景仰的、精明、能干、老道、仁义、懂礼节、英俊、强壮，深受老板娘的宠爱的大男孩。但现在我却看到了他的萧条、低调、颓废和背叛。他是一个另攀高枝的一个男人，他总是拿爱情当作儿戏。

他除了做一些谋生的事外，什么都去主动争取。可这次我亲眼看到了他对改燕的背弃。

他对不起改燕，无论如何他也对不起改燕！

自那一次他发疯似的和改燕吵了一架后。

改燕很久都没回来。

直到有一次，我在打扫卫生的时候，小屋的门被推开了。

屋里走进来一个时髦女子，那女子烫着短发，戴着墨镜，一屁股坐在床上。她既然叫起了我的名字："臣勇，在呀？"原来是改燕。

她说："认得我了吧！我是改燕！"

她是改变了，那条又粗又长的辫子换上了又黄又卷的新式头发，就连鼻子上的那颗红痣也没有了。可改燕那沙哑的声音没有变，这让我立刻认出了她。

改燕拿掉了墨镜，满是疤痕的眼睛让人恐怖。那是刚割的双眼皮，还没完全消肿。她为了阿千还受着这份洋罪。她竟然为了阿千甘愿做一个一个风尘女子以此来赚取获得阿千的心的资本。

我曾在后山上和西西们谈论过爱情，我们攀爬爱情之山，爱情是什么？但在真正的爱情面前，所有的教条都那么苍白无力！爱情就是毫无底线的付出。是把自己整个都托付给对方而迷失掉自己，再在对方的世界里迷失。

改燕坐在床上荡着小腿，吐起了烟圈。她时而用纤细的手指弹弹她艳丽的衣裙，时而环顾着这间小屋。她对我说："勇子，还住着这间屋子？你还和他们混在一起？"我说："嗯，住这儿也挺好的！"

我明白她是来找阿千的。我把脏乱的衣服收拾后说："我出去了！看阿千在不在饭店里？要是在，我让他回来！"

她说："好的！"嘴里冒出的烟模糊了她的脸。

我关了门出去了。饭店里阿千正在打牌。

我告诉了他，改燕回来了，他应承着，坐着不动，吐了几个烟圈，才因没意思不打了。

我以为他回去见改燕。可当我回来的时候，却看到了老板娘从小巷里狼狈地逃出来。小屋里，改燕的低胸吊带已经撕破，脖颈上也添了几道赫然的血痕。

阿千到底来没来？而两个女人是否在这个小屋里为了一个男人发生了一场角斗。无人可知。我只看到了，改燕理了理额前的头发，给我留下了联系方式后，就走了。

走后，她再没有回来。

回到餐馆里。我跑到千里面前让东辉去找改燕。

我转身对阿千说："你无论如何也要把改燕找回来？改燕要是有个三长两短，你会后悔的！"

阿千诧异地看着我，他在想：为什么我让他去找回改燕的语气那么坚定。为什么我会下这么肯定的结论。

我没等他问我，就说出了原因："因为我曾经后悔过！"

阿千似乎明白了，他低头垂丧着脸说："茫茫人海，到哪里去找？"

我看着远方，看着他无动于衷的样子，很失望。

小道说："他们之间的事，我们为什么插手呢？"

"虽然不关我的事，但我习惯性关注我身边的每个人。这是我的善良，我也总是禁不住观察着周围的每个人，像关注每一首诗一样地欣赏咀嚼着每一个生活在这个世上独特的人。没有道理的理由。包括体检时的考生，患了抑郁症的老乡，还有那个小厨师！"他们诧异地看着我，不明白我为什么说出这么难懂的话。只有知道我拥有的诗人身份，才会觉得这些话的合情合理，灰子看了看我，没有说出我的身份。

我坚定走到老板娘面前说："老板，阿千有事，他今天的班，我来接替他！"

老板娘莫名其妙地对我凶起来："他自己不来请假，让你来请假，什么意思？"

片刻后，她似乎明白了，我替阿千请假的用意。她厉声呵斥道："以后谁也不许缺勤！不准出门！不许迟到！不准休息！否则，给我滚蛋！"

仿佛我们就是她的奴隶，是她雇佣的会说话的工具。现在，我们还在她的黑暗统治之下。想一想，长时间见不到天日，几个月的囚禁生活，真让人难耐！当千里亲自向老板娘提出请假出去找人的时候，也被无礼地拒绝。

她喋喋不休地骂着："这个年头打工的就要有个打工的样子！你们以为你们是谁？拿钱就得给我干活！想挣钱就得多干活，不干活什么都白搭！"

"怎么了？想拿钱吓唬人？"他们在暗暗抵触，"我们还就不挣这个钱了！我们要求出去，放假，休息！"老板娘连理都不理我们。

我们着实恼火！

"我们整天卖命干活。我们这些打工的都是奴才吗？就没有一点人格和尊严吗？整天闻着饭菜味，在乌烟瘴气之中行尸走肉般穿梭。这么点小小的要求都不能满足了。"我歇斯底

里地控诉着。

“别以为有了钱，就可大行其道不顾别人的死活了！”

“她不给我们放假，我们自己给自己放假。走，出去，溜溜！”我说。

“就是，还被一个女人给管死了呢？”灰子说。

“走，去！”灰子说，“要走今天就走！”

“谁不走？是孬熊！”小道看着阿千，咧着嘴对他们说。

阿千抽着烟，保持着沉默。

“老板娘不让出去的！你们出去了，会被炒鱿鱼的！”一贯老实的宝童说。

小道说：“谁听她的？她算个什么？她把我们这帮人当作了任人宰割的鱼肉。她那么尖刻、刁钻、低俗、浅薄、蛮横、唯利是图、斤斤计较，对待下面的员工更是无情。欺负了人家小姑娘又来欺负我们，几个大老爷们才不受你的气，跟兄弟们走！”

“老板娘可不是好惹的！我们的工资还在她那儿押着！”宝童说。

“有什么不好惹的？我就不信，出去了她能把我们都吃了？大不了工作不要了就是。走！走！走！走，要走，现在就走！”

“你们玩吧！我玩不起！我还想拿工资回家养活两个娃呢！”宝童说。

“算了！你不去就不去！我们要走了！”他们议论着。

那天晚上，除了宝童，我们都出动了。

我们用罢工的方式给阿千制造了机会去找改燕。这是我们用心良苦换回来的宝贵时间。阿千终于走出了小屋，消失在茫茫的人海之中。愿你好运！

马路上一片通明，夜间行驶的长途汽车在路上发出了吱吱的碾路声，嗡嗡的马达声震响了夜幕下寂静的天宇。送走了千里，我们也来到了马路上。

面对苍苍宇宙，我们要到哪儿去？我们也不知道。

管他到哪？只要出了那个不见天日的天福饭店到哪都是舒坦的。

出逃 ★☆★☆★☆★☆★☆★☆★☆★☆★☆★☆★☆★☆★☆★☆★

夜里12点，我们精神饱满，吐着热气，边说边走，不知不觉来到了火车站。夜间的火车站灯火通明。站台上，火车内，工作站里活动着各式各样的人。白色灯光照在他们的身上像涂了一层淡淡的银白色，仿佛他们都是来自另一个宇宙的星外来客。

灰子掏出了一包烟，我们围着打火机点着了火。

我们吐着烟圈，异常兴奋起来。灰子脱掉了外衣拿在手里转，号起了稚嫩的嗓音，大家高声开着玩笑。

半夜里开启的列车在漆黑一片的苍宇中像一条巨龙轰轰潜行。我们一个跟着一个跳上了一辆火车。

凌晨1点，我们达到了另一座城市。

夜空、风、楼厦……

我们顺着正在扩建的火车站的建筑围墙回转，寻找出口，左转右转走到尽头。建筑工地震荡着轰隆声。

在这样的大城市里，即使是黑夜，也是如此繁华。街道上，长途汽车碾过，嗡嗡的声音响砌云霄。我们的谈笑声留在走过的夜空上，渐渐地被周围建筑物上传来的轰鸣声淹没。

城市上空黑幕里泛着的星点像悄悄眨着的眼睛看着尘世间流浪着的蚁群……

灰子走向了广场的拐角，从一个人群穿到另一群人中。很多人摸着他的后脑勺，和他勾肩搭背，说笑逗乐。不一会儿，他耳朵上，手指上夹的都是别人给他的烟。

真想不到一个未成年人居然能在大人们之间“斡旋”。看来他认识很多人。他就是一个“好来事”的人。这也许是他的本性，在人与人之间，他才像如鱼得水一样，活得畅快！在哲学领域我是他的老师，可是在人际交往和现实领域，我应该拜他为师才对。

凌晨，灰子一头扎进了网吧。他说老乡圈里有事要处理，要和他们联系。他正在上网，网吧里查证件的人走到我的面前。

“我的身份证没拿！”

灰子瞅了那人一眼对我说：“文哥没事！你继续上。那是假警察！是这里的小混混。”

“警察”一个个检查起来了。轮到我时，我说：“我没拿，下次带上行不行？这次忘了！”

“不行！没带身份证者，属于无业游民，不能上！”

“有人没带，怎么还在上？”我说。

“他们可以不带，你没带就不能上！”

“为什么我不能上？你这是霸王条例！”

“今天就是不让你上，看不惯你！”那男子瞪着眼睛，昂着头斜视着我们。那表情无比的丑恶。

“你去死！你以为你就可以当霸王了！给你脸你还上天了！”灰子冲上来说。他小鸡似的身体，拦住了我的胳膊。

“你算什么东西？给我滚开！”那男子把灰子推开。

看到灰子瘦小的身体撞到了墙上，我越发生气。我冲上去扑打那个男子，他们的人围了上来。我们从后门逃出了网吧。

灰子把我拉到了广场上说，没必要为一些小事大动干戈。我吹着凉风，气还没泄。

灰子找到了刚才在网上说事的朋友。

朋友说，那人是一方恶霸，他的一个老乡认识。那人现在混得好了。自己在老板面前春风得意，却在老乡们头上作威作福。灰子说，我认识那个朋友，我曾在一次车祸中救过他。

事到如今，老乡们把希望寄托在灰子身上，让他去调解。

那人念在面子上应该会讲些情面，把老乡的事情解决，顺便惩治一下他手下的那些假扮警察的小混混。

仁义之山 ★☆★☆★☆★☆★☆★☆★☆★☆★☆★☆★☆★☆★☆★

“大哥，刚才你的手下几个小混混在网吧得罪了文哥，你得有个交代。”灰子走到那个恶霸面前说。

那人坐在椅子颐指气使地说：“灰子，看在你救过我的分上，我给你这个面子。等会儿，我让那几个小子给你的文哥当面道个歉！”

灰子说：“大哥，老乡的工资呢！您就高抬贵手，别为难大家了！”

那人嗤之以鼻：“管这些个人死活？他们在大老板面前说了我的坏话。我还没和他们算这笔账呢？”

灰子说：“那可能是误会，一码归一码。老乡们挣点钱不容易，把工资给他们吧。”

他转脸对灰子说：“灰子，这里没你的事，你最好不要掺和进来！”

“大哥，我给他们担保，以后不会再闹事了！”灰子说。

“你不就是一个小毛蛋孩子吗？你拿什么担保？你以前救过我又怎样？钱是不会发的！”

“现在他是主了，这些人没有利用价值了！他就想把别人一脚踢开，过河拆桥啊！”老乡们议论着。

这显然是一个见利忘义的无耻之徒。在利和义面前，他毫不犹豫地选择了利。对于这样的人，我无比愤怒。我又在分裂，分裂成一个激进的人，一个全身是刺的愤青。

我控制不住自己说：“负心狼！眼里只有钱和利的人。才混了几天，就了不得了。用完了这些人，现在又嫌弃这些人是累赘了！”

“你是谁？你算个屁！这里没有你说话的份儿！”那人厌恶地甩了几句话。

“没人说话的份儿！就有你这种不讲规矩的人撒野了！良心和义气都叫狗给吃了！”我发疯似的说了一大通。灰子拦着我。

“神经病！这里什么时候多了条疯狗！”那人瞥了我一眼，没正眼看我。他转脸对灰子说：“灰子，你也帮不上什么了。别掺和了！你充其量也就是只哈巴狗罢了！”

“你说谁？”我在怒吼。

“灰子不是狗！像你这样的人，才是真正的小角色，成不了大气候。整天偷点，摸点，吃得再胖，再肥，你也不会变成老虎，你终究是只老鼠！”我是想到什么就说什么，我才不会像以前一样把话憋在心里。

那人指着地面说：“灰子，你跪下来！我就不跟他们计较了！”

“你放屁！”我啐了一口唾沫。我转脸对灰子说，“灰子，还讲什么个仁义？跟这样的人讲什么情面？我看他连狗都不如！”

他愤怒地站起来，“你说，谁是狗？”他二话没说，叫了一帮人来。那帮人气势汹汹地向这边奔来。

“一点点的孩娃子，毛长齐了吗？敢来教训我了？我们混世的时候，你们几个还穿开裆裤了吧！”

“虽然，你年龄大，但你攀爬的人生高度，未必比我们高！”

“你这个小毛蛋孩子说话真的是不知道天高地厚！我们在山顶上，你们还在山脚下。还和我逞能。不想活了是吧！给我把这个满口喷粪的神经病打死！”

神经病吗？他是在说我是神经病吗？

正在怀疑时，我却被他们围了起来。“你们要干什么？怎么？要动手吗？”一群人，摩拳擦掌向我逼近。

“给我把这个长头毛，那个聒噪的半生不熟的愤青打死！往死里打！”一个大汉举着拳头，咬牙切齿地喊着。一群人蜂拥着向我扑过来。

人群里一阵混乱，像蜂窝一样旋在了一起。突然，灰子冲了进去，和那伙人扭打在一起。千里和小道也带着一帮人赶来。

而我却被推出了圈外。眼前一群人蜂拥似的围着一个人拳打脚踢。

我站在旁边傻傻地愣着，像是不明白到底发生了什么。警车鸣着警笛驶过来，所有的人顷刻间散开。

事情还是以我们挨一顿打为代价，换取了一个中和的结局。阿千前去调和。调和又有什么结果？对于那样的人调和又会有什么意义？

老乡的钱拿到了，他们的大老板说不撵他们走，愿意做的可以继续在那里做。

半夜里，路上吹起了凉风，路灯下的人少了。

灰子鼻子上流出的血，擦也擦不止。我们把灰子带到了小卖部里躺下，包扎了伤口。

然后，我扶着他走在回去的路上……

晚上，我躺在小屋的床上，睡不着。我回想着他们对灰子说的话。

“这个世道就是这样，没有像你想象中的完美。世上你看不惯的事多着了，你管也管不了！”

他们议论着对灰子说：“以后少做好人了！好人总是冤大头！”

“枪打出头鸟，知道吗？结果，总是自己遭殃！”

灰子低头，默默不语。

心中止不住的，骤变的情绪让我无法平静地面对这个世界。

灰子小小的年纪跟着这些大人一起处世，被人叫作哈巴狗。这让我心寒，更让我失望。

灰子没错，只是那些个人太不道德了。

他们一点人情世故都不讲的。

即使是在这些外地人眼里仁义是何等缥渺！何等轻浮！

而灰子是个仁义的坚守者。勇敢、义气、敢作敢为，他比谁都强。哪怕他今后是成为一个富商，还是成为坐镇一方的黑社会头目。他都需要哲理的引导，那是最基本的道义，一个做人的根本。我看好他！

我要用我有限的领悟去引导着他走向人生的顶峰！

挨批 ★☆★☆★☆★☆★☆★☆★☆★☆★☆★☆★☆★☆★☆★☆★

该疯的疯了，该玩的玩了，事情该办的办了。逃工在外的几天生活，让我们身心俱疲。为了谋生计，还要回到饭店继续干下去。我们回来的时候，饭店里仅有的几个人还在忙碌着。

老板把我叫到后堂的一间屋里，狠狠批评了我。

“工作就是工作，还要耍一些小孩的脾气！有什么要求提出来，没有休息的时间，没有加工资是不是？那你给我讲，我给你们解决。不能撇开工作，情绪化地什么都不顾了。耽误了饭店里的生意。”

我低头不语，更不想辩解，自己确实有错。是我带头耽误了工作，还闯了祸。有些事情只能去低头。谁让我们做了对不起人家的事呢？不能一味地自负。

我曾有一刻想说出老板娘的秘密，可话到嘴边又咽了下去。

在接受劈头盖脸的训斥之后，灰子对我说：“文哥，让你挨批了！”

“没办法！虽然，这次出逃，是为了让千里找改燕，可是他没有找到改燕的住处。按照改燕给我的联系方式也没找到她。但是，至少我们努力过。我们要等待以后的机会！”

“嘿嘿！灰子，老板这么训你！你不生气？”小道说。

“生气？挨一顿批算什么？老板娘，不要得罪，得罪了没有好处！”

“是的。文哥，我发现你变了！”

“变了吗？”

“嗯，越来越世故了！”

是的，要是放在以前，我肯定是要甩手走人的了。

可这次没有。对于老板娘，其实我没得罪她，是她总想找我的碴儿。虽然老板娘极力要撵我们走，可老板基于店里缺人手及我们是少有的廉价劳力等因素的考虑，却没有炒我们鱿鱼的打算。可见老板还是明事理的，自己是应该学着坦然了。

马站 ★☆★☆★☆★☆★☆★☆★☆★☆★☆★☆★☆★☆★☆★☆★

广东的天气渐渐冷了起来。

冷下来的季节是让大家安下心来埋头干活的日子。加上饭店的工作一直很忙碌，时间过得很快，一晃就到了年前。

老板对我们说：“你们不是老觉得憋得慌吗？现在年货紧张，得开车进山去买。这次给你们这些年轻人个机会，进山到寨子里购些野物：竹笋、蘑菇、山猪之类，也就当年前的一次放假，你们出去遛遛吧！”

传说中的马站是一座靠海的城市，要翻过连绵不断的群山才能到达。那山巍峨、幽深、神秘，像幻想中的情景一模一样。窗外闪过黑乌乌的松树林，连绵不断的山脉。

我们要去攀登那向往已久的大山。

第二天，一大早干完了活，我们就摘掉帽子跳上了那辆用来拉食材的小货车。

几个人挤满驾驶室，启动了车子，出发了。

车子出了城，便上了高速。

风吹乱了我们的头发，灌入我们的鼻腔。

我们展开双臂，艰难地呼吸着。小道把手含在嘴里，吹起了流氓哨。哨声逆着风，飘向了长空。灰子叼着烟，站了起来，乱吼着。

车子在高速公路上狂奔。阿千驾着小车，踩紧了油门，驶到了极速。

车子过了一个山头便进入了另一片开阔的天空。在一段靠山的沿江公路，可以看到满山的松树林，瀑布流淌期间，山下还有一潭碧绿碧绿的水。我们挥着手，疯狂地大声呼喊。

“要不要下来洗个澡？”

“会不会误事？”

大家没多想，不约而同地下了车子，脱光了身子，迫不及待地跳进了水里。凉凉的水浸润了身上的每一个毛孔，抚摩着每一块肌肉，从头到脚，再从腰到腿。哪怕是冬季，我们也没感到寒冷。那是被解放的感觉。

哦，打水仗了！哦，文哥，小心！水下有埋伏！黄鼠狼顶鸡了！别让人在水下抓住你的脚腕。在自已小心翼翼时，我看到了迫不及防的灰子已经被水底钻出来的阿千顶出了水面，栽进了水里，不见了踪影！

一阵狂欢后，我们又跳上了车子继续前行。

车子钻进丛林，上了山路，左转右转。

飘来飘去的雾气中隐现了一座用石头垒起来山寨门。

过了这个山寨，山上的路就很崎岖了。据说，那路修于民国时期，路面已经被日军炸得面目全非。路上到处零落着从山上滚下来的小石头。

整个车厢充斥着发动机的嗡嗡声。大大小小的汽车行驶在上面不得不消减超速的锐气而变得缓缓前行。

阿千全神贯注地看着前方，手时快时慢地搂着方向盘，“快！快！快刹车！差点就撞上了！”

“喔嚏！快点了！后面的大客在鸣笛呢！”

“哎呀！开慢点吧！”

我们绷紧了神经，死盯着前面的路，我们知道这是在玩火，没有一点松懈。路这边是山，那边就是陡峭得让人头眩的悬崖。一不小心就会粉身碎骨。

对面驶过来一辆载满了乘客的客车。在只能容两车的拐角处，双方都减了速。玻璃窗内的旅客坐直了身子随着车子的晃动而晃动着。他们盯着我们的小车。

客车擦着崖边，闪到了小车的后面。

车子安全通过。他们都长舒了一口气。

绕过整个山谷，终于下了山。

他们说，翻越了这绵延的群山，就到马站了。

下山时，车子顺着下坡路飞快地滑行，穿过了一段茂密的竹林夹道的公路，滑到了山脚下的石板路。石板路，坑坑洼洼，车子像得了癫痫病一样疯狂颠簸，顺流直下。

通向这座城市的路边的柳枝扯着长条从车窗边滑过。

透过飞扬的柳枝可看见卧在群山的底部的一座楼房林立的城镇。马站终于到了，我们舒了一口气，放松了许多。我的脑袋里还在回想这在山顶的那一刻，在崖壁错车的那一刹那，我从山顶往下看，山下弯曲的公路像飘带似挂在了大山上。小得像蚂蚁的车在飘带上上爬行……

我们按照老板给的地址，找到了那个老板。

卖商是个很热情的中年男人。他用带着浓重南方风味的普通话热情地招待我们。他让我们坐，给我开空调，又给我们开了几瓶啤酒。

趁着工人装车，我们溜了街。

在灯光和蒸汽笼罩下的夜市格外热闹。这是一座靠近海的城市。我们仿佛感受到了来自异域的风情。

我们在路边一家大排档里坐了下来。大家围着桌子，吃吃喝喝。排骨、龙虾，灰子又买来了烤肉。

酒足饭饱后，我们在马站的街头抄着手闲溜，东瞅西瞅，在昏黄的路灯下，一群身材苗条的美女闪过，留下无比美好的倩影……

恍惚间，我不知道自己是在梦中还是在现实中。这是我曾经做过的梦！我一直追寻的梦，小时候一直做过的梦就在现在的时空里。我怀疑自己已经在梦中了。

我跟在他们的后面，悄悄地掐了自己的胳膊，皮肤的刺痛告诉我这是个真实的故事。

小道拿了包肉走过来说：“这肉香，过来吃！”

“什么肉？”

“狗肉！”

“这个地方居然还有狗肉！”

“狗肉我不吃！”

“文哥，为什么不吃？”

“吃狗肉，会让我觉得恶心！我觉得像在吃自己的同类！”

小道、阿千边啃边说：“管他是什么肉！肉好吃就好！”

在这温馨的小城镇的夜里，我突然想起了青牙。

我捂着心窝，想象着它现在长成了什么样子。青牙那黑洞洞的眼睛像是在望着自己，它始终会守在主人的身边，不离不弃的样子在我脑海里浮现。

青牙！我真的很想念你！我需要你的陪伴，这个梦境少不了你。

“臣勇，你在想什么？”千里回过头问。我仿佛回到了现实中。

“我没想什么？接下来，去哪儿？”我连忙问。

“随便逛逛呗！晚上还得趁夜赶回！”千里说。

老板说马站的南边就是海了，辽阔无际的大海，要翻过几座山才能到达海边。可惜我们没有时间去看。车子装好了货，我们告别了热情的老板，匆匆赶回。

车子驶过了闹市区，上了盘山公路，颠簸完了石板路，就钻进了竹林夹道。

山上跑夜车的很多，闪着灯，鸣着笛。山脉上方是一块黑暗里透着亮的天幕。车子开进了深山，开始了夜车的旅程。不经意间，回头一看，车子已经上了很高的海拔。时不时有从山腰里射出来的束束光柱在夜空里一扫而过。

那群山包围的山谷底的城市还亮着一片星点灯光。

那是小镇的灯光。昏黄的路灯、排骨、海鲜、美女和热情的老板。那如天各一方的世外桃源，有安详的人和事，仿佛都在记忆的深处。

到了深夜，小道和灰子靠在坐椅上摇头晃脑睡着了。

对面驶过来的车射过来的光照在他们两个人酣睡的脸上，他们却毫无知觉。我打起了精神对阿千说，让我开一会吧！

千里倦怠的眼神滞留在正前方停了车，他把车交给了我。

我精神抖擞地握着方向盘，拧开了钥匙。我看着前方弯曲的公路，启动了引擎，脚松了离合，车子颤颤地向前走动了。

载着货物的小车沉甸甸的，却在我手里玩得很轻松。一辆豪华轿车，闪着灯还响了两声挑衅的鸣笛，这调起了我好斗的欲望。

这里是盘山公路，不是你撒野的地方！

我看着前方有路标，左转弯，右转弯，然后全力狠踩了油门，拉着满车的菜，准备狠超一把……我正要把那狂傲的豪华轿车甩到后面，突然对面驶过来一辆大客车，我慌忙搂回了方向盘，减了速，错过了大客车。那轿车在我前头悄然消失。我握着方向盘，开得更猛了。

过了山顶上那个石头寨门，车子有点力不从心，马力跟不上，发动机响得厉害。开着开着，居然熄火了。我把车靠在路边停下来，叫醒了千里。

“怎么回事？”

阿千下车，检查了油箱和轮胎，又看了水箱。水箱里的水已经烧干了。

“快要烧缸了！”

“出发的时候，怎没想起来加水呢？现在，咋办？”

“深山老林里，前不着村，后不着店的，哪儿弄水？”

“不能搁在这里等到天亮。那要误了老板的生意。”

千里拦了几辆驶过来的车，师傅们都说，自己车上的水刚够自己用的。

小道、灰子醒来了，开了门，“怎么了？”说着说着他就迷迷糊糊地正要对着山撒尿。阿千突然喊住他们：“节省点水吧！”阿千也点了头，凑合着用吧！

灰子皱着眉苦笑着，把头憋向一边，对着水箱的口……到底是难受还是爽呢？

等轮到我的时候，我才知道这是件很折磨人的事。水箱里冒着暖呼呼的热气。

下了山，大约是两点左右。

我们在山下的加油站，加了水。

戴着帽子，穿着制服的漂亮服务员打开水箱，捂着鼻子，皱着眉头说：“什么味？”小道差点笑出声来。

千里一本正经地说：“加了被化学物污染了的水！”

我们也跟着绷起脸，表示确有其事，这才不至于穿帮。

等我们出了山区，上了高速，天快要破晓了。加满了水的车子开得很顺利，宽阔的高速公路像飘带一样优美地伸展在广阔的大地上。车子过了前面的路口，闪过公路边矗立的巨型广告牌。

清晨的凉风，吹得我们的头脑很清醒，我们顺着去广州方向的路标，一直向那个繁华的城市驶去。我们按时到了饭店里，卸了货。

老板说：“还有半天的假！”

过年 ★☆★☆★☆★☆★☆★☆★☆★☆★☆★☆★☆★☆★☆★

从马站回来，春节的气氛一天浓似一天。

人们期待着即将到来的春节。越是节假日，饭店里的客户就越多。特别是年前的一段日子里，来饭店光顾的人很多。饭店里也总是忙忙碌碌的，不得一点空闲。

在广州打工的很多人都忙着收拾行李赶到车站，等着回家了。

辛辛苦苦忙完了一年，也该休息休息了。他们热情招待着朋友、亲戚、客人。有的带着全家人出来喝酒、吃菜。

在一段没日没夜的忙碌后，我们也终于有了假期。

短暂的忙碌后，就是寂寥的清闲。

大年三十的前一天，饭店打理好了一切，关了门。

恍惚间，我们乘着时空车，来到了年底……

大街上空荡荡的，只有几班公交车慢慢地行驶在马路上。大年三十的广州公路也比平日里宽阔了许多。外地人都走得差不多了，城郊外的那个广场空空的，更显得宽阔。

打工族走后，城市里留下少数的人默默地享受着这年前的寂寥。

小屋里我们相依为命的几个人，谁也没有打算离开这里。退一步来讲，我们也没有任何去处了。在广州的年怎么过？我没有一点打算。

小道和灰子买了新衣服，又买了互送的礼物，他们认识了很多朋友，又计划着在哪里好好玩一玩，再好好喝一场酒。

一连几天，我跟着他们购物、喝酒，浸泡在狂欢的气氛之中。闲暇的时候，抽根烟，听他们说笑一阵。

在KTV里，他们疯狂地歌唱，疯狂地舞蹈。嘶吼出的毫无旋律的声音在包间里荡漾。

他们你争我抢的把着麦唱着，他们唱得酣畅淋漓，玩得也非常高兴！

我躲在一个角落里，独自享受这种寂寥。看着眼前的人是那么的熟悉，那么的陌生！千里、小道、宝童、灰子这些人我认识的，他们认识我吗？是我闯进了他们的记忆中？还是他们闯进了我的记忆？他们的记忆里会有个我，一个似是而非的梦让我恍惚。

恍惚间，我感到一种时空错乱感。这些景象是在梦中还是在现实中？

一个叫文臣勇的沉默寡言有点龟毛性格的小个子，处在这一群乱舞的魔鬼之中。一年前，他还是个学校的沉默寡言的学生，一个家中的乖乖娃，现在居然在广州的街头漂泊。我仿佛在穿梭时空，几乎在一瞬间，我就过到了这年头，就来到了这南国。

我几乎忘了过去的一年里都经历了些什么事。自己怎么会来到这里来的。幸好，还有一群兄弟的陪伴！我睡不着了，身在广州的我要在外面过自己的第一个年了。

一去而不回的北方，那个养育了我十几年的地方现在是一番什么样的情景。过年的情景让我有点想家了。

院子里高挂的灯笼，屋子里溢满了檀香的味道。

屋外一片喧闹，爆竹连天。一群小孩儿打着灯笼漫步在雪地中，在平房上看烟花的侄儿端着热气腾腾的饺子，他们指着漫天的烟花叫喊着："真好看！"屋里看电视的父亲谈论着探亲戚的事。

在KTV封闭的空间待久了觉得头有点晕了，我跟灰子打了招呼，出了门。

城市的夜空繁星点点，外面车辆的声音轰鸣不断，航班的嗡鸣声延伸到深夜。多数商店关了门。偶尔有些敞开着门的店铺，冷冷清清，很少有客户光顾。

我推开小屋的门就躺在了床上，小屋里很静。

好久都没有这样一个人静静地待着了。我闭上了眼，乘着梦的翅膀，我又回到了幼年时的年前……

青草、东辉、刀疤还有自己，都要按着父母的要求快马加鞭，去一个集市上备年货。

要去的地方在县城的最南边，那是靠近河的地方。

路不知怎么走，更不知那个地方是个什么样子。他们谁都没有去过，这样会让他们更感到刺激。

一大早干完了活，他们跳上了一辆三轮车出发了。

车子出了城，上了公路。宽阔的公路在蓝天下，线形弯曲着，他们向着南方延伸到看不见的地方狂奔。

车子驶进一个隧道。

隧道里黑黑的，冷冰冰的，耳边响起了呼呼的风声。

“看！那客车上还坐着一个美女呢！快吹起哨子。东辉，超车！超车！看，她往这儿看了。哈哈……往这儿看了！美女！美女！美女！”

“超上了！超上了！噢，噢！”

渐渐地前方隐现出一座巍峨的小青山。

那青山顶着斑驳的白色雪横在前面，如同幻影般，模模糊糊，横在远处的天底下。那是他们向往的地方，是他们想攀爬而一直都没有攀爬过的高山。虽然在大人眼中，那只是一座小小的土山丘。

他们挥着手，疯狂地大声呼喊。风吹乱了他们的头发，灌入他们的口腔，让他们无法呼吸。他们纷纷跑到山坡上，争先恐后地向山顶奔去。

爬到山顶上，山上的树枝扯着长条滑入眼帘，飞絮的柳枝间，依稀可见山谷底部卧躺着一个小小的城镇。

天集！天各一方的世外桃源，人山人海的街道。满市集的货品，衣服、水果、牛羊，还有挂满大街喜庆的灯笼……

宝童 ★☆★☆★☆★☆★☆★☆★☆★☆★☆★☆★☆★☆★☆★☆★

饭店的工作一如往常。

但生意没以前那么好了，总是些零散的老顾客，也时常有停业休息的时候。除了忠于自己的工作，大家什么事都不想干。没活的时候，我们一躺就是一天，一动不动。

日子安稳得像一潭死水一样平淡。

吃过了喝，喝过了吃，口腔也乏味，神经麻木，仿佛找不到了曾经有过的快感。屋子里很少有人开玩笑了，大家都没有了玩笑的雅兴。

不久饭店里出了事，宝童开车拉啤酒时，车子翻进了河里。

宝童是个本分的人，老老实实干活的人。

再热的天，再多的活，他都按老板的指示干完。老板很喜欢这样的打工仔。

老板看他人老实，从没催过他，苛求过他。

欧桐区的河纵横交错得像渔网一样，高拱桥一个接一个。

那天车子驶到欧桐区一个拐弯处时，对面来了一辆轿车。他慌忙打着方向盘，一失手，车子翻进了河里。同车的人毫发无损，他的身体压在了宝童的那只腿上。

我们到医院看他，他安详地躺在床上，那只折了的腿被打上了石膏。

他告诉我们自己没大碍，过一段时间就会好的。可医生说他可能会终生残废了，只能回来老家静养了。听到这儿，我们懵了。

几年前，一个热血青年，来到这座城市，要在这座城市中奋力拼搏，谨慎小心努力挣点钱以养活家中的两个孩子。可几年后他就这样结束了短短的打工生活，还落下了一只残废的腿。天灾人祸谁也扭转不了这结局。这是他的命，也是我们大家共同的命。

当到了索赔的时候，我们万分愤慨了。

再是个打工的，也是个人，也是个活生生的人呢！怎么也不能像根野草不值分文！老板娘只给了基本的医疗费及仅能维持生活的菲薄费用。

我弯下腰，按捺住心中的火，胃痛得在剧烈地翻腾。灰子气得捶打着窗户，咒骂着毫无义气的老板。

我们要去找老板提出要求，可是宝童执意不让我们去。

怕什么？谁怕谁？就是天王老子咱也不怕！

他满脸踌躇地对我们说，他认了。他不愿再多惹事，甘愿吃亏。

我无奈地看着躺在床上已经目光呆滞的宝童，肚子却因伤心而疼痛难忍。

送宝童的那天，他拄着拐棍，艰难地蹒跚上了火车。

等他走进车厢的那一刻，他回头看了我们一眼，他流泪了。那是一种不舍的泪水，辛酸的泪水。

得罪 ★☆★☆★☆★☆★☆★☆★☆★☆★☆★☆★☆★☆★☆★☆★

宝童是继改燕走后，小屋里少的第二人。

我们都一直在期待着改燕的消息。在网上，改燕给我了发了信息。改燕说已经有男朋友了，她男友是个建筑包工头，虽然结过一次婚，但人还不错，对她是真心的好。再过一段时间就要回家结婚。

每个人都要面临一种选择，选择无好坏的标准去评价。改燕说她找到了自己的幸福之山，并攀爬到了山顶。

路都是自己走的，但无论她走到哪儿，跟着谁，以后是否幸福，在她心里必定不会忘记起她在广州的这段日子。

一天晚上，阿千对着电话歇斯底里地大喊大叫，电话那头在喋喋不休地和他争吵着。电话那头好像是改燕的声音。他恼了，脸上的青筋一条条绽出。一个小时过去了，他挂了电话。他满脸沮丧，还泛满了红晕。他抓起小道的衣领要他告诉改燕结婚了为什么不告诉他，小道说他不知道。

我也摇摇头装作不知情的样子。

可事情闹得越来越大，他发疯了。他失去理智地砸了小屋里所有能打碎的东西，然后又跑到饭店乱砸一通。

一贯性情温和的老板也发了脾气，千里和老板娘的事暴露了，妻子竟和自己最得力的助手好上了，他无论如何也不能接受这个事实。一个狠狠的巴掌打在了老板娘涂脂抹粉的脸上。

老板娘用手捂着脸，不敢相信事情就这么败露了。在没有退路的情况下，她反而污蔑是千里玷污了她。这让我们所有的人感到咂舌。

老板娘这样为非作歹，这样卑贱低俗，任意践踏着我们这些年轻人的尊严。还让我们这些无辜的人成为悲惨的替罪羊。我要选择沉默吗？

看着千里消沉颓败的样子。我还是没有忍耐住，我用结结巴巴的语言，磕磕绊绊地说出了我知道的一切。

当着这么多人的面，我把所有的正义都摊开了，不考虑后果地把所有的真相都说了出来，说出了在饭店里看到的情景；说出了老板娘和改燕撕打的事；说出了她对人情的玩弄，她的没有操守，她对于金钱和地位的偏爱，她对那些没有钱，没有地位的人玩弄，她对宝童的不公平待遇……

说出来，让大家明白明白。老板娘瞪着眼睛恶狠狠地指着我说：“你不要在这里信口开河！你就是个神经病！”

“对，我是神志不清！但我不会欺骗自己的眼睛！我说的都是事实。”

“不要相信他！他是个疯子。赶紧把他给炒了！”老板娘抬高了嗓门，厌恶地看着我，对着老板说。

“凭什么炒我？我又没犯错！”

“你还说自己没错吗？你是在工作，不是在休闲。既然工作，就要踏踏实实的，给你的任务就要全力地完成，而不能三心二意。可你做事总是心不在焉！还经常无缘无故地走失，是个不正常的人。早该把你辞了！”老板娘恶狠狠地说。

“是的，那不是我故意的。我最近是没有专心干活了。那些幻影纠缠着大脑，乱了我的思绪。误了许多的事。我意识到了，自己必定还身处在真实的现实中。”我低着头，表示悔意。

“强词夺理！”

“我的错，我承认。错误总会因一念之差犯起。工作中不能开小差，不能有杂念，不论发生什么事，自己的工作都不能丢。这是人们在执行工作行为的最基本的要求。那是专注，而我没有认真对待自己的工作。我现在还做不到专注。但是我所看到的，我所说的都是事实。你应该相信我的人格！”我低头承认着自己的错误。

“凭什么相信你？你以为你是谁？承认错误就可以原谅你了吗？大家凭什么要信你的话？他又不是什么哲人，是富家子弟来体验生活的吗？你什么都不是。”老板娘颐指气使地说。

灰子青筋暴起，他睁得涨红的眼睛说：“他是诗人！”

我看了灰子一眼，他居然当着这么多人的面说出了我一直隐藏的身份。

可灰子还是理直气壮地对着老板娘说出来了。

“诗人？哼哼！”老板娘先是愣了一下，然后冷笑了一声说，“这个年代还有什么诗人？简直是个笑话！现在可不是诗人的时代！”

“不是诗人的时代怎么了？谁也阻止不了我诗意地活。这是我选择的生活方式，我自愿，谁也干涉不了我！没必要和她理论。”我看着她解释道。

“太可笑了！你以为，你是谁？你是救世主吗？我看你就是个实实在在的神经病！这是一种病。得治！”老板娘讽刺地说。

灰子瞪直了眼睛，大声说：“他不仅是个诗人！还曾是北方一所名牌大学的高才生。事实上，他就是来体验生活的！”我拉着灰子，示意他不要再说下去。我对他说过，不要暴露我的过去，我要隐藏自己，找回另外一个我。

“还什么大学生？可能吗？一个大学生，学业不要了，来我这小店里，洗盘子，刷碗。他不是神经病，就是脑子缺根弦！我才不信！我们可不相信什么诗人。诗能赚钱吗？诗能买东西吗？现在能挣到钞票才是圣人。我的庙太小。盛不下你这个诗人！”

“信不信由你。你以为文哥是为了挣那两个臭钱的吗？他追求的不是钱，不是名，他是来寻找自我的。他要攀爬的是自我之山，理想之山。”灰子理直气壮地辩解。那股要说服别人的样子，带着傻傻的劲儿。

“灰子，你发烧了吗？你和他在一起是不是也染上了胡扯的毛病！有病治病，不要在我这里瞎混了！”老板娘冷言冷语地嘲讽着，他转脸对老板说，“我怎么说，这个人怪怪的，做事总是心不在焉的样子，上次去到外面买东西，居然跑失踪了！真是个废物！他不仅是个神经病，还是爱管闲事的人！上次，那个小厨师，要不是文臣勇在背地里帮着他，护着他，我早把他给开了！真是耽误饭店的生意！气死我了，如今还要管千里的私生活。你还有完没完？先管好你自己吧！”

他似乎要向老板说出我的“不正常”。

“我看不惯的东西，我就要说，就要问，我就是这么个人！周围的每个人都有一个潜在的内心世界，都需要别人的关怀。我不敢确定自己的诗人身份，但我总是禁不住观察着周围每个人，每件事，像关注每一首诗一样的欣赏咀嚼每一个生活在这个世上独特的人。给他们

关怀，帮他们疏通心里的障碍！这是我的毛病，改也改不掉！你作为一个管理者应该懂得这些。”我认真地解释着。

老板娘恶狠狠地看着他，那是一种极度厌恶的表情。她发出了世界上最锋利的语言刺向他：“你不要再说了！你就是个神经病！那么长的头发，男不男，女不女，就不是个好人！简直就是个侏儒！”

“你说这话是放屁！”灰子忍受不了她这样肆无忌惮地对我的羞辱。“文哥不是侏儒！你才是个贱婊子！”他愤然起身，抢起一个扫帚就乱砸起来。

“他要反了，他要砸店了！赶快报警！”老板娘捂着耳朵，尖叫起来。

“别，别砸！任她说去！”我抱住他，可慌乱之中冲动的灰子还是打破了放在案子上一排碟子。

“你们是反了天了！敢砸我的东西！”老板看着破碎了一地的碟子大叫道。老板彻底发火了，“你们这些都是童工，我好心收留你们，可现在你们太不像话了！我也留不住你们了，赶紧走吧！”

面对混乱的局面，我被强行拉出了漩涡。在他们的前拥后推下，我们离开了这阴暗的后堂，走进了阳光普照的光亮处。

此事以我被解雇为结局。

临走前，老板送我一句话，以后有什么事可以说出来，不要一个人老想着，等着自己解决。我说，好的。本应该料到这个结局，早晚都要面对的结局。什么都看不惯的人必定不会招人喜欢。老板娘是早想把这个整天爱牢骚的人赶走了的。

解雇 ★☆★☆★☆★☆★☆★☆★☆★☆★☆★☆★☆★☆★☆★☆★

如果允许我在这里继续住下去，就已经是对我的恩赐了。

我对灰子说：“没想到自己也混到了这个地步。我只感到太丢人了！”

“丢什么人？没什么丢人的，不就是被炒了吗？此处不留爷，自有留爷处。”

“是的，只要留得青山在，不怕没柴烧，我又何尝在乎这份工作？我只是想着自己为什么不能老老实实地做好一项工作，哪怕是打扫卫生，那也是自己对这个世界的干预，是自身价值的体现。否则，自己活得很虚幻，毫无存在感。”

灰子说：“文哥，想开点，挣一个花一个，痛痛快快地活，这年头还能饿死人，只要有个人到哪儿都能活。过段时间，咱们再出去找份工作就是。”灰子劝我。

“老板没说解雇你，你还可去干！”

“你不干，我也不干了。你们都不干了，我去干还有什么意思？”

“别傻了！哥是跟你开玩笑的。哥才不在意这些的。别跟哥一样，好好干，能有分安定的工作不容易！”

“我不去了！咱也不能给人打工一辈子，以后想着怎么办？过几年我们也要做老板。”灰子意气用事，他太倔了。

小道说：“阿勇，没想到你隐藏得那么深！放着好好的大学不上，要来这里受这份洋罪！”

灰子说：“你不懂得他，每个人的追求不一样吧！文哥这样做一定是有他的道理的。文哥是不会后悔的！”

对于这个话题，我不想再去讨论，我只知道自己从来没有半点后悔过。眼下的生活才是重要的。

虽然自己的身份暴露，但这丝毫不影响我继续攀登那座名为“自我”的高山。

工作被解雇了，不用上班了。他们在下面嘻嘻哈哈地玩着、吃饭、睡觉、打牌，没有一点忧愁的迹象。

无聊的生活每天都在重复。他们睡到中午，睡到下午，无聊地过着他们的日子。

只是这些天来阿千过得很清净，很少和别人说话。他对着手机闷头不停地打游戏。他把情看得太轻了，洒脱得毫无底线，以至忠贞的爱也从他身边溜走。阿千算是丢了情人，也丢了份工作，现在是两手空空。

千里的消沉让整个小屋里渲染上了悲凉的气氛。大家躺在床上，不想起来。

无聊的日子，更无聊了。

灰子录音机里传出悠扬的音调。

每天都要定时开播的音乐节目，音乐像上午那撒在大地上的灿烂阳光给人的愉悦。震撼的节奏，触击着心脏，挑逗着人的每一根神经。一首完了，又来了一首。

我们是失态了，神魂颠倒得像一摊烂泥摊在地上。

快乐不是永恒的，更不是空穴来风。让人享受的快乐，让人颓废的快乐。正如禁忌是最好的春药一样，苦行是他的源泉。苦行的人，受尽了苦行，才会体会到真正的快乐。也只有那些苦行的人才知道乐于苦行的秘密。坦诚地面对着这世间的快乐和苦行，永远都不会放弃人类为之倾倒的寻欢作乐。

一辈子的苦行，人生存的根本之道。

他们及时行了乐，提前消耗着生命……

小屋里，录音机还在响着。

任着忧伤的、缓慢的旋律，平淡地流淌着。许久，大家默默不语。

他们嗓子干哑，抬不起手，没有叫的力气，没有再可提起的力气。他们累了，乏了，像焉了的火。肩靠着肩，背靠着背，垂着头，一动不动。

他们到了这一步，身处这仓库的一角的我们的世界像是垮了台。

过了会儿，他们张大嘴巴，袒胸露乳。他的大腿压在他的身体上，压得他喘不过气来了，笑不成声。千里靠在躺着抽起了烟，小道趴在床上举起一只手对着手机，噼里啪啦发着短信，灰子摆弄着他的那副陈旧的耳机。

阿千开口了：“傻小子！天天还挺狂热。执着得很啊！现在能让我找一个让自己狂热的东西都很难！”

“你怎么了？你可和我们不一样，你天天美女相伴，就连老板娘都对你含情脉脉。这么有福的男人，你有什么好抱怨的呢？”小道又开起了阿千的玩笑。

音乐停了，阿千突然一声长鸣，像女人的尖叫，利剑般刺破小屋里的阴暗和沉闷，声音像砸入了宇宙里的物体，没有了回音。

是的，只有跳动的躯体和受刺激的大脑神经，其余什么都没有。没有工作，没有对象，没有梦想，没有前程，只有活着，活着，走投无路地活着。

门外依然是个艳阳天，火辣辣的太阳照射着对面的墙壁，一片白花花的亮光隔着门缝反射到了屋里。路上偶尔有买菜的妇女撑着伞，大肚翩翩，拎着大袋小袋，从门外悠闲地走过，一闪而过的摩托车黑影在门外顺声消失。他们衣食无保。

外面的世界还在照样运转着。谁也不会在意这些居无定所，隔开在另一个世界的一群人像一群潜藏世间的仓鼠，存活在这个不为人知的角落里。

该是吃饭的时候了。

想吃点甜的，馋了。想吃点荤的。该吃就吃，该玩的时候就玩，管他怎么多，别想没用的东西，先填饱肚皮再说。

拿钱！拿钱！上车！上车！去吃，去喝，去玩，去疯……

他们踉跄地推开门，伸了懒腰，出去了，外面的阳光很强……

我用手遮住刺痛的眼睛，往外看去，绚烂的世界，却多了点点黑斑。黑斑逐渐扩大，以致覆盖了这个世界……

初心 ★☆★☆★☆★☆★☆★☆★☆★☆★☆★☆★☆★☆★☆★☆★

阿千走过来，对我说：“你不是上过大学吗？字写得好，画画得又好，又会写诗，就在大街上写个字，作个诗，画个人头像，摆个地摊做个字画生意，倒是挺不错的！”

做一个流浪街头的艺人？出卖自己的字画，出卖这点唯一维系自尊的记忆，为了生存，谋利，赚钱？仅仅是为了活下去？我不敢相信，自己竟会沦落到这个地步。

“不甘情愿是吧！像我们这样的人，我们能干什么呢？又有什么前程？别想那么多了。这个世道上‘能人’多的是，又有几个成功的呢？”

我抱着头，想了很久，还是迟迟不愿决定。

我记起了那个昏暗的，幽深的东西，只留下一张扣留在的记忆中枯萎了的纸片。我拿起那纸片在脑海里抖落着，试想还会有什么可以抖搂出来，可纸片渐渐萎缩，被每一个我在意的人，我在意的生活琐事占据、积压、融化、消失。

再想回到幻想中去，只能徒劳。我不得不面对现实。灰子还是那句老话："眼前的事还顾不过来，还想这么多。过去的就让它过去吧！文哥现实点吧！"

我要拿出了我的解药。"世界以痛吻我，要我报之以歌。"

小道、千里他们要带走灰子，他们准备计划着干一些黑手生意。他们联系了社会上的人做些冒险的生意。他们要灰子和他们一起去干一些冒险的生意。

我拉过了灰子，对他们说："那水太深！灰子太小，玩不了的。让他跟着我混，我能照顾好他！"

面对着生存和选择，我不再犹豫。我甘愿忍受别人对我的鄙夷。

"你们放心吧！就跟着文哥卖画，文哥养活你！"

于是，我找了个建筑物的角落，蹲在街头，看守着一寸方土，摆上了字画。在我还没有彻底认清自己所处的状态之前，我依然会是个流浪在街头卖艺的文艺青年。像"校园十大诗人"的宣传活动的情景一样在街上卖艺。

字画摊摆在肮脏的街道上。我重新捡起那一副尘封了很久的画笔和纸张，在画板上抒写着自己的情绪。

街上的人流从我眼前匆匆走过，陌生冷淡的面孔偶尔向我瞥上一眼。这目光所能及的距离，让我感到相隔千里之外。羞耻心我早已抛到了脑外。管他呢，画画、写字、卖画、卖字。我把自己埋在长发里，仿佛整个世界都与我隔绝，仿佛我是不属于他们种群的另一种动物。

没人会知道这个世上还活着这样的只有与这座默默无语的城市相伴着自认为异类的人，一天一天生活在这个世上。

生意的状况多多少少让我靠着这个行当稳定下来。我勉强可以靠着这个行当糊口。肚子还是能有填饱的时候。

在这个快节奏的社会里，这种传统字画买卖不会像电子、纳米一样的受人欢迎，但也不是冷淡到没人理的地步。还有一些看惯了逼真的彩色照的时髦年轻人也来把玩着画像的游戏。

这就是我的前程！

重逢 ★☆★☆★☆★☆★☆★☆★☆★☆★☆★☆★☆★☆★☆★

偶然的一次，在城市上空流动着一丝流行音乐。音乐！音乐！久违的音乐！那曾是在我处在困境之中，一个女孩给我的一根救命稻草。

闭上眼睛，我顿时觉得这个世界都是我的！我在那很大的很美的世界里飘荡，翻滚！我

离开了画摊，挤过人头攒动的大街去探访音乐的足迹。

街道深处，有一个围满了很多人的舞台。舞台上伴着音乐的节奏走着穿着白色裙子的舞女。又是一群流浪的卖艺青年在以他们的方式存活在这个城市之中。

突然，一个熟悉的娇小的穿着红衣的背影，闪现在一群舞女行列中。她在舞女行列中跟着音乐节奏踩着拍子。她化了妆的面孔带着淡然看着前方。

是青草？是青草！

眼前这个身材小巧的背影就是青草。这次绝不会错。我最熟悉她穿着红大衣的背影。不管她变成什么样子，我都认得她。不管她走到天涯海角我都能一眼认出她。

我克制不住自己的激动，拼命挣扎着，拥上前去，奋力喊着她的名字："青草！青草！我是勇子！"青草还在默然看着前方专注地表演，全然没有向台下那个挣扎着喊她名字的一个小个子、长头发的男人看上一眼。

音乐结束，她跟着舞队消失在幕后。

我不顾保卫人员的阻拦，爬向舞台。巨大的阻力把我拽到了人群之外。我使出全身解数抵抗着，挣脱阻力，穿过人墙，跑过后台，疯狂地寻找每个角落，推开每一位身材小巧的女孩。

我一把抓住那个红衣少女，她转过头看，诧异地看着我。果然是青草，她的眼神还是那么炯炯有神，清澈的眼眸里带着湿润，总是那副楚楚动人的样子。她长高了，身体完全发育成一个少女的样子。

我大脑晕眩，一片空白，一阵悬乎。我本能地把她搂在怀里，说不出话来。我追寻的全世界都在我的怀里。我突然感觉到幸福的所在。我抱紧她一动不动。我能闻着她肩上的清新气息，我触到了她耳边的发丝。

我的嘴角在情不自禁地微微上扬，我感到我是这个世界上最幸福的人了。

她在我的怀里异常平静。我能感受到她微微地喘气。

我轻轻地问着她："青草，我终于找到你了！你在这里过得好吗！"

"我在这儿过得很好！"青草的声音还是那样甜美，中间还间杂特殊的沙哑。

"小时候，你不是说你要当歌手的，怎么沦落到这一步？"

"唱，想唱的时候就唱！只要能让我唱歌，这种生活未必不好！"她的语气冷漠而简洁。

几年前的青草十五岁背离家乡来到广州，为了自己的梦不顾一切地奋斗着。如今她却从原来的小女孩蜕变成了一位美丽的少女。

直到今天，她沦落到一名街头的巡回卖艺的平凡艺人。变化，仿佛我们都在变化。唯独不变的我心中那颗追逐的心。

我放开她，扶着她的肩膀上下打量着想看个够。

她小巧的身材，娇艳的脸膛，还是小时候那样的清新可爱。她的齐肩发染了枯黄的颜色，肆意地搭在她的肩上。

我撩拨着搭在她肩上的短短的头发，突然惊奇地发现她的发型变了，“你的长发呢？”

“剪了！”她似乎习以为常地说。

她注意到了我黑黑的，从头倾斜到脸颊的长发。

“你怎么留那么长的头发？”

“这是我从小就想留的发型。小时候，留不成，现在长大了，我终于可以留自己喜欢的发型。”

“大家都在变，可除了你的头发变长了外，你什么都没变。你还像小时候一样的傻！”

“我变了，现在又变回来了。我还是小时候那个勇子。”她冷冷地问：“你怎么也来了这里？”

她问我，我有点语塞，自己也说不清楚，也许我就是为了她而来。

“我也在追梦。你是我梦中的一部分。”

“你的梦不是在诗里吗？你不是去上大学了吗？你还写诗吗？”

她仰起头，睁大了眼睛，看着我。

“我在写，为你写了好多！”慌忙之中，我从包中取出一叠一叠已经陈旧发黄的纸张。“青草，这些是我集成的一本集子《成长如诗》，是我给你写的歌词。”

青草随意地瞟了一眼，看着前方说：“不需要了！你好好留着吧！”

“怎么了？就连身在世俗中的我都给忘记了？”我低下头，发丝纷纷垂下，遮住了半边脸。

“没有忘，这是现实，没有我们想象中的浪漫！”

“虽然这不是个诗人的时代，但谁也阻止不了我们诗意地活。”我重复着那句麻醉着自己的诗句，甩了甩头发，重新看着她说，“自从你外出打工，我就没有见过你了。你不知道吗？我一直在找你。你还记得小时候的那片树林吗？你不是说我们要到南方爬山，开餐馆，我为你写诗，你来唱吗？”

“记得。那树林组成的山永远在我们的大脑里永存。不过，那都是过去的事情了。”她说。

我轻轻地吻着她的前额，“青草，你我不要再分离了。我要一辈子都听你的歌。”

“不行，臣勇，以后你不要再等我了，我不会再陪你一起去爬山了！”她的语气突然变得低沉而有力量。

青草突然使出了一股力量，从我的怀里挣脱出去。

“为什么？”我惊呆了，被她的决定惊呆了。她低着头，默默看着前方没有说话。我捕捉了她的眼神。我的眼里装的是她，但在她的眼里却没有我的影子。

“我们已经分道扬镳，各有各的路！我是不会回去的！”

“你忘记了我们小时候的誓言吗？我们相约一起爬山，如今我们都攀爬了众多的人生之山，未来之山，领略过无数的风景。现在，我们终于可以在山顶上重逢了。我们要在山顶上相见！我放弃了父母给我指定的山，如今，我又回到咱们指定的山。我是在重走童年，我还要带你一起去爬更高的山！如今长大了，来找你。你要离开我？”我瞪着眼睛质问她。

“我们攀爬的不是一座山！我们站在了两座不同的山顶上遥望，永远没有了交集。”她用冷冷的语气回答，她看着远方默不作声。

“你还要继续攀爬你的理想之山吗？”我问。

“你还要追你的梦吗？这里人这么多！地这么大！事这么杂！你一个小姑娘，要混出什么模样来？你就那么看重名看重利吗？清纯的你，此时趴在我肩膀上，给我唱歌的你已变得世俗，变成了被世俗称为心高女，物质女，负心女？”

我摇曳着她的双肩，疯狂地指责着她：“梦想和现实之间是有距离的。我们应该清醒！你为什么要在一座山上吊死？”

她诧异地看了我一眼，她是在诧异我的过激反应。

我抓住她质疑地对她说：“你是嫌弃我不能给你想要的生活？如果这样的话，我会放弃我的追求，去努力工作，争取让你过上你想要的生活！”

青草微微地摇摇头，“每个人有每个人的路。时空车已经到了这里，我们谁也回不去了。我们不再是以前的自己！”

我再次把她揽在怀里，“你说的是有道理！但是只要我们一起努力，我们可以重走童年。回到过去，重新开始。路一个人走，岂不是很孤独？我们可以结伴而行。”

我捋了她额前一捋头发，看着她呆滞的眼睛，紧紧搂着她不想松手。

“我是傻，你住在我的心里，住在我的童年里，抹也抹不掉。我还是喜欢听你的歌。你没有想到当初选择了求学的我会放弃一切，来到这南国，开启了打工生涯吧！”

她还是默然地看着前方，不愿多说一句话。

为了挽留她，打亲情牌似乎是我的最后一招！我要抓住这最后的一根救命稻草，去抓住她。我失去了青牙，失去了丘莉，不想再失去青草。我不会再一次轻易地放弃抓住她的机会。

“你出来很长时间了！你不想家人吗？你不想爷爷了吗？”

“想，孤单的时候就想。爷爷还好吗？”青草看着我像是在审视着一个陌生人。我从她冷漠的表情中看到了她的倦怠和迷茫。

“还好！爷爷，我们共同的老爷，是我们童年唯一让我们感到亲近的老人。我们的童年里唯一得到的关爱源自于爷爷。”这张牌还真有点奏效。

“走，回去，我带你去找爷爷。我带你去找你的身世。”我盯着她。她看着远方，缓缓地说：“不要白费精力了！看来我不得不告诉你事情的真相！”

“什么真相?”

“我的身世之谜。这么多年来，我一直在外漂泊，不愿回家，不愿和你联系，是因为我知道了事情的真相！”她漠视地看着前方。

“你的父母是谁？”我急切地看着她。

“你三姑！是你三姑！”她坚定地看了我一眼。

“我三姑？怎么可能？”我愕然，脑子中一片混乱。

“是的，是我在出走前，在三姑家和她闹翻而得知的。”

“怎么可能？怎么可能？”我歇斯底里地控诉，我的头发凌乱不堪，“我们是姑舅表亲？”

“你开什么玩笑？”我笑了。

“我说真的，信不信由你！”青草看着别处，她甚至都懒得再和我解释。

我懵了！我的脸在发烧，我的眼睛里充盈着恨的泪水。我转过身，还是不能接受这个现实，我抓着她的肩对她说：“你是在骗我！你只是不想回去而已，你是在为摆脱我肆意编造的谎言而已。”

“你觉得我有这个必要向你撒谎吗？”青草冷冷地看着我。

无数片段在我脑海里闪现：母亲阻止我和青草接触的眼神；母亲因老爷收留了青草而产生的不可调和的矛盾；三姑为了要个男孩而不惜一切代价的行为。似乎所有的谜都有了谜底。没想到会是这种结局，我真的很无语！我愣了！愣了！仿佛，所有的人都知道，就我一个人还蒙在鼓里。

上天真的是在捉弄人的吧！上帝仿佛在嘲笑。你不是不食人间烟火，看透世事红尘吗?你不是不屑走传统道路，而要自成一体吗？你为什么还要在意一段感情？你还是会陷入这样一个圈套之中。

这真是个天大的笑话！我还在凭着一己和上天做对。反叛传统，特立独行，走自己的路，殊不知是上天和我开了一个巨大的玩笑。

突然，旁边站着的一个中年女子拽着她的手，让她走。我几乎傻了，面对自己想要的东西，还要清高？默然看着前方，一脸不屑的表情，这种动作我不知做了多少次，我已经厌了。如今我面临了和张岳曾经一样一样的境地。“你给不了我想要的，那你放我飞吧！”那是张岳的选择，但我做不到。我放不下她。

我立刻反省过来问：“你要到哪里去？”

“到其他城市，马上还有场演出！”那女子看都不看我一眼，拽着她的手就要走开，

“走！赶紧走！”

我一把推开那个女子，抓紧了青草，“不走，跟我回家。把这个事情弄清楚！”

她挣脱了我的手，“不需要了！我所在的剧团要转到另一个城市巡回演出。”

她推开了我的手跟着她的姐妹向远处走去。她娇小的身体，踩着高跟鞋，上了一辆车。车门关上了。车子开始启动，载着一车舞女冒着青烟慌忙逃窜。

街道上依然繁忙，那辆载着舞女的车子已消失在茫茫公路的尽头，不见一点踪影。青草是固执地不回头了。离我而去，追逐着她的理想、她的生活。就像当初丘莉离开我一样，青草的离去是那么的坚决，那么轻率！那么没有情谊，甚至没有丝毫的留恋。这让我万般失意。

而我今后连见她最后一面的机会都没有了。

公路上的车辆从我身边擦过。路灯从我眼角滑过，人流在我眼下流过，我的脑海一直浮现着青草那娇小的身影。

我对着帐篷的上空疯狂地喊着青草的名字：“青草！我不相信你说的真相！不管你去哪儿？不管你是谁？我都要等你！等你回心转意的那一天。等你飞累了，不想再飞，等你想停留的那一天！你再回来！我的肩膀永远是你停靠的港湾。”回音回荡在城市的楼厦之中。

我启动全身每一块肌肉，猛力地追赶那个远去的车影。

狂奔、追赶、渴望……

我弯下腰来，蹲在大路的正中央，张着嘴狂喘着。我捂着剧烈疼痛着的肚子，看着无尽的路延伸到看不见的地方……

孤立 ★☆★☆★☆★☆★☆★☆★☆★☆★☆★☆★☆★☆★☆★☆★

晚上回到宿舍里，小屋里的人从未有过的高兴。

他们简直欢天喜地了！难得有人请客，“哎！日子过得太平淡了！走喽！”

“无聊的生活终于有了一点气色。”

他们抑制不住地兴奋，他们交谈着，打扮着，像投胎一样。一次应酬就让他们这么殷勤。屋子里一片狼藉，水撒了一地。整个屋子弥漫着逼人的臭气和涂脂抹粉过后俗气的香水气味。

看着他们穿得正正经经的样子，我突然感到了恶心。

小道的一个朋友照着镜子说：“看小道多有本事！傍了有钱的女人。听说是个四五十岁上下的富婆。还能有花不完的钱！”

“小道靠着女人发财了。小道要请大家去吃一顿大餐。这次她请我们去的是五星级大酒店，比我们的店强上十倍。听说，一道菜都要几百块呢！据说还有上好的狗肉呢。五星级酒店里有狗肉，我还第一次听说。”

“哎，怎么没有臣勇的帖子呀？”

“小道说了，有些人没必要去！”千里拿着镜子转过身来边梳头边说。

“怎能这样？咱们都是兄弟，道哥怎能把文哥给忘了呢？”灰子说。

“这不明摆着的吗？人家自己心里有数，没下帖子的，就是无意请的呗！反正臣勇又不吃狗肉，去了也白去。”小道的一个朋友说完后，偷偷瞥了我一眼。

“上等狗肉，还有好酒，我们可要好好尝尝了，嘿嘿！”

阿千装作什么都没看到听到的样子，把脚踩到了台子上，专心擦着皮鞋。他们降低了嗓音，避开我不再说话。他们以为我很在意这顿饭而怜悯我似的。

我躺在床上，瞥见他们打扮的背影，神经质地翻着书。“狗肉”两个字，他们拿腔捏调地说着。似乎是在故意讽刺着我不吃狗肉的禁忌。

“傍了个富婆，成了一个被包养的男人。还那么沾沾自喜！真让人恶心！”

灰子停下来对我说：“文哥，没啥！你别听他瞎说。我带你去！”

“你以为我想去！没有操守的局，我是不会去的。我不去！”我厌恶地看都没有看他。他们是这样也就算了，灰子你，你也在乎这一顿饭吗？现在，过不了苦日子，就放下尊严受着眼前的利益驱使，简直是低俗！想不到，想不到！太让我失望了。这简直是一种背叛！

过了一会儿，阿千拍了灰子的肩膀，带着碰了一鼻子灰的灰子出了门！

散心 ★☆★☆★☆★☆★☆★☆★☆★☆★☆★☆★☆★☆★☆★☆★☆★

外面，阳光灿烂，暖风徐徐，我带上了门，走出了那个阴暗的屋子。

我大口喘着气，又做了一次出逃。我向着人多的地方走去。

眼前南方街道上的楼房被网状的河道分割成相互交织的网状，层层叠叠，纵横交错。青砖红瓦，赏心悦目。

河道里的机动船只滑行着驶过来，强悍的马达带动着笨拙的船身姗姗而过，激起了河水的波澜，波澜一直推及到岸边的岩石上，奏成了颇有节奏地拍打声。水面上零星地飘摇着被船打碎的水菱叶。

哎，好久没这样舒心过了……好好享受这段舒心的时光。

本想自己是个无用的人，想着最亲密的弟弟，最信任的人，在同一战壕里的灰子也许能找到那山，能爬到那山顶。可现在的他如此不争气，也和他们一样的俗，这太让我失望了！

好了，不要再想了。街上的人流也是一个高潮接着另一个高潮。在街道上待了好久，直到城市里的霓虹灯活力四射地闪亮着。

又是逃离的一天！

回来的时候，灰子已躺在床上，腆着肚子睡着。对面的阿千，转过了身，他一只手拿着手机不停地按，另一只手里的烟冒着燎燎的烟气。

他面对着墙，装作什么都没有看见听见！

灰子突然问我说：“文哥，你到哪儿了？怎么这么晚才回来？”

“没有专车接送，当然没有你们来得快了！”我讽刺着灰子。

灰子躺在上铺，伸着头说：“文哥，我给你带了糖果，就在下面你拿着吃。”他手里的烟缭绕着旋转的烟雾。

我瞥见堆在床上糖果，一抬胳膊，糖果都掉到了地上。

他伸头看了看，然后又卧在了床上。他是一直在承受着忍耐，忍受着我对他的冷暴力。管他怎么想，跟我没有关系。冲涨我肚皮的恶气，又有谁来管?

我卧在了床上，出着肚里的气，不耐烦地对着下铺的床板冲上一句：“你不是说不抽烟了！今天还抽？”

“今天闷得慌，就抽了一回！”

“你还闷呢？有吃有喝的，还会有什么闷？”我强压住怒火，恨得咬牙切齿地挖苦他。

灰子不再说话，下铺露出的手碾灭了他手上的烟头，烟灰纷纷飘落得哪里都是。

我憋着气憋了很久。小道那样我不在乎，因为他就是那样的人。可灰子我不能原谅，灰子没有原则的操守让我不能忍受。媚俗，禁不起诱惑，因为无原则而随波逐流，他们也不能忍耐住现实的诱惑坚守原则。我心想这时灰子最好不要和我说话。要是再解释几句，我就要发火了，我甚至想打他一顿了。

可灰子又凑到我跟前说：“文哥，小道他要请你去吃火锅！”

我耐住性子冷淡地回了灰子：“我不去！”

灰子愣了，“小道说，特别要你去的！你不去，我们怎么好意思去？”

“我没有时间，你们去玩吧！”我操着笔墨不再和他说话。

“你还不走？他们都走了！”当我转过头的时候，灰子还坐在那儿。

灰子坐了下来，“文哥，你不去，我也不去了。我陪着你。”

我没有再理他。

他又点了支烟，浓浓的烟气从他的鼻孔、他的嘴里不断地冒出来。他打开了录音机放了音乐。

我瞅着灰子，坐在床沿上憋满了气，强压住心中的火。

“灰子，你给我过来！”

灰子拿掉衔在嘴里的烟，瞪着小眼，走过来问：“文哥，怎么了？”

“你是在骗我是吧！不让你吸烟，你又吸起来！”灰子低下头，烟气顺着他的手指往上蹿着。他并没有扔掉的意思。

“他们明知道我不吃狗肉，还偏偏在我面前提起狗肉，这不是明摆着故意让我难过吗？你不明白，还编谎言骗我，是故意让我难堪吧！”我面目狰狞地指责着他。

“文哥，我没有骗你！我是想让兄弟们和好来着。”他似乎很诚恳地说。

“你整天就是你的兄弟、兄弟的。他们把你当兄弟吗？你就不能克制一下，争口气，讲究点原则，不要贪婪吗？”

“都是弟兄们又有什么原则不原则，贪婪不贪婪的呢？”

“你还学会顶嘴了你！你也学着他们是不是？你想和他们一起下水……你也要和他们一样低俗、颓废，一点理想都没有？你可知道我越来越看不惯你了！你整天没有原则，像个狗知道不？你这是不思进取。”

“文哥，弟兄们都是这样，没你想得多！”别人骂他是狗，他会激烈地反抗，而我说他是狗，他却没有反应。

“居然还敢和我狡辩！是我想得太多了吗！”我狠狠地对着灰子说。我画坏了张画，一气之下撕掉了所有的画。

灰子低下头，不再说话了。

“整天跟着他们瞎混，能混出什么个名堂出来？没有理想，没有追求！连个梦都做不出来。你还是禁不住世俗的诱惑去蝇营狗苟。这简直让我失望！你想跟着他们混，你就跟着他们去混吧！”

我仿佛要把自己的言语化作一根根刺刀刺向他，我才感到过瘾！

作恶 ★☆★☆★☆★☆★☆★☆★☆★☆★☆★☆★☆★☆★☆★☆★

他抵着门，站立在那里，一动不动！

我把他推出门外：“你走吧！不要再跟着我了！你想跟着谁就跟着谁去吧！”他的手死死地抓着门框：“我不走！我就跟着你！”

我的脸突然扭曲变形，不知从何而来的气鼓胀起来，直冲着我的脸膛。

我不敢想象当时失去理智的我是个什么疯狂样子，我满脸横肉，肌肉暴起，仿佛幻化成了一个无比丑陋的恶棍。是从我体内分裂出的一个十恶不赦的恶人，一个巨大的恶人又开始行恶做事。那简直就是个暴徒，一个变态的恶魔。

我一把抓住了他的头发，他仰起的脸色带着营养不良的苍白。我甚至看到了一个低劣的肉体，一个毫无出息的肉体，我感到万分恶心。

我的手无法控制，扬起手掌狠狠地扇在他的脸上。手掌和他的脸接触的那一刹，碰撞出的是一种恨和邪恶的汁液。这是我第一次把淤积在心中的愤恨化为外在的力量，作用在别人的身上。

“跟着我，还不听我的话！叫你去跟着他们下水去，你咋不去？”我咬牙切齿。我抓住他的衣领，又是几记响亮的耳光。

我越打，他就抱得越紧。

我手脚并用，乱打乱踢。我的头发散乱遮住了我的脸，我像一个发疯了恶魔，企图倾泻这么长时间以来积蓄在我内心的所有怒火。

我的头摇摆着，看不清方向。剧烈持久的运动让我浑身感到畅快！那是一种前所未有的

释然发泄的感觉。那类似于电机一样频率的拳打脚踢也不足于发泄我心中的恨。

我恨不得一把把他举起摔在地上。

我只感觉，那一堆肉体，像沙袋一样任由我发泄。

掌脸的啪啪声，还有我的脚踹在他肚子上产生的闷响让我意识到那还是一个活物。

我喘着粗气，我近似疯狂地发泄淤积在我体内的暴力，把所有的暴力都施加在他的肉体和灵魂上。

“叫你混！叫你自在！叫你不听我的话……你这是在背叛！说好的，带你一起去爬山的，你就这样不思进取了！给我滚！”

“我不滚！我要和你一起去爬山！”他死死地抱住我的腿，坐在地上。

看着他安然自若的样子，我恨不得上前再去掐住他的脖子。

他依然抱着我的腿一动不动。然而这个未成年的，一个对自己俯首帖耳的小伙子。他是那么坚强！那么坚韧！没有呻吟一声。哪怕他有一句求饶，也能让我心里好受一点。可他没有。

当我扬起手掌再想打的时候，我看到他仰起的脸上滴着鼻血。而我的手上也黏黏的，沾满了血。我这才意识到我的出手太重了。他被打后的脸是不是很痛，我只感觉我的手麻麻的。

或许我太在意他了，就像对自己的孩子一样，爱得心切，一旦出手打骂也会那么的狠。

“文哥，是我的错！你要是打我，心里舒服，你就打我吧！你打吧！只要你心里不难过。”我喘着粗气，一把把他推开，“你去吧！想跟着他们去混，就跟着他们去吧！”

灰子用手擦拭着从鼻子上流出的血，沉着冷静地说：“大家都是兄弟！何必那么严格地要求他们？”

“你还替他们说情？你的志向，你的理想呢？你想干吗就去干吗吧！我不管你了！”我半死不活地说着。

刚才的一通发泄，几乎耗尽我的全部体力。

我坐了下来，泄了劲儿，如一滩泥巴瘫在地上。

他擦着止不住的血，拉开门，啪的一声门关了。

他走了。

愧疚 ★☆★☆★☆★☆★☆★☆★☆★☆★☆★☆★☆★☆★☆★☆★

屋子里只剩下我一个人。

施暴过的我如一只泄了气的气球，瘫软在床上。

我瞪着屋子里的天花板，天花板一片黯淡。

我翻看着手上残留着的血迹，想起了叔本华的话：“当一个人绝对粗鲁时，就好像他脱光了衣服赤裸裸地站在我们面前。”是的，自己对灰子的行为无疑是一种暴力犯罪。

我冒犯过丘莉和宏洪，冒犯了对我寄予希望的父母，冒犯了可以真言相告的室友。如今又冒犯了与其患难与共的兄弟们。一个罪人，施了暴，还算什么好人？我自己狂野了的一把，却让灰子忍受痛苦！这是多么让人感到羞辱的事情！这是一件多么不道德的事情！

“只有作恶，人活得像个人，活得饱满，活得有血有肉的人，才能让他枯乏的身体感到自己的血在沸腾，在跳动，自己的灵魂附住在自己的肉体上……这不会涉及善与恶的差别。”这是我之前写过的诗。

作恶，作恶，我再次体会到了作恶带来的刺激。可这让我的这次作恶没有酣畅的成就感。

丑恶的人性，还打着道德的旗帜，掩遮着真实的脸面，那叫虚伪。这次的作恶让我得到短暂的发泄，但也让我得到了万分愧疚的惩罚。

我的作恶会得到相应的报复！“作恶，非作出事来！”母亲的咒语在他耳边回响。一次又一次地作恶，让我滑入这难忍的境地，陷入了全方位的困境。

我恼怒着抓着头发，撕裂着自己的脑袋。我不能容忍自己，忍受作恶给我带来的巨大愧疚感。

隐约中，我仿佛听到了阿千对我的指责：“你算个啥？你啥都不是！凭什么那么清高！要不是灰子把你当回事，谁也不把你看在眼里！”

“还是个大学生呢？就这素质，还动手打人！”

“我不是大学生，我和你们一样。那个大学生不是我，是他，是我躯体里另外一个人。我和他互不相干。他想攀的那些山，不是我想攀爬的山！我只是有关于他的一些记忆而已。我要忘掉！忘掉！关于他的过去！”

“不知所云，神经病又犯了！”阿千说。

小道说：“他这是嫉妒！自己混得如此差，在家混不下去了，和家人闹翻，在学校混不下去，被开除，才被逼来这里打工谋生。看着人家比他好，他心里不平衡，就嫉妒别人！”他们尖刻的话和锋利的眼神像剑一样刺进我柔软的胸膛，那包裹自己厚厚的外壳似乎没起到一点保护的作用，就这样被轻易地刺穿。

“嫉妒，我嫉妒他什么？”我弱弱地问。

“嫉妒他的人缘好，嫉妒他简单的处世态度，嫉妒他的潇洒，嫉妒他的专注。”

“嫉妒，人的一大恶习，标榜自己为‘圣人’的我也逃脱不了这人性恶的一面。”作为一介凡夫俗子的我也不例外，我是在嫉妒吗？

对于别人的名和利，我不在意，也不嫉妒。对于别人的钱财，我不在意，也不嫉妒。但对于灰子对现实的专注，我却很在意。因为，这是我做不到的。我总是游离于幻想和现实之间。我从没有专注现实，没有认认真真全神贯注地做过一件事情。我的脚总是一只踏在理想的边缘，一只踏在现实的边缘。

这让我感到自己活得人不像人，鬼不像鬼。

事实上，自己就是一个卑劣、无耻、狠毒、残暴、清高、苛刻、负义、自私的无耻之徒。

出走 ★☆★☆★☆★☆★☆★☆★☆★☆★☆★☆★☆★☆★☆★☆★

我走出了小屋，却没脸再回去。

不知不觉已是深夜，城市的夜到处是灯、灯影里的车、人、喧哗声。

我顺着街道继续走着。

我横穿街道，走进一个露天广场，所有的喧哗都被包围广场的建筑物隔在了外面。远处围着层层叠叠的摩天大楼，窗户亮着点点的灯光，像是近处的星星镶在空中。

天幕下，顺着街道延伸到天边很远的地方，高高矮矮的摩天大楼林立在街道的两旁，楼层遮住了东边的一片夜空。

路上的人像是不放过看一个小丑一样盯着我，所有的人都用异样的眼光看着我，别人嘲笑我，和我敷衍了事，虚伪的笑容里藏着戒备的锋芒。我感到到处都是扎人的刺！我逃也逃不掉！

我隔着绿化带躲在树丛的那一边，低头慢慢地走。旁边一个推着小车的妇女在卖馍。那满脸横肉的妇女翻了豆粒般的小眼睛，看我一眼，然后推着车快速走开。

我越来越恶心自己，我责怪自己，我恨自己，更为苦恼着自己控制不了自己。我只是自己中的一部分罢了。

我仿佛陷入了冒犯丘莉后，黄皇，西西们同样指责我的境地。他们的指责让我清醒。是我忽视了他们的处境，他们的感受。一切都是自己的错。我应该自我检讨。然而他们哪来的错?

他们没有错。需要关爱的他们不得不被眼前的利益驱使，他们有自己的人生哲学。他们遵循着自己的活法，他们有自己的处世之道。那叫潇洒，那叫现实。

而我却孤注一掷地按照自己的信念要求着周围的人。过于苛刻地要求所有的人按着自己理想来行事，这未免太过天真!

我可以任意践踏灰子的尊严。

在我面前，阿千一句抵触的话都不说。而阿千也从未对我发号施令，也未说出一句粗野的话。这个只崇拜自己，决不会屈膝趋向任何人的他都给予了宽容，而我却不知道他们的良苦用心。

灰子的良苦用心处处存在。

那天，做梦的时候，灰子为了让我有个很好的睡眠环境，整夜整夜地在外面包夜，晚上出去，白天回来。可我还是没能做成一个梦。

我对他说，回来吧！我不能做梦了。

灰子低头应了。

他劝我说："文哥，别在意！不做就不做呗！没什么的。再说，活活的一个人还让梦憋死啊？眼前的事还顾不过来呢！还要做梦？咱不要梦！"

在灰子眼里，他的生活就是闹完了一天，回到小屋倒头就睡。没有顾虑，没有烦恼。他简单的大脑子里装着他理解中的侠义、他理解中的忠仁。然而他也叛逆，他很现实、勇敢、胆大，不管什么事情，都积极地去做。他也看不惯的一切，他要干预，他要去改变。而我总是停留在幻想的阶段。

而这就是他和我唯一的不同了！

或许，我们注定是不会去攀爬同一座山，他有他的山。那是灰子的哲学，现实的哲学。

我有我的山，虚幻的哲学之山……

广场偶尔传出来一两声爽朗的笑。恍如隔世的笑声像丝带一样飘荡在上空。夜的暖风吹着，广场边的排着水果摊子，各种各样的水果在灯光照耀下晶莹剔透。坐在藤椅上的老板就着灯光，勾着头和另一个摊子上的老板闲聊着。

他静立着，昂着头，嗅着城市的味道，似乎沉醉。

所有的一切都由那个无意识的他来承担。他就只能孤独的一个人默默和世间不会说话的物像长相死守、慢慢死去？

拐角处，我看到了到处打听着人的灰子、千里。

我闪到墙角，避开了他们。

他们在到处找他，希望我回去，可我没脸见他们。我要暂且离开他们。

千里本该为了灰子当场打我一顿的，打这个没良心的，欺人太甚的我，再煽上几耳光，给灰子解气。可千里他们却没有这样做。毕竟他们是大度的。阿千哪怕是对着我的额头指上一下，一个恶毒的眼神都没有。可要是换了小道，自已早挨过了。

对于他们，这么长时间以来，我一直处理不好和他们的关系，才造成了如今的结局。我甚至对他们关心奉承我的话都给予冷遇。他们原谅着我，容忍了这个弱不禁风的人，清高的人。

带着善的对他的可怜让他的犯罪没留下任何遭谴责的可能。

我走出了广场，继续往前走了，朝着街道两旁延伸着参差的建筑物方向走去。

汽车的鸣笛声透过摩天大楼漏传出来，与这笑声混杂，交融，然后消失。

我的头脑片刻间清晰。

在一处岔路口，我闻到了一股浓浓的书香味。我顺着一座大楼往下寻着。大楼下，岔路口的一个小报亭，通明的小报亭里挂着各式各样的报刊杂志。

我穿过马路，进了那个小报亭，翻了本杂志。报亭里，杂志丛中坐着两个搂抱着的小青年。小伙拥抱着漂亮的女孩，女孩暧昧地伸着嘴，嘴里叼着块肉，小伙用嘴衔过，然后是一

阵亲昵的笑声。

我看不下去这温馨的一幕，我的世界里只有愧与疚！

这些年头以来，我一直寻匿到懂得我的人，志向相投的人。可当我寻匿到了一群人，我们的友谊走到一定程度的时候，我又会厌倦了，然后分崩离析。散了合，合了离，竟都是独自一个人走过这些个春秋。

这已成了一条不变的规律。一次又一次和患难挚友的背叛和撒手，这让我不得不思考自身的问题。自己到底是个什么的样人？人与人之间是否存在真正长久的友谊?

我放下了手中的书刊，远离了小报亭。

旋转的风，繁乱的街景渐渐冲淡了沾到我身上那点幸福的气息。

我不得不到另一座城市去了。

我没有想到自己就是第三个走出那间小屋的人。

第十三章 谋生

我以为我死了，可我还有顺畅的呼吸，有结实完整的身体，有用不完的体力和精力。

甚至我还有个原罪后，劫后余生的轻松心情。

我还没死，我还可以继续行走在这高楼林立的城市之间，继续畅游在幻想和现实之间。我清晰地记住这次不凡的经历，让我刻骨铭心的经历。

几天后，我背了包，走出了那间酒吧。

离开了那座城市，到了另外一座城市。

城市里的上层建筑物林立着构成了一片茂密的丛林。

在这片丛林中生活着各种各样的猎人和动物。他们为了生计冒险、卖力、争斗。他们用生命扮演着自己的角色，履行着自己的使命，狩猎着目标，争取着各自的生存权利。

我要蜕变，疗伤，修炼，反思过去，争取脱去虚幻的外壳，蜕变成一个脚踏实地，务实的全新的我。

我要融入这芸芸众生，成为千万人群中的一员。

我渴望在繁杂的城市里安一个安定的窝，过着简单平淡的生活，同时也等待着那山的再次出现。

在一家装卸厂我找了份工作，安顿下来。

白天我在工厂里干活，晚上找个地摊和同事吃点饭，喝点酒，回来后饱饱地休息一夜。偶尔的时候，轮到夜班，白天就在小房子里睡上一整天。我体味着这样安稳的日子，不知不觉过了很久。

鸟人 ★☆★☆★☆★☆★☆★☆★☆★☆★☆★☆★☆★☆★☆★

我把窝精心地安到了一座破旧的楼顶层。

那小房子位于破楼的天台上，像一个鸟巢，很清净，没有人来，也没有人去。打开窗户时常会惊飞起在此休憩的鸟拍打着翅膀飞向空中。生活在城市中的鸟经常落脚于此，这也是我的窝。

我在过着鸟人的生活，悠闲自在，无忧无虑。

小屋外的工厂里传来单调的叮当声在城市的上空飘荡的声音一如既往的单调，恍如隔世之音，一天一天永不变更。强烈的阳光透过玻璃照射到屋内。窗子下，晒热了的铺满的桌面上的废报纸曲卷了页。

昨天剩下的几个小橘子和一堆黑瓜子还残留在桌子上。我掀起了被子，从床上坐起来，伸手又抓起一个橘子。

我剥开放在嘴里，橘子的瓤子是冰凉的。

红色的橘子表皮的温热浸透了我的掌心。我对着墙，仰着头，蠕动着腮帮，大口大口地咀嚼。嘴里是一阵酸甜，满脑子都是咀嚼的闷响。眨眼间我的手里握着一把橘子皮。

帘子被风吹动，桌子上还躺着的零散的饼干。我一把抓来，直往口里塞，嘴里是干脆和香甜的味道。

压在桌角的照片上印着我们几个人在珠江边上的合影。

看着他眯着小眼睛颓废的样子，不由得咯咯地笑了。我拿起了我用手指点了点那抄着手的灰子。还有阿千、小道、宝童。哎，他们要去做自己想做的事情，就让他们去吧！每个人有每个人的追求！

外面的阳光真好！袜子放在这儿晾着吧！

突然间，一个身影推门进来。阳光刺眼，一个女孩穿着件洁白的连衣裙，在门框里，仿佛一位天使从天而降。她的身材是那么娇小！那么匀称！

她是谁？我努力揉搓着眼睛，试图去看清她的面容。她飘逸的齐肩发是那么的顺畅，那么的美！她的胳膊和小腿是那么的洁白纤细！

真的不敢相信眼前的天使般的面孔竟然是青草，是青草！我的青梅竹马的青草。我仿佛是在梦中了。是青草来了，她一定是来看我的，来看我的。我跑过去，把她揽在了怀里。

“青草，我知道你是不会离开我的，你总有一天会来找我的！”

她在我怀里微弱地呼吸着，却没有说一句话。

我扶着她的香肩，越过窗台，跳到了楼顶的天台上。我把她领到了天台上的边缘处。我们放眼看去。

远处，整个城市的全貌尽收眼底。

在灿烂阳光的照耀下，一排一排的厂房立着几只巨大的烟囱，烟囱直耸着叉向天空。高楼林立的城市在这天地间摊开了一片广大地域，一条明晃的长河泛着袅袅的水气，像一条飘带穿过其间，延伸到看不见的地方。河边上，货车行驶其间，大型机械缓缓调度着红红绿绿的集装箱。

城市的另一边，在飘过的雾气里隐约地呈现出一脉连绵不绝的青山，构成了这座城市的天然屏障。

我靠在水泥栏杆上，阳光下的青草，亮晶晶的大眼睛，闪着光芒，她的眼神滞留着远方。

我问：“你什么时候把红色的衣裙换成了白色的衣裙？”

她说：“人都是要变的，没有一成不变的事物！”她在认真地看着我，我的心扉不由地打开。

“是的，都在变，我的头发由原来的板寸变成了现在的长发，你由原来的长发变成了现在的齐肩发。多么可笑的变化！”

“我的头发快要长回来了！”她甩了甩齐肩，避开话题对我说，“臣勇，你缺少锐气！你活得不够快乐！”

我挠了挠自己的后脑勺说：“有你的时光，我就快乐！”

她看着远方的云霞，不语。

“你快乐了，但是我不快乐！”

“为什么？”我诧异地问她。

她看着前方不语。

我收回了展开了双臂，静静地看着阳光照射下的颜色，好长时间没有说话。

她青丝般的头发闪着亮光，被风吹得飘散开来。她捋起了面前的丝丝长发，看着我。我歪着头，看着她，“你喜欢泰戈尔的诗吗？当太阳灿烂的时候，是璀璨的紫薇花盛开的时候！”她对着那远方，看了片刻，说喜欢。

我对她笑了笑，指着对面楼的墙壁。

不远处的一座楼房的由砖块砌成的墙壁上印着用白色油漆写成的几个歪歪的大字：“当太阳灿烂的时候，是摧残的紫薇花盛开的时候”。

“谁这么有诗意？把这么美的诗写在了远处的红色墙面上，仿佛整个天地都充满了美好的诗意。”她略有兴致地问起来。

我转过头来对她说：“有可能是上天写的！”

“你相信上天吗？”

“相信！”

“臣勇，你也相信上天？太可笑了！”

我们会心地看着对方，然后敞开心扉大笑起来。

她爽朗、清脆的笑声迅速扩散开来，和着阳光随风扩散，一直扩散到天上的云端上。

看着她窈窕的身影，听着她的笑声，我也一直在乐。我们捂着肚子，开心地笑着，笑得前仰后合，笑到肚子疼痛！

我感到全身的每个细胞都在张开，像一个个笑脸，乐呀乐，乐呀乐，从头乐到脚，从皮肤乐到了骨髓，乐弯了腰，乐出了眼泪。乐得全身的每一根神经都要崩溃，崩溃得一泻千里……

突然，眼前甜美的笑容渐渐消融到了那灿烂的阳光之中。

青草，你去哪儿？为什么要飞走？我慌忙跑过去，去拉她的手，去拉她的衣角，去抱她的身体。可她的身体已经飞升，她的白色连衣裙像一只氢气球一样慢慢地飘上天空，飞升到我已经抓不到了的高度，然后渐渐升腾、消融、消融……

我急了，我踩着天台的边缘，跳起来，伸手抓着空空的空气，抓也抓不到。我追逐着

下了楼，顺着破旧的楼梯，匆匆螺旋着，离开了那个窝。青草还是远离了我，永远地远离了我，连让我抓着她手的机会都没给我。

“青草，你去哪儿？到底去哪儿？”

“我要回归，去找自己的父母。我流浪了这么久，爬到了理想之山的山顶，却看到一座巍峨的亲情之山。我原谅了的父母，父母再对儿女不好，他们心中还是牵挂着儿女的，要回到父母的怀抱！”青草的话在我耳边回响！

时光飞逝，时光从不会为了某个人而放慢脚步。

踏上成长这不归的旅途就永无回头之日，在不同的时段看到不同的风景，却看不到以前的风景。一次次的冒险。回忆又有什么用？

这是我送她的诗。这终究还是个梦。

我最终还是在梦中和她相遇。机遇也只有一次，而她已渐渐飘远……

等我醒来的时候，我的脑海里还回荡着青草清脆爽朗的笑声，印象里还浮现出她那娇小模糊的身影。那天，在梦中，工厂的叮当声还在单调地回荡着。我说：“晚上没事，时间还很早，咱们在这多待一会儿吧！”

她呆滞的眼睛看着远方，不再看我，也不再说话！她似乎和我不在一个频道上。她突然转过身来，看着我问：“臣勇，你幸福吗？”

我挠了挠脑袋，咧着嘴，摸不着头脑，“幸福？幸福之山在哪儿？”

她飘飞过来，轻轻地对着我的耳朵对我说：“幸福就在眼前！”

“哦，这就是幸福的日子？幸福的日子！”我看着她，傻傻地笑了。

我们对视，青草告诉我的幸福日子，这是她和我的最后对话。

她的潜台词在告诉我，要学会珍惜！珍惜眼下。

珍惜 ★☆★☆★☆★☆★☆★☆★☆★☆★☆★☆★☆★☆★☆★

当你对这个社会无能为力的时候，你要学会着去接受，而不是一味地去抱怨，斥责这个社会。我不能过于自负地苛求那些亲近的人再去犯下愚蠢的错误。我要珍惜和他们在一起的日子。这一切都是梦给我的启示。

我要懂得珍惜，珍惜眼前的人、眼前的事、眼前的幸福。我突然想起了我眼前要珍惜的朋友，千里、灰子、小道。

我攀登到了人生的一个又一个山峰，其实幸福之山就在眼前。

城市的人来来往往，还像我初来那样繁忙、平静，没有一点异样。街道上高高矮矮的楼房闪现在车窗外，城市掺着汽油味的热风吹在我的脸上，车子驶过高楼区，驶过川流不息的街道。

天空上灰灰的云也跟着车子在走。

我赶上了最后一班汽车前往了原来那个城市。

我来到那个仓库的位置。呈现在我面前的是片空旷的废墟。那时的街道没有了，仓库没有了，那仓库一角的小屋也荡然无存。我问："那小屋呢？小屋里的人呢？"邻居说，这里已经拆迁，马上要建商厦了。我注视着废墟的上空，想起了那个我们背着城建局扒下的天窗，一个小小的可以露出天空的天窗。

那是我们曾经生活过的地方。

我踏过废墟，停了片刻，离开了那里。

幸福之山 ★☆★☆★☆★☆★☆★☆★☆★☆★☆★☆★☆★☆★☆★

我踏遍整个城市，去追寻他们的足迹。

城市森林的上空弥漫着层层雾气，高层建筑物沉浸在这雾气之中，潮闷的天气裹着火灾的警防的鸣笛。在这积聚着人群的城市，每天都会发生数以万计的事故。汽车、人群、各色人种，杂乱、有序、紧张、舒缓。优劣得失、生死祸福、喜怒悲乐，有人一夜之间倾家荡产，有人会在顷刻间车祸而死，有的人会把自己的性命瞬间输掉、丧失……

我想，见到灰子一定要让他回家了。

据朋友说，小道和他的老乡在搞非法传销，阿千走后就不知去向，没有音讯了……在网上，我联系到了小道。

小道说，自从我走后，他们劳燕分飞，各自寻求生活的路子去了。灰子加入的那个组织是地下赌场。在那里做服务生。

我回想起我在年三十看游戏时，他消失的一段时间。应该是在那天晚上，他和那些人建立了联系。

我曾对灰子说过不要入世过早，他还小，水太深。怎能经得起社会的大风大浪的考验？上一次在广场上和老乡之间的事还不足以给他教训吗？这个社会太凶险，没自己想得简单。那些都是大人们的游戏。

灰子跟着他们还是出了事……

灰子一直教化我不要做善事，要学会作恶一些，可他却一直做着善良的事情。但最后受伤的还是他。灰子在一次行动中得罪了自己看不惯的没有道义，不讲义气，为了私利而不遵循规则的人。那些人让灰子当狗，他们让灰子当帮凶，当替罪羊，灰子死都不干，灰子死都不屈服，那些人狠狠地教训了他。

等阿千到的时候，那帮人溜了。

灰子受了伤，他躺在医院的病床上，昏睡着，稚嫩的脸上添上了几分憔悴。

当他醒来的时候，看到我，他万分惊奇。他要挣扎起来，和我说话。我说躺着就好，我在他的背后垫了个枕头。

他问我从哪里来的？我说，另一座城市，自己已在那座城市租了房子，找了份工。

他说，挺好的。他问起我脸上的疤痕，我捂住伤疤，说不小心碰的。

看到伤痕累累的他，我还是万分痛心。

我对他说："你还小，时间还早！浪子回头金不换，回头还来得及。别在外面受这份洋罪。放弃优越的生活而甘当一个小混混，值得吗？回家吧！"

"值得，这是我自愿的！我愿意受这份洋罪。我要和你一样追求精神上的享受。这是你教我的。"

"在社会上混有什么好？你这是拿着自己的前途开玩笑，知道吗？你还小，你跟着那些成人一起下水摸鱼，你能承受作为一个成人的负担吗？"

"我能，不管在外受多大的罪，我都不怕，肉体的苦算不了什么，什么样的苦我都能吃下。我能挺得住！"他嗓音沙哑，一脸坚定地看着我，仿佛没有任何回旋的余地。我听了他的话，心中又因他的固执而生了气。他还是这样顽固，这样不顾惜自己，他是不会听进我的话了。

他是坚定了信念，不再回去了！

"光明正道不走，非要走羊肠小道。家中的父母会担心你的，你不如回去听父母的话，好好过平淡的生活。"在规劝无果的情况下，我又打起了感情牌，必定他的童年还是有亲人的感情在维系着他的成长。

"父母又不在意我，我回去干吗？"躺在床上虚弱的他似乎在埋怨父母对他的疏忽。

"既然你还抱怨着父母，这说明你还是在意这父母的对你的关注！你不要再欺骗自己了，赶紧投入到父母的怀抱里吧！"我说。

"文哥！你别劝我！你也不是一样，你咋不回去？为什么让我回去？你不是说过要找你的山？我们还没找到就半途而废吗？我也有我的理想，我想怎么活就怎么活，我甘愿！我是不会走回头路的，我既然出去了就不会回去！平淡的生活，我不稀罕！"

面对他的话，我无话可说。我心里还有很多话，我说这些话对他还有用吗？他也学会思辨了，他也开始追求更深层的东西了。

他说："文哥，咱们为啥要为别人活着！咱们还有许多的兄弟。咱们想干什么就干什么！你现在这样，叫兄弟今后还怎么跟你混呢？"

我瞪直了眼，他是在给我上课。他甚至比我懂得还多了，从一个单纯的小伙子变成了一个有思想有追求而且让人琢磨不透，甚至是有点野心的人。我开始诧异眼前的灰子变得越来越精通世故。

他会不会也渐渐地变得像我一样固执，这是多么可怕的事情！

在我出去买点营养品的时候，他没有经医生的同意就出院了。

等我回来，只看到他给我在药单上留的言。

他说他身体无大碍，要提前出去了，过一段时间再和我联系。

他像一只受伤了还没复原的猎食动物一头扎进了城市森林，很快长成为这座城市里新的猎手，他再次加入那个组织，游离于传销、黑道、地下赌场之间。我晓得他就在这座城市。

城市猎手 ★☆★☆★☆★☆★☆★☆★☆★☆★☆★☆★☆★☆★☆★☆★

我按照他给我的地址在一个地下赌场重新找到了他。灰子从忙碌中抽出身来见他。我还是不甘心，我要说服他回归，不能再这样飘荡！

他平静地看着我说："文哥来了！"

"嗯。"

我再次劝他回去，可灰子已经不想多谈了。

他是个道上的人了。他的心黏满了社会的荤腥味，拉也拉不回来了。

灰子拔掉手上的手套冷冷地看着我说："文哥，你是不是自己想回家？你是不是后悔当初的选择？"灰子的话震撼了我。我瞪大了眼睛，看着他，无话可说，我是后悔了吗？我是想回家吗？

这是我潜意识中的真实想法吗？我有点怀疑自己。

我努力掩饰自己内心的慌张，镇定地说："你别管我！我已经木已成舟。可你还小，还有前途，不能这样荒废了青春！"

"文哥你还这么傻！咱们还要什么前程？都走到这一步了，还往哪里退？只能往上爬，否则，只能坠崖摔死！"他穿着燕尾服，立在人群中的，站在堵桌旁，娴熟地操着赌注。

"胡说！怎么没有前程？以前没有好好珍惜，现在抓住还来得及！我爬到了山顶上，可是看到的风景并不是你想象的。前面还有一座幸福之山等着我们去攀爬！"

"文哥！眼前的事还顾不过来，还要考虑什么前程？如果说有前程的话，那现在就是我的前程，而我的前程就是过好眼下的每一天！"

灰子戴上了手套，整了整脖子上的领结，不想再和我谈下去。

"文哥，我是不会走了！你要想回去就回去吧！我能照顾我自己。你就放心吧！我会帮你找山，找到了就通知你。以后别忘了兄弟们就行！"他转身，走向了那个人群杂乱的赌场。

我无话可说，所有的话都会失去了效应。

他们注定属于这个社会，属于这片丛林。他要在外面闯荡，干他想干的事，去攀爬自己追寻的大山。他和青草一样跻身于现实中的洪流之中不愿出来。

我何必还像他的父母一样的束缚着他呢？不去体谅他，成全他呢？

我回头向着烟气弥漫的大厅走去。

在城市里每一个角落里都有可能发生的种种事情。

他们在变，一直在变。不像自己还原地踏步固守着原来的东西不愿妥协一点。我只能看着身边的他们一个个离我远去。

傍晚，我独自一人，坐着车，回到了我生活的城市。

汽车行驶了一天，驶进了山路。车窗外起伏的青山连成了道道黑幕。在这一带山区里，每天充斥着从山林中传出的蝉鸣。那蝉鸣混合着马达声，鸣笛声，隐隐约约，远远近近，忽高忽低飘荡了一路。

不知不觉，我又进入了一个奇异的熟悉的梦境，那是很有可能发生的一幕，我刚走出会所的大门，又转了回来。我硬拉着他离开了那个乌烟瘴气的地方。

我要强行把他从那个城市带到这个城市。

到了夜晚，客车停在了一座山下。路旁凉席竹椅店一家挨着一家，彻夜不眠在公路边上排了好远。坐在车上的一路上，他一直躺在座位上睡着，没有说一句话。

山上松林中的蝉飞了过来，围着光源，横冲直撞。竹席店里没有睡意的小孩，拿着网兜，在谈生意的大人中跑来跑去，撵着捕蝉。

“灰子！灰子！起来！小便！”

一片哗哗的流水声过后，我们打了个寒战，头脑异常清晰。

几个人一阵说话过后，汽车启动了发动机，车身开动。还要走一夜的盘山公路才能出山。发动机的轰鸣声充斥着车厢。窗户边吹来徐徐的风驱散了闷热的空气。车厢里的人渐渐静了。

远近高低的蝉鸣，一直萦绕在脑中……

即使在新的城市，灰子也很快融入了这个新的环境。

我常常看到的则是他来去匆匆的背影。而我一天都泡在厂里，很晚才回来，回去就倒头大睡，有时醒来，总是不知道是上午还是下午。而他整天在外面忙，早出晚归过，很少回来。一天一天每天都过得一样。这就是我们正常的打工生活。

没有多久，灰子又认识了许多的朋友。

那些人住在附近楼房中，他们晚上到歌舞厅唱歌跳舞，玩游戏。到了天亮才回来休息。

灰子说，他们虽然过着不正常的生活，甚至极端颓废，但他们没变的是他们生存的信条。他们仁义，他们过着自己想要过的生活，实在，真诚。他们比起那些在社会上带着假面具的人强上百倍。

他们也是生活这座城市底层的寻山的一群鬼！

灰子说，如果有什么事，他不在的时候，可以找他们帮忙。我说，好的，多一个朋友，就多一条路……

沉船 ★☆★☆★☆★☆★☆★☆★☆★☆★☆★☆★☆★☆★☆★☆★

这天，灰子走得很早。回到家中，我隐约感觉灰子像是来过，匆匆来过，又匆匆回去。他做了什么，说了什么，迷迷糊糊也记不清。

只记得隐约中，我和灰子忽然出现在一个幽深的世界中。那是梦中的梦。

周围的人议论着，要去一个地方，而那是个很多人都不敢去的地方。更没人愿意结伴同行。我要去，灰子自然要去，我们两个人的巴掌对到了一起，然后我们跳上了码头上的一只小船出发了。

我要掌舵，灰子不肯，他要掌舵。你力气不够，行吗？行的，我能撑住！

我起身，不放心地让他做到了船头掌舵的位置上。

这里像是危机四伏的境地。河里芦苇水草丛生，周围看不到一个人影，水位很低，河底很深，两岸的堤坝像幽深的峡谷遮蔽了两边的天。船在曲折的河里艰难地行驶。我们俩在这恐怖的气氛里，撑着小船在蜿蜒小河里默默游走。

水里浮游着各种各样奇形怪状的水生动物。它们做着奇怪的动作，滑行着，从我们身边擦过，突然，小船里进水了，小船慢慢沉入河底。

我惊恐地喊着灰子，他依然保持着掌舵的姿势，一动不动，竟毫无察觉。他的全身已经浸在水里，什么都听不到了。浸在水里的灰子的手依然死死地抓着舵。我慌忙间跳出了船，把他从深水里拉上了岸。

可触到的是他冰冷的身体，他的小眼睛向上翻着，只露出白眼，他本来就白皙的脸白得吓人，这样的表情是我从来没有见过的。我慌张地按他的肚子，挤出他肚里的水，又加倍用力压缩着他的心脏，期望着他慢慢地苏醒过来。

眼下的他死了吗？这个念头在我脑边闪过，我摇着他僵硬的身体，大声喊："灰子！灰子……"

在惊恐之中我醒来……

我发现这只是一场噩梦，一场很长很长的虚幻的梦。这个梦让我心悸万分，阵阵恐惧袭来，让我感到恶心得想吐。我不晓得认定以后不会做梦的我，怎会突然接连不断做着种种怪异的梦。

当我还在安慰自己这幸好是一场梦，庆幸这只是个梦的时候。我又有点担心了。我趴在床上着一支接着一支地抽烟。回想着这些贴近现实的梦，我想到了以前在雪地中开车撞倒丘莉的梦境，一样的真实，一样的让我心惶不安。我害怕梦的情景会化为实实在在真实的事。然而，一种不祥的预感笼罩在我的心头。

我关了门，下了楼，装着这个稀里糊涂的梦，走了出去。

在马路上，迎面吹来的风，把所有的梦境都抛之脑后，北方的一片楼厦在夕阳照耀下，高高矮矮的，宽宽窄窄的。离得那么近，又仿佛接到天上去。

不管以何种方式离开，他们都在违背我们以前约定好的誓言，只留下我一个人坚守，离开，离开，他们为何都要离弃我？我捂着脑袋，百般无奈。

大桥凌空架在滔滔的大江之上，一只载着重货的轮船伴着沉重的马达，踏着雪白的浪花，有节奏地在大江上驶过来。船离我越来越近，钻入了我的胯下，从桥的那一边又钻出来驶向远方。水面上只留下一层荡漾的水波。

眼前的景物清洗着我的大脑，我感觉好了些。

晚上的时候，夹杂着硕大的雨点的风吹进了屋里。

窗户的帘子像魔鬼疯狂地舞动着。不测的风云，又是一个不祥的征兆。灰子走的时候说今天要早回来的，可都半夜了还没能回来。我只得关了窗户，躺下来守着昏黄的灯光看着小说。

那一夜总算熬过去了。

第二天，又是一个阴霾的天气。

下了班，我不经意间看到报道上发生在城市常见的灾难。这是全市的重大新闻。电视上闪现了一片狼藉的现场画面，那是一个熟悉的场所。报道中说，地下赌场，遭受火灾，灾情严重。

同事在议论着昨夜那家娱乐场所的一场黑帮群殴，随后是一场火灾。

这时我翻看着手机，手机有一个未打开的短信息，打开来看，“昆山找到了！灰子发”。我确信这发生的事一定和我扯上了什么关系。隐约之中，应该发生在那个喊我文哥，拍我肩膀，酒后对我顽皮微笑的灰子身上。

小道把确切的消息告诉了我，灰子确实出了事……我脑子里一片黯淡，即使还一直以为那只是梦，可眼前的事却毫不含糊地发生了。有根有据，没有半点含糊。

我跑到了街道上，向着火灾现场的方向奔去。甩开迟迟没到的公交车，我奔跑在人流湍急的大街上，我焦急间看到了笼罩在城市上空的昆山。幽深、巍峨、宏伟褶皱，银白峰头，山腰上飘忽着朵朵白云。那山又一次显赫地伫立在城市半天空，与这世俗的城市遥遥相望，呈现在这座城市的上空。

“昆山找到了！”灰子给我的消息。

一个那虚无缥缈的东西；一个诱惑人的境地；一个可以应付黯淡现实的天堂；一个欺骗了自己多少回的不属于自己的谎言！

然而身处在现实之中的我还要奋不顾身，甚至自残地去追逐吗？我还要幼稚、愚蠢地没头没脑地不顾一切去攀登那个虚无缥缈的东西吗？

答案是否定的，追逐了又有什么用。

我已无暇再去追逐它，我有更重要的事情去做。现实之中的事才是真正牵动人心的事！

我背着它的方向，加快了步伐，穿过了一条条街道，一排排人群，一个个红绿灯。车子驶过一座座山，一段段路，车窗外驶过路边一排排的凉席店，那些都是梦境的物象。我像是在时光倒流，向着灰子的方向奔去。

我喘着气，跪倒在那一片残败的废墟之上。眼前的床架上躺着一架硬邦邦的尸体，那是具眼熟的身体，盖在尸体上的白单显露出了个人型的轮廓。

白单上泛着斑斑的血迹。我睁大眼睛，昂着头，处在一群紧张地颠着小步急救的身影之中。

我不敢相信这是真的。我掀开白单，灰子的脸上呈现出吓人的白。他的肢体僵硬，身体冰冷。

是我的眼睛出了问题，还是大脑出了错。我捶打着自己的后脑，我像从空中坠落，停滞，恍惚间辗转了几个空间。这是在梦中还是在现实中，眼前的一切让我始终不能接受着眼前的事实。他真的死了。那个充满活力，有旺盛生命力的小青年，就这样离了这个世界，去了另一个世界……

我疯狂地摇曳着他的胳膊，他的身体毫无反应。

一个充满旺盛生命力的，有洒脱的信念的小伙子就这样在那个赌场再也没有走出来，就在这个有山，有江河的南方永远离去。在这个世上匆匆走了一躺后就离去。这是个多么不公正的事情！

灰子被一辆殡葬车拉走了。

他的微笑依然在我的脑海里绽放。他的话一直在我耳边回荡。他答应过兄弟们的话："我要混出个人样来的，让兄弟们都过上好日子，让兄弟们得到各自想要的东西，享尽荣华，吃尽山珍海味，抱上天下最美的女人。"兄弟们还等着你风光那一天。可你就这样走了！兄弟们怎能少了你，小屋里怎能缺了你？

灰子腰间掉落了一张画，画像已黏了血。没想到这张画灰子一直完好地保存着。我展开了那张我给他画的像。画像中的灰子留着寸板，微笑着眼中闪着光芒。他是离了，留下了一座还未爬到顶峰的山。而他痛恨的不公，他看不惯的不仁不义，他艰守的仁义，以及他行程的痕迹，以及他牵挂的兄弟，还留在这个世上，留在我们的心目中。

卧地 ★☆★☆★☆★☆★☆★☆★☆★☆★☆★☆★☆★☆★☆★☆★

灰子的失去让我对这个世界又多了一层领悟。

动物界所有新出生的幼崽都要经过优胜劣汰的竞争，有一部分注定成为成长的损耗，有一部分能幸运地存活下来，而灰子却成为了生命损耗的一部分。留下了一首未写完的遗憾的诗。

老天爷太不长眼睛了，为什么不让我死而让他死？

这一幕仿佛吻合了之前的那个似曾相识的梦。

梦中的灰子溺水而死，而我却没有死。他那么专注现实，那么热爱生活，却没能成为生活的坚守者。老天爷应该让他继续存活在这个世上，创造一片辉煌的天，抒写一首铿锵的诗。

而游离于现实与幻想之间的半死不活的我却还留在这个世上，毫无意义地存活着。

看着下面的这个身体，这手，这脚，这身体到底和我有什么关系了？这么多年来，自己追求着什么？得到了什么？付出了多少？在这个世上又留下了什么？

自己活着的意义是什么？

有用？无用？正当？还是无赖？

世界留你独自彷徨

现实还是虚无？夭折还是存活？

或许不管哪一种都是一个生命，一种命运，一个活法，都没有优劣，没有对错。无从所知，无处可晓……

我找不到答案，不想再做无意义的思辨，只想逃离出这块区域。

城市依旧繁忙，繁华；人们依旧平淡，忙碌。

地球不会以任何一个人的离去而改变什么。世界还在运转，日月星辰依旧轮回。

我走过了高楼群，走过了商业区，来到了广场上。

广场上围着一些人，大家都在看着什么。

我走过去，拨开人群。看去，一只黑色的四眼狼狗坦然地侧卧在地上，伸着舌头，喘着气，眯着眼！像是在等待着什么。它的眼睛迷离着。眼上面各有两个黄色，那是被人们称之为四眼狗的标志。它的样子像似曾相识见过。有一种莫名的亲切感。青牙？是青牙吗？

我蹲下去，看了看它的爪子，我拿起它的蹄子，掰开一看是五个爪子。有没想到会在这见到青牙？没错！就是青牙！没想到青牙居然长成了一只大狼狗。

我上前，抱住它的脖子，把脸紧紧贴在它的脖子上，把头埋在它的毛发里。我闻着它身上的“香油味”，渐渐熟睡。它任由我的亲近，它却没有丝毫的兴奋，那是一份成熟的气质。（注，狗身上散发的腥味，他闻起来和香油的味道相似。）

突然，人群中的指指点点惊醒了我。眼前的青牙却在渐渐地消失。

我睁开眼睛，却抓不到一根毛发。青牙的影像在慢慢消失，消失，消失在无边的空气之中。我站起来，跳起来搂抓，却抓了一把空气。

一切都是不可挽回的必然！

走的走，离的离。无可挽回！他们，他们。他们都离开了我，离开了我。

突然，我感觉到了自己的虚飘。

漂浮的身体悬空在这块土地上面，一起旋转，旋转，不停地旋转。没有接触到这块土地，没有留下任何的痕迹，哪怕是一个轻轻的足迹。仿佛我的双脚已经离地三尺。

在空中悬了好久，好久！这种状态让我毫无踏实之感。飘，飞，浮！永远在浮，在漂，在悬！我已厌了，烦了。我不想再飞。

几年前，我曾对一个女孩负责，可那小小的责任，被我视作大山，我没有勇气去扛。如今对于这个情同手足的兄弟，这份我应担的责任，我想担却总是担不起来，责任总是从肩上滑掉。如今青牙又一次抛弃了我，去了极乐世界。

只剩下了一个苟且偷生的存活在这个世上的一个孤独的我，一个寻求着梦幻，追求着理想的灵魂飘荡在这个有山有水的天地区域之中。

我躺下来抚摸着脚下的大地。

坚硬干裂的大地散发着原始的气息钻进我的肺里。大地温厚的热量源源不断地传递到我冰冷的身体里。我觉得我死了，我已经脱离了那个躯体，成了漂浮在天空的魂。

我把脸紧贴着地面，把全身每一个部位都贴在地面上。宽厚的大地紧紧依托着我飘飞的躯体。我的眼睛模糊了，上下，高低，朋友，仕途，未来。

就这样趴着，趴着永远不起来。我搂紧了大地，亲吻着大地，感受着大地的温度。周围男人女人的腿摆动着，一泼一泼从我身边荡过，消失，湮灭。行人的影子在我的脸上晃动。他们议论着的声音在我周围摩挲。我四肢紧贴着大地，一动没动，像是死了。

我潜伏到了最下面，心里踏实多了。

有人拿着长棍弯下腰拨动着我的胳膊，又用脚踢了踢我的身子。然后就听到越来越近急救车的声音。一阵急促的救护声，一阵缓缓急急的说话声，一阵人群攒动的杂乱声。有人把手放在我的鼻子上。我轻微的呼吸在别人手指间留下痕迹。然后那人尖叫着："这人还活着！"然后匆匆离去。一阵喧闹过后，所有的人都已离去。一切又恢复了平静。

寂寞 ★☆★☆★☆★☆★☆★☆★☆★☆★☆★☆★☆★☆★☆☆★

不知什么时候，广场上聚了很多休闲的人。幸福的人们带着妻儿、亲人在草坪上闲聊、玩耍、游戏。他们的欢声笑语飘荡在广场上的上空。高高矮矮的楼房伫立在街道两旁，川流不息的城市车辆奔跑在人来人往的公路上。

灰蒙蒙的城市上空偶尔飞过一架飞机。

一切都那么繁忙、那么平静。

我睁开眼睛。

避开了人群，找了没人的地方，躺在了草坪上，哼起了支曲子。歌词已不记得，只哼着伤感的曲调。《突然的自我》让我暂时找到点安慰。

我全身麻酥，已没有了苦楚，我在情不自禁地哼唱……

"真恶心！"旁边有两个胖墩男孩从我旁边走过。

恶心？恶心吗？在别人看来这或许是万分的恶心。可那种顺心而唱，抛弃世俗束缚的孤注一掷让我安坦，让我感到舒心。

我继续哼唱起来。直到累了，才停了下来。

那一群群说笑的人们引起了我的注意。

我禁不住把目光投向了他们，他们和朋友开着玩笑，聊聊天，归属一个群体。我突然羡慕他们的快乐了。这幸福的生活，怎能不引起我对他们的羡慕？

丘莉说过，人必定是群居的动物。人要向世俗妥协，趋向凡俗务实的凡俗人生，否则就会寂寞难耐。

我什么时候也耐不住寂寞了？

我感到了丝丝恐惧。我抱着疼痛的大脑，努力抑制着和别人交往的欲望，强迫着让自己的心平静下来。

寂寞是个什么？是孤独？是失意？以前，我有我的世界，我的朋友，我的理想，我的信念。再往后，虽然都是一个人独处，也都没有感到寂寞。可是现在的我，一无所有的我突然感到了孤独，失意。寂寞之感袭击了我的全身，那与之而来的巨大的寂寞，莫名的寂寞仿佛要吞噬我的全部。

流浪 ★☆★☆★☆★☆★☆★☆★☆★☆★☆★☆★☆★☆★☆★☆★

在一家职业介绍所，我在头上插了一根草，傻愣愣地，任人观赏，任人挑拣，等待着被人“买”走。是要找个工作，挣点钱，填饱肚子，不能一直游手好闲下去。

不久，我被一人从人堆中领走。

他领着我走过繁华大道，穿过几条狭窄的街道。到了一个远离喧嚣的角落，在一条偏僻的小巷里面的一个狭窄的小院里有一间矮小的房屋。小屋里阴暗潮湿，散发着霉气。他推开了破旧的小门，里面的摆设很简单，一床、一柜、一电视机。小型VCD上边摞着零散的碟片。家中没有其他的人，只有他冷冷清清的一个人。

他问我是哪儿的人。我说，北方人。出来多久了？一两年。他说，那好，他让我坐下来。他问我在这儿有没有朋友，我说没有。

他给我拿了许多朋友的照片。可朋友们都已失散，离他而去，只留下了他一个孤独的人。没人理，没人过问，孤独地存活在这个世上。

他说他惧怕孤独，惧怕寂寞。他已没有足够的勇气去承受这种寂寞，才要雇个清洁工，找个人说话，只要有个人做伴就行。这是他的要求。他说以后就把这儿当作你的家。

我浑身泛起了豆粒般大小的鸡皮疙瘩。这是一种颓废，一种自我放弃的消极，这太可怕了。他已经在山林中迷失方向。迷失方向并不可怕，可怕的是失去攀爬的动力。和那曾让我心悸过的疯子一样。他无疑像个反面教材，给我敲起了警钟，我们都是一样近乎走火入魔的人。从他身上，我仿佛看到未来的自己。他是我的前兆，他就是我未来的模样吗？颓废消极放弃？我也要滑入到他这样的境地吗？

当他痛哭流涕后趴在床上睡着时，我轻轻关了门，离开了那个小院，走出了那条小巷。街上的交通迎来高峰，车流熙攘，夜市的灯闪闪点点亮了，微微吹来的外面的风扶着我的身子。我敞开胸怀，迎着这风，涌入到在人海茫茫的人流中……

我一个人在人流中穿行，在这林立的高楼丛林里，在这个世上的城市，在这个江河群山交错的南方，在这无际的天底下漫无目的地前行。无拘无束，无去无来，无牵无挂，在旷野里的旋风里艰守着一个没有目的方向。

信仰★☆★☆★☆★☆★☆★☆★☆★☆★☆★☆★☆★☆★☆★☆★

城市夜空，泛着星星点点，星星眨着眼睛。

我以为，自己一直潜在世间的后面，去观察，去感悟着世间的每一物，每一人，殊不知，我却被别人盯上了，成了别人的猎物。我还是落入到了你给我设置好的圈套之中。

他要解剖我的思想，破坏我的信仰，然后驯服我，让我归附于他。你是在救赎我吗？你是在谋杀我，一个默默无闻的，自生自灭的小小的老鼠。他就是这么狠！不让这个异类，这个在世界里寻找着自己一片天空的小小青年存活下来。他想让我死得孤独，死得空虚，死得无望。

他像揪住了一只潜存在世间的仓鼠，得意地拎起他的尾巴，任它四只腿挣扎着，说："看，我终于逮到了一只大仓鼠！"那仓鼠睁大眼睛，喘着粗气，露出让人怜悯的神情，展现在大众面前。

杀了我，你就能得几百年的道行？踩着我你就能高飞吗？你想借此显示你的威力、你的道行、你的超凡能力吗？

哦，我明白了，也许，你是在寻找素材，寻找一个生活在这个世界的异类，然后借助我去折射出社会的问题，或者人生没有涉及的哲理，以此来作为你的研究成果，成就你的功名。

恭喜你，你终于捕捉到一个值得你写的猎物，揪住了这个不见天日隐藏在这个社会中谋生的小小的仓鼠！

你爱写就写吧！写吧！写吧！

写下他的表面，写下他的轨迹。

写下这个自作自受、自践自灭、一无所有、无家可归的浪荡子。在作品中让他死，让他死，死得一根毛发都不剩！烂掉，毁掉，毁得一滴血都不要留下。人的一生也许总会要被人利用，总会要承担着一定的使命。

我甘愿了，我甘愿了，甘愿做你的一只猎物！

其实，你写了又怎样？你看透了我又怎样？对你对我又有何意义？捕获了我，你就能写出意义深刻的故事吗？

实话告诉你，即使我成了你笔下的人物，你获得的只是一条腿，几根毛，那并不是我的全部，仅仅是我的一部分而已。我有我的理想、我的天堂、我的世界。你猜不到，也写不到！

哈哈哈！太可笑了，太可笑了，笑死了。

我歇斯底里地狂笑了！离我远点！我又要发神经了！

我始终都不会成为像你们一样的老男人，成为你们的同类。

“你发神经我也不怕，我专注你的发神经！你应该从你的圈套里走出来了。要不然，跟着我到大学里研究哲学，指点后你才能走回正轨，才能活下去。你需要别人帮你找到一条明亮的路。”他死死盯着我，像一个幽魂和我寸步不离。路灯照在他阴暗的脸上，勾勒出银色的轮廓。

“我向来都不要别人来指点！我自己会悟。超越痛苦的捷径不是拯救自己而是拯救别人！在拯救别人的过程中，实现自己灵魂的升华。纵然别人不被拯救，自己的灵魂也升华了。我更不愿做你的什么徒弟。你别想用笼子困住我，收服我，限制我的自由！”我呐喊着。

“我无意限制你，收服你！我只是不想眼睁睁看着一个同道的人顺着弯路走下去而最终夭折，那样太可惜！”他反复重复着他的意思。

“你还嫌我遭受得不够吗？你又给我下咒语了！我有我自己的路。我要爬到思辨的最顶端，任何人都阻止不了我！我怎么可能要夭折？”

“我是在救你！其实你是一个家庭的悲剧，一个社会教育的悲剧，你的成长经历应该引以为戒，不要让更多的人像你一样活着。我是想让你缓一缓，急功近利，会让你走火入魔。只想扭转你的命运而已。你要相信我！”

“你以为你是谁？是天王老子？是哲学家又怎样？是算命先生又怎样？隐士又怎样？你就能看透一切，就能收服住任何的思想吗？我告诉你，我不属于这个世界，我不需要向这个世界妥协！”我的头发凌乱不堪，我头上像顶个大巴斗，我重新理了理头发。

“你属于这个世界。你只有死过一回，才能重新活一回。这只是你逃避世界的理由。”我脑海里充斥着他的话。“跟我走，不要再流浪了！做我的徒弟。当一位诗人或者作家，教你算命。给你名，给你利，给你地位，让我们一起做一个侠客，要不然做一位教书育人的老师去救赎这个世界，这样你还可以活下去。”

“我现在没能力去救赎他人，我要先救自己。踏上征程解救自己，也就是去拯救别人。你走吧！我不要名利和地位，我什么都不想成为，我只想成为我自己。成熟是思辨和行动的统一。我行动，我要成熟。我不会做你的徒弟，不会成为一个看透红尘、济救尘世的算命先生，更不会做一个高深的道人，也不会成为诗人，更不会成为作家。那样会让我跨界于幻想和现实之间，活得人不像人，鬼不像鬼，诗不像诗。我要继续攀爬。”

“那还有一条路，跟着我去普陀山修行。做一个僧人。”他略带失望的眼神看着我，期待着我做出回应。

“不行，我的路还没走完！我还没有爬到山顶，去看山顶上的风景。我要把丘莉，宏洪，他们未走的路走完。我要带着他们一起爬山，爬上我们未爬上的山顶。站到成长的最顶端。我不能中途退缩！”

“那你还要继续创作，写诗吗？”

“不了，我要投入生活中用行动写诗！我要专注生活去抒写行动的诗。抒写一首属于一首成长的诗，一首生活的诗。

世上的人人人都是诗。人人都有自己的故事，都有自己要攀爬的山。青草是诗，丘莉是诗，宏洪是诗，东辉是诗，千里是诗，灰子也是诗。他们专注地生活在世上，认真地抒写着一首首属于自己的行为的诗。他们才是真正的诗人，真正的哲人！”

第十四章 逃了

法则 ★☆★☆★☆★☆★☆★☆★☆★☆★☆★☆★☆★☆★☆★☆★☆★

萨特也是这样说过：如果试图改变一些东西，首先应该接受许多东西。

我需要一个陌生的环境独处、修炼、恢复元气。我要找到那个幻想和现实世界之间的一个平衡的支点，那是救赎之路。我要忘掉过去的一切，在另一个地方重新开始，重新做人！

我到达的那个南方小城市是座安静祥和的小城市。城市里整天阳光普照，所有的人都很悠闲地做着自己的事，他们舒心地过着幸福的生活。这样的城市感染了我，给了我新的信念，新的活力。

在一家汽车运输公司里，我碰到了几个老乡。他们收留了我，把我介绍给了一位老板。老板分给我一辆小货车，让我每天往返于工厂和客户之间，拉货、卸货。

送货回来，和那几个中年老乡坐在一起，乱侃了一会儿，就去打理那辆破车，洗洗刷刷。从聊天中可知，老乡们为了一家老小才在外辛苦打工实属不易。所以，我尽可能勤快点，让老乡们多多休息！

我对着他说，我悟到了，眼下要学会生活。我要时刻保持着忘我的状态，和常人一样卖力干活，专心一致地做好自己分内的事。

没错，就像灰子曾说过的那样，遵守这些规则，才能尝到世俗的甜头。我的理想已经消磨殆尽。我不再奢望，也不能孤傲地看待这个世界。

自己算什么，什么都不是。也只有眼前的现实才是最真切的。我要去攀爬“现实之山”。我知道生活在现实中游戏的规则、谋生的路子。

我开始在老板面前，唯命是从，点头哈腰了。

不久，他成了老板器重的对象。

老板夸他能干，还要单独给他加工资。勇子的能干让老板有了要裁掉那些效率不高的老乡们的想法。这威胁到了老乡们的利益。

老乡们急了。他们把他叫来，对他说，无论如何也不能挤掉老乡们的职位。老乡们上有老下有小，砸了饭碗，日子还怎么过？而他只是个无牵无挂的单身汉，又有着能耐，哪里不是一样混饭吃。

他懂了老乡们的意思，这无非是让他走了。面对这样的处境，他该怎么做？他要为了自己的私利，不顾老乡们的死活，卑劣地做个负心狼吗？

千里曾经告诉过他，要想在这个社会上混个人样来，就得学会贪婪，学会自私，学会狠心，学会忍耐，学会同流合污。放低眼光，安于世俗，忍耐肮脏，适当的时候要睁一只眼，闭一只眼，这才是立世之道。

是的，他的朋友，患难兄弟不都成了这样的吗？丘莉、宏洪、灰子、青草，曾经和自己一样倔强的人最后也不都选择了妥协吗？现在又要轮到他了。

但他却做出了另一种选择。他收拾了旅行包，二话没说，放弃了现成的安稳，搭车离开了这座城市。

他再次飘荡了……

江湖 ★☆★☆★☆★☆★☆★☆★☆★☆★☆★☆★☆★☆★☆★☆★

在一座大桥上，眼前满江浩浩荡荡的水从西天涌流着向他奔来，穿过了脚下的这座桥。伴随着越来越小的马达声，远行而去的轮船已经和远处两三只轮船混成了一片，星星点点，分不清哪一只是哪一只了。

桥上，雨水打在栏杆上，挂上了点点水珠。车辆驶过，碾压起了桥面上的水。眼前阴雨的江湖天气蒙蒙地笼罩了整个天地，西天边滚滚的黑云压扑过来。整个天盖严实地压在他的头顶上。

突然一道闪电闪现，利剑似的劈到了波涛滚滚的江面上。在江岸上的那一片茂密城市的丛林中又一个闪电顺天劈下。闪电的背后隐现着一座幽深的山的轮廓。

他遇到了江湖的狂风暴雨，和他脑海里的那个梦，梦里的那个境界一样的情景。那个紫色的梦境，如临其境。此时的他仿佛一个侠客置身于这如梦如幻的境地了。他突然想起了他在学校里做过的那个紫色的梦。似乎，那个梦有了谜底。这不就是他追求的一个奇幻的江湖吗？他伸开双臂抱楼着上天、这水、这地、这天。仿佛这如幻的天地之间就只有这个孤单漂流的他。

他低下头看到了摊开在江边的城市。

城市里高楼林立，楼房层叠。居民区，商业区，蜗居着各种各样的人，不同阶层的人。然而城市里像他这样孤单的人有多少呢？他们承载着人间的哲理，遵循着江湖中的规则，容纳着社会的浮躁，又隐藏在了社会的背后，过着黯淡厚重的生活，生生死死，恨愁离别，然后默默死去。

现在才发觉，算命先生的话也许是对的！

自己终究没有什么特殊！自己也只不过是江湖中的一个小混混而已，也难逃这一类人的生存之道，难逃同样的命运！

他也在重蹈着前人的覆辙，成为存活在城市里的所谓隐士。只有经过了百般的磨炼才可以成为真正的江湖中人！道化！造化！每个人都必须经历的一堂课，谁都不会逃脱的命运。

他手扶着冰冷的铁栏杆，吹着风，顺桥而走。

他这样想着，钻进这茂密的城市，要寻找到一片栖息之地了。

专注 ★☆★☆★☆★☆★☆★☆★☆★☆★☆★☆★☆★☆★☆★☆★

他踏上了岸，在城郊的一个家具厂里找到了一份工作。

厂里老板没有介意他脸上的伤疤，没有介意他的来历，就收留了他。老板把他领到了一个堆满了木头的仓库，对他说他的工作就是把这些圆实的原木，按照固定的尺寸锯成那边堆起来的半截木墩。

他说，没问题。老板嘱咐过他，活儿倒是不累，但不能三心二意，走神了就很危险。他点头同意了。

他感谢了老板的收留，便捡起木头专心地干起来了。

在堆满了木头的院子里，他操着机器在原木之中锯着木头。

锯木的工作让他学会了专注，专注手中的活，专注着每一件物品，专注着现实中的每一件细小的事。

专注才让所有的力量凝聚在一起，无坚不摧，战无不胜。他的全部精力都专注到了手中的木头上。

他的头发落在额前，遮住了半边脸，他甩了甩了头发，甩掉了所有的顾虑。

他忘我地专注于手中的木头，娴熟地翻转在手中，准确地把握着尺寸，锯成要求的样子。

蜕变 ★☆★☆★☆★☆★☆★☆★☆★☆★☆★☆★☆★☆★☆★☆★

锯完了这堆，还有那堆。锯完了那堆又运来了新的一堆，一堆接着一堆。日子一天一天地过去了，工作完了，还会有些休闲的时候。平淡的日子让他觉得踏实。他珍惜这平静的日子，甚至希望就这样生活直到老死。

可是对他来说，这难得的平静又是那么的脆弱！自己所追求的东西总是怎么那么不尽仁义地离他而去！就连这刚刚得到的安详和平静也像短暂的流星一样轻轻滑过，瞬间消逝。

那一次，他堆完了一堆木头，穿了件衣服，出了院子，来到了街上，买了包烟。

他踉跄着进了一间网吧，坐到了一个位子上，熟悉中有一点陌生。他摆正了面前的键盘。坐在旁边的一个嚼着泡泡糖的小伙儿，那小伙儿聚精会神地眼看着屏幕，斜歪着身子，打打杀杀。

那小伙的手又小又嫩，与之相比，他的手就像一个巨大的铁耙，又黑又硬。键盘太小了，坐在位子前的自己仿佛是个巨人！这种感觉让他浑身不自在，这是自己的身体吗？

回来的时候，他推掉了厂里几个同事的组织的饭局，躲进了房间里。

他对着镜子，看着镜子里的形体。

庞大魁梧，粗壮，肌肉凸起，这与那个又瘦又小的文臣勇，有着天壤之别！

镜子里的他严肃、陌生，脸上呈现出精瘦、棱角分明的轮廓，皮肤像一块沾了污秽的用破布做成的粗糙帘幕！一根根坚硬的黑胡子倔强地扎在嘴的周围。那嵌在脸上的那双锐利的眼睛闪烁着微微的黑光，冷漠地审视着镜子中的自己。

自己只不过是个二十来岁青年而已，怎会变得如此衰老？这是真实的自己吗？一个未成年的灵魂怎么会套上了一个苍老男人躯体？那个和蔼的大大的眼睛又到哪里去了？那个瘦小的形体又到哪里了？他百思不得其解。

我有点不能接受！

怪不得他穿上那件轻佻的休闲服总感觉浮漂得像赤裸着身子，放在嘴里咀嚼着一块冰激凌，也总觉到别扭得面部抽搐。那夜路边上的妓女热情地拉扯着他。

他忸怩着挣脱着她，匆匆绕了一个弯又转了一个巷，依然心有余悸。她们怎么会连一个男孩都不放过？现在看来，那怨不得她们，因为她们看到了他那成熟的躯体。

一个成年人的模样。

我摸了摸脸上粗糙的皮肤，掐指一算，已二十大几岁了。在家乡二十多岁已是被一两岁的孩子搂住了脖子的父亲，已是挑起了一家人重担和老人同起同坐的成年劳力。这些年过去了。记忆中的人，村里的东辉该是几个孩子的爹了吧？丘莉在国外也有些时日了，回国了吗？张岳该在自己的家乡工作生子了吧！

海涛也该考入理想的象牙塔了吧！

侄子侄女也该上中学了吧！

而自己却选择了漂泊！我的心智还停留在少年时期很远很远的记忆里。

我孤注一掷，背弃了好多，自以为是不平凡的人，不知不觉走到了这个极端，错过了做一个正常人的机会，成了一个身心发展不一致的老男人。

母亲的那句诅咒“作阿！作阿！我看你作不出什么好道道！早晚得作死！”这句话像巨大的重物强压下来，压得我喘不过气来。众矢之的指责让我的痛苦永远都消失不了。

我是在自作自受！

我并没有像世上的芸芸众生那样明智。他们安于现实，把那片空间深藏在心灵深处，成为一个行走江湖的芸芸众生！我是入魔了！

空前的恐惧感降临，而到了这个年龄的自己又是个什么东西？这一系列的变化让我感到那人是不是自己？

毕竟他的脑海里还存留着那个永不会变更的他，已经融合了青草、丘莉、宏洪、灰子的他。那个人仿佛离他很近，又好像很远！

他一夜没睡！

他仰着头，任由自己的思想遨游。

早上，晨光撒进窗户。

满身的愁都凝结到一头的长发上，长长的头发白了大半截。

他疯狂地甩了甩了头发，试图散发着青春的姿态。他想从痛苦、麻木的表情挤出一点笑意，可镜子里的丑陋的脸上更粗糙了，像鬼，像妖一样！

他瞪着脸盘里的影子。感慨，老了！老了！

和那些个老男人一个模样，一个模样！仅仅几个年头，小时候的那个不爱听话，沉默的小孩，校园里的那个爱发愣的寡言的男生，如今变成了这样一个怪人！变成了和那些老男人一样的男人了！

他感到了恶心，想呕吐！

给我滚！打烂，打烂！滚滚！滚！

脸盆滚到了院子的中央，水撒了一地。

“一切都是命运，一切都是烟云，一切都是没有结局的开始，一切都是稍纵即逝的追寻，一切爆发都有片刻的宁静，一切死亡都有冗长的回声……”他吟咏着北岛的《一切》，借此爆发积聚在内心的苦恼。

午后 ★☆★☆★☆★☆★☆★☆★☆★☆★☆★☆★☆★☆★☆★☆★

我带着苦恼，依旧埋头在堆满了原木的院子里锯着木头。

夏日的午后，令人烦躁，炙烤了一天的火辣辣的太阳稍有了点收敛，发着红余的光照着大地，给大地上的楼房涂了一层金黄色。

汽车缓缓滑行在几乎融化的街道上，工厂里发出叮当的声音。电锯刺耳的轰鸣声刺着我的耳膜，麻木了我的脑子。

我眯着眼，歪着头，把手中的那根木头往前推，往前推，再往前推。每时每刻做着固定的动作。我又开始在现实与幻想之间游离，过去的回忆总是止不住在大脑皮层中漫游……任意地漫游。

多年来我把这几乎病态的回忆当作了我唯一的消遣，唯一的精神享受。那仅有的几个用身体和精神创造了的生活片段占据了我大半的生命，然而现在依然复回到我的身上。

啊！

手上剧烈的疼痛打断了我的思路……

飞快旋转的齿轮撩起点滴血沫溅到他的脸上，模糊他的眼睛。

他低下头来，发现攥着木头的手指一起卷到转动的锯齿里。他嵌到锯齿里的肉感到了齿轮微微的灼热。他用力把血肉模糊的手从锯齿下拉了出来。他的肉从锋利的锯齿里分离出来。手指上淋着鲜血。他握住滴着血的手臂走出厂棚。内心的世界开始翻江倒海。

厂棚外，花白的太阳光芒异常刺眼。我的大脑一片空白。午后的阳光被染成血色，渲染了一个血色的下午。

当我清醒的时候，我已经躺在医院的病床上。我伸展着手掌，看到了缺失了一根指头的手。一只残缺了的手，病态幻想着报应……

然而区区一个手指又怎能抵消得了幻想的罪恶，又怎能填补得了这个人成长中的所有空缺?

生涯 ★☆★☆★☆★☆★☆★☆★☆★☆★☆★☆★☆★☆★☆★☆★

老板怕他因长久地困在一个地方再出事故，就派了辆车让他出厂开车拉木头了。老板对他说，你喜欢到处跑，现在就让你到处跑吧！这样才不会把你牢牢地困住了。

老板的跑，在他看来是两层含义，一种是思想的逃离，还有一种是空间的逃离。

之后，他就开着辆货车，载着十多吨的重量，握着方向盘，一个人，一辆车，一天，一地，在大江南北东跑西跑了。

他跑过了南方，跑过北方，跑过了西部，跑过了海边，跑过了江边。东到苏州，扬州，西到重庆，北到西安，南到温州，在扬州，昼夜无常，黑白不分。过了雄伟的大桥，跑过了广阔的平原，跑过了层叠的群山。

汽车从丛林的夹道中穿梭，顺着从山上倾斜下的路往上爬，然后又倾斜而下。坐在车上看着路边跌宕起伏的丘陵像掀起的海面一高一底，一波一折。车窗外掩映在公路旁的树丛中点缀在绿色的海洋里白色的坟墓，他像长了翅膀，彻底解放了，仿佛整个世界里只有着他和眼前的宇宙。

他可以在无边无际的大宇宙中飞翔！

苦行僧 ☆★☆★☆★☆★☆★☆★☆★☆★☆★☆★☆★☆★☆★☆★

就这样又是一两个年头过去了！

老板的生意不景气了。老货车变成了一台随时要散架了的机器近乎报废。它总是在不该毁的地方毁在路上，毁在山区。

车子抛锚的麻烦让我烦心，加上开车的时候，长达十几个小时不间断的全神贯注让我疲惫。我发现自己越来难做到专注了，我还是改不了幻想的毛病。这更让我不安了。

我时刻提醒自己，让自己的精力集中，把车子安全地开到目的地，可木头般的脑子还是堵塞了一大半，万般的思绪像小虫一样总爬上我的脑子让我想入非非，眼花缭乱。

在成都的高山区我差点和一辆大卡车相碰。

在重庆，在沿江公路上，车子险些翻进了江里。

在浙江，车子闯进了路边的田地里。

一次又一次，在惊恐之中，我才从幻想中走出来！

我时常紧握着方向盘，喘着粗气，冒着虚汗，心有余悸。

在驶到半夜里的时候，为了让浑浊的脑袋清醒，我常停下车子，猛劲儿地砸自己的脑袋。经历风险，眼前的车子安稳地停下来。

第十五章 最后的最后

大桥 ★☆★☆★☆★☆★☆★☆★☆★☆★☆★☆★☆★☆★☆★☆★

“他们也会犯一些天真的错误，当他们对真善美执着起来时，会对其他琐事心不在焉。”这是马斯洛对“成长者”的一条描述。

我突破了一层，爬到了山顶，看到了前所未见的风景，终于有所顿悟。

在长江大桥的那个桥墩的顶上，经历了翻天覆地的短短几天，我才彻底解脱了自己……

那天，灰蒙蒙的天气中云压得很低。

湿淋淋的小雨罩着整座城市。街道上移动着各色的伞，细如牛毛的小雨时缓时紧，雨淋湿了大地上的一切，一砖一瓦、路灯、小草。街道上积起了水洼，早早亮起的霓虹灯点缀了傍晚的昏黄。大大小小的车子碾过倒映着霓虹灯光亮的水洼，溅起了红的绿的颜色。

我下了线，出了网吧。上了街道，又做了一次逃离！

在汽车鸣笛声催促下，行人加快了速度。

我穿过了一条又一条街道沿一个方向继续往前走。

我淋在雨里，头发沾湿，衣领打湿。水珠挂满脸颊，从刘海滑下的水滴从脸前掉落。挂在睫毛上的水珠打了个转，还是从鼻尖划过。

前方的路标告诉我，再往前面的是大桥。前面的红灯亮了映红了周围的空气。我在红灯下停下来，不一会儿，绿灯亮了，后面的车从我身边一个个驶过，一辆接着一辆。

我跟在车的队伍后面，顺着弯曲的引桥，上了大桥。

伫立的陈旧路灯没有打开。两座高高伫立的桥堡隐现在雨雾中。眼前的大桥已经破旧，昔日的华丽不复存在。

车子一辆接着一辆在它的身上碾过。驶过来的汽车打开了探照灯，照亮了它伤痕累累的躯体，已被人遗忘的一堆破铜烂铁，很少有人来观赏了。

我抚摸着大桥两侧生着铜锈的栏杆，上了引桥，加快了脚步，我扶着栏杆探出身子向远处看，挂在栏杆上的雨滴沾湿了我的手掌。

悬空在烟雨中的这座大桥像一条蜿蜒的巨龙骨架延伸到看不见的雨雾里。浩荡的长江穿行其中，划分出一片片区域。江岸上还层叠地堆着各色各样的集装箱，大大小小的船一只紧挨着一只停泊在江边。

此时，一列火车鸣起了长长的汽笛，拖着长长的躯体从城市的深处缓缓上了引桥，钻进了桥底。节节的车厢带着极大的震撼力摇动着整座大桥。巨大的轰鸣声响彻了江面的上空。整个车身钻进了桥里，火车的尾部消失在桥下。

牵挂 ★☆★☆★☆★☆★☆★☆★☆★☆★☆★☆★☆★☆★☆★☆★☆★

火车是过江了，过了江还要向北行驶。向北，北方，火车将带着这一车的人和物到达祖国的最北方。烟雾里显现了泛着星光的城市，那是一片高楼林立，人口稠密的地带。

我注视着，直到火车消失在北方的天际。

那北方的天际是不是和这里天空是一样的？这天空还是能找到家乡的感觉，盖在上面的毕竟是同一片天……

我看到过无数的蓝天，家乡的天空，小时候的天空，田野之上的蓝天，我一直在这天空之下成长着，从未逃离出这片天……

我的眼前浮现出蓝天下父母的身影……

父母，父母，多么诱人的字眼！多么触动人心的字眼……

灰子说他的父母不在乎自己，其实那是一种误解。他的父母还是很在意他的，灰子的母亲在得知灰子去世的消息伤心地晕厥倒在地上，他的父亲拉着他的母亲，满脸踌躇。天下哪有父母都在牵挂着自己的孩子，只是他没有真正领悟到而已。看着灰子父母失去儿子痛苦的神情，那悲痛欲绝的样子，我的心也无比疼痛。

我突然想到了自己的父母。

忙里忙外的父母在拥护在老房周围的柿子树下忙碌的身影在我眼前浮现。母亲那忙碌了一辈子的身体该休息休息了吧！她那围着身上的围裙该卸下了吧！她是不是还要一直忙碌到一辈子？父母是否已经年迈？身体可好？

父亲瘸着腿是不是行动不便？每天必喝小酒的嗜好是不是有些收敛？长大了的侄儿也该像叔一样抱紧了被子，打几圈牌，嗑着瓜子，坐在电视机前，期待晚上精彩的节目，一直到深夜了吧！

我的眼眶湿润了……

他们还会想起那个几年前出走的不孝之子吗？那个夏天离开村庄就再也没有回去的固执青年？侄子侄女还会记起那个小个子长头发叔叔吗？

或许他们的脑子里已没有了他。

在模糊中，我看到顶着一头白发的母亲坐在轮椅上一动没动，她伸着手，想拉我的手，却够不到。冥冥之中，我听到了她的声音，她含着泪在那一边急切地向我招着手，呼喊着我的名字：“勇子，勇子，你去哪里了？还不回家？”

我知道你们最牵挂的还是自己的孩子。

我想拉着母亲的手，问母亲的身体还好吗？父亲的腿好些了吗？你们之间会不会有争吵了？父亲的酒喝得少了吧！她眼睛里噙着泪看着我对我说："都好！都好！勇子，你老大不小了，也该娶媳妇生孩子了。别在外面浪荡了！回家吧！回家安泰地过日子！"

他们寄希望于我，希望我能有份稳定的工作，有个幸福美满的家庭，可现在的我有什么呢？两手空空，一无所有。人是理想的动物，面对亲情还是止不住地流泪。也许人只有遇到灾难的时候，才会想起自己的家。

家或许是一个温馨的退路。

可是，现在儿子是回不去了。儿子是无脸回去见你们了。儿子不怕报应，儿子不怕受苦。

桥堡 ★☆★☆★☆★☆★☆★☆★☆★☆★☆★☆★☆★☆★☆★☆★

如果你因失去了太阳而流泪，那么你也将失去群星了。——泰戈尔

夜深了，雨停了，天空泛起了点点星光挂在天穹上。

那城市里的一排路灯，闪烁的灯光，横在夜幕下，像是在眨着眼睛相互聊天。长途跋涉而来的汽车来到了这座城市，上了大桥，一辆接着一辆驶过桥堡。响彻云霄的汽笛声划破了这寂静的夜空。远处的探照灯直插云霄，在夜空中飞舞。

天穹之下，仿佛只有我和这个清醒的城市。

我感到了那是蕴藏在体内的一种原始动力在涌动，我身上有用不完的力气，我紧紧抓住那生满铁锈的铁梯，铁锈沾满了我的手掌。

我背着包，用牙咬着一个布袋，顺着桥堡墙壁上的铁梯，一层一层地往上攀爬。我克制住自己稍稍的恐高心理，不停地往上攀爬。江面离自己越来越远，天空离自己越来越远。

每上一个台阶，就能看到不同的风景。

恍惚之中，我脑海里不断浮现着那熟悉的一幕。

长满荒草和荆棘的原野上，远远的北方呈现出一座巍峨幽深的大山，那山近在咫尺，却远在天边，让他着迷，让他向往。眼前的原野上长满荒草和荆棘。他驱动着下肢，积聚全身的力量去追逐。那稚嫩的皮肤被带刺的荆棘刺伤，鲜血散在了长草上。他每跑一步都如被刀割般疼痛，伤痕累累。他不顾疼痛，继续奔跑。忘记了时间，也忘记了距离，那愈合了的被刺伤，刺伤了又被愈合，在反复愈合之中变得越来越成熟、黝黑、强壮……

他是一个每时每刻都在思考人生，思考世界的人。在自己孤注一掷攀爬思辨之山，人生之山的同时，也在思考着人生，宇宙……

他攀爬了成长之山，攀爬了人生之山，又去攀爬幸福之山。

他翻越了一座座无形的山脉，在不知不觉中构建了一个自己的世界观和人生观。何为友谊，何为爱情？何为人生？何为男人？何为女人？性，生存，又该是怎样的？他苦苦思考追求着，体验着。他对社会，对人生，疑问，困惑，反叛，探索。

他向往着一个理想的人生，他追求着，坚定，自信地走着自己的路。他曾陷入疑问，反叛的旋涡中走不出来。

他低调，隐逸，理想完美主义，对自己的要求极为苛刻，他自闭，怪诞，又善于幻想。他有自己的生存方式和阅历，他在拿自己的一生做实验。

他读完了小学和初中，又上了高中，参加了高考，上了大学，看似行走在人流中的一个正常人，但他脑子里装的却是和别人不一样的东西。他追求着，不为人知的，完美的隐晦的东西。于是身处现实，却常常陷入幻想当中。

他攀爬着，越过所有的障碍，才到达了现在的高度。

他逃避在世俗的背后，孤独地隐蔽在了世间人的后面，调和着幻想和现实之间的矛盾。承受着痛苦和孤独。

第二天。

他爬到了桥堡的顶端。

就近十平方米的桥堡上，什么都没有，只有一片空空的混凝土地板。

他躲到了桥堡顶端几平方米的拐角里一动不动。

桥下是这片区域的全景，桥上则是与世隔绝一个人独处的地方。

他抬头看了看仿佛触手可及的天空。

天空像巨大的锅盖罩住了整个苍穹，空旷的蓝天上抹着鱼鳞般透明的白云。

空旷宇宙，茫茫大地，飞过南方，飞过北方……整个天际呈现在了我的眼前。我阔了阔胸襟，看着这洪大的水从哪个地方来？又要流到哪个地方去……

他抬起头来，阳光异常灿烂，空气异常新鲜。

连着那天际下的滔滔江水拍打着两边的江岸，滚滚而来，盈盈满满，浩浩荡荡，豁达广阔的水面漂着几叶大小的轮船像片片树叶。江里水的颜色也鲜明得耀人的眼。向阳的那一江面，闪亮的水波上漂着几只渡船，渡船在白花的一片光芒里缓缓驶过，然后淹没在一片阳光里……

他用手挡着阳光，鸟瞰着这座城市的每一座楼厦。

在芸芸众生生活的上方，林立着一片密集的丛林，那是矗立在烟雾之中的楼厦，虚无缥缈，筑成了一个梦幻般的天堂。在太阳光之下的摩天大楼，个个挺拔，构成了一片未来的天宇。那黑色的一座现代建筑魔幻得能引起人对宇宙的无限遐想。

让人摸不透！

在这不就是我一直追寻的那座呈现在城市上空的那座幽深的大山的山顶上吗？他一直在追寻，在攀爬，不知不觉他居然攀爬到自己一直追寻的那座浮现在城市上空的大山的山顶。

山顶 ★☆★☆★☆★☆★☆★☆★☆★☆★☆★☆★☆★☆★☆★☆★

“天空没有翅膀的痕迹，而我已飞过。思念是翅膀飞过的痕迹。”——泰戈尔

天网恢恢，我也必须归于一类，我想起了那个作家的话：“你适合当作家的。还有一个行当适合你，算命先生。跟着我继续活下去！”

那样的话，我大学毕业，在单位上班，三点一线，在城里买房，娶妻生子，孝敬父母，周末带着妻子回老家看望父母，平平淡淡，踏踏实实。

当初是不是该去爬那山，还是永远生活在它的下面，永远顶礼膜拜着那山顶，直到生命的结束。算命先生、作家、教授，即使自己够那块的料，不也是一样地活吗？

我只能认命了，我还有我的世界……

那是我的另一个人生。

我捂着肚子饿上一阵子，又没有感觉了。

我啃了一包饼干，又把包翻了个底朝天，把包里仅剩下的食物吃完。包里只剩下一点饼干残渣像雪一样飘落到地上。天上的太阳直射着我，光在我的身下投下了一个黑影。

我站在了桥堡的中间，捂着干瘪的肚子站在太阳底下。

我终究没能逃脱一个老男人的命运。一个漂泊四海，孤独孑立，只与天和地为伴的老男人。我没有做成父母心中的好儿子，社会上的好人才，却成了一个漂泊四海的老男人。茕茕孑立，一无所有。我只是一个很空虚的躯体和一个游离于现实世界之外的灵魂。

虚、空、逃……

从一个地方逃离到另一个地方，从一个层面逃离到另一个层面，正如逃避着阳光一样。

对食色不顾，对世俗抵触，对周围的人默然，无牵无挂，茕茕孑立，不食烟火，戴着眼镜，夹着公文包，在人群中，大跨步，朝着自己的方向走去。

我所知道的，如丘莉的那个诗人父亲、老教授、老作家、老司机一样在昏暗，孤独的境地里，无声无息地度过一生，最后默默老死在这一片有水有山的南方。

丑、恶、流氓、无业游民，一点都不含糊，一个虚幻的人的样子。在江湖上四处漂泊流浪着的单身汉。在火车上，公路上度过岁月。

这是我现在的人生。

这么好的天气让他在早晨有过短暂的清醒后，一觉睡到黄昏。

浓浓的夜色包围着他，暖风扶着他，苍穹像个牢笼罩住了他。

他伸了伸懒腰，面对着天下已初具雏形的城市夜景，饶有兴致地唱起了歌。他从包里拿出了灰子的收音机，收听着灰子喜欢听的体育报道，夜晚的节目，音乐。那是灰子的天堂。

裸体 ★☆★☆★☆★☆★☆★☆★☆★☆★☆★☆★☆★☆★☆★☆★

或许这就是一场梦，一场飘忽的梦。我身处在这一片天地之中，做个自由人。

我无从所知。

不是黑天就是白天，日月轮回了一次又一次。像过了十年八年的地府生活，又像是恍惚间刚来的一样，弹尽粮绝，不知过多少天。

面对这片天地的牢笼，我的体内已没有了足够的精力逾越到另一个领域了。我只能正视现在的处境，遥遥观望那斑驳陆离的山顶……

我站在了这片区域的最高海拔，这个江面，整个城市都在我的脚下，整个桥堡在我的脚下，整个摊开的城市在我的脚下，整个宇宙在我的脚下了。而从天而降的滔滔江水，离我很近，又好像很远。

在这天地之中，我拥有了一切，这个世界的一砖一瓦与我何干？

没有了朋友，没有了前途，没有了工作，没有了吃住，什么都没有。但是我是自由的，我是独立的，空前绝后的独立。我不再奢想别人施舍我的同情，不需要别人的怜悯。突然，我不惧怕阳光了！

阳光照吧！照吧！强烈地照吧！

我看着阳光下的躯体，越想他的事，越想发笑了！

我翻不了身，残缺不全的衰老身体伤痕累累。

以至，我就是我，他就是他，越来越厚的脸皮，毫无廉耻。再是让人忍痛的东西，他也没有了羞耻和负罪。就连对不起自己的父母，这样的绝招，都消失了效力。他已经混到了这种，人不人，鬼不鬼。他还有什么资格呢？他连思念的资格都没有。

我厚着脸皮嚼着腮帮，不顾一切。

我不顾羞耻和负罪，尽情地大吃大喝，满足着欲望，逃避着痛苦。我曾打着饱嗝，摸着肚皮，走出了饭店，以一个龌龊的男人自居过……

我扭动着身躯，在阳光下跳了一支最美的舞。舞步，左三步，右三步，转身，转身再转再转。那是丘莉教我的舞蹈。然而这样又何尝不好？

我剪掉了头发，长长的头发彼此独立。

我拿出我的解药——那本已经破旧不堪的《飞鸟集》。然后撕开书页，把头发夹杂在书页里，散向了天空。灿烂得花白了的阳光刺痛了我的眼。书页和头发在空中翻飞，然后飘散着落进了江里。

我撕掉了裹在身上的衣服，甩掉了套在脚上的鞋子，裸露了全身的肌肤。

那双赤脚稳稳地扒在混凝土的粗糙表面，粗糙感和温热感传遍了我的全身。我的脚掌心

感到了瘙痒。我不由得打了个寒战。

身上一块块肌肉，硬邦邦，精健厚实，皮肉间绽出一根根蚯蚓般的青筋。皮肤上的毛发在空气中站立，微细的毛孔在晶莹的阳光下张着嘴巴。

反思 ★☆★☆★☆★☆★☆★☆★☆★☆★☆★☆★☆★☆★☆★☆★

他一直在寻求着。人活着的意义到底在哪儿？

那个躯壳里分化出来的互为陌生，互为矛盾的“我”和“他”：现在的我，过去的他；多愁的我，洒脱的他；理智的我，冲动的他。在幻想和现实的夹缝中相互变换，相互审视。相互浮现，相互交织，相互促进。

在别人看来，这种人是疯子，是分裂症患者，是神经病。

但他还是在固执地前进着，虽然和大多数人一样生活在这个社会上，却隐逸在社会的背后，不为人知。他们也有自己的生存方式和阅历。他在拿自己的一生做着追寻的实验。这种人低调，隐逸，理想完美主义，对自己要求极为苛刻，他们自闭，怪诞，又善于幻想。他逃避在世俗的背后，他孤独地隐蔽在了世间人的后面，调和着幻想和现实之间的矛盾。承受着痛苦和孤独。

随着岁月的流逝，身体逐渐成熟甚至渐衰，他发现他幻想不起来了。这个有血有肉有热量的发育成熟的躯体，一个成长了二十多年而又残缺了的躯体稳稳踏在地板上，这副支撑起来的架子，还在地上投出了一块黑影。

或许他追求的只是一种生存的状态！

诗化的场景，诗化的人物，诗化的梦幻！

诗化的世界，诗化的选择，诗化的行为。诗意的活，诗意的死，我要活得像诗！意义何在？回忆过去，固守着那些回忆还在原地踏步，又有何结局？那样自己会成长为一个心智低幼而身体衰老的畸形人。

我不明白现在这个让我无能为力的境地是不是就是人们常说的那个走火入魔的绝境。我禁不住自我思辨，自我对话。

我再没有精力去疑问，去探索，去追求的了！

他只知道把那理想作为精神支柱的人，一旦发现自己再也幻想不起来了，一旦发觉自己所幻想的东西没有意义，就他就失去了信仰，没有了活的动力。

他应该毁掉那个思辨的我，脱变成一个通俗，沧桑，稳重，实实在在的男人。岁月是不会停止在自己身上雕刻的行动。

是该结束那个思辨的自己了！

结束，结束一切波澜壮阔的思辨，让自己的世界平静下来！

越是欠着脚尖往下看，就越感到往下跳的诱惑！

我想要跳下去了，跳下去就能悬浮空中，畅游在气流中。跳下去，我就要升腾着，追寻已经升腾的青草。

“人们为一个人的死亡感到恐惧和悲伤，因为死亡意味着对世界上发生的事情将无法再去经历感受，将会对一切失去感知，活着的时候发生的一切将会归化为零！”叔本华的话在我的耳边回响。

我从未在一个地方守到最后。我从未耐住性子捅破那一层膜，跨越一层，结结实实地承担过什么责任。我总是游离于时空之外，孜孜追求着飘忽之感，我的身体只能飘飞！

死也许是他的归宿，只有死，才能脱去梦想的虚幻，脱去锐利的稚气，蜕变成一个新人，获得重生。他才可以去向前看。他需要一个告别过去的仪式，来埋葬青春。

不经意间脚下的一片石子滑落到了无穷深渊。

这让他想到这是要丧命的！

值得吗？为什么要这么轻易地死？自己还有很多的精力，蕴藏着更多潜在的力量。我的元气还没有消耗，世上还有许多的东西我没有尝试过，以后的路还很长，家庭、婚姻、繁衍、衰老……

三天的时间还可以找到借口，向老板讨个原谅蒙混过去，还可以好好地活下去……

飞☆★☆★☆★☆★☆★☆★☆★☆★☆★☆★☆★☆★☆★☆★☆★

又一个声音在他耳边争论：跳，跳，跳下去吧！仅仅一个念头。

如果不跳下去，又怎么知道幸福和苦难之间的差距呢？白白护着一条命而不去享受它，又有什么意思？活着，却整天想着死也是够折磨人，自己的生命也就是沧海中的一粟罢了，还能有比做一个小小微粒更有意义？

他甘愿死了！毕竟还有来世！

他要让整条江的水都压在他的身上，压过自己的头顶，那样他会感到踏实，那样他就不再漂浮！他要垂直下降，穿过云层，穿过水面，然后一沉到底。他要潜到最底层，看上面浮游着的鱼，晃荡的水流；他要潜到最底层，去观察漂浮着的芸芸众生，去触摸到江底的泥沙！

这个鬼迷心窍的念头让他丧了命！

在从上到下的那一刹那，他还在漂浮，漂浮。他张开腿乱蹬着，脚想蹬到什么东西，可什么都蹬不到！周围的风刺刷着他的裸体，身体却飞速直坠。他拥抱着风找到一丝丝快感！

他挥舞着手臂想抓住东西，可什么也抓不到。他不停地思辨着，攀爬人生之山，渐渐认知了这个世界。他寻求着刺激去体验，感悟这个有形的世界和无形的世界。他的身体和肉体得到双重的刺激，然后再用自己的力量去改变着世界。

重生 ★☆★☆★☆★☆★☆★☆★☆★☆★☆★☆★☆★☆★☆★☆★

西天空边突然传来了轰隆声。一架飞机平行地从我头顶飞过。我皮肤紧凑，一根神经从脑后一直麻酥到脚心。小小飞动着的飞机，震动了整个苍穹。

我顺着飞机的指引，看到了更为壮阔的宇宙。

当我回过头来，看着躺在大桥上的一摊血肉模糊的躯体时，我不知道这是谁了。这是我，还是他？还是他的全部？然而在别人看来，他就是他而已，仅此而已。一个活了二十来年存留在他们印象中高傲的过客！

一个围观的人看着躺在桥上的尸体，他们议论着这个人的死因：

有人说，和父母吵架，离家出走的；

有人说，是没钱了欠了债，被逼的；

还有人说，他或许根本不想死，只是一不小心摔下来。

那个神经错乱自称为外星人的人失踪了，消失在人们的生活里。他不愿打扰这个平静的世界，摔下去只是一摊血肉。唯有这么解释才能足以解释我的神经质。不然，有谁会知道这个世上还活着这样的一个人？然而只有我知道这个人生前的一切。一个轻飘飘灵魂的我，一个带着所有的记忆和幻想，升腾了，升腾到了这片区域的上空，这个在桥顶上待了两天的人，愣头愣眼，神情恍惚，心不在焉，可是内心世界却翻江倒海过的男人知道这个人的故事。

我飞过了大桥，我飞向了天空，飞到了我向往的天堂……

我记住了老爷的话，我没有接受迷魂汤，我没有接过那带扣子的大衣。我还会转世，等待着来世，来世我将会幻化成另一个人。而那个前世则是他的童年，他的童话。这是我的前世，我的诗！

从此以后我变成一个俗人。我要从走一回童年，重新活一回！

变成一位没有烦恼，没有想法的安于平庸的人。我立足于现实努力往前看，踏实地活下去，继续尝试我未完的人生，过着自己平淡的生活。

时隔几年，他又出现在这个世上，他还活着！

他的脚结结实实踩在地上，开始了自己柴米油盐的生活……